U0460368

人生与读书

上

民国大师经典书系

金克木／著

北京理工大学出版社

图书在版编目（CIP）数据

人生与读书 / 金克木著. — 北京：北京理工大学出版社，2016.6（2023.2重印）

ISBN 978-7-5682-2010-1

Ⅰ. ①人… Ⅱ. ①金… Ⅲ. ①随笔－作品集－中国－当代 Ⅳ. ①I267.1

中国版本图书馆CIP数据核字（2016）第100993号

出版发行 / 北京理工大学出版社有限责任公司
社　　址 / 北京市海淀区中关村南大街 5 号
邮　　编 / 100081
电　　话 / (010) 68914775（总编室）
(010) 82562903（教材售后服务热线）
(010) 68948351（其他图书服务热线）
网　　址 / http: //www.bitpress.com.cn
经　　销 / 全国各地新华书店
印　　刷 / 三河市嵩川印刷有限公司
开　　本 / 889 毫米 × 1194 毫米　1/32
印　　张 / 15.625
字　　数 / 297千字
版　　次 / 2016 年 6 月第 1 版　2023 年 2 月第 2 次印刷
定　　价 / 88.00元（全 2 册）

责任编辑 / 刘　娟
文案编辑 / 刘　娟
责任校对 / 孟祥敬
责任印制 / 边心超

目 录

第一辑 文化随想

第二辑　历史漫议

第三辑 与书为友

第一辑 文化随想

何谓“文化危机”

《群言》编辑部以“文化危机及其出路”为题向我约稿。我对这个大题目没有发言权，一是由于无知，多年因衰老几乎足不出户，“闭关”何能谈世事？二是由于不懂，不明白文化指的是教育、知识、技能，还是文学、艺术，还是社会心理、风气，还是其他。也不明白怎么叫危机。1966年一声广播，战鼓齐鸣，全国学校一律停课，书刊差不多尽被扫除，有文化的人全搅进一股洪流，演种种角色。那时没有人说是文化危机。后来“复课闹革命”，得一个“闹”字，“师道尊严”大受批判，仿佛文化更加高涨、深入。再以后，都说是“浩劫”过去，文化勃兴，学校增加，书刊繁盛，百花齐放，百家争鸣，怎么好说是危机呢？若指文盲增加，教育经费短缺，报刊常见错字病句，那也不自今日始。至于“刘蕡下第”、“雍齿且侯”、茅屋秋风、箪食陋巷，那更是多年痼疾，“没什么了不起”，大厦不会由此倒塌。如果危机指的是危在将来，那就只好先救燃眉之急，顾不得后代。“儿孙自有儿孙福。”文化究竟不是生活第一需要，有十年“破”文化的历史足可证明。既然不明白危机，自然也就说不上出路。因此我想，文化危机，不论是大是小，是远是近，必须老百姓和领导人都感觉到危险，那就不用愁没有出路。若是知识缺乏，无妨赚钱；文化降低，地球仍转；教育贫困，不伤纱帽；那么，若干知识分子痛哭流涕长太息又有何用？打不动人心就引不起行动。唠叨多了，结果也许会适得其反。

当前文化情况，我虽无知，也略有所闻。仿佛是旧“纲常”已去，新“名教”未除。“立”字传统已亡，“破”字传统仍在。治文似治武，建设如作战。惯于“亡羊补牢”，不信“曲突徙薪”。看起来，文化核心在思想。我们的目标是现代化或超现代化，而思想是古老的，只信直接经验和实用，要求“立竿见影”。这好比以成汤、周武的思维软件装入电脑，以刻竹简方式打字，越着急越慢。外国的新旧思维套不进我们的头脑，“合资”不易。而且恐怕还有世界性的文化危机，外国人同样在伤脑筋。有日本人和欧洲人谈话，要拯救人类。看来历史需要重温，不能回避。两次世界大战中强者失败的结果，使中央突破和歼灭战思想要让位于费边战略。如果不出现适合中国现代化的思维，文化矛盾怕难以解决。但是，中国文化的大变革正在出现，危机也未必不是转机吧？

文化问题断想

一

有一个外国人说：历史告诉我们，以后不会再这样了。另一个外国人说：历史告诉我们，以后还会这样。有个中国人说：前事不忘，后事之师。还是中国人说的好，把两个外国人的话都包括了。“师”，既可以是照样效法，也可以是引为鉴戒。学历史恐怕是两者都有。二十年前发生过连续十年的史无前例的大事，既有前因，又有后果。我们不能断言，也不必断言，以后不会再有；但是可以断言，以后不会照样再来一个“史有前例”了。历史可能重复，但不会照样，不会原版影印丝毫不走样，总会改变花样的。怎么改变？也许变好，也许变坏，那是我们自身天天创造历史的人所做的事。历史既是不随人们意志为转移的，又是人们自己做出来的。文化的发展大概也是这样。我们还不能完全掌握历史和文化的进程，但是我们已经可以左右历史和文化，施加影响。若不然，那就只有听天由命了。对历史进程可以看出趋向，但无人能打保票。

二

历史上，中国大量吸取外来文化有两次。一次是佛教进来，一次是西方欧美文化进来。回想一下，两次有一点相同，都经过中间站才大大发挥作用。佛教进来，主要通过古时所谓西域，即从今天的新疆到中亚。西域有不少说不同语言的民族和文化。传到中原的佛教，是先经过他们转手的。东南也有从海路传来的，却不及西北来的影响大，那里没有会加工的转口站。青藏地区似乎直接吸收，但实际上是中印交互影响，源远流长。藏族文化和印度文化融为一体，那里的佛教和中原不同。蒙古族是从藏族学的佛教，也转了手。欧美文化进来也有类似情况。明中叶到清初，耶稣会教士东来并在朝廷中有地位，但是文化影响不能开展。后来帝国主义大炮打了进来，人和商品涌入，但文化还不像鸦片，打不开局面。西洋人在中国出的书刊反而在日本大量翻印流行。所谓西方文化是经过东方维新后的日本这个转口站涌进来的。哲学、文学，直接从欧洲吸收而且有大影响的，是经过严复和林纾的手。两个翻译都修改原著，林纾还不懂外文。

此外许多文化进口货是经过日本加工的。梁启超在日本办杂志。孙中山在日本鼓吹并组织革命。章太炎在日本讲学。鲁迅、郭沫若在日本学医、学文学。从欧美直接来的文化总没有从日本转来的力量大。欧美留学生和教会学校虽然势力不小，但在一般人中的文化影响，好像总敌不过不那么地道的日本加工的制品，只浮在上层。全盘西化，完全照搬，总是不如经过转口加工的来得顺利。好比电压不同，中间总得有个变压器。要不然，接受不了，或则少而慢，反复大。

三

中国人对于外来文化，不但要求变压，还有强烈的选择性。二道手的不地道的佛教传播很广。本来没有什么特殊了不起的阿弥陀佛，只是众佛之一，在中国家喻户晓，名声竟在创教的释迦牟尼佛之上。观世音菩萨也是到中国化为女性才大显神通。玄奘千辛万苦到印度取来真经，在皇帝护法之下，亲自翻译讲解。无奈地道的药材苦口，传一代就断了。连讲义都流落日本，到清末才找了回来。玄奘自己进了《西游记》变为“唐僧”，成了吸引妖精和念紧箍咒的道具，面目全非。对西方文化同样有选择。也许兼容并包，但很快就重点突出，有幸有不幸。就艺术说，越地道越像阳春白雪，甚至孤芳自赏，地位崇高而影响不大。反而次品有时销路大增，供不应求。流行的第一部现代欧洲小说是林纾改译的《巴黎茶花女遗事》（小仲马）。一演再演的欧洲戏剧是改编的《少奶奶的扇子》（王尔德），都不是世界第一流的，而且变了样。我们中国从秦汉总结春秋战国文化以后，自有发展道路，不喜生吞活剥而爱咀嚼消化。中国菜是层层加工，而不是生烤白煮的，最讲火候。吃的原料范围之广，无以复加，但是蜗牛和蚯蚓恐怕不会成为中国名菜。至少在文化上我们是从来不爱一口整吞下去的。欧美哲学也同古时印度哲学命运相仿。人家自己最为欣赏的，我们除少数专家外，往往格格不入，甚至嗤之以鼻；或则改头换面，以至于脱胎换骨，剩个招牌。有的东西是进不来的，不管怎样大吹大擂，也只能风行一时。有的东西是赶不走的，越是受堵截咒骂，越是会暗地流行。所以，文化的事不可不注意，又不可着急。流行的不都是劣货、次品，直接来不经转口的上等货有的也会畅销，因此大可不必担忧，更无须生气。

我们的文化难题

当前中外文化互相冲击不仅是中国的问题，而且是世界的问题，因为10亿人口大国的文化不能不影响世界。单从中国方面说，就科学和哲学思想的范围内，我们遇到的是什么难题？换句话说，历史给我们出下了什么文化难题？

先得说清楚：科学指的是从哥白尼、伽利略、牛顿以来的近代科学，不是指一般的科学。这一点认识对我们很要紧，因为中国缺的恰恰是近代这一段的发展。在16世纪以前，中国的科学并不弱于欧洲。正在欧洲开始前进的关头，耶稣会的传教士来到中国。利玛窦等人带来的还是近代以前的科学，同中国的可以合流。可惜没有合成更没有发展。这正在明清之际。这时和以后的欧洲近代科学直到19世纪后半才打进中国来，而我们自己在这段期间没有和欧洲作同步发展，没有伽利略上斜塔做实验，也没有烧死布鲁诺。一方面，中国的古代科学是不知怎么流出去的。另一方面，欧洲近代科学以前的结尾是和宗教同来的，这以后的发展又是和枪炮同来的。科学的同伴使中国人厌恶。中国科学从明代中叶到清代中叶，从16世纪中期到19世纪中期，仿佛断了气（试看《畴人传》，不是全断，是对欧洲说）。直到20世纪初期，五四运动时提出要科学，还是含含糊糊的，不离其同伴和“富强”二字的，还没有接上气。一边全是欧洲的，一边仍旧是中国老式思想方法，两下不接头，使我们吃了大苦头。

近代科学在欧洲一开头被基督教教会认为有害。当时人还不明白科学和信仰是两回事。宗教改革并不需要科学指导。真正受到科学震动的是哲学传统。神学的破坏不是来自外部的科学而是来自内部的哲学发展。布鲁诺之死主要不是由于天文学而是由于他的怀疑论。哲学冲击了神学又受到科学冲击。科学先名为自然哲学，发展为另一种哲学。开头仿佛相安无事。哲学家康德也研究科学。哲学家照旧自高自大，并没有觉得自从康德的“超越”形而上学开始，就是哲学受科学冲击而变样了。欧洲从此发展出近代哲学。这正是在18世纪，中国的清代前期。中国的哲学本来也是不弱于欧洲的，缺的刚好是欧洲17到18世纪的一群哲学家。那时是明末清初，中国哲学家全忙于政治，讲哲学也是讲政治。同时，欧洲哲学家，培根、洛克、笛卡儿、狄德罗等许多人虽不脱离政治，却开辟了文艺复兴反中世纪以后的近代哲学道路。到19世纪末期，生物学的进化论冲击了整个思想领域，狄尔泰才从哲学上发展了原来解说经典的诠释学，提出“精神科学”，认为人文科学的科学不同于自然科学的科学。同时，从尼采开始又有另一种思想向“形而上学”开火。在近代科学冲击下的欧洲哲学本身的一再大变化中，出现了从古未有的一些问题，成为整个20世纪欧洲思想中种种复杂变化的引子。不幸的是欧洲近代哲学也和近代科学一样在19世纪末期随枪炮、鸦片、机器等洋货一同涌进中国。这比科学进来的情况更麻烦，因为哲学思想没有通用的教科书和数学公式，又不能由人做实验，几乎不可能很快分出青红皂白。这个近代哲学的不接头使我们吃的苦头比科学方面更大，还苦的是自己不大觉得。

在科学和哲学方面，中国从来不缺，也不弱。只是从明朝末叶即17世纪起和欧洲对不上头了。当然这以前彼此也不一样，但难分轩轾，可是这以后中国就有点相形见绌了。这也不要紧。困难在于我们不能像印度和日本那样全部移植而和原有的来个“双轨制”。不论那样是好是坏，中国办不到。中国从周秦以来便是习惯于大一统的。这是从上到下根深蒂固的中国特有的思想，只能枝节修改，很难根本动摇，更谈不到拔除。这几乎可以说是中国的立国之本，不亡之道。

困难还在于我们在20世纪初必须把欧洲从17世纪以来300多年的科学和哲学思想照19世纪末的样子一下子吃进来消化

掉。用从语言学发展出来的术语说，那便好像是要把“历时的”转变为“共时的”。我们既要明白“属内”的、构造性的（emic），又要明白“属外的”、非构造性的（etic）。不同的东西同时来，挤进自己原有的“参照系”，真不容易消化吸收。

1858年印度次大陆全部沦为殖民地，到1947年才独立。1868年日本“维新”以后发展成为“大国”，先是军事的，后是经济的。中国从1840年到1949年对外对内战争连绵不断，文化也走了第三条路，未亡也未兴。这不是因为中国本来弱，而是因为中国本来强。弱比强容易变，不是倒下去，便是站起来。强的变弱了，就倒不下也站不起。要再强起来只有靠自己内部化出新的力量，外力帮不上多少忙。这又是一个难题。

中外文化互相冲击，我们需要关心一下当前世界思潮中的问题，并且参加进去对话。不是只提供情况和资料，不是只说自己的意见，而是对话，以平等的地位，不高也不低，参加到世界思潮中去。这样的对话需要知己知彼，互相沟通。科学大致已经通上气了，可是科学思想却未必。这也就是哲学思想。已经通上气的哲学只限于大学教室中讲述的和少数专门学者研究的范围，也还不全面。至于科学和哲学通气的思想难题，重点不在本体论而在方法论方面，恐怕还需要真正切实沟通一下。例如眼前弥漫于许多学科中的用于方法论的思想，如现象学、诠释学、符号学、格式塔心理学等，我们还注意得很不够，还拘泥于旧的分类分科。若是通了气，不仅科学，连哲学也参加到世界思潮中去，平等相待，不是摇头晃脑的轻视，不是手忙脚乱的引进，那难题也就不难解决了吧！

显文化・隐文化

客：你的独白太长了吧？让我来插嘴行不行？

主：正好，我有点说不下去了。古人说："独学而无友，则孤陋而寡闻。"（《礼记》）我看不仅是"孤陋"，简直是无对话即无思考了。自问自答总有限度，内部翻腾常陷于反复，这就需要外面来的刺激。同也好，不同也好，不同可以变成同，同也可以变成不同，只要心态能相通。有变化就是有发展。至于变的方向、趋势好不好，那常是依评价者的自身利害和观点而定的。评论往往是事后才有的。历史发展本身无所谓好坏，它是不问人的评价如何的。

客：你似乎想做总结，未免抽象了吧？我想问你，你从新诗溯到《论语》，又跳进《文选》，还下了《人间地狱》，难道得出来的就是这一点仿佛现今时髦的"耗散结构"的说法？原来我们想追索的本身内部矛盾问题怎么样了？“文化之谜”打破了没有？还在原地踏步吗？

主：差不多。不过先得弄清楚一点。我虽然从符号讲到了信息场，用了以自然界为对象的科学的术语，但不是说文化的“信息”和“场”和自然界的一样。各门科学有自己的特定对象，是不能原样照搬的。电磁场的规律不能都应用于文化场。所以也不能说我引用了“耗散结构”说法。以人类文化为对象和以自然界为对象的研究有很大的不同。自然科学一般需要重复检验，得到的规律要能应用于预测。人文研究不能由人做重复实验。曾有人设计并安排了环境条件去做社会心理试验，并不成功。可以把人当作自然界的一部分作生物学、生理学以至生物化学等研究，但对于人群活动所创造的文化，这类实验研究无能为力。文化不能在控制的条件下重复。有人以为可以随心所欲指挥人群，例如打仗或操演。可是这仍然不能控制结果，甚至往往造成表面文章或假象，因为无法全知对象的指导行为的心理的或精神的内在活动，而且不能控制有关的其他条件，例如敌人和自然条件的变化。西楚霸王项羽的打了很多胜仗的兵怎么垓下一战就会瓦解呢？真是只由于张良吹箫吗？没有长期积累的内在原因吗？因此人的文化总是带有不可准确测定的几率的，不能全用数学公式表达和确定。假如是兵马俑或者机器人，可以控制了，却又不是活人，失去了主动性和创造性以及个别与一般的差异，而这恰恰是人文和自然的重要不同点。我们相信，星球的运转，电子的活动，是没有主动选择性的。太阳黑子的出现绝不是太阳由自己意志随意做的。我们虽不能控制太阳做重复实验，还可以靠观察、靠重复不断进行归纳解说，靠预测的验证，来进行研究。对于哈雷彗星和古生物的进化也是这样研究的。这也是研究人文所用的方法，只是要加入人的意志。人群的活动大都是一次性的，死了不能再活。第二次不会和第一次完全一样。时间在人文活动中是非常重要的因素，不仅是物理的。先后是不可逆转的，而在思想中可以回溯。对人可以做自然科学的研究，这只是说，对人和自然界共同的部分，对人文活动的部分，可以做和对自然界大部分一样的研究，但还需要有类似对天象等的研究而又加入思想活动和意志取向。说研究人体的电磁场可以，说研究一次庙会的人群的“电磁场”，那就不同了。除描述分析外，大致只能作平行譬喻式说法和检验预测，或者说，应用解说的方式，类似对天象的研究。人固然是自然界的一部分，研究自然界的科学却又是人文活动的一部分，因此两者又通气又相异。我们说人文活动有“场”、“信息场”，只是把人对自然界的理解用在人文方面。通用术语绝不是将自然和人文等同。在19世纪的科学成就面前，狄尔泰（1833—1911）提出了所谓“精神科学”，想另辟蹊径。到20世纪就不一样了，自然科学愈发展，愈发现和人文科学的差异，同时，很奇怪而有趣，又仿佛愈来愈向人文科学靠近，或毋宁说是两者仿佛愈相远又愈相近。19世纪自然科学君临一切，对人文的研究好像只有模仿当时的自然科学才能立足。到20

世纪在有些方面模仿得差不多了，然而检验预测结果却大大不如。研究人文也运用研究自然界的方法，因为自然科学也属于人文，同时又必须发展自己的研究方法，因为人毕竟和自然及动物有所不同。这不仅是解说和检验预测，当然也不会是近代自然科学以前的老套。现在世界上已经有人在这方面努力了，不仅是哲学家。在我看来，他们有所前进的是解说而不是建立体系。外国人对建立体系特感兴趣，不怕“削足适履”。可惜的是体系完成，立刻僵死，而自然和人事仍在前进。他们喜欢的是一个上帝创造世界，而不是盘古凿开混沌，也不是一个人统率一切。

客：你又来一通独白。人文和自然的不同，是不是相对说来，一个快些，一个慢些？“慢”的意思是指自然界不断重复，其每一重复的变化，人不那么容易察觉，所以觉得慢。天文、地质、生物都是这样。人文变化就快得多。“朝菌不知晦朔。”（《庄子》）菌再出现时，在人看来，简直一样。人虽可活百岁，可是自己不重复，儿女也不能重复父母原样。人群活动，用时间尺度衡量总是觉得变化快。条件复杂，变化迅速，以致不能用实验室控制。认为“日光之下并无新事”（《旧约·传道书》）的人不多。

主：所以要有一种和对自然界又同又不同的解说方式去解说文化。同属文化一类型也不能全用同一解说。例如我们说的信息场，可以都当作信息场，但解说庙会不能和解说妓院相同。日本人的庙会和中国人的庙会相似却又不一样。可以用同样的方法考察，恐怕不能作同样的解说。照样作，预测就会不准。假如凭成见作相同的解说，那就不用去考察了。作为庙会，全世界到处都一样吧？那就只要搜集资料排比分类就够了，甚至连这也不需要，都一样，还搜集什么？认为现在用电脑之类就可以得出人的思维以及人群和社会的活动的数学公式，那是科学已到尽头的想法，是19世纪很流行的。这好像从前有位科学家说，给我一个支点，我能用杠杆把地球举起来。话是不错的，可惜至今还没有这样一个支点。假如我们能知道人类全体和每一个人的从思想到行为的活动规律，能够预知，那么，不仅科学，连人类的变化也到尽头了。我们中国人好像从秦朝以来就好同恶异。“一以贯之。”（《论语》）“乾坤定矣。”（《易》）

客：是不是这种到尽头的思想从画八卦以来我们就有了？

主：这也许是值得考察的。我们可以考察人文变化的轨迹，由此多少可以预测一点趋势方向。不过，过去考察依据的是有文的文化居多，加上一些考古所得的实物，不大重视无文的文化，大多数人的文化，或者说民俗心态。

客：那么，我们何妨就依这一条轨迹先从《易》考察起？其中的民俗资料说的人多了，只说八卦吧。

主：画八卦以概括人类社会以至宇宙的变化方式，这是思想发展的一个重要标志吧？若不这样追求概括，恐怕什么科学、哲学都没有了。然而这里又埋伏着知识已到尽头，宇宙和人已经全归掌握的想法。这就会从求知变成不再求知终于变成不知。从知之甚少可以变成知之甚多，也可以变成一无所知。从八卦符号看来，乾坤或阴阳两爻的分合，或者说由阳爻一道线分出阴爻两道线，好像亚当分出肋骨化为夏娃，一人变成两人，或者盘古分开天地，而不是两道线合为一道线。这是第一步的原始符号，已经可以概括一切了。《红楼梦》里史湘云对丫环讲的就是一切都可以分属阳或阴。这不是太简单了吗？太笼统也就是包括得太多，或者说符号所含歧义太多。所以要再行分解以表示变化。于是由二而三，三爻相叠的排列变化次序成为八卦，八卦再重叠变为六十四卦，完成了。能不能再变多？汉朝扬雄画出四爻，叠为八爻，编造出一部《太玄经》，自比《易》，这是枉费心机。因为照这样还可以再加多爻数，违反了原来要求概括基本及变化的目标。概括的意义就是反无限，一定要以有限来概括无限。《易》的“十翼”解说卦爻的意义和运用，用天地人“三才”概括一切，又归于乾坤即阴阳。又二，又三，两个三爻成一卦。所以画八卦的第一义是用数的符号排列概括一切，包容变化，因而可以由此预知未来，即占卜。画完了，排列完了，剩下的事只是解说了。有趣的是，以符号概括可以有限而穷尽，解说却是概括的分解，那就不可能穷尽。变化不完，解说也完不了。列举数目字作符号以概括从来就是我们最喜欢做的事情。这又便于作种种不同的解说，所以更为我们所喜爱。从一到十哪一个数字不曾成为概括的符号以容纳随时变化的解说？从“三皇五帝”到“三纲五常”到“三民五权”时时都有，处处都是。数字概括，排列分合，符号有限，解说无穷。识字不识字，有文无文，都视为当然，心态相通。若不是这样，那也就不会有卦摊从商周摆到现在了。

客：数的排列分合是符号的一种。是不是还有图像符号，例如太极图？

主：数目符号和图像符号都有一条极为重要，那便是序列。先后序列，上下序列，主从序列。这是从“排列”出来的。在《易》的《系辞》《说卦》《序卦》这三“翼”中，除解说卦的意义外便是解说卦的序列。“天尊，地卑，乾坤定矣。”（《系辞》）“有天地然后有万物，有万物然后有男女……”（《序卦》）图案明白，如太极图，阴阳合而仍分，分而又交错，一望而知，但不便上口。数的符号更具神秘意味。太极加八卦的图形从古以来到处都有，据说能“辟邪”，还传到国外，远达欧洲。数字如代数，图形如几何，正好是对宇宙及人生的抽象数学思维的两分支。在中国人的心态中二者又可分可合。太极图没有中心，没有序列，是静态的，但能产生序列：太极生两仪，两仪生四象，四象生八卦。（《系辞》）序列是动态，又表示主次或主从，这更重要。上下，先后，尊卑，长幼，无处不有序列。《千字文》从“天地玄黄”排到“焉哉乎也”，由实而虚，教识字也有序列。序列就是从古到今所谓“天道”。包括了“人道”。“顺天者存，逆天者亡。齐景公曰：‘既不能令，又不受命，是绝物也。’”（《孟子·离娄》）这不仅是孟子一人一派的意见。人是排定了序列的，有主次，有主从的。人对人，要么是下命令，要么是服从命令，两样都不干，便是“绝物”。人与人之间没有平等订契约立合同彼此都遵守“法”的关系，只有“令”和“受命”的关系。不仅孔孟，老庄杨墨都是，标榜“齐物”、“兼爱”、“为我”，作为理想，这就是叹息于现实的不合理想，而理想的难以实现。韩非更不用说，是肯定现实。这样的“不平等序列观”，在中国比在别处更明确、严格，普遍而持久。卢梭的平等空想是在欧洲到18世纪才出现的。在卢梭以前的欧洲，恐怕没有像中国这样严格的简明的以数字序列概括人人处处不平等的想法。古希腊和古印度的序列观还是比不上中国的广泛吧？在中国，排座次，进门出门次序，先后左右，是最有讲究，千万错不得的。

客：我觉得不着重序列的图像排列同样重要。不妨转到第二部古书《书》。整整齐齐排列图形的首先是《禹贡》，分天下为九州，列举河道，“东渐于海，西被于流沙”。其次是《洪范》，也标榜禹，“天乃锡禹洪范九畴”。首先是“五行”：水、火、木、金、土。到第九畴是“五福”、“六极”。至少这“五福”是从前差不多人人知道总名的，而内容则前三项，“寿、富、康宁”，都承认，后两项，“德、命”就不大提了。《洪范》也记数，好像是那时对人文看法的一个总结。再次是《周官》《吕刑》。“三公”、“五刑”也是常用词，指的什么，倒不一定人人都知道。这是数字概括的妙处。

主：这里面仍有序列。可以说，在中国汉人心中，无论今古，有数就有序。数和序是显露出来的符号，意义是隐藏在里面的。解说是连接二者的，可以说是要求“深厚”的，即，由表到里，由形到心，由显到隐。本来是由计算对象而得数，以数概括后便会失去原对象而展开解说。《书》，汉朝有今文古文之别，后来合一了。到清朝又闹派别纠纷，争的其实不是文，不是书，而是意义。不论如何，《书》是上古时期一个文告档案汇编，从虞、夏、商、周到秦穆公（秦国所订？）。从草创到修订成书为时不短。从这书里可以看出一点，我们谈有文和无文的文化。“文”有两个常用义，一是指文字，没有相对立的字，只好说有文、无文。二是指和武相对的文。历代都将文置于武之上，好像我们是重文轻武的。在清末民初一段期间内，因为一次又一次挨外国打，许多人愤怒而提出“尚武”。体操、武术抬高了身价。许多人认为，中国之弱就是因为不好武，这是真的吗？且看这部上古文告集，《甘誓》《胤征》《汤誓》《泰誓》《牧誓》《大诰》《秦誓》都是战时文告，还有一些篇是战后的“安民告示”。首先就是商汤用武力推翻并流放了夏王桀以后，“有惭德”，说是怕“来世以台（我）为口实”。于是发了《仲虺之诰》以自辩。在刻甲骨的年代以前未必能做出这样的文章，但也不会全是很晚的伪作。文开头就说："唯天生民有欲，无主乃乱。"其中不仅未说打仗不好，反而说东征西征都是应老百姓的要求。（亦见《孟子》）再看据说是孔子编订的《春秋》，这更是一部战争编年史。以后的，可以翻看《资治通鉴》及其续编，征伐之事史不绝书。流传在民间的几部古典长篇小说，《三国演义》《水浒传》《西游记》都是讲打仗的。不讲打仗的《金瓶梅》是禁书，末尾也提到打仗。《镜花缘》《儒林外史》是有文之人看的，也免不了写一点打仗和武术。《红楼梦》言情不言武，也还要加上一员女将"不系明珠系宝刀"。柳湘莲还很会打架，焦大是打仗中立功的。诗歌和戏曲中少不了武。文人骂武，但事实上武事不断，而且好武的文人也不少。诗人辛弃疾、陆游是最有名的。能不能说，有文的文化中不但藏着无文的文化，而且还有大量的"武化"。文显武隐。"崇文"、"宣武"相辅而行。隐显并不是两层，甚至不是两面。说表层、深层不等于说显文化、隐文化。"隐"不一定是潜伏在下，只是隐而不显罢了。解说文化恐怕不能不由显及隐。有的隐显难辨。即就文的说，只讲小说。《人间地狱》和《春明外史》同时出来，又都自称写民国初期，但很不一样。可以说，上海的是清末以来旧章回小说的结束，北京的是新章回小说的开始。京新于海，这是俗文学。雅的，旧诗文不说，新小说，也不同。上海新而北京旧，双方都有外国影响。看来是上海多重日俄潮流，而北京多守欧美标准，这都是明摆着的。谁新，谁旧，谁显，谁隐？能只凭几本文学史吗？书上讲的是显，不讲的是隐吗？看张恨水的不比看茅盾的人少吧？

客：这使我想到，我们说隐还有隐讳之意。隐文化也包含了隐讳说的文化。例如《春秋》开始于鲁隐公元年，为什么“隐”？因为他是被臣子杀死的。开篇并不说他“即位”为君，作解说的三《传》都在无字中见出名堂，说：“不书即位，摄也。”明明是隐公，又说他没当国君，是既为死者讳，又为生者讳。这类忌讳也应该算在隐文化之列吧？

主：不知忌讳，难读明白中国古书。也可以说，不知隐文化，难以明白显文化。即如战争也是忌讳的，总要宣扬文治而讳言武功。愈是武功盛，如永乐、乾隆，愈是讲文事，修《永乐大典》、《四库全书》，有人责备儒家重文轻武。儒家，不敢说；孔子并不轻武。《论语》中说：“礼乐征伐自天子出”，“礼乐征伐自诸侯出”（《季氏》）。征伐武功是和礼乐文事并列的。孔子说：“军旅之事未之学也。”（《卫灵公》）不会打仗不等于反对战争。“陈恒弑其君”，孔子还“请讨之”，主张出兵制裁。（《宪问》）孔子还说：“以不教民战，是谓弃之。”（《子路》）这是主张教民作战，即练兵。“民”未必是奴隶。春秋时，若弃的是奴隶，那有什么可惜，值不得一提了。中国人不能说是好战，但中国地方大，人口多，是个多战之邦。世界上没有一个国家能和中国比赛战争的规模之大，次数之多，时间之久，战略战术之精。当然用火器的战争除外，只说用冷兵器的。

客：武的文化不必多说。这不是隐而不见的，只是隐而不说的。文人好武并不少见。几十年前高呼“武力统一”中国的不是秀才出身的军阀吴佩孚吗？“投笔从戎”传为美谈。初唐王勃年纪轻轻“一介书生”，还说：“无路请缨，等终军之弱冠；有怀投笔，慕宗悫之长风。”（《滕王阁序》）晚唐的温庭筠也自称：“莫漫临风信惆怅，欲将书剑学从军。”（《过陈琳墓》）诸葛亮本来不是书生吗？哲学家王守仁很会打仗。近代曾国藩、左宗棠、李鸿章都是会打仗的文人，不过不会用火器，不会打外国人就是了。

主：所以隐文化可分两类。一是隐瞒不说的，也就是忌讳的。从秦始皇忌讳他的名字“政”字，并且只许天子自称“朕”以来，各种忌讳，口头的、笔下的，多得不得了。唐朝韩愈作过《讳辩》。现代学者陈垣有《史讳举例》。这对于考证古书古物年代有帮助，但也给读书添了麻烦。孔子说过：“父为子隐，子为父隐。”（《子路》）“隐”是长久以来的习惯。不识字的人口头也忌讳。不吉利的字是不能出口的。船上不能说“帆”，要说“篷”，忌“翻”。有些典故也是为换个名称用。或为典雅，或为隐讳。有的为尊敬，有的为鄙薄。由语言文字而及事物，许多都隐蔽起来了。这种代语在中国文学中普遍存在。由此譬喻文学特别发达。印度譬喻故事随佛教传来也大受欢迎，但双方譬喻不同。印度的照套子举例。中国的是代语，花样繁多。不仅《离骚》的美人、香草，《诗经》的“比”和“兴”也是。这不是修辞而是文体。《庄子》等子书多寓言。《西游记》的故事能说成隐语。这比外国的复杂得多。张冠李戴，李代桃僵，成了文学手法。《诗经》的毛《序》讲美、刺就是索隐。

客：这一类隐文化是明显的，有点谜语味道。是民俗，但心态不好讲。你说有两类，另一类是隐而不显的吧？不一定是有意隐瞒，而是表面看不出来，或者大家不以为意，甚至都知道可不说出来，作为不是那样。前面谈的“武化”隐于“文化”之中就是这一类吧？还有什么可说的？

主：另有一种隐文化，和“武化”或“武文化”相似，很普遍，但大家不注意，不承认，不说。这值得探索一下。我指的是女性文化。

客：这不稀罕。从外国到中国近来谈得很热闹。这不是女权主义吧？那是外国的，情况和中国不同，连日本的也不同。你是不是指妇女中心的文化？或者母系社会的遗留？

主：不要忘了我们着眼的是文化中的民俗心态，是从有文查无文，所以不用管这些说法和招牌，先考察一下妇女在文化中的地位和女性在创造文化中的作用。不是着重性别，而是考察性别的文化作用。因为中国历来大家承认的文化符号序列中是男尊女卑，女性处于附属地位，好像不许也不能发挥什么作用，所以出个女皇帝或者女诗人就大惊小怪当作例外。若事实不是这样，那就是隐文化了。这里面就有民俗心态了。

客：还是从有文的经书查起吧。

主：在中国的符号体系中，从《易》起，阴阳或乾坤就并提而不可偏废。阳刚阴柔是指性质，不分上下。分上下如阳强阴弱或阴盛阳衰应当是都不平衡，为什么前者可以容忍而后者就招致不满呢？不单是男的不满，连女的也不以为然，好像男的必得盖过女的。大家这样想，然而事实呢？事实是不是太极图式的呢？是不是阳显而阴隐实则并列而互有盛衰，共同组成文化的全部呢？乾坤，阴阳，互为先后。文学不必说。从《诗经》、《楚辞》一直到鲁迅的《祝福》，女性即使不是文学的中心也是不可分离的部分。对不对？要考察的是其他方面。

客：依我看，男尊女卑，重男轻女，男性中心，父系社会，这些都不错，是显文化。女性是受压抑的，但同时又是反压抑的，并不是那么卑，那么轻，那么无权。这是隐文化，也许因此不占主导地位。

主：隐文化不显著，不受重视，这不等于不能起主要作用。就政治方面说，看起来打仗的，做官的，从皇帝起，都是男性。有个武则天，出个花木兰，就成为特殊人物。这是迷信符号。当皇帝，主持政权，不一定要有称号。妹喜、妲己、褒姒起什么作用，姑且不论。《诗经》一开始就是《关雎》，毛《序》说是指“后妃之德”，足见后妃作用不可忽视。不用寻找，《左传》开篇的《郑伯克段于鄢》中共叔段闹大乱子以致庄公几乎杀了弟弟。兄长是嫡子，是继承人，弟弟如何能有权去侵犯他的政权？因为姜氏母亲溺爱。这就证明姜氏对政权有重要作用，庄公只好暂且听从。她虽然失败了，但不是无权。这类例子历史上有的是，当然都是挨骂的。秦始皇的太后使吕不韦掌握政权。汉高祖的吕后是无称号的女皇帝。韩信是她杀的。有段时间江山几乎姓吕。汉代外戚掌大权。权倾人主的霍光，掌兵权的卫青、霍去病、窦宪都是皇后家里人。唐朝除武后外还有韦后。杨贵妃能使杨国忠掌权，至少在逼她死的军人眼中她是能左右朝政的人。宋明的后妃也不是对政治无影响。清代开国有孝庄后，亡国有慈禧太后，下退位诏书还是隆裕太后主持。如果说帝王专制大权独揽，那权中有不小一部分是属于女性的。经济上秦时的巴寡妇清以发财得名。一般是男主外，女主内，家财常是妇女主管，何况有"季常之癖"的"惧内"的男人从来不在少数。"忽闻河东狮子吼，拄杖落地心茫然。"（苏轼）女的不但能文，而且会武。有李清照，也有农民起义军领袖唐赛儿。当然这些都不能掩盖妇女受压迫、被歧视的事实，她们是在重压下抬起头来的。打骂，买卖，裹小脚，不许识字，不当作人，都不能使所有女性屈服。男对女的一项措施是不许妇女识字读书，使她们只能有直接见闻得来的知识。可是妇女并非人人不识字，而且无知可能闹事更大。总之，女的固然在地位上受男子玩弄欺凌以致被认为并自认为轻贱，但她们又何尝不能玩弄男子于掌上，驱使他们，甚至干涉他们的政治态度及前途，如明末的名妓对名士（《桃花扇》）？所以从整体说，从全社会说，以性别分，女性是受男性压抑的。这是显文化，不容否定。同时，从局部说，从一个个人说，男性受女性支配的事并不稀罕。这是隐文化。应当说，文化是男女双方共同创造的，而女性起的作用绝不会比男性小多少。连《文选》里都有两位古代女作家，班婕妤和班昭（曹大家）的诗赋，后一位还是大学者，是经学家、史学家。

客：这种情形不能说外国没有。印度的，日本的，欧洲的，各有其女性隐文化，不过和中国历史上的不一样。欧洲的圣母，印度的女神，日本人的世界最早的（11世纪）长篇小说女作家紫式部都是中国没有的。欧洲中世纪的英雄美人也和中国的不同，法国宫廷中活动的贵族夫人也不是中国的后妃。现代变化很多，中外还是有不小的差别，也许这就是外国高呼“女权主义”时中国人不大响应的原故吧？女性文化的现代兴起可能在中国更旺盛。女作家，包括台湾香港的在内，现在不是越来越多吗？不过这属于隐文化，是不会大嚷大叫的。能不能说，以性别分人群，则女视男如符号，而男视女如意义；男女仿佛谜面谜底，谜底是不露面的。

主：我们从应用“场”和“序”说到显文化和隐文化，又提到了“武文化”和“女性文化”，还得问问民俗心态吧？那就要另起话题了。

传统文化定性问题

近来关于中国传统文化的讨论很热闹，遍及中外。不过恐怕是定性居多，好像还没有真正突破六十年前笼统比较的框子：东西文化及其哲学。好定性而不好分析，好下断语而不好提问题，这是不是也可以算作中国传统文化思想特点之一呢？

我只偶见报刊上几篇文章和情况介绍，不配插话，却一开口就是上面这几句定性式的话，可见我也跳不出这个习惯性的喜欢简化的圈子。

不揣冒昧，再说几句门外汉实在想不明白的粗浅问题吧。

讲中国传统文化，先要问中国那么大，历史那么长，民族那么多，怎么简单概括才好？什么叫传统？传不到今天的不能算吧？还是指现实中有的而不是单看历史吧？文化不能狭窄到只有古书谈的才算吧？单讲古代，文化到底是在书本上还是在行动上？说以人伦为本，史书中骨肉相残、背信弃义的何止帝王？小说戏曲全不反映现实吗？凌迟车裂、活埋剥皮、足裹金莲、颊刺金印，都是捏造吗？孝悌忠信的事再多，也不能掩去反面吧？只知其一，不知其二，行吗？

说传统文化出于农业小生产者。万里长城、大运河、都江堰、郑和七下西洋、坟墓的一个角落就出现那么多大型兵马俑，小生产者会这样好大喜功吗？若说这是统治阶级的，不算，那么，无数次农民起义算不算？刘邦、朱元璋不算，黄巢、李自成、洪秀全掀起那么大的风暴，这也是足不出村死守一块土地的小生产者干的吗？说平均主义是传统，不知从宫廷到偏僻乡村里，名分、等级那么森严怎么讲？事情总有两面吧？

说儒家是主要传统。不知是哪个儒家？子张氏之儒？子夏氏之儒？董仲舒、朱熹、王阳明、康有为是大同小异，还是各自挂老招牌卖新货？老庄明说“正言若反”、“寓言十九”，还能不能诛求书中字句表面？为什么他们要说谜语式的话，说中庸之道？不知哪个国家比得上中国有那么多规模宏大、时间长久的战争？说佛教讲出世，怎么会有黑衣（和尚）宰相、唐太宗尊玄奘、玄奘作《西域记》、朱元璋当和尚？

越问越糊涂，足见我一窍不通，写出来供识者一笑。

文化之谜：传统文化·外来文化

老人入梦，梦中回到了将近一百年前。

那时有两个青年人，相差十一岁，一个年长的在广东，一个年轻些的在浙江。当时中国连遭外患，又有内忧，战争不断。广州和上海都是“通商口岸”，是对外吞吐口。这两个青年，一个离广州近，一个离上海不远。两人都深通古籍，又熟知近事，在心中怀着同样的问题：

中国会像印度一样亡国吗？

中国能像日本一样兴起吗？

两人都研究古书，关心近事，不由得用近事译解古书，用古书译解近事，古今在两人心中对话。不料两人得出的答案大不相同。

一个发现汉朝的“今文（汉代隶书字）经学”有利于当时，一个认为汉朝的“古文（汉以前的篆字）经学”有利于当时。这也是清朝的两派经学。

西汉经学尊《春秋公羊传》。这书的中心思想被译解为“尊王攘夷”。日本明治维新用的便是这个口号。

一个注重“尊王”，认为印度亡国是由于莫卧儿皇帝不尊，无权，无识；日本强盛是由于尊了明治天皇，中央集权，消灭幕府，全国统一，可以全力改变旧法而维新。他着重权力本身。

一个注重“攘夷”，认为印度亡国是由于莫卧儿皇帝是外来的蒙古种，非印度本地民族，因而软弱无力；日本强盛是由于排斥外敌，改造政权。他着重掌权者。

一个认为必须有中央集权的开明皇帝才能变法图强。

一个认为必须打倒昏庸无能的满族政权才能革新政治，复兴中国。

一个要求改良，不倒皇权而用皇权变法。

一个要求革命，先推翻清朝政府，然后才能革新。

两人的救国之道不同，但目的是一个：救中国。中国不能亡，中国文化未老，中国必须复兴。

主张尊王改良的大讲变法维新，废八股科举，改办学校，教新书、新学。

主张排满革命的大讲复汉族之古，写古字，作秦汉体古文，甚至要穿汉代衣服。

一个对当时政府怀有希望。

一个对当时政府深恶痛绝。

一个是广东南海康有为（1858—1927年）。

一个是浙江余杭章太炎（1869—1936年）。

章比康年轻，本来也鼓吹维新，后来维新失败，主张革命。康维新失败，主张保皇，至死不变。康曾有极短期（百日维新）政权经验，是一派政治领袖人物。章虽曾从政，从未掌权，在政治上不是领袖人物，在学术上是一位大师。

两人相比，可以看出同一时代，同读古书，同讲新学，关心同样问题，却可以意见分歧，各有不同经历，从文化着眼可以看出他们对古今中外的译解不同，对同样符号发现不同意义。

所有读古书的人，若作译解，都是不由自主要以今译古。看来是以古解今，其实是以今解古。古人古事只在书本（文物同样）中，读来已是现在而不是过去。这是现在和过去的对话。现在是实的，过去是虚的。译解的人不能脱离自己的实，必然是以实解虚。这便是古书意义不断被人翻新的缘故。复古往往是革新的化名。传统文化实际是当前现实文化的一部分。也可以有名革新而实复古的，同是一个道理。符号和意义不是同一的。

康、章两人都引古书。康以己意定去取，说“孔子改制”，“新（王莽国号）学伪经”，引古以证今必须变革。他说的古明显是今。章力求证古，将方言溯古，文字求古，仿佛以为今即是古，其实是以古证今，要以古变今。他所谓古也是有去取的，是今中之古，是他要求或认为当时全国要求的古。所谓古不过是于古书有据而已。作的是“我注六经”，效果是“六经注我”。这一点，两人一样。求变，两人一样。

康、章两人都讲新学，也就是外来文化。他们同样是以中译解外，将外变为中。外来文化实际也是当前现实文化的一部分。

两人对外来文化也有去取，同是以今为主体而选择。看来是以外变中，其实是先以中变外，再以变了的外来变中。

康倡孔教，显然是用以抵制基督教。他译解出欧洲文化是基督教文化，于是以孔子立宗教来对立。这是先将基督教化为孔教，再以孔教的传统文化之形来掩盖外来基督教文化之实。传统文化和外来文化交汇，但符号或说招牌是传统的，便于为人接受。因为大家以为当前的总是传统下来的，所以千变万化也要挂上老招牌、老字号。

章讲心学、佛学，显然是见到日本明治维新的哲学和宗教根据。他译解出日本文化是佛学加王阳明学的文化，于是要把这两种中国古有而今衰的学复兴起来，以与日本对抗。这样，古今中外混而为一。但是这个混合很难。现实是混合存在的，但作为统一的理论很难说通。因此，康只标榜孔。章也只标榜孔。他们的孔都是复活的孔，是当前存在或则他们认为应存在的孔。这貌似复古，实是革新。两人仍是一样：求变。

近代中国文化没有照康、章两人所要求的变。两人自己都没有变。本人和见解、主张都成了历史。

传统文化和外来文化总是并存于一时的。没有外来的就无所谓传统的。有了“你”，才有“我”。你我既并存就必然对话。但对话情况很有分歧。前面已举康、章二人。现在再看另外两个人。

辜鸿铭（1857—1928年）是先精通外来文化然后复归传统文化，成为遗老。他先通晓很多欧洲古今语言，是直接了解外国文化的，和康、章不同。他后来讲“春秋大义”，不改已经亡了的清朝服装。他在提倡革新的北京大学教书，完全是活古董，而泰然自若，满嘴外国话，讲中国古书的思想。

王国维（1877—1927年）也是先学过外来文化，研究过欧洲哲学和美学，后来改为考证中国古史。清朝亡后他成为遗老，在亡清的小朝廷中当过官，不改清朝服装。他在完全新式的清华大学教书，完全是活古董，却以新观点、新方法讲古史。他不能安然不觉矛盾，在宣统小朝廷结束后自杀。

这两位和前两位同属一时代而所走途径大不一样。康、章是由古而今，由中而外；辜、王是由外而中，由今而古。方向看来相反，内容实际一致，都是传统文化和外来文化矛盾冲突的不同表现。

有一个传说（外国人记下的，忘了出处）：辜鸿铭曾在新加坡遇见比他大十一岁的马建忠（1845—1900年）。两人的福建话和江苏话互不相通，用“官话”或笔谈也不行，困难在于许多外国词句当时汉语中还没有。于是两人用法语加拉丁语交谈。长谈之后，据说互受影响，而年纪较轻的辜受影响更大。两人在清朝末年政治中都无所作为。辜用英文写了《春秋大义》。马用拉丁语法解说秦汉书面语，写了中国第一部新型语法书《马氏文通》。

辜、马两位都受过外国文化教育，应当说是对于外国文化的理解程度超过，至少不亚于，对中国文化的理解程度。两人表面上仿佛是外国人归化了中国。这能说是外来的向传统的投降吗？他们都是以外讲中而不是以中讲外。这只是外来文化和传统文化矛盾冲突的又一种表现。两人都是中国人。清廷腐败，中国岌岌可危。这两人深通外国文化，坚决抵制自己所熟悉的敌人。抵制的方法是说明中国文化不比外国差，而且超过，于是大讲传统文化，或则证明秦汉文不弱于拉丁文，同样有"葛朗玛"（文法）。

王和辜同是遗老打扮。王不像辜那样会讲许多外国话，对外国文化不如辜熟悉，但是王对通过日本而学到的欧洲19世纪后期哲学思想却领会得很深。王的译解中外文化都比辜深刻而且广博得多。因此王的内在矛盾更大。辜可以安然活下去，王却不能。辜比王多活过一年，大二十二岁，没有像王那样自杀。

还有一位学者的经历显示出又一条途径，那便是严复（1854—1921年）。他也是兼通中外的人。他擅长写古文，思想上却是完全理解当时西方文化，尤其是英国文化的。这从他所选择的书可以看出来。生物学（进化论）、逻辑学、社会学、经济学、法律学、政治学，选的都是基本要籍，读后可以得到欧洲19世纪学术思想的要领。他对于“皇帝”这个符号有深刻理解，说自秦以来皇帝都是大盗窃国，是“窃之于民”。既窃了国，又怕主人知道，于是“法令多如猬毛”，其中十之八九“皆所以坏民之才，散民之力，漓民之德者也”。皇帝又害怕真正主人老百姓觉悟，所以“必弱而愚之，使其常不觉，常不足以有为，而后吾可以长保所窃而永世。”这是他在《辟韩篇》中说的意见。他驳的是韩愈。韩愈的《原道》是一篇宣言，是唐以后的官方正统儒家政治哲学的纲领。严复对他开刀是极有见地的。但是他并不因此而主张民权，反而拥护君主，要求有一个开明君主。后来竟列名“筹安会”，和杨度一同拥护袁世凯称帝。他对欧洲文化理解更深更广。见识高而主张低，这是为什么？除了个人性格和环境等以外，还得有文化思想方面的解说。

还有一位较前几位年轻的，两种文化兼于一身的艺术家，最后遁入空门，成了虔诚的佛教徒，结局和上述几人都不一样。他便是李叔同，后来的弘一法师演音（1880—1942年）。他是书法家、音乐家、画家、戏剧家兼演员。他在日本学过西方艺术，创作成就很高。一入佛门，隔绝艺术，但仍然手写佛经，未能抛弃书法。他与本是和尚而又是俗家的画家、诗人兼小说家，并参加革命文人行列的苏曼殊（1884—1918年）不一样。李解决矛盾是当和尚，压下矛盾，走传统文化的另一条路。苏是在僧俗之间摇摆来去，成了一位未能完全东方化的拜伦。苏的日本文化气味很浓，加上英国的和印度的，糅合到中国传统文化中来而未能合一。

上述这些人，包括对欧洲近代文化有深刻了解的严复，都在中国传统文化面前无能为力。出于中国文化又能转而投向欧洲文化，回头又能将欧洲近代文化的精神用于中国，终身没有丧失信念之人是蔡元培（1868—1940年）。他是进士出身，进了翰林院，转而学习日本和欧洲的近代文化。在政治上他弃官不做而投身革命。他翻译日本人井上圆了的《妖怪学讲义》，介绍欧洲哲学和科学。他作《石头记索隐》，将一部《红楼梦》当作政治谜语。他不顾中国翰林的身份前往德国、法国留学，曾在世界首创的一所心理学实验室中学习，并参加美学心理实验，还学过世界语。辛亥革命后他任民国政府第一任教育部长。在1917年到1919年继严复任北京大学校长，实现他的欧洲式甚至超出欧洲式的高等教育理想。他创设哲学、心理学、经济学等新学科的教学研究机构，开了八种外国语文的系、科、班，包括还不十分流行的世界语。他既请陈独秀任文科学长，李大钊任图书馆长，宣传社会主义；请提倡白话文而思想多半美国化的胡适讲中国哲学史；又请留着辫子的辜鸿铭教英文、拉丁文、希腊文。他的“兼容并包”原则使北京大学成了新政治文化中心，五四运动由此而起，他也因而去职。他任教育部长时将鲁迅请到部内任职，主管社会教育，为新文化运动请来了一位刚强的主将。到抗日战争前几年，他和宋庆龄、鲁迅、杨杏佛组织人权保障同盟，为革命青年呼吁奔走。他在当时政府严厉反共之时敢于公然表示反对“不言马克思”。他没有多少学术著作。他的著作是大量新人才。他不塑造人才，不制盆景，只供给土壤、阳光、空气、水。他为五四运动写下了第一个字。他曾发表演说，讲题是《劳工神圣》；还曾为北京大学工人办夜校，说工人亦可成为学者。他主持北京大学时首先允许女子入学。他没有动摇、退缩、逃避、转向。他是中国近代新文化运动的第一个组织者。功绩和影响远远超过他的声名。这是传统文化碰上外来文化后和前述几人不同的果实。那么旧，又那么新。为什么他会成为这样的人？其中有什么意义？值得探讨。

另一位更伟大的人物是孙中山（1866—1925年）。他的思想远远超出他的时代。他担任临时大总统时任蔡元培为教育部长，又派蔡去北京，因而蔡又在北京政府任教育部长。尽管当时政府中的教育部等于虚设，但是蔡在文化教育方面仍起了重大革新作用，如改学制废读经，定新教科书，等等。这不能不归功于孙中山的选任人的卓识。孙中山的新政治思想是从法、美、英等国的理论和实践加上中国传统文化而来，但他的经济思想和他的民主共和思想都超出时代。“平均地权”是传统文化中早已有的，他接受了，又提出“耕者有其田”，进了一大步。他在1894年中日甲午战争时建议：“人尽其才，物尽其用，地尽其利，货畅其流。”

其中不仅将人列为第一，而且第四句也是新的。他在辛亥革命后写的《建国方略》中计划开辟东方、北方、南方三个大港，在内地修建纵横交错的铁路网。他辞去临时大总统职后即宣布要在十年内修建铁路二十万里。他的雄心大志在于建国，而不仅是排满夺权。在建国中，他首先着眼于对内对外的交通运输，要求货流通畅来发展经济。这是中国传统的重农轻商文化中所没有的。这一点当然是为发展资本主义工商业即商品经济所必需，但在当时能看出而且主张在农业国家中以流通为关键来发展经济，在19世纪资本主义经济学中只怕也算是卓越的见解。因为当时世界上落后而要追先进的大国只有俄国，其他独立国家是随资本主义之发展而发展，没有“追”的关键在何处的问题。俄国兴修西伯利亚铁路并在东、南、北建三个大港可能是孙中山思想来源之一。但是俄国对中国很凶暴，而在日俄战争中还败给日本，在当时还是落后的。日本是岛国，交通更重航运，问题不像中国突出。美国地大而发展快可能也是孙中山借鉴之一。不论思想来源如何，孙中山能提出并且计划以货（商品）畅（流通）为关键，实在是发现了资本主义经济发展的奥妙。这一点到了第二次世界大战以后更加明显。不但商品而且信息都必须通畅，否则现代经济结构无法发挥其作用。无论多么强大的国家，交通、通讯一断，经济立即会窒息，正像一个人停止呼吸和血液循环一样。孙中山的这一点主张绝不是简单的商人思想，和中国的传统经济思想（除个别外）几乎不相干，却和世界历史情况完全符合。若说中国传统中有长城式文化和运河式文化，孙中山采取的是发展经济、文化以至政治的真正强盛国家（不是一个朝廷、王室的兴亡）的运河式文化路线。他是坚决而有远大见识的民主主义者，认为民主政治没有人民思想的开放和交流（开通民智）是不可能的。这同样是着眼于“通”的思想。可惜的是他思想超越时代，当时中国的资产阶级和无产阶级的力量及觉悟程度和他相距太远。他受到尊重，但不被了解。当时中国社会上的帮会势力很大，他对中国实际了解不够，他的理想不可能实现。他后来想出一个不切实际而且弊害极大的“训政”办法，更自己阻碍了自己。

现在不能不问，为什么传统和外来两种文化的冲突在中国近代兼知双方的人士的思想中，集中于一个问题：君主还是民主?

这个问题的重要性是显而易见的。至少自从东周即春秋、战国算起直到清末，“君”是国家的象征。“忠君”即“爱国”，同在家尽“孝”相等而意义更大。一切价值观念、道德、政治、经济、学术、文章以至艺术都离不了这个象征。庙堂是围绕这个象征，山林是脱离这个象征。更重要的是这个象征不只象征另一“意义”，而且本身就有实权，有实力，不只是一个符号。“君”是一个大国的集中权力。若没有“君”，不知这样一个大国的权力会集中到何处。若权力不集中，这个大国如何维持?

把当时人对君主的态度分为革命派和改良派，只是一种分类法。文化不是仅仅排队，要追寻内涵意义。分类只是从外面判断，很重要，但还不够，还得从里面搜查，查内部思想及其原因或条件。

为什么上述那些有识之士，除了孙中山一人以外，都在君主、民主问题上难于突破？章太炎和许多人将民主和“排满”相连，对于怎么民主并不明确认识，好像取消清朝皇帝便自然是“共和”，亦即民主。孙中山早年也曾寄希望于李鸿章，后来也提出所谓“训政”。他自己任非常大总统、大元帅，自任中国国民党总理并将名字写进党章，如同终身制。这些岂不是对君主传统文化的迁就？为什么会这样？

当时大家的共同目标是富国强兵。向外看，兵强国富的国家，以八国联军的八国而论，英、法、德、俄、日、美、奥、意，在19世纪末和20世纪初，其中六国是君主，只有法、美两国是民主共和。特别是日本，君主立宪而迅速强大。法国大革命为时很短（1789—1794年），随即有拿破仑掌权称帝，以后又有王朝复辟，拿破仑第三称帝，折腾将近一百年才安定下来。美国是殖民地独立，华盛顿不称王而建民国，几乎没有自己的传统历史，内战也只有一次，而且地广人少，大有开发余地，虽可羡慕而难于仿效。由此可见，在外国，是否有“君”于强弱无关。在中国，要一旦尽翻几千年历史及其传统观念决非易事。这些人都熟读史书。一部《资治通鉴》也可以说成“资乱通鉴”。历史上乱世多而盛世少。盛世往往与名王贤相有关。人民力量极大，“能载舟亦能覆舟”，其力量在于造反，反后的治仍然要出皇帝。第一个起义的陈胜便自己立为王而败。项羽、刘邦都胜而为王、为帝。这样一直到朱元璋、李自成、洪秀全。由此可见，人民可有力量推翻旧朝之君，但要由乱达治仍然要立新朝之君。如何能使人民群众除造反以外还能无君而自治？是否可以学法、美，而不学英、日？这必须有孙中山的超出同辈的识见和胆量才能有此信念。太平天国假借由外国文化而来的上帝教而立新君“天王”。义和团依靠符咒而排外，有勇无知，为清廷所误，以致出现差一点被列强瓜分的大祸。这更使许多人踯躅不敢向民主前进。也正因此，袁世凯妄图称帝。他这个皇帝失败了。许许多多军阀小朝廷和城乡小霸王仍然滔滔不绝。一个皇帝可无，许多君主难灭。民主合理而且极好，但是做不到。孙中山可当华盛顿，但继承的便是袁世凯。中国文化中没有杰弗逊，没有卢梭。

这是不是可以算一种“自内”的解说？

一般人的认识外界和解说问题都有一个文化格局。若是由本乡本土家庭社会教育而来，那便常被叫作传统文化。若是由外地或外国而来，那便常被叫作外来文化。这是立足于本人成长时的环境而定的。至于两种文化格局中，本人采用哪一种译解哪一种，可以随人而不定，依据的程度也不定，有时是两者都用而以一种为主。例如清末的最尖锐问题是本国和外国文化在君主即政府问题上的矛盾。两边的政治大格局一致，都是以政府为中心，不一致的是要什么样格局的政府。政府的格局，当时可供选择的是中、俄式君主专制，英、日式君主立宪，法、美式民主共和三种。国际较量之下，中、俄式远逊于另两式，而另两式实是一式，只是有无世袭的无权元首象征之别。这一个象征起什么作用呢？有没有必要呢？为什么英、日不能废这个象征呢？中国的历史传统能不能不要君主而采用法、美式格局呢？太平军、捻军、义和团这样的民众组织能不能掌握主权使国家由乱而治呢？除孙中山和黄兴等人以外，大概当时极少有政治家能相信天地会、哥老会这类民间帮会能做到无君主统治国家而且使民富国强的。因为除了法国大革命从1789年打破巴士底狱到1794年罗伯斯庇尔也被送上断头台，然后一个军官拿破仑掌兵权打胜仗自封皇帝以外，外国很少有历史事件能和中国历史事件在政治上符合的。因为想避免法国式，又学不成美国式，所以思想趋向于英、日式。这大概可以算作戊戌变法维新能吸引那么多知识分子的思想原因。从上层维新失败，从下层革命便成为唯一道路了。这又正是历史上中国老百姓走熟了的道路。商鞅变法不是常用的成功格局。康有为所谓“孔子改制”只是空想。所谓“变法”成功只有商鞅、李斯，以后直到民国，再没有完全实现过。

两种文化相遇，除了格局以外还有个译解问题。除非传统文化内容较简单而格局又和对方基本相符，那就可以大致原样引进，然后经历实践而改变。许多宗教的传播常是这样，经典、仪式照搬过来。但如果己方文化复杂而丰富，历史悠久，人民普遍熟悉，那么必然会用自己的文化语言译解对方，不论双方格局相差多或少，都会有所变化。这种译解有时表面上看很容易，有时显得很困难，过了多年还是格格不入，或则改容易貌以至脱胎换骨。这两种情况中国的文化历史中都有。后一种困难情况在印度近代史中最为显著。殖民主义，尤其是英国的殖民地文化政策，是将对方分化为二：一是改从外来以便“为我所用”，一是保其传统以便“为我所制”。这种文化上的“分而治之”比较罗马的仅仅政治上“分而治之”厉害得多。英国东印度公司进入印度以后，经济上（土地收租代理人和各种买办）、政治上（政府雇员）、军事上（雇佣军）、文化上（英语教育）迅速将印度人（不仅知识分子）划分为两类。一类是英语文化的，一类是印度文化的。前一类有如上帝的“选民”，后一类则是“保护”对象。“保护”就是不要它变化，加以“尊重”。这样便使两种文化的中间译解极为困难。双方“语言”不通，无法对话，联合不起来。

可举一个例子。孟加拉的社会改革先驱者罗姆·摩罕·罗易（Ram Mohan Roy，1772—1833年），在东印度公司工作，不仅通晓英语，而且通晓梵语、波斯语、阿拉伯语。他致力于译解即沟通两种文化的工作（印度教和伊斯兰教可都算在传统文化一类）。由他开始的这种宗教复古兼改革运动后来还有教会组织形式，但影响主要在知识分子，其中包括泰戈尔家族。他的社会改革指向妇女解放，其实主要只是反对所谓“贞妇”（sati）自焚殉节。这是以外来文化改变传统文化、以复古讲革新的一例。英国统治者也在法律上下了禁令。但是收效不彻底。原因是寡妇殉节不只是文化问题，而且更重要的是经济问题。农村妇女经济不能自主，社会地位低下，丈夫一死，无以为生，亲族不能养她，她只有自杀一途。印度习俗是火葬，并认为火是净化一切的。寡妇和丈夫尸首一同烧去，然后将骨灰扔进圣洁的河流。殉节的实际意义是为经济所迫又不能改嫁。这一点和中国不同。中国的节妇多在上层。印度的“贞妇”则在穷苦的农村，上层的殉节很快就绝迹了。妇女不能经济独立并得到社会承认其平等地位，文化宣传和制定法律对她们是无效的。

两种（作为多种的简化）文化相遇，可能冲撞激烈，也可能不冲撞而相容。从现象上看，两种文化共存的有三种形式：一是平衡，互无大胜负。二是压抑，一个压下一个，但不能消灭。三是归顺，一个自认处于附属地位。两种文化不并存的也有三种形式：一是混合，两者合起来，很难确切分辨谁是谁。二是剔除，一个排斥另一个，但痕迹和影响未全消灭。三是吸收，一个把另一个吸收进去，合而为一，不是混合，但仍能找寻来源。这些都是现象，中外历史中例子很多。现象分类还不等于解说。

文化可以分为物质的、习俗的、文献的三种。这样分类便于分析。不过资料分类和对象解析也还不等于解说。

若想深入解说文化，可以作另一种追寻。从内容性质上区别，可分为科学、哲学、艺术。这是人类认识外界和自身并表现自己的认识的三个方面。这可以算是高层次的文化吧？要解说这些，当然格局、译解之类又不够了，要从文化思想着眼了。

1986年

文化之谜：科学·哲学·艺术

科学、哲学、艺术的分别大发展是从近代欧洲开始的。

近代指的是：科学从哥白尼（Copernicus，1473—1543年）、伽利略（Galileo，1564—1642年）算起，哲学从布鲁诺（Bruno，1548—1600年）、培根（Francis Bacon，1561—1626年）、笛卡儿（René Descartes，1596—1650年）算起，艺术从但丁（Dante，1265—1321年）、薄伽丘（Boccaccio，1313—1375年）、乔托（Giotto，1267—1337年）、达·芬奇（Leonardo da Vinci，1452—1519年）、米开朗琪罗（Michelangelo，1475—1564年）算起。这些创始人中除但丁、乔托的时期相当于中国的元代以外，其余的都是相当于中国明代的人（薄伽丘是由元到明）。

明代的城市经济并不比同时的欧洲低，文化也很发达，尤其是民间文化，可是没有出现科学、哲学、艺术的分别突破前人的发展。经济和文化的发展不能是同步的，却是相关的，大致先后相应的。像14世纪初诗人但丁的《神曲》，虽然可作为近代的开山，毕竟还是中世纪欧洲的结局上承先启后，开创意义不如活到明初的薄伽丘的《十日谈》。画家乔托也类似。那么，为什么近代欧洲能有突飞猛进的发展，而明代中国不能呢？这需要从包括经济在内的文化本身考察差别。

欧洲所谓文艺复兴起于15世纪南欧，经济上是海上贸易发达。中国明初郑和（1371—1435年）从1405年起曾七次率领大舰队“通使西洋”，远达非洲，其航运力量之雄厚绝不在当时欧洲以下。明朝永乐年间的国力也远超过同时欧洲的任何一国。西班牙派意大利人哥伦布（Columbo，1451—1506年）横渡大西洋，想达到中国、印度，1492年发现美洲，以后发展的结果和郑和的完全不一样。那么，双方的航海和经营贸易有什么大不同呢？明显的不同在于郑和是太监，而哥伦布是受雇佣的职业水手。郑和是奉使下“西洋”的，目的和作用是扬威而不是赚钱。中国是大国，不必像西班牙那样到海外抢地方、抢人、抢东西。特别是在经商方面，中国自有特点。自南宋以来，中国城市经济发达，有个特点是官吏兼营商业。有些大宗交易是朝廷专办的。民间商人也必须交结官府才有靠山。明代小说中写商人的很多，写他们和官吏及恶霸打交道的事也很多。欧洲可能也有这种情况，但是他们的商人很快就转而能左右官府，以经济支配政治。中国没有达到这一点。不但官吏，而且有一地、一乡之霸，总是势大于财。有财未必有势，有势即能有财。财不必凭公平或不公平交易而得。这恐怕要算中、欧双方不同的一个要点。

中国的官府，从皇帝起，奢侈挥霍，使手工业和建筑艺术等得以发展，但又大量投资于修筑宫殿和陵墓、庙宇。这种无再生产性的投资和浪费不流通，不循环，更不扩大发展，是不能有利于发展生产力的。从阿房宫起到清代故宫、明十三陵，在全世界也是罕见的壮丽。项羽烧阿房宫，单就文化说，不亚于英法联军烧圆明园。秦始皇墓的规模岂不如埃及法老王的金字塔？皇帝集中财富而投资于不能再生产的地方，这是一方面。另一方面，集中财富的办法不是扩大周转流通而是“竭泽而渔”，设立种种关卡，各霸一方。天下一统而交通不发达。政府为军事需要或则供应帝王及诸侯需要才修路。民间只有靠富户的“积德”来修桥补路。交通阻隔，商品流通不畅，城乡商业不兴，生产不能扩大只能维持，只繁荣几个大都市的消费。而且大小战争经常发生，规模大过欧洲同时的小国战争。明、清政府只重财政收入，不重经济发展，投资于无益之地，又设置重重流通障碍，这可算是和同时欧洲的又一个重要不同点。

从文化方面看，首先是人才教育。欧洲本是教会包办教育，在中世纪末显然已包办不了，而且内部也产生了异端。中国自从秦汉以来便统一教育于官学（“博士”）。秦代规定“以吏为师”，不准私家讲学。汉唐虽不完全包办，但以取士做官的规定迫使读书人都只得走“正途”，谋“出身”。从唐到清，考试制度是控制人才教育的最有力的手段。《儒林外史》中的马二先生说：“天天讲‘言寡尤，行寡悔’，哪个给你官做？”不论官做得上，做不上，为做官而读书的“正途”限制了人才的自由发展。不能当官的读书人的出路除设塾教书外便是随官当幕僚，仍然依附于“官”而为“僚”。欧洲的罗马帝国衰亡后，小国林立，只要不是触犯教会，还可以逃亡外国。中国自从秦以后便是大一统天下，只能隐居，很难亡命，不能再如战国时代那样“游说”列国。分裂时期这样做也为人所不齿。商品流通不畅，人才也不能流通，不能自由发展。这是一种文化窒息。除民间文学，尤其是口头文学限制不住以外，明代的八股文化压倒了一切，势力直到清末不衰。

是不是中国文化，确切说是汉族文化，因为历史悠久已经具有排他性？从一方面看，中国曾经吸收了不少外来文化。例如从西域和南海来的佛教及伊斯兰教。从另一方面看，中国又不大愿意接纳外来文化。例如明末清初欧洲耶稣会教士来华传教，也带来了一些非宗教性的文献如《几何原本》、《经天该》等，在上层人士（如徐光启）中起过作用，但是没有扩散。到清末又有欧洲一些传教士到上海等地，办“广学会”，译科学书，介绍声、光、化、电以及蒸汽机等新学。这些书在中国起的作用不大，反而被日本人拿去翻印，大量销行，对日本维新起了作用。这又怎么解释？

答案只能是：中国文化又有排他性，又没有排他性。“排”起来，一切拒绝。不“排”起来，一切全收。这里面必有个重要因素为他国所无。这个因素是什么？

秦始皇用李斯在统一天下后制定大一统国家的基本政策方针，后来汉代承袭下来，制度略有变动，原则照旧。这个原则一直继续，直到明、清，包括元及南北朝、五代时期在内。这个原则便是由中央政府及其下面的官吏机构掌握文化及教育，办法是用“选举”（推荐）和考试的方式建立一整套官吏机构的稳固的和自我更新延续的系统。这一系统掌握文化及教育，以做官为诱饵，使天下人才“尽入彀中”。这些官吏本身由此而来，必然极力巩固这一制度，即使是不由正途出身的幕僚（师爷）也自成宗派和官僚结成一伙，彼此不能分离。秦代统一六国文字本是大好事，应有利于文化发展。但统一便只许有一而不许有二。“焚书坑儒”便是这一原则的具体表现。以后虽不用明显的焚和坑，但原则照旧。例如东汉的“党锢”，宋代的“党禁”，明代的“党争”，都是由内部不统一而起，终于以政权的强力迫使归于一。这一原则在明代的八股文中达到极致。作八股文要“代圣人立言”，就是不许有自己的不同意见。同样原则也应用于民间文化和外来文化。不利于统治机构者禁之，有利者倡之，无害无利者听之。经过两千年，从公元前3世纪的秦，到公元后17世纪的明末清初，这个传统已根深蒂固，盘根错节，并且为读书人及非读书人认为当然。佛教之类有时有损，有时有利，因此时禁、时倡。但民间教派如所谓“魔教”、白莲教之类能组织老百姓，便一律严禁。不过这个长期发展的官吏帮派因为是封闭式的，所以越来越糊涂，利害不明，往往自投陷阱，或出漏洞。有时文化上出现例外便是由于这个缘故。明代有几个离经叛道的如李贽、袁宏道、金圣叹，他们也还不曾伤害统治的根本，所以未成党禁，只李下狱死，金入清被杀。因为民间文化虽违圣训却对官府无大害。例如《金瓶梅》所说的西门庆等人勾结官府，欺压平民，阴谋害人，纵欲无度，但书中仍宣传因果报应，尊崇官府，虽有害风俗，但无伤统治，所以明代此类民间文学得以发展。编印小说、小曲的冯梦龙也未遭祸。除此以外，书籍由官府集中。经书、史书、类书、丛书都由政府编订，私人修史须经官定。文学作品由官选辑，如《文选》、《玉台新咏》、《乐府诗集》、《太平广记》等，直到清代的《图书集成》、《四库全书》以及“御批”、“钦定”的书。民间编书很难，抄书不易，到宋代才发展私人刻书，但官办文化从秦到清一直是传统主流。由此可以说，中国文化，尤其是汉族文化，有一种具备坚强政治原则的排他性，却并非一概排他。虽则其他国家也有类似情况，但在一个大国历时两千多年而不稍衰，大概是世界少有的。从秦代直到清末再也没有出现过战国时“百家争鸣”的文化情况，便是证明。

如果这一解说尚可成立，那么明代经济虽有发展，民间文化虽很热闹，但商品流通不畅，文化控制不衰，不可能出现欧洲同时期的经济和文化变革。欧洲中世纪的教会统管文化的力量还没有这样强大。罗马帝国的政府和教会是分立的，有矛盾的，和中国的一统天下不同。

这还不足以说明中国的科学、哲学、艺术没有像欧洲近代那样发展的原因。外部条件之外，还必须寻找内部特点。

在近代以前，欧洲也像中国一样，科学、哲学、艺术不仅通气而且相连，也是统一用拉丁文如同中国用古文，但欧洲从古希腊起就各有偏重，没有像中国这样强烈的合一。中国只有民间艺术有单独发展，被列为“匠”，但也没有和文人绝缘。往往民间发展新体即为文人吸收。文人也参加民间创作。文人总是和官府通气的，本身多半便是官。因此我们可以而且应当从这三方面的统一思想即文化思想中去寻找同异。

由犹太教—基督教而传播到差不多全体欧洲人心中的常识之一是《旧约·创世纪》中的伊甸乐园。在那里，始祖亚当和夏娃自由自在生活，唯一的禁戒是不许吃智慧树上的果实。这个乐园理想的原则便是：除了明确禁止的事以外，做什么事都自由。尽管教会给被逐出乐园的人类后代加上无数的枷锁，但仍是以乐园为理想，而且原则仍旧是，不违禁令即自由。近代的宗教改革冲破的第一条禁令便是越过教会直接读《圣经》。马丁·路德（Martin Luther，1483—1546年）将《圣经》译成德文，使人人得以和上帝及耶稣直接对话，这样便打破了教会的垄断。于是除不犯上帝和耶稣的禁令外，人的行动是自由的。自由的限制只是不妨碍他人的自由。（因此严复译弥尔的《自由论》为《群己权界论》，确有识见。）这是欧洲“百姓日用而不知”的常识。这是近代思想的起点。

中国恰恰不是这样。《论语》中提的孔子的原则是：“非礼勿视，非礼勿听，非礼勿言，非礼勿动。”“礼”规定了一切。一切内包括视听感觉对象，不仅言论行动，更不必说思想了。“礼”是一切。“非礼”、“无礼”都不准，不许乱说乱动。后代一直遵循这条原则，也成为常识。近代常为人引用的《礼记·礼运》篇中的“大同”和“小康”的理想也是人人各就各位，“男有分，女有归”，一切都照规定，两不乱。《礼记》、《仪礼》、《周礼》，做了无数的规定，从朝廷一直到个人生活都有细致规定。人从生到死不能“越轨”，不能“乱”。做了没有规定的事便是“非礼”、“无礼”，等于犯禁。人要像京戏舞台上的角色那样，走路说话都得合乎规定的程式，生、旦、净、丑各各不同。“整冠”、“理髯”、“起霸”等一举一动都不能错。“各安本分”。这就是“治”，是“太平”。达到了便是“大同”或“小康”。不能私有，没有个人，因为个人及货物都是依“礼”规定而不许“乱”的。

这个理想的原则和伊甸乐园的原则是大不相同的。一个是除了禁令以外都自由。一个是除了规定以外都禁止。印度文化在这一点上和中国也差不多，也是《法经》、《法典》

繁多，连见什么人，说什么话都有规定。印度的“法”（达摩dharma）仿佛是中国的“礼”，笼罩一切。佛教也是戒律为先。在这一点上中印思想原则彼此一致，都和近代欧洲的伊甸乐园原则完全是两回事。理想全不一样。

亚当和夏娃犯了上帝禁令，吃了智慧果，有了知识，被逐出乐园。于是始祖有罪，儿女后代都有罪，这是“原罪”。基督（救世主）出现了，只有信仰他才能得救。这是基督教的教义，也是欧洲人的常识。人人都有罪，所以人人平等，但有信徒和异端之分。信徒便是高一等，站在上帝一边了。但信徒之间照说还是平等的。不过教会有教皇，有机构，“神职”等级森严，仍不平等。近代新教兴起，信徒平等，教会中没有教皇，教派林立，牧师只在代表基督“牧”一般“羔羊”时才高些。可说是“上帝面前人人平等”。不像中国，玉皇大帝或则皇帝之下也不是人人平等。

印度文化中没有“原罪”，但相信“轮回”、“业报”。人死了又生，生死不断；所做的事必有后果，必遭报应。人人又平等，又不能平等，因为所造的“业”不等。有四句话：“欲知前世因，今生受者是。欲知后世因，今生作者是。”这是中国流行的佛教的“报应”的简明总结。现在的不平等是由于前世（过去），但现世可以使来世改变情况。这是以平等解说不平等，给人希望。在印度，这一信念一直延续下来，还未结束。这是又自由又不自由，又平等又不平等的思想，很难破除。

中国人又另有一种想法：没有普遍的“原罪”，但是有的人总是有罪，有的人总是无罪，依人的身份即社会地位的符号而定，所谓“成则为王，败则为寇”“臣罪当诛兮天王圣明”。为臣必然有罪，有功未必能赎罪。为君必然“圣明”，有错也怪臣下。“天下无不是的父母”，父母总是对的，子女对父母而言总是错的。父母是不可能有“不是”的。《孟子》里讲，有人提出问题：舜为天子，舜的父亲瞽叟杀人犯罪，执法无私的皋陶当法官，舜怎么办？孟子答复：舜放弃皇位，背起爸爸逃去海边躲起来。所以父亲有了罪也得儿子担当。“父债子还”。“族诛”便是一人有罪，全族遭殃。因为没有什么个人，集体的族便是个人，个人属于全族。这叫作“以孝治天下”。臣民对皇帝更是这样。古时有“万方有罪，罪在朕躬。朕躬有罪，无以万方”这样好听的话。皇帝一人象征天下的人，也可以下“罪己诏”。可是历史上没有过这样的事。不可能把皇帝的罪由皇帝自己承当，只能由臣下承当。因为皇帝是个象征，不是个人。除非亡国之君又当别论。“不由分说先打四十板”，或则是照《水浒》里说的，对“配军”（放逐充军的罪犯）先打一百“杀威棒”。有人的符号是定别人罪的，有人的符号是受罪要服罪的。都看地位符号，都代表某种群体。没有个人，因此也没有平等。因为乐园中除禁果之外处处自由；失去乐园之后，人人同有“原罪”而平等。所以近代欧洲人又由此推出，除共同的“原罪”外人人无罪。只有触犯了禁令才有罪。近代法律（刑法）的一条根本原则是“无罪推定”论。除非证明有罪，只能承认被指控的人无罪。英国人曾把这一条用在英国统治时期的印度。为了证明有罪和辩明无罪，法院需要很多律师。律师不仅需要熟悉法律条文和案例，还要长于辩论。于是律师纷纷成为政治活动家。但印度文化中是人人各有不同罪孽的思想，所以照“无罪推定”去“依法”论证犯人有罪就需要特殊训练。律师成为一种特殊职业，和一般老百姓的文化脱离。老百姓仍然照前世造孽无法改变的原则行事。

中国和印度又不同，但也不能接受“无罪推定”。“嫌疑犯”就是犯人的一种。先下狱后审判是从古以来的办法。有人说他有罪，他就可能有罪，“莫须有”就可以判罪。重要的不是证明有罪，而是证明无罪。证明有罪很容易，打板子，上夹棍、锣子，“呐喊堂威”，用刑得出口供就够了。供词不用犯人自己写，画个十字就行。但要证明无罪可就难了。判罪易而免罪难，所以无需律师和侦探。替犯人辩护很不光彩。这大概可算是“有罪推定”吧？不是人人有“原罪”，也不是人人由自己的“业报”而有罪，而是依据身份符号以及关系（同族之类）就可能有罪甚至必须有罪，不能无罪，所谓“罪责难逃”。不过也有时仿佛“无罪推定”，那是对于有某种符号的人，例如皇帝。或则是“上峰”未降罪而平民“滚针板”告状时，官无罪而民有罪。这不能算是“无罪推定”。

近代欧洲出现了这类思想对科学、哲学、艺术的发展有什么关系？由上述例子中可以看出，这些自由、平等、个人无罪的思想所依据的可以同样是教会所依据的经典，但是和教会的统治恰相矛盾。人人可以直接和上帝对话，不用教会插在中间代表上帝，这就引来了近代的“天赋人权”的民主，而不是古希腊、罗马那样小城邦全民投票和元老执政的民主。这是首先承认个人而反了中世纪教会专制的民主。打着希腊和经典的旗号其实是一种“托古改制”。文艺“复兴”其实是“新兴”。首先见于艺术上。但丁的《神曲》引进了异教徒罗马诗人维吉尔（Vergilirs，公元前70—公元前19）。他带但丁游地狱，指引他上天堂会女情人。这已经不合教规了。那些画家绘圣母和其他神人像，以活人的肉体为美，不仅是混淆了神人而且玷污了宗教的圣洁，将希腊异教思想引了进来。薄伽丘的《十日谈》描绘教会人员的丑事，宣扬人间享乐，不以男女阴私为耻，仿佛乐园就在人间。在科学上，哥白尼论证太阳中心说，伽利略上斜塔做实验。哲学上，布鲁诺首先提出怀疑思想，培根、笛卡儿接着来。这就是以理性为最高，认为人类需要的不是信仰而是理智，是论证。笛卡儿说：“我思故我在。”拉丁文这句话（Cogito ergo sum），隐在动词中的代词“我”字要出来了。欧洲哲学从古就追索“存在”的问题，也就是灵魂的问题。若灵魂不依上帝而依个人思想认识才存在，对宗教来说，这岂非大逆不道？培根鼓吹经验，只有经验（即实践）才能得来知识，证实真理。由此当然又突出了个人。这些是从艺术、科学、哲学方面和上述的自由、平等、无罪推定相呼应。引古证今，由今推古。在近代开始时期，宗教的气氛很浓，教会的统治很严厉，著书必须用古文（拉丁文）才能使各国人都看得懂，这些怀疑思想和个人观念便是一阵新鲜空气。在这空气下，自由贸易的经济蓬勃发展，转而促进了科学在技术上的应用，机器发明出来了。

明朝的中国有这一类的思想新潮吗？无论是王阳明、李贽、朱载堉、李时珍、汤显祖、徐霞客、黄宗羲、王夫之等人鼓吹过这样理性至上，经验至上，个人自由、平等、无罪，人间是美、是乐的思想，提出怀疑论，直接向统治一切的教会开战吗？没有。黄宗羲的《原君》当然是很先进的，但仍限于政治机构而且还远不是近代民主思想，和卢梭不能相提并论。明代还没有产生近代欧洲的个人人格观念和理性观念。从思想到知人、论世、处理事务，还是惯于判断而不惯于论证，论证也往往是因果二段式、问答式，不是推理式。直到明末清初也还未出战国时期的圈子，而朝廷的重压却远远过于东周。零星的思想火花各代都可以有，不能发展为文化思想。个人享乐不等于“个人主义”。自私不等于“人权”。中国的文化史上没有出现欧洲的近代。近代的科学、哲学、艺术即使当时进来也不能扩散，何况耶稣会在欧洲是保守的派别？

中国文化中缺了和欧洲近代相对应的一段，这只是说明事实，分析情况，追究问题，不是做价值判断，定近代欧洲文化的善恶功罪，比较优劣，当然更不是要去“补课”。历史是不能倒转的。历史“补课”是不可能的，无论该补不该补。现在的问题是：对待从近代欧洲延续下来的20世纪的欧洲文化以至美国和日本的文化，我们可以怎么办？不说应当怎么办。那是又一问题。我们接受了马克思主义，这是从欧洲文化中生长出来的。可是外国还有很多从近代欧洲文化延续下来而不属于马克思主义的，而19世纪的马克思又来不及批判20世纪的欧洲文化。这种20世纪的欧、美、日本文化，尤其是当代即第二次世界大战以后的，我们可以不顾其思想来源而撷摘果实安在自己的树上吗？为什么近代欧洲文化开始时期14世纪的《十日谈》到20世纪末期在中国出版译本时还要讨论出全本还是节本，而最后仍是出节本呢？这本反教会、唱私情的欧洲古书为什么插不上中国文化之树呢？真是文化不同不能接受吗？“三言”、“二拍”不能出全本是不是出于同样原因呢？《聊斋》又为什么出全本呢？是因为读者看不懂古文吗？不论是好是坏，这个问题是不能回避的。对于六百年前的欧洲古书还有忌讳，对于大卫的古代裸体雕像还有忌讳，对20世纪的艺术挑选得只有更严了。那么，什么是“禁果”呢？怎么挑选呢？“非礼”所规定的都不要吗？历史是怎样挑选外来文化的？会怎么挑选当前文化呢？

艺术是最具有国际性的。假如文学、绘画、雕刻、音乐、舞蹈等至今仍在传统和外来之间、历代规定和民间传播之间争论不休，那么哲学思想呢？要不要分别正统和异端呢？科学是不是可以采果和接枝？技术是不是可拿来就用？照清末的先例，这是不能完全办到的。许多人一直是想“中学为体，西学为用”而反对“全盘西化”的，结果是马克思主义从欧洲不请自来，又曾对一个欧洲国家实行“一边倒”，“全面学习”，最后既不是“西学为用”，也不是“全盘西化”。只要枪炮机器“硬件”，不要文化思想“软件”；只要技术，不要科学；只要科学、技术，不要哲学、艺术。这样做的国家当前世界上也有例子。不过是用人家的折旧武器打仗方便些吧？究竟将来后果如何是不是还需要历史证明呢？历史的面幕向来是揭开又遮上，遮上又揭开的。历史不由人的好恶而转移。

不能“补课”，不易“接枝”，那么会怎样？还是从文化思想本身考察一下吧。不作预言，不作评价，只是解说，看看怎样。

近代欧洲文化思想是从怀疑开始的，是从提问题开始的。不怀疑托勒密（Ptolemaeus，公元90—168年）的地球中心说，哥白尼怎么能研究出太阳中心说？不怀疑，伽利略何必上斜塔做实验？布鲁诺因提出怀疑论而被烧死。笛卡儿提出问题以后才会尊重理性。培根提出问题以后才会尊重知识和经验。若对教会毫无怀疑，但丁何必作《神曲》，以自己意思写天堂地狱？艺术家也是对天上有怀疑，才以人间为天上；对传统形式有怀疑，才去创新；对现实有怀疑，才驰骋虚幻。不怀疑，无问题，何来思想？无思想，何来科学、哲学、艺术？无科学、哲学、艺术，谈什么文化？那就只有捡别人现成的了。可是文化乞丐是当不长的。拿来人家的以为我有是用不久的。可不可以说，由于现实起变化，思想有怀疑，才提出问题，才有了近代欧洲文化？是不是蔡元培当民国第一任教育部长时首先废除“读经”课，才开始了新文化教育？

怀疑的对立面是信仰。信仰的集中点是宗教。宗教是文化中的一个广阔领域。宗教文化思想怎么样？又需要另行考察了。

1986年

文化之谜：宗教信仰

宗教作为文化现象可以分为实践和理论两方面。文化多指其实践方面，但若只从文化思想考察，则是以理论为主而兼顾实践，其实也可以说是从实践联系理论而寻找其思想核心。至于宗教的对外作用等可作为另外问题，姑置不论，先只分析其内部。

宗教很多，难以概括，不妨以一例多。宗教的复杂，全世界各国莫超过印度。印度本地产生的历史长久的宗教是所谓印度教或婆罗门教以及佛教、耆那教。外来的有拜火教、犹太教、伊斯兰教、基督教。后起的有锡克教。所谓印度教是外人起的名字。“印度教徒”（Hindu）这个词是波斯语的叫法，但印度语也接受了。这一教中有不止一个教派。其他教也大多包括不同教派。例如耆那教有两派：天衣派、白衣派。用基督教一词可以统称罗马正教（天主教）、希腊正教

（东正教）、新教（基督教）各派。若要从文化思想上概括考察，必然要以宗教哲学为主。这又是以印度的为最复杂，曾经过长期的全面的争辩，又有长期发展的复杂的实践“仪轨”加上抽象的神秘解说。因此，可以从印度的宗教各派争论的哲学问题考察起。

印度宗教哲学中争论的问题其实也是其他宗教中共有的问题，不过各有所侧重。这些问题看来抽象，实际有具体内容；看来神秘难解，实际对其内部说是可解的，对其外部说也是可解的，不过解说不同，答案也不一样。有的是不联实际就显得奥妙，联上实际就不难索解。

这些问题排列一下可有十个。每一个问题含有一对相反的概念，故成为问题。

（一）神、人问题。宗教信仰必有神，神有各种各样。有神必有人，无人亦无神。犹太教的耶和华（神）创世之中必创亚当（人）。印度宗教没有创世，世在前而神在后。人对神虽是顶礼膜拜，实际是求福避祸。神地位虽高，却仿佛是件道具，是工具，是手段，是财富的来源。神人关系是自然的，有点交易性质，其中没有问题。后来才出现神、人问题，大概是由各教、各派纷争的辩论所生。于是对神的解说有分歧了。印度的神始终不是主宰，和中国的玉皇大帝不同。有的神有妻、有子、有些部下，对人也可以作朋友，但不大关心。神、佛、耆那（大雄）都是“自了汉”，人求他，他才肯帮忙。印度不大讨论神、人关系。这是欧洲，特别是近代才有的问题吧？是因为人抬起头来了吧？印度的神，早期的仿佛古希腊的群神，有时和人有接触，但关系不大。人是主动的，或求告他，或冒犯他。有的神后来成为大神。不过问世事，如同许多佛各自有“佛土”，与人无涉。有的佛可收信徒入境定居，这便是阿弥陀佛。有的神为自己修行或则发愿心才在人间游行，管管世事，如佛教的菩萨。有的神偶然化身入世降魔救人。这些都是神话传说及民间信仰的神。宗教哲学家讨论的神、人关系的问题是：神有形无形？神和人是二是一？这两个问题看来很玄妙，但和实际关系极大。神若无形，偶像便站不住了。神、人若可以合一，人便具有神性，神也具有人性，作为中间人的教会、祭司之类便不必要了。这两个哲学问题对于宗教实际的关系太大了。抽象辩论，外人看不明白，内部的人心中很清楚。对神的怀疑也从开始就有，一直继续并发展到否定，但没有更发展。大概是因为许多教派的神是“有若无”的，重要的是神的代表即神、人的中间人。一对照，中国的道教的神系以及神和人的关系就显得突出了。可是中国从来没有着重讨论过神人关系问题。大概是因为太自然了，天上人间太相似了，神可以下凡，人可成神、成仙，没有什么怀疑的余地了。神界不过是人界的放大复制。在中国，道教的神、鬼、仙加上互不侵犯的佛教的如来、菩萨、罗汉，足够一个大国，应有尽有。其体系之庞大，结构之完整，全世界宗教恐怕少有能相比的。这完全是和人间相对称的一套，力量却超乎人间，对人间经常指导并干涉。这种神界、人界双重关系之密切也是世界其他宗教少有的。家家户户都有灶王爷驻扎，年底上天汇报，这也是别的宗教没有的。

神是另一种的象征符号。无形的神也有世间有形的代理人。没有神的也会有人作神的符号。把活人当作神也是中国最发达。本来招牌是商店的符号，后来商店成为招牌的符号。人对于象征符号还不认识的时候，神人关系的问题是提不出来的。提出也是抽象的，不好解答的。

（二）主、客问题。这也是较晚才提出来的问题。起先连精神、物质或则心、物的问题也提不出来。提出来的只是追问精神。这还不是追问到灵魂、神，只是问：个体精神，人的精神，能不能脱离身体？怎么脱离的？是否独立存在？这便是所谓“我”的问题。人人有个“我”，这“我”是什么？是肉体吗？死人有肉体，说不上还有“我”。那么“我”到哪里去了？有“我”和无“我”问题在印度很早就争论起来了。《奥义书》发现并承认了不灭的“我”。耆那教认为有无数的“我”叫作“命”，无处不在，是一个一个的。“命”是生命，所以不伤生（“不害”，戒杀）是第一教义（最高法）。佛教提出“无我”，否认有永恒的个别的精神实体，用另一套公式解说人的生死、“轮回”。这个问题在不讲“轮回”的宗教中没有，因为灵魂是上帝创造的，是不灭的，没有问题。但在没有上帝而有神的宗教中，这是很重要的问题。精神若不能独立存在，神的存在就成问题了。承认了精神才能承认精神的“象征”的“意义”。可以不叫作“精神”，甚至可以叫作“物质”或其他，但“意义”是一样的，即永恒存在，只发号施令而不见形体的那个神。所以问的只是“主”而不是“客”。宗教追问主、客问题不等于近代所谓主观、客观，或则精神、物质，或则意识、存在之类的主体、客体问题。那些是近代哲学问题。宗教问的主体只是精神一方面的问题，认为物的方面不成问题，人人看得见，不成为对立。约八九世纪的印度哲学家商羯罗才在《梵经注》一开头提出：“你”和“我”是像昼和夜一样有鲜明分别的，怎么能说是合一的呢？这算是涉及了主、客问题，实际上还是继续传统那条线讨论下去的，还不到近代哲学家笛卡儿提出“我”的问题的程度。在没有对神发生根本怀疑的时候，主、客问题也不能真正提出来。不过讨论“我”时“你”已经暗含在内了，但还不能认识。至于佛教的“无我”到后来，尤其是到中国，“我”公然出现为魂灵了，“无我”由本体化为道德了，问题被取消了。中国人不管主、客对立问题，重视的是上下、尊卑，而不是平等对立（例如乾、坤）。

（三）常、断问题。这是印度宗教哲学，特别是佛教“大乘”理论的说法。“常”指永恒、绝对，“断”指其反面。佛教讲“无我”，不能不讲“无常”，反对其他宗教派主张的“常”，但又不赞成“断”，认为不能全盘否定；要讲“无常”而“常”，“断”而不“断”。说法很玄，仿佛讲绝对中有相对，相对中有绝对，但是本来意义仍在宗教方面。例如争论的一个主要问题是：“声”是“常”还是“无常”？“声”是词（口头说的，不是书面写的，所以是“声”），即语言，指的是神圣经典，即《吠陀》。从根本上说，语言若是人为的，不永恒的，什么神圣经典的话也就只能是不永恒的了。那么，佛教自己的经典呢？主张“大乘”理论的讥笑传授“小乘”理论的人为“声闻”，即迷信听来的传授下来的经典，仿佛是教条主义者。“小乘”理论家不承认有大小“乘”之分，对“大乘”置之不理，认为擅解经典，仿佛是修正主义者。但是“大乘”佛教理论也反对“断”。“断”就是说，既不永恒，人死就完了，没什么地狱报应了，于是也不必讲修行、讲宗教了。这当然不行。所以要讲非“常”，非“断”，由此论证别人讲的都错。我这一派才是唯一正确的。这一点，大小“乘”都一样。从哲学方面讲，这类辩论对哲学问题有所发展，但和近代哲学所问的问题并不一样，和中国哲学问的也不一样。因此中国佛教对这问题不作哲学的关心，只作宗教的关心，把“无常”当成只是死，甚至有“无常鬼”、“黑无常”、“白无常”。中国哲学家是喜欢“放之四海而皆准，百世以俟圣人而不惑”的不变真理的。“无常”到中国也变了。

（四）我、梵问题。这两个词是印度哲学术语，在印度已成为常识。佛教则用另一些术语。“我”指精神个体，“梵”指精神全体。但是也可以不专指精神，那就是辩论个体和全体的关系问题。很早便提出了“我”即“梵”，或则“梵”即“我”，或则说“你是它”，或则说“非也，非也”。这就是说，任指什么都非全体，任何有限都不是无限，无限是说不出的。无限才能说全体，所以全体是说不出的，只好说是“梵”，其符号便是“唵”，成为咒语。看来这个问题很奥妙，很神秘，为什么印度古人那么热心讨论，到了近代又得到不少人（例如诗人泰戈尔，还有欧洲人）不断大加发挥呢？原来这一问题包含了无数问题，其意义不仅是宗教的，而且是社会的。个体和全体的性质是一是二？个体有无差别？全体统一为主，还是个体差别为主？哪一方面是现象而非本质？能不能将个体的集合作为全体？或则将全体的分解作为个体？是否全体即等于个体的一切？个体只能以全体为一切？如此等等明显是现代中国人所谓人生观的问题。近代印度人受到外来侵略压迫，又感觉到内部矛盾，急欲觉悟、团结，树立自信。思想家求助于古代哲学，在外来的民族主义思想上打一个“梵”字符号，念一声“唵”字咒语，当然可以增加力量，用古利今，但仍不能为老百姓所领悟。而且古语有古义，难于完全适合今日需要。直到甘地才抬出一个“不害”（戒杀），对外译成“非暴力”，作为罢工、罢市、罢课、游行等一切不合作反抗运动的土产原则的符号，才为大众接受。于是梵我问题回到宗教哲学上来，去和康德及黑格尔的理论争辩是同是异去了。这个宗教哲学问题的起始和结束，在上古和现代，是印度文化中很值得考察的问题。这是中国没有的。佛教也不用术语“梵”。中国只争论过“涅槃”和“佛性”问题，意义有些类似。但在中国讨论个体只有一段时期，因为中国长期是大统一国家，而且是以巩固的家族为基础的，和印度不同，所以这个问题的文化意义在中国不那么大。在中国，个体仿佛是不单独存在的，是依靠各种关系而存在的，可以说处处都是“梵”，而“我”不成为问题。

（五）空、有问题。这是佛教“大乘”理论的提法，约出现于公元前后一段时期，由佛教哲学家龙树提出全套理论。以后扩展了，又变为“非有”（无）、“有”问题，内容不一样了。这也可以理解为否定、肯定问题。对象都是指的“存在”。这好像是讨论欧洲哲学的所谓根本问题，其实不然。这问题在印度没有发展到欧洲近代哲学那样程度。欧洲哲学一贯追究“存在”问题。印度哲学也论“存在”（有）。中国哲学也讲，却没有专题。“空”、“有”、“存在”都是外国词的翻译。稍一考察，可以发现，大概欧洲是在不断追问，尤其是从近代到现代，不但问存在，还问我们怎么知道存在，怎么认识，怎么描述。印度是对存在摆出问题，然后作答案，在答案上反复推敲。中国则是对存在直接作答案，推演下去。因此“空”、“有”问题传来中国也只热闹一阵子，问题转移，随即过去。印度为什么会争之不已？开始是佛教内部问题。先讲“一切有”，忙于分析物质和精神世界的一切因素（“法”），排列出来，建立系统，以为完事大吉了。为什么一定要承认这个系统呢？不同派的当然不服，便提出怀疑：不论系统对不对，一切肯定其存在就不合“无常”教义。所以要从否定开始。“空”就是数学上的零号，在印度语中是一个字。从“零”开始。“零”不是没有，所有的数最后都可归结为“零”。“零”也是终。数建在“零”上。“一切有”变成了“一切空”。那么“空”是什么？说不出来。“零”不能不是一种存在，但无法描述。所以把它“悬搁”（欧洲的现象学说法）起来。于是探寻“空”的后面，发现了“识”（也是现象学的发现），再一发展，转成了“法相”，“唯识”，“空”又变成了“有”。这是佛教哲学史除了秘密宗派以外的要领，而密宗的理论仍是从“空”、“有”而来的，不过说法不同。这一争论在佛教以外没有明显大扩散，只招到一些批判。传到中国，译解成为汉语的“空”和“有”。“空”等于“无”。“贵无”、“崇有”和印度的似是而非。印度的是印度佛教文化中的问题，是与教派存亡有关的非争不可的问题。中国的是中国文化中的问题，和政治社会有关，但不是存亡问题，所以一阵子就过去了。

（六）真、幻问题。这是印度的长期争论问题。问题不在“真”而在“幻”。“真”即“存在”，二者是一个字：sat。“幻”是什么？中国人说“真伪”，“幻”应当是“伪”，是假的，还有什么问题呢？照欧洲人说法可以是本质和现象问题。本质是真实存在，现象呢？不能说现象不存在。不存在的只是“虚假的现象”吧？印度哲学家商羯罗发展出一套“幻”的理论，和佛教讲的“幻”有些通气。“幻”（摩耶māyā）不但是存在而且不仅是现象。常举的例子如：把绳子看成了蛇，这便是“幻”。这岂不是错误的认识？说世界上充满了“幻”，这不是说世界不是真的，说世界不存在，而是说认识世界有错误。明明只是一个人或则一块石头，你看成了神，那也不能说你错，然而对于有真正认识的人说，“人”是“真”的存在，而“神”是“幻”的存在。世界是“梵”，世界又是“幻”。于是“梵”作为“神”，是“真”的；而这个“神”又是“幻”，是你认为的神。这另起一名叫作“自在”。这就是大家拜的神。商羯罗的理论“幻”和龙树的理论“空”同样遭到许多反对。原因很简单。他们想给宗教找寻合理的解说，结果几乎从根本上否定了宗教。这同另一位印度哲学家相似，鸠摩利罗为了论证经典正确讲了许多道理，结果是把讲道理（理性）推上了第一位，宗教和神也需要理性来证明了。宗教是信仰，不能讲道理。宗教理论只能“述而不作”。所谓论证只是说经典或则祖师说的“神谕”如何正确。若作辩解，等于承认了怀疑，无论怎样高深、玄妙，也是不能容许的。耆那教的“或许说”也是这样，可此可彼，结果也否定了神。

（七）是、非问题。是非有什么问题？本身无问题，问题在于是非标准。印度人叫作“量”，好像用尺作标准来量东西。这是印度逻辑的出发点。可以说，在近代欧洲人以前，印度人已经注意到认识论，问到知识的来源和标准了。但是印度人的追究不同于欧洲人如笛卡儿、培根、康德等人的追究，不是近代哲学。对于印度人的“量”和逻辑（“正理”，佛教称为“因明”），中国人也不热心。中国人一直不觉得有追究这问题的必要，因为认为圣人早就解决了，没有像印度人那样还在答案上提问题。“量”在印度通常认为有四个：一是现量，即感觉所得；二是比量，即推理所得；三是譬喻量，即由类推而来的知识；四是圣言量，即由已有的权威（神、圣人、经典）而来的知识。大约5世纪的印度佛教哲学家陈那提出“量”只有两个：“现量”和“比量”。其余两个都是附属于“比量”即推理的。这是思想上起了革命。特别是“圣言量”，要依推理，那么不合理的“圣言”怎么办呢？当然说是“圣言”没有不合理的，不容怀疑的。可是漏洞开出来了。这一理论在佛教中还有发展，但只在理论体系中取消了“圣言量”，实际上还是照旧，反而给不立文字、不仗语言的秘密宗派开了路。由此可见，可能是创新的革命思想也可能反而为另外的什么思想打了头阵。尽管如此，这一理论还是为各方所拒绝。在中国更无响应。“圣言”当然是“量”，甚至是唯一的“量”。有什么可讨论的呢？听从就是了。

（八）因、果问题。因果联系着报应，印度人讲得很多。由于佛教传入，中国人也都知道因果报应。但一般了解的只是同类事件的先后次序，严格说这还不是因果。种子和大树并不同类，怎么种子是因而大树是果？前世的因怎么隔了一代才结果，这中间一段埋藏在哪里了？讲不清因果便讲不清报应。没有因果报应，宗教，不仅是佛教，便站不住，失去信仰了。所以佛教讲出“因缘”理论。“因”是基础，“缘”是条件。种子是“因”，但若没有土壤、阳光、空气、水等条件具备，种子不能变成树。这一套“因缘”理论极为巧妙，解答了很多问题。可是又为“空”开了路。若一切都是由基本条件（因）和辅助条件（缘）而生，那么客观存在的本身只能是“空”了。这一来又影响了宗教的根本。还有两条路可走。一是继续追问，否定。这很危险，怀疑下去，会引向虚无主义，宗教自己否定了自己。另一条路是打倒一切，留下了自己，走向神秘主义。论证可以否定一切。信仰又肯定一切。信仰至上。“因缘”等理论不过是否定别人，并不否定自己。因此，讲“空”、讲“因缘”的龙树既是善于否定别人的理论家，又被神秘主义奉为祖师。中国没有对因果产生怀疑，没有对“圣言”提出问题，所以“缘”在中国转为“缘法”，可以“化缘”。这理论在中国文化中没有引起问题。大概中国文化思想向来不喜欢怀疑论（除了一篇《楚辞·天问》），更不喜欢虚无主义。中国人民也许不喜欢所谓宗教，但特别喜欢信仰，最善于造神，从三皇五帝尧舜禹汤造起，络绎不绝。

（九）苦、乐问题。印度人经常苦、乐并提。佛教讲“一切皆苦”，但是又宣讲“极乐世界”。修苦行确实是印度教比其他宗教更为强调，但苦行不是目的而是手段。为得到“法力”、“解脱”或实现其他意图而修苦行，这是为乐而苦，不是以苦为乐。例如雪山女修苦行是为了得到大自在天的爱情和婚姻，结果如愿以偿，两位修苦行的男女神大享其乐。所以由苦得乐，出苦入乐，正是宗教宣传所必需，而且是征取信徒的途径。宗教绝不是以苦为至上，要求信徒受苦，仿佛越苦越乐。这不是任何宗教的教义。若想那样创教，只会把信徒吓走，把自己孤立起来。究竟什么是苦？佛教先说“一切”，其实只提出几条，生老病死以及别离和“怨憎会”之类。但是“苦行”（这不是印度原字，原字tapas只是“热”，不是“苦”）确实是印度宗教思想中最为普遍的信仰。“苦行”必然产生“法力”，有意想不到的效果。对此也不是没有疑问，但很少公然问出来。绝食和折磨自己仍然是达到目的的手段之一。这本不是印度特有的，不过这信念在印度分外强烈。佛教开始曾反对苦行，后来妥协了。传到中国，竟然信仰“焚身供佛”，烧香疤，剁指头，刺血写经，大违戒杀原意。好像中国有些人提倡苦行也不在印度人以下，还有点超过。但是类似佛教“头陀”的欧洲方济各教派标榜“清贫”，到中国传教不受欢迎，可见中国人并不真尊苦。

（十）美、恶问题。这是欧洲哲学和中国哲学中很注意的问题。美、丑，善、恶是伦理道德问题。偏偏印度人不重视。“善”和“真”是一个字：sat。“美”没有专门术语。从文化中找原因，可以说是印度的“法”和“业”使这个大问题出不来。“法”把一切生活言行等都规定了，不能出轨，善恶美丑的界限划定了，还讨论什么？“法”就是“善”。“业”依照“因果”规律决定了一切，一切都无法改动，只有依照“法”的规定行事才有来世希望。都注定了，不由自主，那还管什么善恶美丑？命该如此，服从第一。道德规范，美丑标准，都无可讨论了。“真”也就是“美”。佛说“涅槃”就是“美”。印度艺术中有“美”，那是外人的看法和说法。中国人以为很丑的，印度人丝毫不觉得。到近代，才出现以传统哲学解说新旧艺术作品问题。这是从欧洲来的，以前说美，不过是好看好听而已。

以上略举十个问题为例，可见宗教信仰中也不是没有问题，而问题的发生则不能脱离文化的解说。如果文化不同而问题共同，则外来宗教可以传入但必有改变。如果问题不同则很难传进去，或则引起新问题而改变面貌。只有文化相同或类似而又有相同问题，那么，作为问题答案的宗教才可以不受阻滞且不经大改变而进去。文化的同异很难从表面或则符号鉴别决定，但问题的同异却较易明白。有相同问题，一听答案即有反应，不论是接受或拒绝。否则难有反应。例如犹太教的创世说是回答世界怎么来的问题。在中国文化和印度文化中不曾注意过这问题。中国除了《楚辞·天问》以外，从来是以作答案为主（《庄子》略有不同）。既有世界（这本是个印度词），有天地，还问什么有没有，从哪里来，岂非多此一问？所以中国和印度文化中对于耶和华和亚当不大感兴趣。创世说不是所有民族都有的。中国境内也只是有的民族有。

宗教是信仰，但信仰仍起于怀疑。不疑何信？不怀疑世界来历，不提问题，也就没有对上帝创造世界的信仰。凡是成为信仰的都是因为原来有疑问。“不识不知，顺帝之则。”什么也不知道，只是顺从皇帝的规定生活，那么还有什么自我感觉？在帝力之下，“不识不知”，一味顺从，不动脑筋，没有问题，那也就不发生信不信的问题，无所谓信仰了。可以说宗教教义都是回答问题的。问题越多，教理越复杂。盲目信仰就只要口宣佛号，不必讲道理。一卷真经在手，万事齐备了。上帝是不需要证明的。需要证明时便是有怀疑了。

不仅宗教信仰，许多论断中都含有问题，没有问题便没有答案。《公羊传》，还有《穀梁传》，对《春秋》字字句句提了许多问题，作了许多答案。印度古书中有一部著名的《大疏》，是解说文法经典《波你尼经》的。书里面充满了问答。对每一句经，甚至一个字，提出问题，作出答案；对答案再提出问题，又作出新答案，比前一答案正确些，便还有问题；最后才有老师的答案作为结论。这是古代印度教学生读经书加解说的记录体，是口头讨论式。时代是公元前后，比《公羊》《穀梁》稍稍晚一点。《公羊传》也是汉代儒生讲《春秋》的问答记录体。中国和印度那时的传经方式差不多。许多佛经中也是充满了问答。佛讲经说法总是有人提问题。“无问自说”反而作为另一类经的体裁。印度原来注疏也有问答体。《论语》开头便是用反问方式提问题。

问：“不亦说乎？”是要你自行回答：“说。”《孟子》开头也是梁惠王和孟轲问答，讨论利和义。《老子》不提问题，满是回答问题的话。开头便回答怎么是“道”，怎么是“名”。仿佛自言自语，宣布指示，其实是在回答问题。《庄子·逍遥游》开始便讲寓言，明显是回答：怎么是逍遥？怎么才能逍遥？人究竟能不能逍遥？依此类推，书中的话和口头的话一样，都是一对又一对问答，不过多半残缺不全，留下许多空白给人心中会意自行填补。若不知问题，答案就难懂了。不少外国宗教书和哲学书便有这情况。

宗教信仰起于怀疑，由于有了问题。宗教理论是答案。宗教实践是检验。照这样，宗教也和科学、哲学、艺术一样，不是一时冲动或则愚昧无知的产物，而是人类有了问题并作了思考的产物。艺术仿佛不经思考，仿佛和宗教仪轨一样，只是模仿式的创造。这不过是就片面的现象而言。艺术家和宗教家并不全是疯子式的天才，一切不经思考。他们也是要用头脑而且会用头脑的。宗教信仰不许有怀疑，那是有了答案和教会以后的事，但问题还是会出来的。布鲁诺是烧不尽的。

提问题，答问题，才有思想，有文化，有科学、哲学、艺术、宗教。“不识不知，顺帝之则”，不会产生什么文化，除非确有上帝创造。

1986年

文化之谜：世界思潮

19世纪是答问的世纪，答复17、18世纪提出的问题。

20世纪是提问的世纪，答问要到21世纪。

20世纪是探索的世纪，探索不断出现的新问题，不断给以新的答案和解说，但不能完全令人满意，不能像19世纪那样满怀信心，建立各种体系，做出仿佛是最后的答案。20世纪的答案往往是又提出新的问题，不能结束。德国哲学还挣扎一气，也未能完成体系。

20世纪的人类缺乏欧洲人在18世纪对理性和在19世纪对科学那样的信心，缺乏建立大体系和自以为最后解决一切问题的雄心，继续以前信仰的自当除外。

但是20世纪把多少世纪以来人类想象不到的事做到了。人上了天，又看到了原子中的微观世界。人所知道的宇宙大了无数倍，分子小了无数倍。人能够开始变动生物的遗传。人理解了许多以前想不到的问题，也提出了以前想不出的问题。人做出了许多新事。20世纪又是行动的世纪，不仅提问。

但是人类对自己和对自然界一样，还是和几千年来同样的残酷，甚至更残酷无情。19世纪以前以乐观情绪对人类怀有和平亲爱的理想更成为幻想了。连19世纪末一部分欧洲文人的悲观思想也遭到了嘲笑。人类对自己的认识加深了一些，自信心却并没有相应加强，彼此猜忌也没有减弱。温情脉脉的纱幕被认为虚伪而揭去了。

人类对自然界毫不留情。地球在人类手下变了样。人要化去南极洲上的冰来淹没世界。人类确实不是在童年了。是在壮年吗？还是过了壮年要进入老年了呢？假如是进入老年，为什么还会那么热心并且用力于对宇宙和对人类自己的战争呢？难道是老了会循环回去，一心想再过原始社会那种狩猎劫掠生活吗？人不能把别人当作人，只会当作某种符号和人质，那么，人的智慧用到哪里去了呢？

人还在到处传播新旧病毒，贩卖毒品，吸食比鸦片厉害得多的毒品。人类在自杀。

假如19世纪的欧洲思想家复活来观察一下20世纪的人类文化，他们会看出想象不到的变化，也许可以归纳为三个方面。

一是他们所熟悉的人类知识和思想正在向反面迅速转化。科学走向非科学，哲学走向非哲学，艺术走向非艺术，宗教走向非宗教。

二是欧洲文化在近代本来是作为中心向世界扩散的。许多新发现、新发明、新思想、新制度都出于欧洲。现在反过来了。全世界各地都发生了新旧文化冲突，包括欧洲自己。欧洲以外的潮流涌向欧洲不可阻遏。欧洲仍然能够出现一个又一个新发明、新思想，但是第二次世界大战表明，中世纪的野蛮并没有在文艺复兴时期结束，欧洲并不像18世纪和19世纪的人想象的那么理性。欧洲和全世界任何地方一样，处在极新和极旧、文明和野蛮、智慧和愚昧、现代和古代的并存状态之中。

三是人类从几千年前便开始要征服自然，到20世纪果然在许多方面能或多或少地控制自然了，能制造自然也造不出的空前精巧、能干的工具了。可是人类征服自然，自然并没有屈服，还在逐步报复。人类在毁灭地球，破坏天空，用无法消除的各种有毒垃圾的加速增长来危害自己。人类能控制自然，但控制不住自己，只会由一部分人镇压和屠杀和谋害另一部分人。这是自然的嘲弄和报复，是19世纪的人想不到的自然的反抗。

在原始人眼中，自然界是巍峨、壮丽，可怕又可爱。后来自然界成为人类的好像取之不尽的财富源泉。自然界神化了，其实是人化了。再后来自然界成为奴仆，人可以随意支使，不可怕，又不可爱。今天，自然界不再是顺从的奴仆，要默默地反抗了。人类每掠夺和欺凌他一次，他便不动声色地报复人类一次。自然界表明不是无穷无尽的财富，是有尽的而且是有毒的。人类毕竟没有真正认识自然，也没有真正认识自己，认识的只是可分析的静止的现象结构，不认识整体的变化的气质。

人类仍然是盲目的，或不如说是眇目的，睁开了看细节的一只眼，那能看深处气质的一只眼还没有睁开。人类又是近视的，只见眼前，不去看文化正在向反面急转直下。

18世纪的欧洲思想家以为，19世纪人类的理性将占上风，许多中世纪遗留的愚蠢将一扫而空。19世纪的思想家以为，20世纪将按照已经发现的自然和社会的最后真理前进，真正人类的历史必将到来，人类能够操纵自己的命运，自然将顺从人类。

20世纪的思想家怎样预测21世纪呢？前两个世纪的那种已经掌握最后真理能够充分预见未来的自信心没有出现。有的仅仅是从技术发展预想不久以后的社会和经济怎样适应更新的技术。现在人类自己制造的技术已经支配了制造者。人类已经不容易适应自己的技术，开始为自己招来的魔鬼而忧心了。对于下一世纪只有少数思想家表示了愿望而不是预言了。因为20世纪的一切发展太迅速，太出人意料了。

首先在科学方面。

爱因斯坦的相对论，普朗克开始的量子论，随后是量子力学，然后是一连串的物理学和力学的爆炸性发展。在技术方面更为惊人。中国发明的爆竹化为火箭，飞上了月球，飞过了火星，飞越了木星、土星，一直向太阳系的边缘进发，不断拍回电讯报告。人可以飞上天去观察地球，不断发现宇宙中的神奇东西，黑洞、类星体。理论领导了技术又在追赶技术。

心理学转向人类的心灵深处进军。弗洛伊德掘出了无意识的意识，对所谓精神病患者提出新的认识，影响了对人类及其创作的各种看法。“格式塔”心理学者向人类心理的另一方面探索，力图将物理、心理结合。行为派心理学将刺激反应的生物条件反射应用于心理，把人当作地道的生物而分析其心理。这一连串的对人心的科学研究所产生的影响首先在艺术上显现出来，同时波及了哲学。

语言学突破了19世纪比较语言学的圈子。先是索绪尔分别了语言和言语、历时和共时等概念。随后沙丕尔探索语言和文化的关系。各种各样的语言学纷纷出现。乔姆斯基提出转换生成语法理论。17、18世纪的语言观又出来和19世纪的语言观对立了。由于电子计算机的出现，新的语言符号的出现，语言学同时连上技术学科了。语言的研究影响了哲学，哲学研究重视了语言。

对于人类社会的调查研究，20世纪有了广泛的发展，各种新的解说应时而起。马林诺斯基、波艾斯、韦伯提出新学说。虽然由于人为的隔绝，有的地区社会还没有经过科学调查，但是调查方向已经由落后转向先进，人类学名副其实要研究人类的各方面，因而出现了各方面的人类学，各种分支的社会学。

对人、对物的科学研究的技术和理论的进展还不足为奇。使19世纪科学家会瞠目而视的是科学的日益分支和日益结合。例如物理化学、分子生物学、遗传工程、生态学等日新月异。还有上天空、下海底又引起一些科学分支及结合。科学分支越来越细，交叉越来越多，自然界和人类社会日益密切结合，全部的科学结构大大变样而且还在迅速变化之中。19世纪科学的分类和概念到20世纪后期已不适用。以19世纪眼光中的分科之学来套现在的科学只怕是会认为科学已经变为“非科学”了。

科学技术和大规模战争及工程使许多新科学理论应运而生。控制论、信息论、系统论，耗散结构论、协同论、突变论，陆续出现，还在发展。这同相对论、量子论一样无形中震动了哲学。科学有点哲学化，哲学也有点要变为科学。

哲学本是欧洲的学术体系，起先是笼罩科学的，科学算是自然哲学。到了近代，哲学不再君临并指导科学了，但哲学思想还为科学家所必具，而且哲学家也不断总结科学成就。哲学家往往是通晓科学，尤其是通晓数学的，如笛卡儿、莱布尼茨。也有些科学家喜欢哲学，如马赫、爱因斯坦、玻尔。但是在20世纪哲学越来越不像以前了。欧洲哲学本来以本体论和认识论为高层，其高峰被称为“形而上学”。19世纪末期，尼采打破了形而上学。20世纪初期柏格森、杜威、罗素从不同方面又打击形而上学。后来维特根斯坦从语言分析着手更是连整个哲学一并怀疑。20世纪的哲学思潮大略可分两支，一是结构主义，一是存在主义。两者对立又可互相通气。两者又都结合其他科学。例如列维-斯特劳斯以结构主义讲人类学，萨特的存在主义以文学表现。纯粹的哲学家如胡塞尔的现象学、海德格尔的存在哲学，都没有能如黑格尔那样完成其体系。其他派的也类似。所以就哲学本身而言，破哲学的比立哲学的多。例如现在还在发展的所谓“解构”（deconstruction）的哲学及其文艺评论显然是破多于立。因此，以19世纪哲学家的体系眼光看20世纪的哲学发展，会认为这是“非哲学”。

艺术从20世纪初起就出现所谓“现代派”。以后愈出愈奇，离19世纪及以前的艺术愈远。无论文学（诗、小说）、美术（绘画、雕塑）、音乐、舞蹈、戏剧都是这样。后起的电影和电视更是19世纪所没有的。连20世纪的当代人也有不少认为这些艺术其实是“非艺术”。现在一些艺术家和一部分艺术爱好者对艺术的看法大非昔比了。现在除了古典美学以外，若以现在的艺术为对象而讲美学，只怕美的定义和以前会很不一样了。

宗教的变化也不小。罗马教廷可以为几百年前的伽利略平反。佛教可以称为“人间佛教”。19世纪的基督教传教士若是复活，不会认为当前所见的各个宗教和他原来知道的都一样。宗教也不像原先的宗教了。

最可惊的还是文化的矛盾冲突。随时随地都有，或大或小，甚至于在一个人身上。这大概是因为当前交通和通讯的特别迅速使全世界如同一个大杂院。还能紧闭门窗只出不进的，只有零零落落的小户人家或则大户围墙中的小院落，但也堵塞不久了。一旦决堤便有洪水淹没的危险。美国向来是文化大杂烩。欧洲人至今还以居高临下的眼光看世界，其实是自欺欺人，迟早要吃亏。西欧人在口头上、文化中，非欧洲的成分比19世纪的多了吧？英国以前在殖民地发生的民族纠纷现在发生在本国了，真是报应不爽。世界已经成为一片，文化矛盾不能是哪一国独家所有或则独家所无的。到21世纪，人类要更多认识自己，必然会广泛、深入研究这类文化矛盾情况而不容闭上眼睛忌讳和遮掩或用新符号贴上旧货色了。

值得注意的还有文化的误解。正解本来难定，误解自然不免。不符合实际的误解也许比正解更需要研究。

例如我们中国人对自己文化的认识难道就没有误解？《礼记·礼运》中关于“大同”、“小康”的一段到底讲的是什么？“大同”是不是什么理想或则对原始社会的回忆？那样读法是以今解古，是康有为《大同书》的“托古”。好比孙中山写“天下为公”实在是他自己的意思，而不是《礼运》的意思。《礼记》是关于“礼”的论集。《礼运》篇以孔子观蜡（zhà）祭论“大同”开始，说的正是“礼”。“大同”理论不是理想，而是历史总结；不但标出秦汉的政治社会原则，而且指出了以后的历史道路。“礼”就是各安本分，没有个人，没有“私”，一切归所谓“公”，就是说，一切归于尊卑、长幼有序的固定不变的社会组织整体。“普天之下莫非王土，率土之滨莫非王臣。”“王”就是“公”的象征。这不是原始社会而是秦汉儒生规定的社会组织原则，而且是李斯开头在政治上和文化上实现了的。一个国成为一个“家”，尊卑长幼不可紊乱，每人只是所属的一分子而不能独立，只有一个“大家庭”。若是各人能自然而然合乎“礼”（即社会固定秩序），便是“大同”。若需要有圣人王者以强力维持这个秩序，便是“小康”。文中举的圣人是禹、汤、文、武、成王、周公“六君子”。“此六君子者未有不谨于礼者也。”“父传子，家天下”的禹王算是谨守“礼”的开创者。最好的“大同”之世是“谋闭而不兴，盗窃乱贼而不作”，也就是历代君相所要求的“太平”之世。接着“大同”、“小康”理论的下文是提问：“如是乎礼之急也？”于是一层一层论述“礼”即稳定社会秩序的重要性。引《诗》“人而无礼，胡不遄死？”后来总结到政治：“是故礼者，君之大柄也。”圣人要“以天下为一家，以中国为一人”。一国是一人，一人也就可以是一国的象征了。“礼”的作用是能“治人”，而且是治人之心。“饮食男女，人之大欲存焉。死亡贫苦，人之大恶存焉。故欲、恶者心之大端也。人藏其心，不可测度也。美恶皆在其心，不见其色也。欲一以穷之，舍礼何以哉？”以“大同、小康”开始的《礼运》篇正是秦汉统一天下以后的政治社会纲领，一直遵循到清末。这同《易·系辞》的“天尊地卑，乾坤定矣”是一致的。当然这个秩序无法绝对化，仍是会乱的，是有漏洞的，而且有时出现反面，不过这个格局，这个模式，确是历史而不是空谈。这样说来的对中国文化的认识是正解呢，还是误解呢?

又如日本对中国文化也有误解。这起于日本学了一千几百年的中国文化，从7世纪学到19世纪。日本人用自己学去的中国文化来观察中国文化。殊不知日本的学习是有选择的，有改变的，学去的已成为日本文化，并不是中国的“原本”。好像日本的“假名”只是汉字的偏旁，是汉字又不全，不能把“假名”当汉字。日本人一直研究中国。甲午战胜后研究，1945年战败后，不服气，更加研究，要“对华再认识”。其研究的勤奋和细致实可佩服，而且有不少成绩。但是终于只是把中国当作资料，见树木不见森林，戴着日本眼镜解说。例如日本一直以为中国人是一盘散沙，袭英国对付印度的故技来对付中国，将“满、蒙”、华北、华中一一分割，结果失败。日本没有认识到，中国人不是普通沙而是特种沙，往往会莫名其妙地突然发挥出和现象相反的作用及力量。有时似中庸实极端，似散而不散。若是普通散沙，如何能维持一个大国的疆域几千年之久？日本人没读懂《礼运》。

中国对日本，近代打了快一百年的交道，但是不热心研究日本。中国历代都不大研究外国。玄奘“奉诏译”的《大唐西域记》只是对“大唐”的“西域”作些描述，记些资料，给皇帝参考，并非研究外国。原因大概一来是以大国自居而不屑，二来是忌讳太多而不便。中国人对外国文化的误解，最显明的除日本外便是印度。一直用中国的佛教眼光看印度，以为印度文化即佛教，佛教即中国的佛教。这样的解说仿佛可通，因为佛教本出于印度，可是与实际不符，因为印度佛教断绝了近千年，而且有孔雀、贵霜、笈多各王朝的各不同教派，也不是中国的佛教，更不能等于大得多的全部印度文化。好比由汉字观点问印度字母。不知印度字母原来是指声音，文字形式之多难以统计，和欧洲的拉丁字母用于多国语言完全不同。近代欧洲人以希腊、罗马眼光观察印度文化，是在找寻他们的亲戚。中国也不能照样借用。中国对印度和对日本一样，正由于有所同，所以不见其异，而坚持误解，不顾事实，只管自己解说。

最易受误解的国家现在只怕是美国，中国人往往记不得美国是联邦，各州不同，纽约和旧金山不会等于所有大城市。以中国观点看，美国好像是个无“礼”的国家，和日本正相对照。其实美国有自己的“礼”。中国人又会觉得美国的“礼”也不少，很麻烦。美国人想不到中国人怎么能有那么多“礼”的规定而不觉拘束。中、美双方的“自由”不同。以美国人的“自由”观点看，中国人不“自由”。以中国人的“自由”观点看，美国人不“自由”。中国人的“自由”是“礼”的反面，是自由自在，无拘无束，独往独来，不负责任，谁也管不着，也不管别人。这是没有“权利”、“义务”、“群己权界”的“自由”，和“礼”是两极端。中、美两国的“礼”也不同。美国是“位”的结构。中国是人的结构。美国的职位是符号，指的人可变。人是活动的，不当总统即是平民。中国的人是符号，指的意义永不变。陆秀夫抱着跳海的小孩子仍是宋朝皇帝。《儒林外史》中的那个富翁对旧主子仍是奴才。“一日为师，终身为父。”美国1776年才独立，建立起世界上第一个无君主而又非希腊式的共和大国，是个年轻的国家，本国内只经过一次短期内战。美国是个少年，喜欢新鲜，什么新事物都能容纳。但美国原来十三州的开创者，从英国乘“五月花”号船到美洲的人是清教徒，国内也有天主教，不是没有保守传统的坚强气力。美国人自己之间可以有种种差别，互相间差别之多和距离之大恐怕可以超过印度，也可以超过中国。美国文化如同一个大池塘，又如一个文化展览会。20世纪中，这个不单一又无主宰的文化既收纳外来又向外喷吐，引起世界注目，作种种解说。有人以为美国“四害”横行（女性解放、同性恋、吸毒、艾滋病），谈虎色变，好像《旧约》说的那个受上帝惩罚的城就是美国。美国文化向世界提出了严重问题。仿佛是非洲、亚洲、南美洲都在美国开始了文化报复行动。到21世纪，这个世界文化大汇合的美国文化怎么样，恐怕是和其他国家息息相关的。文化的误解若引起欺凌，便难免以后的补偿和报复。那是人的不自觉的报复。非洲人曾经被掳卖为奴，文化被鄙视，非洲人的乐舞却首先在美国兴旺起来，这难道是偶然的吗？中国人过去曾大受鸦片毒害，现在世界上吸毒的比当年中国可厉害多了，偏偏中国在外。“谁实为之？”

至于自然对人的报复已经日益为人所知。生态学家不断呼吁。可惜酸雨仍在下，化工污水仍在流，废气仍在散，核废料也必将成灾，垃圾的增长速度超过处理速度，森林水土化为沙漠。太空虽大，轨道不多，将来也不免垃圾为患。大海岂能永远藏垢纳污？人类只管眼前一时利益，不顾后果，不顾子孙后代。这种情况恐怕19世纪的人会自愧不如，21世纪的人将深恶痛绝的。至于毒品弥漫，新病毒猖獗，许多青年沉溺于“迷幻”之中，更不是隐患而是显患了。

在上述这些情况下，无怪乎虽有所谓未来学也无人对下一世纪作有信心的乐观预测了。（有宗教信仰者自当除外。）

世界如此，中国当然包括在内。天空、海洋无法封闭。智慧禁果总有人吃。难免有疑，不能无问。纵不能先于其他国家而前进，也不能后于其他国家而退缩。20世纪为日无多，急起直追，避害图利，尚有希望。失去机会已一次又一次，不能再蹒跚踱方步，见覆辙而仍蹈了。

问题仍在于人类自己。如何恢复人对人的信心，然后共同对付自然的报复和自身的祸害？

试谈两例。

18世纪欧洲人（卢梭）提出过一种社会理想，成为空谈，未能实现。19世纪又有人（托尔斯泰）再提出类似理想，仍是泡影。20世纪亚洲人甘地曾企图在机器包围中以手纺车建立印度古式公社，以所谓“共同富裕”（sarvodaya）为号召，结果当然和日本的“新村”设想（武者小路实笃）同告失败。第二次世界大战以后，日本陷于贫穷困苦，有一位农民山岸巳代藏（1901—1961年）于1953年从养鸡开始改革农牧经营。1958年建立农场，约有三百人合作组织公社，经营新式无公害养鸡、养猪、养牛、种稻、种菜、种果树。1953年开始时即成立山岸会，标榜“自然与人一体、天地人调和、物资丰富、健康、亲爱、安定、舒服的社会”，取名“山岸主义”，努力实现其乌托邦理想。引斯里兰卡的“共同富裕·布施劳动”运动为同调。从儿童起共同学习，共同劳动，实现佛教的“无我执”（无私）、“平等”。实行无个人私有。这显然是又一次空想社会主义的现代试验。斯里兰卡和日本都是人人熟悉佛教基本教义的。日本的实验应用禅学、心学的理论。这事正当中国实行农业合作化和公社化的时期。这表示巴黎公社的理想仍未死亡，只有途径不同。无论叫什么名字，用什么招牌、符号，农民的这种理想在高度工业化的日本还未消灭。山岸会还在办。嘲笑和反对难免。未必有成，不能无望。也许不是现代的《礼运》吧？

1986年在北京开了国际世界语者的第七十一届大会。到会有五十二国的约两千位世界语者。不用翻译，直接对话。

1987年是波兰医生柴门霍甫（Zamenhof，1859—1917年）发表“希望者”（Esperanto，后来用作世界语的名称）的国际通用语方案的一百周年，将在这位创始人的故乡华沙开第七十二届大会。国际语的方案极多，有的还是语言学家草拟的，但只有这一种生存到现在。纳粹统治欧洲时严厉禁止，也未能禁绝，战后复兴。苏联曾经一度由于政治原因使世界语运动几乎销声匿迹，后来又活动起来。作为运动，不可避免地产生一些分歧组织，不仅国际上有，中国也曾经有过两个全国性组织同时存在。但是无论在国际上，在中国国内，这一无国家语言仍然吸引着并团结着学习者，因为这种语言是有理想的，不是单纯工具。自从蔡元培、黄尊生、胡愈之等人极力提倡以后，世界语在中国从未衰亡。这说明国际主义的理想是世界性的，是有一种类似宗教的感情的。不论战争怎样频繁，世界上绝大多数的人心仍然是要求和平的。总有一天和平力量会显出胜过战争力量。也许比21世纪还要遥远，但是只要人类存在下去，这力量就会大起来。“痰迷心窍”的妄人毕竟是少数，不论危害多么巨大、长久，人类全体是不会灭亡的。这便是希望。

夕阳经过黑夜仍然会出现为朝阳。

世界文化还没有老，还能不断产生新思想。中国文化有点老态，但还可以“返老还童”。中国的孩子并不老。

只有白发老人不能重返青春了。不过还可以有青春的思想和青春的语言，只是看来不相称。

老人应当服老，不妨用老人的语言，借《庄子》篇名表达青春的心情：

难得“逍遥游”，勿忘“养生主”。

放眼“人间世”，纵横说今古。

1986年

东西文化及其科学

《物理科学的概念和理论导论》，这书名真够长的，又板着面孔，有点令人望而生畏，其实只是大学课本，新式的“科学概论”，也不专讲物理学。1983年本书上册译本出版。下册后出，一直讲到量子论、相对论，指出“推动过物理学早期发展的宇宙论问题”又回来了，正和上册一开头讲天文学的“科学的宇宙论”相呼应。译本出版已过十年。原著是1972年修订改编1952年初版的书，至今有二十年，照说又该有新版了。我见到译本上册时立即想到，这是美国试验教育改革的新课本，还得有一本中国人为自己写的同类书才好，并不仅是因为其中没有讲到中国的科学，也是为了中国的教育改革。后来知道有位中国物理学家写了一本类似的书，就忘掉这回事了。

现在偶然又翻出这本书，忍不住想谈谈。这是为自然科学专业以外的大学生编写的“基础教育”课本，附有习题（思考题）和参考书目。一个专业科学家对于只知他的专业的“皮毛”的人是“嗤之以鼻”的，但对于专业以外的人多少有些这专业的“骨肉”知识还应该赞成吧？文学家读但丁的《神曲·天堂篇》时知道这是当时流行的天文兼地理学家托勒密的理论的形象化、诗化也不会减少兴趣吧？喜爱哲学的人对于科学发展历史和概念、规律等的情况和道理就不想知道吗？关心文化的人更不用说了。读古书的人知道孔子说过“譬如北辰，居其所而众星拱之”（《论语》）。在两千几百年前的春秋时代，北极星并不在北极附近。差不多同时的古希腊人就不知道北极附近有明星。《史记·天官书》天极星虚设。北极星是逐年向北极靠近的。到距今一百年以后（2095年）才达到最近点，以后又逐渐远离。孔子的这句话或者是指没有标志的天球北极，天文学知识已经很高；或者是指离北极还远的北极星，天文观察很粗疏；或者不是孔子自己说的话而是距今两千年以内东汉郑玄编定《论语》时才加进去的，那又当别论。读古书有一点科学知识比没有总会好些。何况这本书是讲科学思想的发展呢？三百多年前（牛顿前）中国的科学并不落后，中国的科学思想呢？西欧出现一个又一个科学思想家（笛卡儿等）和新思潮的17世纪，当时（康熙时）中国还很富强，科学思想却未大发展，为什么？这书中说，“一位对热力学第二定律一无所知的人文学者和一位对莎士比亚一无所知的科学家同样糟糕”。这里说的是知识，又兼指思想。皮球拍下去跳起来，自落下去，再自跳起来，第二次高度绝不能超过第一次，为什么呢？这是物理，又是哲学，正与热力学第二定律有关。值得“思”一“思”吧？

知道科学发展有助于理解文化发展。例如我们常以为希腊文明是欧洲的，其实这只是指起源地和留下的文物、文献的一部分，若说希腊文化，一开头就不是仅属于雅典、斯巴达城邦而没有外来成分的（参看汪子嵩等著《希腊哲学史》卷一）。公元前4世纪（中国战国时代）马其顿王亚历山大远征到亚洲印度，沿途留下希腊文化同时吸收当地文化，建了一些“亚历山大城”。在非洲北部埃及建的尤其重要，是几百年希腊文化中心。在亚洲西部的拜占庭也是希腊人建的城市。罗马的君士坦丁大帝在公元4世纪将它改建为君士坦丁堡，随即成为东罗马帝国的都城。帝国版图虽日益缩小，文化却依旧繁荣，是源于希腊的，又是兴于亚洲的。到15世纪（中国明代）才在伊斯兰教文化的包围中灭亡。君士坦丁堡成为土耳其的伊斯坦布尔。这两个名为“希腊化”实为“化希腊”的城市在非洲、亚洲，与非洲及亚洲阿拉伯文化关系密切。欧洲文艺复兴时期有一些希腊文献就是从阿拉伯人得来的。欧洲人托勒密的“地心说”著作流传的是阿拉伯文译本。基督教出于东方，在罗马帝国中心东移时成为国教。中世纪的主要神学家，欧洲人奥古斯丁吸收了柏拉图哲学，意大利人托马斯·阿奎那吸收了亚里士多德体系，这是改造希腊哲学。所以溯源古希腊的希腊罗马文化实际是欧、亚、非三洲以地中海为中心的文化。然后西欧日耳曼人南下，东欧西亚斯拉夫人南下，蒙古大军西征，伊斯兰教的阿拉伯人、波斯（伊朗）人、土耳其（突厥）人，陆续扩大势力直到巴尔干半岛、北非、西班牙。西班牙本是伊斯兰教帝国统治，即“白衣大食”，脱离“哈里发”统治后才避开伊斯兰区域，觅路向西航行，想到东方掠夺发财，这才出现五百年前的哥伦布发现“新大陆”。这在1492年（明朝），正是伊斯兰在西班牙失去最后一个据点之年。凡此种种都在科学及科学思想史中留下痕迹。所以读这本书不仅可以明白近代、现代一些科学概念及理论，也可以澄清一些对文化历史的笼统说法。西方（欧）文化里的东方（非、亚）成分本来就不少，后来几乎是东方文化向西发展的文化史。西方文化大发展只在17世纪以来的几百年间。科学的播散并和工业结合改变社会不过是近一百几十年的事。在今天欧美，科学思想也往往胜不过野蛮迷信。西中有东，东中有西，难以隔绝。

这书一再称引英国现代哲学家怀惕黑和从牛顿到普朗克等科学家的言论，有启发性，但读者当然不必也不会一一赞同。若不作为课本而当作科学的哲学书甚至文学书看也有意思。不懂的地方可以跳过去。我盼望出现不同于李约瑟的《中国科学思想史》供一般人阅读。梁漱溟讲演《东西文化及其哲学》已是七十多年前的事了。现在是不是要有人讲一讲“东西文化及其科学”了呢?

文才史学的偏锋中锋

王蒙同志解说李义山（商隐）的《锦瑟》诗，分析出五层意思（《读书》1990年第7期）。这使我想起启功同志将王维的诗句“长河落日圆”（《红楼梦》中香菱学诗时引过此句）五字排列组合改成十种句式，各配上另一句，使不通变成通。只有一个句式他认为“太拙劣，无法替他圆谎”。我不揣冒昧给他编了一句凑合算通。那便是“凹凸镜中观，河圆落长日”。用哈哈镜一照，岂不是河也圆了，日也长了？这好像也配得上他的“甕牖窥斜照，河圆日落长”。他不是开玩笑，他是讲《古代诗歌骈文的语法问题》。有趣的是他也引了那篇《锦瑟》诗，作了语法修辞的解剖。其实他讲语法修辞同时也讲了文学。他说这首诗“如果剥去所有的装饰，便只剩了‘半辈子，梦、心、泪、热，早已知道’。哪里还成诗呢”？他这说法不知可入王蒙所划分的哪一层？

是不是分析“本文”那一层？我看，启功所谓不成诗的也是诗。若分行改为三行：“半辈子／梦、心、泪、热／早已知道。”这是不是可以算作现代派的朦胧诗？李义山可以这样通过启功而现代化吧？可见诗意也能突破诗形。我绝不是抬杠，闹别扭，开玩笑，是在讲学术问题。难道学术问题不能这样讲吗？非得挂上一块外国的什么阐释学招牌才能算学术吗？

由此我又想到确实是登在高级学术刊物上的一篇文章。那是在抗战前的《中央研究院历史语言研究所集刊》上发表的赵元任的《听写倒英文》。文是英文的，很专门。他把录音盘（唱片，那时没有录音带）倒过来放，看看英文倒念是什么情况。人办不到，机器办得到。他居然放了，听了，记了，加上研究。赵元任这样讲语音和王蒙、启功二位讲语法修辞和诗不是一个路数吗？

讲书法的历来有用笔的中锋、偏锋之说，多半以中锋为正。从前这种说法也用于别处。常听人说，某人研究学问，做文章，用的是偏锋。上面提到的这几位的文章是不是用了偏锋？对于书法，我是外行。在外行眼中，写字未必处处笔笔都必须用中锋，必须像颜鲁公（真卿）的大楷那样。苏东坡（轼）的行书好像往往用偏锋，岂不也很好？究其实，中锋、偏锋都是笔锋的用法，不必说得太玄妙。以一为主可以，又何必尽废其他？

我看学术也是这样。文才和史学不是一个嬉皮笑脸，一个板面孔。也不仅仅是将史事写成好文章，如同司马迁的《史记》和班固的《汉书》，才算是文史合一。我想的是，文和史，才和学，可分可合。照说文要创作，所以讲才；史不能创，所以讲学。多半是二者分开，例如鲁迅、郭沫若。他们的学术研究，不论文章写得多么漂亮也不像是走偏锋，和他们的创作不一样。还有陈寅恪、钱穆、钱鍾书也是。不用再提钱竹汀（大昕）考“古无轻唇音”，曾星笠（运乾）考“喻母古读”那样的学术文章，立案之后便全是引证了。我斗胆也以为不必拘泥分开。这些大文人大学者的学术研究论文中也大有偏锋，例如钱穆的成名作《刘向刘歆父子年谱》。《燕京学报》一刊登，他立即受聘来北方到几个名牌大学教课了。这篇大文确实是年谱，但又不是年谱。如果我没有记错，钱先生是为古文经学打官司的，对方是康有为的《新学伪经考》。刘氏父子的事不多，年谱并不很长，可是后面附的按语尾巴却实在不短。记得《谱》后开头便说，刘向、刘歆并没有伪造古书，“其理由二十有八”。这才是实际上的正文，年谱不过是作证，又是结果，又是来源。我觉得这简直像是中锋、偏锋并用，以文才运用史学，以史学充实文才，文史合而为一了。他的《先秦诸子系年考辨》的开篇《孔子生年考》也是，文又短，引证又多，又严肃，又幽默。他在列举所有几十家说法之后说，孔子早生一年晚生一年没有多大关系，既无新证，就不必强求了。在我这外行看来，例如陈寅恪的《寒柳堂集》和钱鍾书的《谈艺录》都是文史兼备，才学俱全，是以偏锋笔意运用中锋。据说唐代徐浩（写《不空和尚碑》的，清末曾在有些地方流行过）当时曾和颜真卿齐名，就是用偏锋。我在记忆中觉得他好像是以方为圆。据说康有为提倡方圆并用，不知是什么意思，也记不得《艺舟双楫》（包世臣）和《广艺舟双楫》（康有为）有什么说法，不知碑帖之争可否有新的解说。方圆中偏若兼指意与笔，似不妨看看徐浩的字，仿佛方中有圆，偏中有正。这当然是我的外行陋见，不值方家一笑。

文化三型·中国四学

眼前道路无经纬，皮里春秋空黑黄。

——薛宝钗

▲听说你近来看了几本新书，又有了不同寻常的怪论，是不是？

△这是你听来的，不是我说出的。

▲那么你现在说说，好不好？

△我要说的不见得是你要听的。你听去的也未必是我说出的。对话不容易。现在有人进行问答，如同接见记者或口试，这不是对话。有的双方经过别人翻译，成为三人双重对话。还有的仿佛是对话而实际是聋子对话，各说各的。也有的进行辩论，不聋了，仍旧是各说各的。我们能不能对话而不属于这几种？

▲我不知道你怎么看柏拉图式和狄德罗式的对话，或则《论语》式、《孟子》式、《金刚经》式，等等对话。恐怕你说的那几种还不能概括。

△概括？谈何容易。现在很多人谈论中外文化，又有人进行中外对比，说是比较文化，都未必能概括所说的对象。有时看来有点像比较三角形和正方形，或则比较空气和灵魂。各比其所比，各有巧妙不同。

▲不论怎么说，讲文化的定性、变革、动向，总是反映世界上文化“交会”时产生的所谓“张力”（或说矛盾激化）吧？这是世界性的世纪末的焦灼状态。各国论文化者的目光都是从本国望到世界，或则从外国望到本国；讲的也许是往古，眼光却遥指下一世纪。不论讲得多么抽象或超然，总会有狐狸尾巴在隐隐现现。

△上个世纪末欧洲有文学中的“世纪末”颓废派。现在不是颓废而是惶惑。世界上的人，不论生活圈子大小，眼光远近，地位高低，恐怕是不安的多而安的少。不过有的人是自安于不安，不觉得。也有人喜欢别人不安，唯恐天下不乱，可并不想乱自己，结果却往往是事与愿违。

▲你不由自主又在概括了。也许是欧洲人喜欢分析而中国人喜欢概括吧？

△你也是在概括，自己证明自己的话，你也是中国人。

▲你也是中国人。那么，你对世界文化也会有概括看法吧？

△请问，怎么讲文化？是照符号学或则结构主义的路子，还是照诠释学（解说学）或则存在主义的路子？现在又在吵什么解构主义，是想打破这两种路子，好像还没有定型。前进了一些，提出了新问题，作了新探索，甚至文体也有新花样（如法国人德里达），不过还是可以用前面两条路子概括吧？至于实用主义，那是到处都有的，不在话下。

▲据我看，国际上讨论的主题是客观性，问题在语言和思想。据我所知，法国人黎克尔想打通一条合二而一的新路子，但仍是偏于一方。他将弗洛伊德化为"玄学鬼"，好像是企图把本世纪的各种思潮、语言学、心理学、物理学，包括相对论、量子论和格式塔理论等都纳入一个思想体系。看来喜欢概括的不仅是中国人。你我前面说的不准确。

△可以有种种概括法。我想从思想传统来概括。目前世界上争论文化和哲学的都着眼于传统。德国伽达默尔和法国德里达都解说过传统。结构主义人类学者法国列维-斯特劳斯的概括原始社会思想也是追溯传统。传统是指传到今天的。这是逃不出也割不断的，仿佛如来佛的手掌心，孙悟空一筋斗翻出十万八千里也出不去。因为这不仅仅是在时间和空间的量度之内的。现在外国人提出的"语言先于思想"（伽达默尔）或则"书写先于文字"（德里达）的问题，仍然是客观性（结构、系统）或则主观性（主体、意识）的问题。这也是如何看待传统的问题。这样说有点玄虚。外国人照他们的参照系说话，对于中国人又隔了一层。加上或则换上中国

传统哲学说法也会同样玄虚。我们还是用普通人的语言来谈吧。

▲普通就是寻常，也就是一般，这也是概括。

△概括文化，划分类型，虽然出于本世纪，也是古典或古董了。我们为了从所谓东西文化或则中外文化的说法稍稍前进一步，不妨在世界文化中概括出大类型。我看可以概括出三个（当然不能包罗一切）。这是很普通的看法，但也不是持各种观点的人都承认的，只算是概括的一种吧。这三型是：一、希伯来—阿拉伯型。二、希腊—印度型。三、中国—日本型。

▲你说的这三型毫不新鲜。听听你的解说。

△三型名称只是符号，并不是说中国人个个必属于中国型。三型中可以用第一型为标尺。这一型中的要点是：一、上帝。有一个上帝创造世界和人，主宰一切。二、原罪。人类始祖违反上帝禁令，被逐出乐园。从此人类有了后代，个个人生下就有罪。要到世界末日审判时才能回乐园和上帝再到一起。三、灵魂。每人都是上帝创造的灵魂。灵魂是不会消灭的。四、救世主。上帝为拯救人类使世上出现救世主（弥赛亚、基督、先知），信仰他的人得救。信仰不需要讲道理。五、“选民”。人类中有的人，例如犹太人，或则信仰基督耶稣的人，信仰先知穆罕默德的人，是上帝的“选民”，受到上帝特殊眷顾，是从乐园来又回乐园去的。其他人属于另一种。这一文化型可以把犹太教、基督教各派、伊

斯兰教两派，一直到上帝教都概括在内。这种文化可说是有上帝和一元的文化。

▲我可以由此推出第二型。那是无上帝和多元的文化。所谓上帝是指创造一切并主宰一切而又独一无二的上帝。古希腊和印度都没有这一类型的上帝。他们的神不是上帝，管不了什么事，而且多得很，互不相下。他们的神都很快乐。人也不是生来有罪命定吃苦，而是以享乐为第一要义的。希腊神话、宗教和哲学以及印度教各派、耆那教两派都是这样。佛教也是这样，有过去、现在、未来（这三个原词都是印度字）三世佛。佛多得不计其数。说一切是苦，只因以乐为标准。苦不是第一义。乐不了，才处处觉苦，力求从苦中解脱，“往生极乐世界”。没有灵魂、原罪、救世主、“选民”。无论阿弥陀佛或则观世音菩萨都是要你诵他的称号。闻声救苦，不叫就不见得会应了。神、佛、菩萨、耆那（大雄）和救世主的意义不同。“我”、“命”和灵魂也不同，仿佛是没有个性的。

△这两型都要用宗教语言说，因为各种形态的宗教历来是文化的综合表现，最为普及。可是文化并不只有宗教形式。文化是遍及各方面的。“上帝、救世主、选民”不是都采取宗教形式和名称的。灵魂可化为意识、自我、主体、存在，等等，哲学家一直追问到今天。“乐园—世界—乐园”的公式，黑格尔的绝对精神也没能逃出去。这两型文化的想法对立而问题共同，所以可以用第一为标尺而说第二。若以

第二为标尺，以印度为准，那就要首先提出循环论。世界是无始无终的。有始有终的世界是要循环、要重复的。循环的宇宙有始终而又无始终，“如环无端”。人也是要“轮回”的，生而复死，死而复生。希腊只讲人神相混，无始无终。不重循环而重还原，另有发展。希腊讲的智和印度讲的智不同，但都不是信仰。重还原，于是哲学上有柏拉图、亚理士多德以至赫拉克利特、毕达哥拉斯等人的种种宇宙解说。他们都从外而内，从现象到本质，由二元、多元追一元。印度讲循环也是说明多面实一，无穷而有限。他们说的不是希伯来—阿拉伯那样的由上帝而人再由人而上帝的循环，而是生老病死、成住坏空这样的循环。这一文化传统并没有随古希腊、罗马灭亡，仍散在各处，不限于印度，特别是在哲学思想中。

▲中国—日本文化为什么列为第三型？看来好像是前二型的混合。用第一型作标尺来看，这一型更原始些，还没有达到第二型，更没有达到第一型。

△19世纪欧美人从基督教观点出发持有这种进化论的看法。近代印度也有不少人受其影响，极力把印度传统文化的多神解说为一神，但并不成功。20世纪中对所谓原始社会思想的看法改变了。野蛮未必低，文明未必高。18世纪的卢梭讲复归自然，并不是倒退而是前进。现在对原始文化改变看法也不只是历史的如实还原而是要前进。大家看到了文明的德国暴露出纳粹的野蛮。现在的人忽然大讲传统，有两种情

况：一是保卫被破坏的，一是去破坏现存的。两者都可以打出传统的招牌。其实革新也有类似情形：有的是迎新，有的是复旧。两者都可以打出新招牌要求改变现状，和打出传统招牌一样。

▲仍以第一型为标尺，这第三型该怎么解说？

△说中国—日本型，因为日本已有不少发展而中国也正在变化，只说中国概括不下日本。这一型的文化也同第一型对立，却又不是第二型。简单说，中国是无上帝而有上帝，一而又多，多而归一。也许正因此你说看来好像是前二型的混合或则未完成，其实是另一类型。中国没有创世兼主宰的上帝，但是又有不固定的上帝。中国是把前二型中分为双重或则三重的都归入人间。乐园和地狱都在现世，可以“现世现报”，从根本上改变了印度的报应说。可以“魂飞魄散”，又从根本上否定了不灭的灵魂。中国可以收容前二型，但必加以改变，因为自有一型。中国重现世，因此重人，可是中国传统说的“人”不等于前二型文化所认为的人。第一型的人是归属上帝的灵魂，大家都有原罪。第二型的人是无拘无束各自独立或则各自困在“业报”中一切注定的人。中国的是另一种“人”。有些欧洲语和印度语中有不止一个人字，而汉语中只有一个。“人格”、“人道”，中国没有相应的传统词，只好新造或用旧词改新义。在社会表现中，对待人的中国的律、刑绝不等同于罗马和欧美的法，也不是印度的“法”（佛“法”、“法”论）。中国的

礼、俗也不相当于欧美的法。不能把同类作为相等。中国的“心”、“物”在哲学中和欧洲的、印度的都不相同，因为文化中的“人”不一样。在中外对话中恐怕不止是人、心、物、法这几个词各讲各的，还有别的词，由于意义有差别，也是对话的障碍。我们往往只见其同，不见其异。例如“对话”就可以不专指两人相对讲话，其中有歧义。

▲所以不仅要研究正解，还有必要研究“误”解。为了破除中外对话的障碍，找不到共同语言，只好用彼此了解的对方语言。一个讲英语，一个讲日语，双方又不能共用法、德、俄语，只好是讲英语的懂日语，讲日语的懂英语。那样，各讲各的，可是又各自懂得对方说的是什么。中国家庭中有夫妇各讲自己方言终身不改的。

△可是要懂得对方必然要有个翻译过程，或则说是自己不觉得跳过去又跳回来的过程。对传统文化也是这样。我们要能把传统文化用两种语言解说，要能同传统“对话”。

▲文化范围太广，还是缩小到可以扩充为文化的哲学思想核心吧。不过我们不是还原古人怎么想，而是问古人想的和讲的现在怎么样。这是传到今天的传统。然后，传统语言化为今天语言，中国语言又化为外国语言。这是现在和过去的对话，又是中外对话。由解说而了解，又由了解而解说；由主观到客观（文本、原作者），又由客观回到主观（解说者）。这个循环过程是对话过程，也是思考过程，又是转化过程。从书本理论到实际行动也是这样一个循环过程。在解

说之中，从符号到意义，得出代码本结构，再由符号体系到意义体系。由部分到全体，又回到部分。由语言到意义，又回到语言。如此等等，都是日常不知不觉进行的对话和循环过程。隐喻意义不同于符号意义，还有“剩余意义”和言外之意。象征不同于符号。象征既是能指，又是所指。例如神像不是神，却等于神，同样不可触犯。“故居”的意义往往是新居，有新意义。如果照这样进行对传统文化思想的“翻译”对话过程，那么我们对中国文化可以挑选什么书着手？

△照这种途径，我觉得有四个对象是有中国兼世界意义的，可是被忽略很久了，不妨由此着手。已经有国内外讨论的大题目不在内。这可以说是四种学吧：一是公羊学，二是南华学，三是法华学，四是阳明学。

▲这不正是儒、释、道的史学、哲学、宗教学、政治学吗？这是现在还存在的传统吗？难道要把这四者说成读史之学、处世之学、传教之学、经世之学吗？

△还不仅如此。《春秋公羊传》既是汉朝今文经学的要籍，又是清朝龚自珍、康有为等改革派想复兴或改造的经典。书的内容是史论、制度论，又是表现诠释文本的方法，又是由口传而笔录的对话及思考过程的文体。这是非常重要的一部书。古今解说不少，还需要现代解说。“尊王”思想在日本明治维新中起过作用。“大一统”（不仅原意）的说法我们现在还在用。既有历史意义，又有现代意义，可作很多新解说。《南华经》即《庄子》，正是现在国际间哲学语

言中所谓“寓言”、“隐喻”、“转义”的书。《逍遥游》《齐物论》，古今有多少解说和应用？不久前还在人们口上说和心中想。就其意义的多层复杂和文化影响的巨大说，岂止是道教的主要经典？是否可以说是一部流行的处世秘诀？其中的宇宙观也未必不能像《老子》那样和现代天文学及物理学挂钩。《法华经》全名《妙法莲华经》，原文本的语言是文白夹杂，内容是包罗万象，和印度孔雀王朝佛教之间有很大距离，可能是公元前后南亚次大陆西北部由大月氏人建立的贵霜王国的流行读物。书由西域进入中原，鸠摩罗什的译本传诵极广，一直传到日本。其中的“三乘”归一（三教合一）以及观世音（包公、济公、侠客）闻声救苦是中国文化思想的一部分。古今以至全世界研究的人很多，也有用现代方法解说的，但是中国还缺乏以现代“语言”作新解说。至于王阳明（守仁），近来才在国内有人提到，不以唯心论而摒弃。王学是有大众影响的。日本明治维新志士曾应用王学。在明末清初衰落，实际上暗地仍有发展。不但由他可以上溯朱熹、陆九渊直到汉代的《大学》，而且可以由他的“知行合一”下接孙中山的“知难行易”。他提出四句话：“无善无恶心之体，有善有恶心之用，知善知恶是良知，行善去恶是格物。”这里面“无、有，心、物，体、用，善、恶，知、行”五对哲学基本范畴都有了。“物、心”对上了“天、人”。他说的“心”指什么？“良知”指什么？从前人人都会说“凭良心”，这是什么意思？他为什么这样说？

对什么人说话？有什么影响？就这个人说，他既做高官，又被贬谪到最低层；能文、能武；有儒、有禅；既重事功，又讲义理；具有中国人心目中的诸葛亮式格局，却不是柏拉图的“哲学王”。

▲这也是第三型文化和前两型相区别的一个要点吧？不但又合（一）、又分（多），又常、又变；而且又文、又武，赞美文武双全的风流儒将。像中国这样的多战争、善兵法、长于武术而又重文的文化，世界少有。

△中国“人”的理想形态，既不同于希伯来的“选民”，也不同于希腊和印度的“英雄”。王阳明属于这种孔子（至圣先师）式的具体而微的“完人”（包括缺点），也属于神化的老子（太上老君）式的“仙人”（包括俗气）。还有一点，阳明学要研究的“上下文”是，上承秦、汉、唐、宋、元，下启清代、民国的明代的关键时期（15、16世纪）的文化和思想。这也是全世界文化大汇合、大转变时期。（15世纪末哥伦布到美洲发现“新大陆”。）至于王守仁这个人的是非功罪、高大或渺小，那是另一问题。提出这四部书，讲的是学，是思想和文化，不限于书本及其作者。《传习录》和《大学问》并不是王阳明自己作的书，是他的学生记的。

▲至于这些在今天中国的文化思想中还有没有，是什么形态，起什么作用，和现代化有什么关系；若消灭了，那又是为什么：这些更是另一层的问题了。我们的“三型”、

“四学”就谈到这里吧。

△我们的对话是一个思考过程。意见不一定正确，总算是一个思考结果吧。

无文的文化

南朝梁代昭明太子萧统主编的《文选》是中国最早一部文学作品选集。隋唐以后读的人越来越少了。现在的人大概以为这书注重文学形式，是骈俪的文和雕琢的诗的合集，思想不高，语言太难，更加不去读了。问题是：这样一部很“文”的书里有没有无“文”的文化?

不识字人的文化和识字人的文化是不能截然分开的。文化的记录是文字的，但所记的文化是无文字的。文字的文化发展自己的文学。无文字的文化也发展自己的文学。有文字的仍然在无文字的包围中。试从这里窥探一下。

很文的《文选》不收汉代王褒的《僮约》，可能因为它俗而不雅。但不雅的供词收进去了。这就是那篇《奏弹刘整》。这属于知道的人少而读的人更少的文章一类。

《文选》收入各种文体，包括公文。其中有“弹章”，类似检举信或起诉书，不过是官对官的。以前的御史官的责任和权力就在于弹劾官吏，动不动就“参上一本”。他们是“言官”，专职是对皇帝“进言”。这在小说戏曲里很多。“参”奸臣而受害的御史是好官，得到同情。老百姓除造反或侠客行刺外无法打倒贪官，只有告状；告不上“御状”，而且百姓告官有罪，只能盼望“清官”去对“贪官”参上一本。包公的名声多半由此而来。他“参”了驸马，还“参”到皇帝，闹舞出“打龙袍”的戏，使皇帝认了不孝之罪。这是无文的文人所编造而无文的老百姓所喜爱的故事。这种弹劾的事名为替皇帝监察，实是给老百姓开一个出气阀门，减消想造反的怨气。这事本身是在官民之间通气的，也是有文和无文的交会之点。弹劾的是什么呢？可看“弹章”。《文选》收了三篇，都很有意思。一篇是沈约的，两篇是任昉的。内有供词的是弹刘整的一篇。作者任昉和昭明太子同时。

皋陶是中国的第一任大法官吧？他怎么审案子的？《尚书》的《大禹谟》《康诰》《吕刑》中有些法学原则和律文，但没有案例。《论语》记孔子说子路“片言可以折狱”，又说“听讼吾犹人也”（《颜渊》）。怎么“听”的？怎么“折”的？怎么起诉？怎么问口供？很缺。有的是判案、定罪、行刑，犯人在就刑前讲什么话，如《史记》中记李斯的话，没有过程。后来有了侦察、“私访”，见于公案小说。有了判词，如唐代张鷟的半真半假的《龙筋凤髓判》。但审案的全过程很晚才在小说戏曲中出现。最早的供词记录和检举状见于文字而且被认为文学的恐怕就是这篇《奏弹刘整》了。

审问案件的衙门正是有文的文化和无文的文化的交会点。问案的，写状的，记口供的，写判决书的，不用说都是识字的有文之士。犯人、证人、衙役、公差等人恐怕未必识多少字。宋江当押司，能作“反诗”，也不像是读过多少书的。问案的人中，若是刑名师爷，或科举正途出身的，那是有文的，但也有不少是不知怎么当上官的，不见得有文。官越大越靠不住，说不定是什么王爷、军爷，甚至是太监，如《法门寺》戏中的刘瑾，虽则识字却未必读书，一样能决人生死，或打板子、流放。所以公堂之上乃是中国文化的荟萃之处。有文的，无文的，讲理的，不讲理的，统统在这里。再加上案前、案后，堂上、堂下，那就是文化广场，表演民俗心态的广阔天地。可惜只有晚清小说及戏曲有些较多的描写。以前也只是在笔记之类书中有据说是真实的记录。戏曲中关汉卿写了不止一篇问案子的戏。堂而皇之进入史册配合刑法志的似乎不多。进入文学的只怕这篇对刘整的弹章是头一份，离现在已经一千五百年左右了。

刘整是什么人？被弹劾的是什么事？他不过是一个“中军参军”，和寡嫂为产业吵闹，嫂子告了小叔子。所争的是几个奴婢，有公用的，有分归两房的。小叔子把分给侄子的奴和婢占为公用，将一个婢子卖了又不分钱。有个婢子偷了寡嫂的东西，小叔子不认，反而全家去嫂子屋中“高声大骂”。叔打侄。嫂子出问：“何意打我儿？”小叔又叫婢子：“何不进里骂之？”婢子便动手冒犯女主人。这篇弹章除首尾外全是录诉状原由及审问奴婢所“列”供词记录。虽非口语录音，记录简括已经文言化，但尚存奴婢口气“娘云”。这本是极其微小的事，似乎值不得上奏朝廷，惊动皇上。但由于犯者是个官，以致惊动了“御史中丞”以“笔”（非韵文的公文、应用文）著名的任昉。他开口便说马援当年对嫂子如何恭敬，“千载美谈，斯为称首”。（这两句曾在《镜花缘》中讲双声叠韵时引过。）随即“顿首顿首死罪死罪谨案”，抄录诉状供词及审问吏议。以后加上“臣谨案”，认为被告本非贵族，“名教所绝”，因为是“前代外戚，仕因纨袴”。他这样对待嫂侄，“人之无情一何至此！实教义所不容，绅冕所共弃”。所以建议罢官，治罪，“悉以法制从事”。最后是“诚惶诚恐以闻”。

关于这篇弹劾公文的文章及其社会内容这里不论。要提请注意的是雅俗相错，贵族与平民互通。“名教”、“教义”是要隔绝，而隔绝不了。文中说的“无情”的“情”指的其实是“孝悌”之礼。“情”生于礼。礼规定了“情”。父母死了，“哀毁骨立”，这就是“有情”。不敬兄嫂就是“无情”。“无情”与“无礼”、“无义”是相连的。“情”在礼中，不能越轨。礼规定“嫂叔不通问”（《礼记》）。现在“高声大骂”，当然是“非礼”，也就是“无情”。何况又是平民出身靠裙带关系做的官？关系在前代，现在靠山倒了，他就不配做官。文中首先强调指出他的身份。平民而又“无情”，这就是犯法，要治罪，罢免官职。可是为什么官民、主奴、雅俗、文白，都混在一起了？很明显，礼和“名教”定下轨，正是因为事实上无轨。由于“无礼”，才有“礼”。少数的“文”是处于多数的“无文”之中。因此，第一部将自周至梁八代诗文“略其芜秽，集其清英”（《序》）的《文选》也不免收入不文的供词。

这类不文或“无文”的文化常被称为民间文化或下层文化，并不确切。若单指文学，没有用文字记下来的叫作“口头文学”还可以。记下来而不为文人、雅人、高人所承认的称为“俗文学”就有些勉强，因为其中有不少是文人喜爱以及自己创作的。如词、曲、小说在古代只是不入官方考试，并不是不入文人书斋。至于比文学范围更广的文化，那就从来不专属于上层或下层，也不是只在民间，而是遍布于全国、全社会。前面提出了衙门，公堂，并以古代有文字的文学的一个高峰《文选》中的一篇弹章为例。不妨再多想一想，所谓民间文学不是有许许多多是起于下而兴于上的吗？远的如《诗经》中的“风”是怎么采集保留下来的？是不是经过有文之人（如号称“删《诗》”的孔子）整理、修饰以至改写（去方音、方言）的？楚王不是有优孟当面表演，五代后唐不是有“伶官”吗？近的如京戏、西皮、二黄入北京以后，不是慈禧太后特别欣赏，还在颐和园中修一座大戏台吗？“小叫天”谭鑫培等著名戏曲演员不是当“宫廷供奉”侍候“老佛爷”吗？怎么能限于“民间”呢？

“文”和“无文”的文化的极高交会之处首先是宫廷。

从秦始皇到清宣统皇帝，有几个皇帝是能文之士？恐怕还是“无文”的居多。识字的也不过是能批奏折而已。读书能文的皇帝，从秦始皇算起，紧接着的项羽、刘邦都不好读书，不喜儒生，不过各留下一首歌词：《垓下歌》和《大风歌》。严格说也不过是古代的“顺口溜”，是配乐歌唱的。汉武帝有《秋风辞》。他和唐太宗同是能文能武的大皇帝。曹操、曹丕都在诗人之列，但没有一统天下。唐玄宗长于文艺，尤其是乐舞，政治不大及格。词坛盟主李后主，工书善画的宋徽宗，都是亡国之君，当了俘虏。词人李中主也去帝号称臣。赵匡胤、朱元璋不必提。忽必烈是蒙古族人。明成祖虽修《永乐大典》，仍是武胜于文。只怕算到满族的乾隆皇帝就数不下去了。有“文”的皇帝实在是寥寥可数。皇帝“无文”也不一定是坏事。有“文”的皇帝懂“文”，也不一定对文化有利。

皇帝本人以外，他周围的人更是无文者众。后妃有文的极少。宫中最多数的人是太监和宫女，其中有几个识字的？“御沟流红叶”是真有其事吗？是真的，也是因为稀罕所以名贵。从秦汉到明清，太监对于皇帝的影响之大是无法估量的。第一名，指鹿为马的赵高就是“宦官”。唐玄宗信任太监高力士超过诗人李白吧？魏忠贤有文化吗？他那么善于弄权，能够使“生祠”和干儿子遍天下。这也是文化，不过是无文的文化，不学而有术的文化。清末的李莲英更不用提了。

政治上最高位是皇帝，文化上、道德上最高位是圣贤，都不免于在无文的文化的包围之中脱身不得。孔子见南子，这位夫人有的也是无文的文化吧？有一个比较完全的故事记在《明史》里。记事简单而意义丰富。看来虽不一定全是“实录”，也不会是神话传说，大概是基本属实吧。不妨多说几句。这是明代大贤人，哲学家、政治家、军事家、文学家，影响远大的王阳明（守仁）的事。不多查书对证，只据清朝官修的《明史》所说。

王守仁五十七年的一生，在《明史》中是领兵打仗的武人，也是讲学出了格子的学者，又坎坷，又通显，门人弟子满天下而不断受谤毁，真是个奇特人物。且看他和无文的文化的密切关系。他中了进士，做了官，因得罪掌权的太监刘瑾（京剧《法门寺》里的那位），被打了一顿“廷杖”，居然没死，发配到贵州去当龙场驿丞。名为起码的小官，连住房都没有。朝廷换了正德皇帝（京剧《游龙戏凤》中的那位），刘瑾倒台。他又升官到江西，带兵用计将一些多年反抗朝廷的山寨平了下去。宁王朱宸濠在南昌造反。他用计骗了宸濠，趁虚直捣南昌，抓住了打向安庆南京的反王。从集结兵力到全胜只用了三十五天。这样的大功反而是大罪。因为青年皇帝要南下游逛，自封“威武大将军”，“御驾亲征”，岂能半途而废？（皇帝而要自封将军，可见其文化程度。）皇帝左右的太监自然想害死这位忠臣以便冒功。王守仁利用太监内部的矛盾，私下找到一位地位较高的老太监，交出反王，并由他暗通消息，免除祸害。他和太监以及所谓“贼寇”打的交道不少，接触到上层下层的无文的文化。他不仅能文，而且能武，会射箭，善用兵，尤其会用计。除了第一次对刘瑾有点呆头呆脑以外，以后就精明强干简直是诡计多端不亚于诸葛亮了。他骗过“贼寇”，也骗过皇帝。他到了“天无三日晴，地无三尺平，人无三分银”的贵州，也便是唐代诗人李白流放的夜郎，在穷乡僻壤中和苗族、汉族的乡下人打成一片，由当地人给他盖房子住，来往密切。这时没有书读，他“温故而知新”，恍然大悟，反了当时定于一尊的皇帝本家朱熹的学说，表面上说自己是继承了“朱子晚年定论”。这以后的王阳明和弹劾刘瑾挨打下狱贬官时判若两人了。转变的关键时刻正是在他和无文的苗族、汉族等山野之人密切接触的时候。他的真正老师恐怕还是那些无文之人。他的学说可能也是为他们而发。他的弟子中就有手工艺人。试问：他的《大学问》的哲学从何而来？他的会用兵，会用计，会对付太监、皇帝，会对付反王、造反的少数民族和“寇贼”的本领从何而来？一是无文的太监供给他这一面教材。二是无文的苗、汉兄弟供给他另一面教材。无文的文化培养了这位有文的文化中几百年间出一个的大人物。他得到了无数的赞声和骂声，空间远到日本，时间近到距今不到一百年前。他一死，朝廷给他的结论是："夺伯爵以章大信，禁邪说以正人心。"他平叛有功封了伯爵，一死就不算了，还是"章大信"！"信"在哪里？直到嘉靖皇帝死了，他又得到平反，升了一级，追封侯爵，给了谥号。可是还不能"从祀文庙"，陪孔圣人吃冷猪肉。隆庆皇帝又死了。万历十二年，他才进了文庙，算是孔门正统弟子为皇帝所承认了。然而清代乾隆年间官修的《明史》在他的传后作结论，只称赞他是武人，说明朝一代"文臣用兵制胜未有如守仁者也"。仍说他"为学者讥"，有"流弊"，终于至今也未能成为儒家正统。这是不是由于他的文化思想过于接近无文的老百姓甚至"野人"呢？可是孔子也说过"先进于礼乐，野人也"（《论语·先进》）。文野之分，这里就不必深究了。怪就怪在他平"叛"而被认为"叛"。（王守仁还在小说《七剑十三侠》中充当统帅。）

现在再来看《文选》。其中作者差不多都是官，还有帝（汉武帝刘彻，魏武帝曹操，魏文帝曹丕）王（陈思王曹植），应当是上层文化、官方文化、有文的文化，绝非民间无文的文化了。那倒不一定。假如不存成见，就会承认有文和无文互为表里，可分而又不可分，正如人体可以解剖区分，而生理、生活一人实为一体。这样来看，除文字语言用了比口头方言笔下异体能传播更远更久的通用语（文言）以外，无文的一般人的文化到处都是，赋、骚、诗、文中全有。许多话都已变为成语，流传千载，至今才有点断绝迹象。随手举例，翻到《六代论》，据说是曹冏写给魏代掌权者曹爽（后被司马懿所杀）看的，读的人不多。文中有“百足之虫至死不僵，扶之者众也”。其中的前八个字不是现在还有人口头讲吗？可惜后半句实在是用意所在反而不传。这又是为什么？是不是像曹爽那样的人多，不爱听需要群众扶持的话呢？这是不是成为习惯的心态呢？爱听什么和不爱听什么都是心理趋向。紧接这一篇是《博弈论》，是针对吴国当时盛行下围棋而写的。这更是民俗了。同时也是“官”俗。这篇文中反对下棋的理由，一是耽误时间，二是耽误功名，不能升官发财。这第二条是主要的，因为“大吴受命，海内未平，圣朝乾乾，务在得人”。“一木之枰，孰与方圆之封？枯棋三百，孰与万人之将？”如果“世士移博弈之力”，“用之于诗书”，就成为圣贤；“用之于智计”，就成为张良、陈平；“用之于资货”，就成为大富豪；“用之于射御”，就成为将帅。而下棋“胜敌无封爵之赏，获地无兼土之实”，都是空费时间。这样看来，下棋的人都是绝顶聪明的人，只要不“妨日废业”下棋，把才智用于升官发财为朝廷所用，那就好了。这也就不怪吴国当年围棋大盛，至今还传下不定真伪的吴王孙权诏吕范下棋的棋谱了。此外，挂名宋玉的那篇《招魂》不是地道的民俗吗？《古诗十九首》中那首“青青河畔草”连用叠词，形式新颖，结语竟是“昔为倡家女，今为荡子妇。荡子行不归，空床难独守”。这不是大有现代诗风吗？《文选》中的民俗心态真是说不完道不尽。文辞古，那是一千五百年到两千年以前的古人写的啊。可是心态呢？也那么古吗？

不过语言符号有一种特异的功能。同样意思有时换个符号便走了样，甚至大变样。例如《离骚》二字照注解正相当于“倒霉”，但不能更换。“朕皇考曰伯庸”不过是“我的爸爸叫伯庸”。两句又岂能互换？古诗文的语言换成现代语只能当拐杖，不能代替。代替了，会成为另外一回事。甚至不换符号也能变样，成语不是常常被人变了原意使用吗？语言文字确实是障碍，可不是那么难通过的障碍。大家不读《文选》也许是被一开头的《两都赋》、《三都赋》吓怕了。其实这是做样子的。一开张必定要锣鼓喧天。一开篇一定有一番大道理。一进午门就是富丽堂皇的三大殿。开始必须说：“赋者，古诗之流也。”这不等于赋都难读。越到后面越好读，好比过了大殿是后宫。赋的最后栏目是“情”。《高唐赋》、《神女赋》、《登徒子好色赋》、《洛神赋》都出来了。有什么难懂？又何必逐字逐句要求都能讲给别人听？“增之一分则太长，减之一分则太短。”“此女登墙窥臣三年，至今未许也。”（《登徒子好色赋》）真是“俗”得可以，“白”得够瞧吧？读是自己读，各人有各人的所得，或说体会，何必管人家？我不是提倡读《文选》，不过是想减一点误解的成见罢了。

《文选》赋中缺了陶渊明（潜）的《闲情赋》。这篇未入昭明太子主编殿下的“法眼”，也许是由于“人言可畏”，有舆论压力，不愿改变陶公形象吧？“愿在裳而为带，束窈窕之纤身”。想变成带子束在她的腰上。“愿在丝而为履，随素足以周旋”。想变成鞋子跟着她的脚到处跑。变成这样，变成那样，总是会被抛开，不能时刻不离。这实在太浪漫了，过于现代化了，“超前”了，所以不得不割爱。陶大隐士清高飘逸，为什么要作这篇赋，以致后人说“白璧微瑕”？这就要看赋的本文。“闲”是“防闲”之“闲”。子夏说：“大德不逾闲，小德出入可也。”（《论语·子张》）“闲”就是栏，拦住。只“闲”大德，不“闲”小德，何等开明？陶老先生要“闲”住“情”，可是只在开头点了一下，全文大部分都是描写“情”的幻想。这好比暴露阴暗面之前有一顶光明大帽子，实在压不住阵脚。这样的“穿靴戴帽”点出用意，或者还不明点而暗指，是不是我们的讲话、作文、作诗、著书时不知多少年多少人留下来的一种习惯，一种不必有意学，而能心领神会，不由自主就运用的方式？这算不算是民俗心态？《水浒传》的“石碣天文”排座次，《金瓶梅》的死后因果讲报应，“只是近黄昏”，“更上一层楼”，诸如此类数得过来吗？

《文选》有个“连珠”栏目，只选了陆机的《演连珠五十首》。“连珠”是汉魏六朝的一种文体，后来没有了。据说许多人都作过。这种文体是骈俪对句，“辞丽而言约，不指说世情，必假喻以达其旨，而览者微悟”。“欲使历历如贯珠，易看而可悦，故谓之连珠。”（《汉书》）所选的陆机的五十首并不是不明说用意，只是将格言加上比喻，排成对句。这种文体看来只讲求形式，实际是会触犯忌讳的。《南齐书·刘祥传》（《南史》同）说，刘祥有狂士习气。“见路人驱驴，祥曰：驴！汝好自为之。如汝人才皆已令仆（做了大官）。”著《连珠十五首》以寄其怀。《南齐书》全引进去了。《南史》只引了几句：“希世之宝，违时必贱。伟俗之器，无圣则沦。是以明珠（《南史》作明玉）黜于楚岫，章甫穷于越人。”说楚人不识珠玉，越人不戴帽子，当然有诽谤嫌疑。全文末尾竟说：“破山之雷不发聋夫之耳。朗夜之辉不开蒙叟之目。”指斥盲聋，皇帝竟然以为是骂他而大怒。“有以祥《连珠》启上（皇帝）。上令御史中丞任遐奏其过恶，付廷尉。”还算好，“上”没有杀他，听他“万里思愆”，充军到广州悔过。他不得意便喝酒，死在那里。《南齐书》载了他的自辩辞，未加评论。这也算是一次文字狱吧？这样的事古往今来还少吗？“连珠”尽管后来没有多少人作了（现代仅俞平伯作过），这类自以为或被认为暗藏讥讽的“黑话”在文人笔下和不文之人的口头还是难免出来。这是不是也可以算是一种习惯或民俗心态呢？

任昉弹章中“谨案”以上先说“顿首顿首”还不够，要加上“死罪死罪”。不仅弹章奏折，在这前后的“书、启、笺、上表”中也有。陆机的《谢恩表》，刘琨的《劝进表》，任昉代人作的“表”，杨修给曹植的，繁钦给曹丕的，陈琳给曹植的，吴质答曹丕的，阮籍代人写给司马昭的，谢朓给隋王的“笺”也都有“死罪”字样。此外，东汉《乙瑛碑》、《史晨碑》中有。王羲之传下来的帖中有些是给人的便条式的信，也常称“死罪”。那些没有写“死罪”的信可能是作为文章传抄时删去了。有的以“云云”代替这种套语。还有“臣亮言”、“臣密言”是否简化？汉魏六朝时有这规矩。大概是为了严格区分尊卑上下名分，而且杜绝臣下互通消息吧？叫你讲话你才讲，不叫你讲话，自行发言就是不敬尊长，就有死罪。所以对皇帝上奏章言事要“冒死以闻”，要“诚惶诚恐，不胜战栗屏营之至”。（《西游记》中孙悟空丢了金箍棒后见玉皇大帝时也说过这话。）互相通信难免有密谋，更是死罪了。难道先声明犯了死罪就不算犯罪了？说了不一定不会得罪，但不说就一定得罪，所以还是先声明为好。这类套语本身没有意义，只是作为必不可少的附加物才有意义。不能用错，必须适合名份、身份。后来不写“死罪”，换了种种辞令。直到清末民国初，写“八行”信还要在“阁下”、“足下”等称呼后写上“伏维”、“恭维”等套语，用四六对句颂扬一番。由此，“恭维”一词竟到了口头上成为带虚伪性的称赞的别名。这类套语有了不怎么样，没有可不行，错了更不行。收信人不一定看，但若看出毛病那又非同小可。语言用词多变，这格式，这道理，很难变。外国也有。例如英国19世纪狄更斯的小说《大卫·科波菲尔》中人物米考伯就会这一套，不过在小说中已有讽刺意味了。书信的意义是传达信息，却有种种体式限制。《文选》中分表、上书、启、弹事、笺、奏记、书、移书等栏目，上对下的诏、册、令、教、策问以及檄还不在内。有这样繁杂的体式，所以写信也是一门学问。由此可见，怎么讲话是不容易学好的。讲那可以不讲而又不得不讲的话具有特殊意义，说了和不说大不一样。说出来的话是表明关系、身份、口气、态度少不了的。通讯或说交流信息必有双方。收讯一方注意的首先不是信息而是传信息的人，人的关系。信息的意义往往随身份关系而有变化。这表现于态度。套语正是态度的载体。因此，不重要的套语就显得重要了，所以说了等于不说的"死罪死罪"之类的话还是非说不可的。不仅书信，可以说所有的诗文都不是仅仅写给自己看的。连日记也会被人拿去看，甚至发表。所以有的信和日记是写时就想到成为著作的。读《文选》不妨从这类书信开始，里面有不少有趣的地方，只要用上面说的看套语的眼光，看文字内的信息和文字外的信息。照这样，不仅是诗，连《两都赋》之类著作为传达信息的载体，联想到看文章的对手方，那一定很有意思，不会干燥无味的。例子多的是，就不必举了。《七发》不是不多年前还有政治家引用过吗？考虑不出面的对方是读诗文的一道。

上下、尊卑、亲疏、贵贱、官民、雅俗、男女等分别都在一声称谓之内。就身份关系而言，没有两个人是一样的。同一身份也有不同之处。假如说"平等"就是"相等"一样，那就可以说，至少在从前我们中国人的眼中和心中一向是人生而不"平等"的。"众生平等"只能照佛教去理解，作为宗教说法，不是一般人想法。尊长的名字是忌讳的。法国人从前在上海法租界用人名作路名，如霞飞路，中国人很少知道那是将军。这种习惯引不进来。因为重名，所以不能轻易用。谱名、学名，常不用，而"以字行"起别号。从前中国的称谓代词的复杂变化之多远非现代可比。大体上是一称职务，二表关系，三重口气，自谦，尊重对方，或自大，看不起对方。如：卑职、小人、在下，大人、钧座，孤家、寡人，大帅、万岁爷，贱妾、奴家，小贱人、老不死的、丫头养的，冤家、心肝、宝贝，女婿为"东床"，外甥称"宅相"，数不胜数，无穷无尽，随时可以创造出来。昔有《称谓录》，今有《称谓词典》，未必能全。旧日的讣文中列家属次序，标明丧服等级，指示亲疏。女的照例不列。第一行是儿子。称"孤哀子"是父母双亡。"孤子"是丧父，"哀子"是丧母。生母死而继母在，则称"孤哀子"而在上面加一行小字"奉继慈命称哀"，"继"字上空一格或抬头另起一行以示尊敬。若是丈夫死了妻子，自己出面营丧，那时儿子只在第二行，首行是丈夫，称"杖期夫"或"不杖期夫"。"期"是丈夫为妻子戴孝一年。"杖"是说哀痛得站不起来，必须扶杖站着。这不是"孝子"的"哭丧棒"。若是死去的妻子曾经为公婆服过丧，丈夫就必须"杖"。若公婆尚在或妻子过门已晚，未在夫家服丧"守孝"，那就"不杖"，不必那么悲痛了。感情也是要依照礼所规定的。《论语》中说，孔子的爱徒颜回死了："子哭之痛。从者曰：子痛矣。曰：有痛乎？"（《先进》）据说"痛"就是哭过头了。对门人死不该哭得那么伤心。从前正式祭奠时，"孝子"在灵前行礼，有人唱礼，"举哀"，"哀止"。哭也一定要依礼照喊的口令行事。无处不有"规矩"。"不以规矩不能成方圆。"（《孟子·离娄》）这也是民俗心态吧？行为可以处处不合，规矩还是得处处讲。

文字的和口头的称呼都是符号，指示着一定的关系，标明了一定的态度，传达或多或少或定或不定的信息。人和人组成的社会中由符号传达信息，织成光怪陆离的既固定又常被打乱和更换的关系网。有文的和无文的语言符号传达文化信息互相交流。上下内外有别，但堵塞隔绝不了。不要通气和要通气形成许多社会情况。现在有新闻媒介，音像都可以由卫星传播到全世界电视屏幕上，视听信息更难阻隔了。在不多年前，没有广播，更早些还没有报纸，信息流通有些比较集中的地方。家庭除外，宫廷、公堂（连带监狱）都是有文和无文、上下、官民、雅俗相交会之处。此外还有一些场所为信息交流提供方便。社会由此而血脉流通，生长变化。在《论语》、《文选》等高贵的、文雅的书本中提到了一些无文的文化，但毕竟古老了，要多知道，还得到不登大雅之堂的文学中去找。实地调查毕竟在时、空、人方面都很有限。文学作品虽非实录，但无法悬空，可以供我们从有文看出无文，不妨试试看。

治“序”·乱“序”

客：我们谈到了文化可分显隐。我想就隐文化提一个问题。中国的文化历史中，春秋战国以后，秦是个承上启下的总结时代，年代不多，影响极大。显文化大家知道，已有许多研究。有没有隐文化需要注意的?

主：秦代形成了一个从来没有这样大规模的统一文化场，也就是信息场，以帝国政府为中心，但秦始皇帝绝不是以前的周王。这是从东周几百年间的文化纷争产生出来的。可是没有多久秦朝就亡了。到汉朝经过两代才有稳定的“序”，所谓“文景之治”。秦、汉和后来的隋、唐以及元、明的情况差不多。三次变化从模式说非常相似。这不是一姓王朝的兴衰快慢问题，可以说是文化的“场”由一种“序”变为另一种“序”的过程问题。史实和形势很清楚，需要的是解说。可以有不同角度的解说。若主要从文化说，广义的，包括显的和隐的，可以有什么样的解说？我想简化一下，撇开中间的隋、唐，比一比秦、汉和元、明。不过元朝是蒙古族当政，有个种族文化作为重要因素，不如将秦和明来比。明朝的开国之君，太祖朱元璋和永乐皇帝朱棣，很像秦始皇。接下去的皇帝，直到末代崇祯之前，都不见得比秦二世高明多少。秦宦官赵高比明太监刘瑾、魏忠贤还高明些。激烈的农民起义推翻朝廷，秦末明末一样。可是为什么秦只二世而明可以维持近三百年？信息中心的强弱系于什么？能不能从文化上找一找解说？若不是只换术语和框架，这就会把隐的显出来。

客：你是不是说，从战国形式的分立的“乱”达到稳定而有“序”的“治”的统一的大“场”，要经过一段过渡期，表现为一个短促的王朝？是不是说，秦、隋、元分别是达到汉、唐、明的过渡期？那么，明的朝廷并不强，却能长久维持，而且接下去的清朝未经过渡又稳稳统治了两百多年。那么多的内忧外患未能使清像秦那样一下子就垮台。这是为什么？若朝廷作为一个“场”的中心，秦和明相比，除皇帝个人外，还有什么不同？元朝忽必烈如同隋朝杨坚，不亚于唐朝李世民，何以稳定不下来，而相差不多的朱元璋、朱棣反而稳定下来？这当然不能仅从皇帝和朝中少数人作解说，恐怕不是中心而是全局的问题。先乱后治的道理是不是比先治后乱的道理更难讲？从文化说，不乱是不是比乱的原因更“隐”些？

主：我看先得把治、乱的文化意义说清楚。是不是可以说，“场”总是有“序”的。“序”可以有两类，一是治，一是乱，各有各的“序”。历来圣贤都是讲理想的治的序而不讲实际的乱的序，以为乱就是无序。试想假如乱中无序，那么治的序从何而来？用武力推行文化以至思想是不大见效的，几乎是不可能的。治序必定是从乱序中出来。同样，乱序不能只是治序的打乱破坏，而是另一种序出来要代替原来的序。有时两序相仿，例如梁山泊的排座次和宋朝廷的座次属于一个模式，那不能说是两种序，只能说一是山寨的次序，一是朝廷的次序。乱序和治序不是这样，是不同的序。同序的不一定能相互代替，要看其他条件。不同的序相代也不能突变。两种序包含着不同的民俗心态。一个趋向“乱”，一个趋向“治”。古人常说的“人心思乱”或“人心望治”就是指这个。

客：既已“开宗明义”，那就来看看相隔一千年以上的秦和明两次“场”中的“序”有何不同？为什么一个不能“治”下去而另一个可以？从统治者方面说，明朝廷比汉、唐都不如，为什么也能稳定而治？难道秦制是乱“序”而明制是治“序”？为什么汉承秦制又治了？只是除去“苛法”和建同姓王国吗？从《史记》的《秦始皇本纪》能看出什么？

主：从这篇以始皇、二世、李斯、赵高为主要人物的政治文化总述我们可以发现，战国时期的重要的文化“场”的

“序”到秦统一天下时改变了。变成什么？汉朝贾谊的《过秦论》一大篇（全文见《史记》，中段见《文选》）总结秦之亡为一句，“仁义不施而攻守之势异也”。对秦之兴总结不出来。唐朝杜牧离得远些，在《阿房宫赋》中用六个字描写秦之兴：“六王毕，四海一。”和司马迁的论述相合。秦朝的特色是将中国合成一个大统一的“场”。这是前所未有的。其所以能成功，当然是历史发展的要求。秦始皇当然是历史的工具，不过他是一个有思想、有意志的工具。他所想的和所做的有什么是达成这个统一场的呢？那要看同他合作的李斯。秦用李斯建立王朝创立许多制度，而李斯被用是由于上书谏逐客。秦始皇是很不喜欢“客”的，而战国时列国，包括秦，是用“客”而兴的。“客”是战国文化场中最显著、最活跃、最起作用的分子。从李斯这篇上书和贾谊那篇论中所列就可以看出来。（两文都入《文选》。）这些周游列国游说之“客”中还应包括孔、孟、墨、庄、荀、韩非、孙膑等圣贤诸子及其门徒，做官未做官，出名不出名，著书不著书的，都在内，不仅是苏秦、张仪之流。这些人公开地或隐蔽地在各国之间串联，出许多富强以战胜他国以至一统天下的计谋。他们的祖师言行录，门徒备忘手册，本门要诀之类的书都是内部读物或者对外宣传品。这些书包括《老子》在内，都是有一定读者对象的，是多半在口头传诵的，所以不能都存留下来。若没有这些人，战国只能混战，只是一些文化板块，如何能一统天下？东汉许慎在《说文》中说，七国是“田畴异亩，车途异轨，律令异法，衣冠异制，言语异声，文字异形”。使各国串联通气的正是“客”。（经济上是陶朱公、范蠡之类的商，史书留名的多兼充当政客。）“说客”中苏秦“合纵”使各国攻秦，张仪“连横”使各国降秦。他们是战国分立的“场”中所必需，因而为一统的“场”中所必除。秦始皇见到这一点，所以逐客时单用了李斯而不用韩非。（据说两人都是荀子的弟子。）他统一了天下就再也不允许有“客”存在并活动。不必等到秦二世，秦始皇在认为李斯的作用耗尽时也会杀他的，正和当年秦王杀商鞅一样。由此可见，分立板块而由“客”串联是战国文化场的特点，是乱“序”。由此达到“一统”，而统一场中就再不容“客”。秦朝的文化政策几乎都是为堵塞“客”的产生而制定的。这是不是战国板块文化场和秦朝统一文化场的重要不同点？

客：从春秋孔子起，这些“客”不但周游列国，还能到处讲学、收门徒或求学（如苏秦游学），使文化流通和发展。当统一的场形成以后，多块合成一块，自然就废“私学”、“游学”，烧去“非秦纪”的史书和“非博士官所职”的“诗书百家语”，废除六国文字，达到“书同文字”了。李斯、赵高各自编出新文字的识字课本（李斯《仓颉篇》，赵高《爰历篇》）。建立“博士官”（高等学府）统一教育。非官方的书只留下医药、卜筮、种树等技术书。要学“法令”只许“以吏为师”。这一大套文化教育法令是统一文化场所必需的。问题是：这有什么不好？为什么行不通？何以这一套到汉朝经过公孙弘、董仲舒才定下来，而私学私书还除不尽？为什么到西汉末期，刘向、刘歆、扬雄又在天禄阁校勘官藏古书，去认六国的“古文奇字”？（可见书未烧完。《左传》这时出现还不被承认，“博士”不立专业，要刘歆去信争。《文选》中有此信。）战国时乱轰轰的“百家”有什么好？“一统天下”后的一家有什么不好？我们不要用两千几百年以后的世界的眼光来看，要照当时的形势看。

主：不错，从板块文化场变为统一文化场正是从战国到秦的变化。这在当时是必然的。由此而来的，由丞相李斯建议和始皇帝批准颁布的一系列法令措施也是应运而生的。（“客”将分立场串成了统一场，同时消灭了自身存在的依据。）然而不行。秦始皇太自信了，太乐观了，以为灭了六国，一统天下，要防的仅仅是六国的后代和他们的谋士“客”，于是对文化作了严格的统一规定以防“客”，想不到“客”会有后代，想不到要有什么人来代替“客”。始皇不认识，那时也不可能认识，文化的意义。他看轻了文化。他知道文化是对付人的，又误解了人。人虽可以变成兵马俑，听从统一号令，但人又不是俑，不可能和兵马俑完全一样。军事上这样做都有危险，兵士中会出现陈胜、吴广。政治上、经济上统一“场”、“序”必须具备成熟的、足够的条件。第一要件便是活人。兵马俑不是活人，只能在墓中和死人在一起。活人有合乎六国的“序”的，有合乎秦“序”的，不像俑没有分别。统一文字并通行隶书再设立“博士官”确是合乎需要而又具备可能，但若以为这就够了，那是只知其一——有文的文化，而不知其二——无文的文化。那些无文的大多数人呢？仍然处在板块文化之中。上层出现了统一文化，下层仍然是互不相通的板块文化。《孟子》里一说“南蛮鴃舌之人”，二说楚人学齐语要到齐国去，否则学不了（俱见《滕文公》）。当时恐怕只有上层通用语，可以供“客”到处游说，可供各国首脑办外交，引《诗》以结盟。《诗》是将各国“风”化为通行语的标准课本。所以孔子说：“不学《诗》，无以言。”（《季氏》）然而极大多数的人是各守其板块文化的语言和风俗而不改习惯的。当时明显的文化板块有：中原的从殷商以来的文化，包括“桑间”、“濮上”的“郑卫之音”。（这里有女性的呼声，是进步还是落后？）还有西方的周秦文化。（内含西戎？）不算北方的其他民族，燕赵也自有文化。东边海滨有齐文化。（鲁似近中原。）东南先有吴越，随即并入庞大的南方荆楚文化而成为吴楚相通的长江流域文化。（这力量能和北方对抗，而刘、项以楚亡秦。）这几大板块仅仅靠“行商”，如弦高，“座商”，如陶朱公，以商品流通来联系是不够的。他们可以促成统一，但维护一个大板块还远远不够。经济通气之外还需要人的通气。怎么能那么快就不再需要“客”的流通和“私学”的传授了呢？像萧何那样的吏除了教法律政令之外还能做什么呢？何况原来六国的无数“萧何”也不是很快就能都成为秦吏的。虽经李斯、赵高强迫推行，文化的统一场终究是表面文章，不如军事政治统一得快。汉又分封王国。文帝不采贾谊的“治安策”。那策是只知除病，不知病除掉以后本身没有元气恢复健康，又会得病。景帝试了一下，不成功。武帝时才初具规模，仍是表面。直到元、明、清三朝，大统一才能消化板块，但也化不净。已经一千几百年了，显文化一统江山，隐文化照旧板块。始皇、李斯虽有开创之功，只是开创而已。战国的板块文化场的“序”是不能化为秦朝要求的兵马俑文化的“序”的。统一场的“序”在两千多年前是不可能形成的。秦使天下为一国，文化上不能适应。文化是以经济为基础而与政治相应，又内含喜乡音而守乡土的民俗心态，所以分立不断。汉封王，唐不封王而有藩镇，宋无藩镇而辽、金、西夏、大理、吐蕃多国分立。元统一不久，明朝又裂土封王。清朝才出现政治文化统一场的局面。这是着急不得的。秦始皇以为有了白起、蒙恬、章邯率领兵马统一天下，有了连六国长城为一以防范北方异族，销六国兵器铸为金人十二（显然是象征），这就够了，其他无足重轻，可以随意制定。这是原始的天真，是不知道也不相信有文化场，而文化场是活人的民俗心态力量的集聚，不能任意指挥的。秦初并天下的第一个诏书中一再说“兵吏诛灭”六国。他想不到“兵吏”不能制造并率领统一文化场。

客：由此是不是看出了一条？中国之大，必定文化分成板块，但又趋同，所以要一步一步形成统一文化场的“序”。这不是秦始皇的功过问题。他本人在统一天下后车马不停，南北东西奔走，毕竟不能代替当年“客”的流通。“博士”消灭不了“私学”。能背诵《尚书》的伏生还是活下来了。这显然是两种“序”。能不能说战国的文化场“序”是乱“序”，而秦朝的是治“序”呢？这是不是有点像欧洲的罗马帝国而缺少基督教？乱“序”不能由少数人统一管理，所以比治“序”更难办。然而若有人以为可以平稳地由乱“序”而治“序”，恐怕是不懂文化。欧洲的国小，罗马帝国以后还变了几百年，而且各国不同。中国的情况不能比。硬套不是解说。

主：先不忙定符号招牌，只可试试。战国是板块文化而有间隙通气。这是不是乱“序”，和后来的东晋十六国、五代十国属于一个类型？不敢说。至于秦始皇所想做到的恐怕不会是治“序”。

客：可是一直到明朝还是这一条秦始皇思路。明太祖、成祖也可以称为秦若干世。明代的裹小脚是使妇女成为不容易自由行动的俑。八股文是使读书做官，人成为头脑不容易自由思想的俑。这种俑化思路以为大家一样就是治、平。这好像不是秦以前诸子百家提倡过的，也不像是孔孟的。李斯是荀子的学生。这也不像荀学。恐怕还是秦始皇在秦国情况下才能有的思路。李斯不过是迎合而出谋划策。可是开国名王的第二代往往不行。秦二世不用说。汉高祖以后惠帝不行，而吕后掌权。唐太宗之后高宗不行，而武后掌权。明太祖之后建文帝不行，而成祖继任。这又是为什么?

主：吕后、武后仍是继续不断的后任，不过是由隐文化的妇女出面了。名王的儿子或孙子不行，这是另一问题。主要是那条思路及其执行继续下来了。可以问的是：秦为什么二世换了朝代，而汉、唐、明可以不换?

客：这是不是说，后来的思路和所作所为多少还合乎治“序”？秦二世是第一次做试验，所以不成功。

主：不是第一次试验。秦国已实行多年了。秦始皇是想把天下变得和秦国一样。秦二世和赵高不懂或不赞成继续始皇和李斯的思路，以为天下已定，不必再像始皇那样操心，亲自每天阅一大堆文件，亲自到各处跑了，不知新的文化场未能形成正是危急之时。这里面有一个对人（不论贵贱）的看法问题。人的俑化和俑的人化是两回事。人化俑不行。俑化人可以。始皇对此不能明白。他把“黔首”（老百姓）搬来搬去，一搬就是多少万。不仅迁奴隶，还迁富户（当然连带他们所有的奴隶）。这是把人当成俑。他以为兵和吏是俑，民也是俑，活着时就可以像死后在墓中那样排列整齐，以为这就是治“序”。错了。所以不成功。若有俑化人，那可能构成文化场的序。人化俑只能构成坟墓里的序。那不是治序而是死序。从陈胜、吴广当戍卒可见秦的兵是俑。兵的来源，既不是征，也不是募，而是“一锅端”（闾左）。

秦实行的是商鞅以来的耕战两分法，也就是孔子教导的“足食、足兵”二分法。（《论语·颜渊》）不过法家是硬来，儒家是软干，但都要求“民信”。（商鞅徙木立信。）始皇把“民”硬性分割，一边人去种地，一边人去当兵。这很简单，是把人当俑。没想到大雨误了行期，当斩，于是陈胜、吴广开动了思想。怎么样都是死，造反还可能活。有选择了。人是能选择的动物，不是无选择的俑。加上秦二世、赵高的糊涂和六国板块文化的余力，又没有板块王国可以缓冲而由皇帝独自挑重担。这样，秦就垮了。在统一场中人的活动作用比在板块中大。若反而把人当作比在板块中更少活动的俑，统一场自然有瓦解危险。这不是统一场不行，而是统一场的“序”所依靠的人尚未形成又受到阻挠。不知这样说法通不通？

客：什么是“俑化人”？还不清楚。

主：我想到19世纪中叶，英国议会中有位名人演说。他主张英帝国统治殖民地要兴办教育。不是普及教育，而是办大学教育，培养少数人当官吏。同时确定文官制度，用中国式的考试办法。他预言，将来会有许多官吏，人是当地的人，但说的是英国话，想的是英国人的想法，用英国文明治理当地。这就是俑化人的理论构想吧？确实是人，但实际是俑。这和人化俑不同。那确实是俑，但实际是人。那很危险。一旦人由隐而显要自作主张，作选择，就会出陈胜、吴广。俑化人不同。确实是人，自己思想行动，自有选择，但实际是俑，所有自以为是自己的一切都是外人教会的，自己不知不觉暗中照人的样，等于听从自己以外的指挥。那样就可以治。是不是治“序”？不敢说。秦始皇需要培养俑化人，可是他只相信“兵吏”，只要人化俑，所以失败。他不是两千多年后的英国的维多利亚女皇。

客：你这套俑论或人论太抽象。还是回到秦和明、统一和板块的问题上来吧。就中国历史说，乱“序”存在于板块文化场，治“序”存在于统一文化场。秦是统一的大“场”。明像汉一样分割为板块。为什么秦治得短而明治得长？两朝皇帝都是开始英明，继任昏庸的。

主：明朝虽然裂土封王，却不是战国、十六国、十国那样的板块。货和人的流通比以前不知扩大了多少倍。文化比以前更像统一场。上层分封对朝廷不是利而是害。到亡国时还闹福王、唐王、鲁王、桂王的纠纷。秦和明都是统一文化场，用相类似的治“序”。明晚了一千几百年，各方面有大发展，应当是照秦“序”更不行，为什么反而行呢？是不是秦“序”需要更为发达的条件，当时才开始，汉朝还得分封板块，同时定于一尊，到元明时代才有更多的条件，更多的需要，齐国公羊高讲《春秋》的理想要求“大一统”才可以实现了？

客：明朝廷从上到下有什么发展了或变更了秦的不成功的制度呢？

主：这就还得回到人和俑的问题。文化的主体是人的活动。政治更是要看人。秦的“治”是靠“兵吏”。兵属于军事，是另一回事，不必谈。吏，在秦是主要的，因为有“苛法”和“酷刑”要吏来执掌，而且吏还要教“法令”，培养后继人。全国这么大，又不分割为属国，而一并划为三十六郡，朝廷直接统治，而不间接统治，这就更需要听指挥的，直到最下层的官吏。东周列国时是贵族依血统分封，层层把关。从《论语》可以看出，鲁国的国君是周的贵族下放。季氏三“家”是分别为鲁君掌权的又一层贵族。阳货以及孔子门人冉有、季路等“家臣”是又一层掌握实际直接治民的大小不等权力的。官吏从何而来？除贵族出身的以外，从办私学的孔子那里来。阳货可以明劝暗令孔子做官。孔子的门徒除早死的颜回外几乎都是官，或是可以做官的候补者。国君也常问孔子有什么门徒可以做官（从政，为政）。大弟子冉有、季路都是季氏的家臣。季氏要出兵打仗，这两位还向老师报告，挨了一顿批评（《季氏》）。还有弟子原思等人当地方官。孔子经常出外周游列国做“客”。他是办私学培养并推荐官吏的，同时充当国和“家”的政治顾问，“从大夫之后”（《宪问》）。用这一眼光读《论语》，可以看出开篇讲的“学”“习”就是学政治，学做官。孔子办的是政治大学，向各国政府输送官吏。秦统一天下，当然不要这些给六国尽力的“客”和“私学”，一律取消。可是官吏从哪里来？“以吏为师”。哪里来的那么多的吏？秦国原有的也不够用。只好仍用当地原有的以及新由皇帝提拔出来的。

这些官吏很靠不住。萧何就是一例。他很能干，能当宰相，可是当小吏而不为秦用倒造了反。汉代在“萧（何）规曹（参）随”袭用秦制以后才开始了新办法，“选举”（选拔，举荐），也就是由当地名流推荐，于是有了“名流”、“门阀”。闹腾到三国时还不行。太学、博士只念经书，争派系，无能力培养人。秦有七十多“博士”，恐怕是书呆子居多。曹操、诸葛亮的兵法不知是从哪里学来的。唐太宗想出个统一考试的办法来，一直传到明朝。分散培养，统一考取。分散的私学自然照统一的取录标准教。《文选》中有“策秀才文”，那在唐以前。唐考诗赋，诗盛。宋考策论，散文兴。明太祖出自民间，深知必须将人俑化，决定了将“经义”定为八股。这是秦以后的大发明，一直行到19世纪末。八股的好处暂不论，和小脚一样是明代文化的大题目。可以说，到明代，秦制中心的官吏的从培养到选拔到控制使用的全套办法才完成了。这个统一文化场有了治“序”的“人”的依靠了。这个文官制度和英国先在印度后在本国实行的文官制度有异曲同工之妙。各有为各自的“场”的“序”服务的功效，为治大帝国所必需。

客：恐怕还不止这一条吧？八股文培养书呆子，如何能进行有效的“治”呢？

主：不错。这又是明清两代的大事。有个“僚”或“师爷”的系统。这仍是秦代“以吏为师”的延续。大概各朝代都有。不过元明以前做官比较简单。白居易、苏轼以诗人当刺史、太守，只要喝酒、作诗就可以。在杭州各修一道堤就是了不起的大事，至今还叫白堤、苏堤。元以后不同。文化场扩大而且复杂化。当官做吏不那么容易了。萧何也罢，宋江也罢，都不够格了。吏需要专业化。于是出现了一些会做官而又做不上官的人给官当实际工作人员，也就是“僚”。低的本地人就当“吏”，像京戏《四进士》里的宋士杰，或是《红楼梦》里给贾雨村大人出主意的“门子”。“僚”有门派，例如出名的“绍兴师爷”。这是战国时“客”的转化，也是从周朝开始的“士”的演变。贵族大官除外。一个穷念书的，或是阔少爷，考取进士，没在朝廷等候做大官而下放当知县，得到肥缺或瘠缺。这比在翰林院陪皇帝候放差实惠。怎么当官？没学过。于是亲戚朋友以至于同学、同乡、同榜考取的“同年”都来荐信了，荐来一批专业化的“师爷”或称幕僚帮助当官。这主要有三行：一是“刑名”即司法，管问案子，要懂法律案例，可以捞钱，“绍兴师爷”是这一行中最出名的；二是“钱谷”，即财务，管税收和会计，造假账，懂“四柱清册”，会办“交代”（“四柱”是：旧管，新收，开除，实在。），要贪污，不可缺少；三是“文案”，即秘书，掌管文书往来，看来不重要，可是公文和书信中一字一句用对用错可以升官或革职。应酬人的“八行”书信更是写得好未必有功，写错了一定有过。“文案”还能代表官去联络关系，少受嫌疑。有了这些“僚”或“幕”就可以“走马上任”了。到任上还得用好当地的“吏”，交结好当地的“绅”，如退休在家的“老大人”和有在京在外当大官的家属亲友以及什么“霸天”，否则也当不成官。这些都有了，那就可以作诗、喝酒、打牌、娶妾什么都干了。不用说上面还得有靠山。这一整套是明代完成的治“序”，适合于大一统文化场。正史、实录、野史、诗、文、小说、戏曲里到处都是例子。这是做官。要发财，这还不够，另有门路，就不必讲了。

客：清末《老残游记》中的老残摇着串铃出入于官场和其他场，是不是也还有一点战国板块文化场的乱“序”里的“客”的味道？他以医卜为生走江湖，不是串联各文化信息场的一个“量子”吗？是两千多年的传统不衰还是残余呢？能不能说，统一文化场需要一个一个的人作为“基本粒子”，而以个人的各种平等结合来组成有某种“序”的“场”；板块文化场不需要这样，是以家族或某种不由自主的血缘、乡谊之类关系组成的集团为“分子”的？是不是在统一文化场出现时才逼出一个一个的人，才发生所谓“人化俑”或“俑化人”的问题？

主：秦始皇禁“挟书”只留下“博士”，烧书只留下医药卜筮农书，这就给方士开了大门。他相信方士，求神仙。到汉代出现了儒生和方士的结合。天人、谶纬之学兴盛起来。儒生本也属“客”。各种的“客”，包括讲“纵横”的“说客”，也和方士结合了。战国的“客”化为后世走江湖和居庙堂的会读书作文又会占卜和治病的“士”，以传说的姜太公和诸葛亮为首。大概板块文化场从未清除，还时时占上风。有民俗心态作“窝主”，所以乱“序”中的人消灭不了，不要这些人的治“序”也安稳不了。有文的文化成为统一文化场，那无文的文化场还照旧遵从板块文化的“序”，仍行板块文化中的行规、帮规，有不结帮的帮。

客：秦汉儒生和方士结合，后来的佛徒也是方士吧？

主：这种“士”的问题是一时讲不明白的。

记《菊与刀》

——兼谈比较文化和比较哲学

美国人类学家本尼迪克特（Ruth Benedict）的这本《菊与刀》（The Chiysanthemum and the Sword）是1946年出版的，离现在三十五年，已是一本旧书了，不过在我国似乎还值得一谈，并不只是因为这书已成为名著。

先要谈这本书的“缘起”。

当第二次世界大战的趋势已经明显，德、日的失败已成定局的时候，美国政府便着手制定对待战后德、日的政策。对德国的办法是明摆着的：将同纳粹打到底，盟军将占领德国，粉碎旧统治机构，由盟军直接管理行政。美国对德国比较了解，这一方面没有什么大问题。但是对待日本却不同了。美国对日本不大了解。两国的国情很不相同。当时有两个问题：日本政府会不会投降？对日本能不能用对德国的办法？倘若日本不投降，盟军要直接用武力攻占日本本土，那就是同对德国一样。假如日本承认战败而投降，那么，还要不要照对德国的样子实行打垮旧行政机构而由盟军直接统治？为了制定最后决策，美国政府动员了各方面的专家来研究日本，提供资料和意见，其中包括了这位人类学家。

她接受了任务，但这是一个难题。她是文化人类学家，曾在太平洋的小岛上作过调查，却没有研究过日本，战时更不可能去实地调查；而且人类学一向是研究比较原始的社会的，这次却面对着一个能同美国打现代战争的日本。怎么进行工作？这位夫人根据她自己的“文化类型”理论，运用文化人类学的方法，把战时在美国拘禁的日本人作为调查对象和直接资料，同时也大量读书和看日本文学及电影。她工作的结果是一份报告。这份根据人类学观点的“日本文化的一些类型”（本书副标题）的报告中推断出的结论是：日本政府会投降，美国不能亲自直接统治日本，要保存并利用日本的原有行政机构。因为日本跟德国不同，不能用对付德国的办法对付日本。假如那样，日本人会拼命打到底，而且美国人也无法直接统治。美国人不了解日本国情，两国的文化类型不同。

战争结束。美国的决策同这位人类学家的意见一致。事实发展同她的预料和建议一样。1945年8月日本投降，1946年她把这份报告写成书出版，前面写了一章论述她用的人类学的方法，末尾有一章讲日本投降后的情况。她表示同意美国政府的决策和麦克阿瑟的执行方式，因为这正和她原先的意见一样。

据说这本书译成日文出版后在日本有过相当强烈的反应。原书名可译作《菊与剑》，日译是《菊与刀》。很明显，欧美人习惯于击剑，而日本人习惯于用战刀。（若用中国所熟悉的日本情况说，那大概可以叫作“樱花和武士”吧？）这书题指出日本文化类型中的两个矛盾的方面。

全书并不长，只有三百一十六页，共十三章，附一些日本词的注释和全书索隐。除前述首尾两章外，从对战争的看法讲起，讲到明治维新，再分述日本人风俗习惯、道德观念、一直到怎样“自我训练”（修养）和孩子怎样学到传统。全书夹叙夹议，贯串着作者的人类学文化类型论的观点，一点也不枯燥。

这本书中论述日本文化是否有错误？日本人自己怎样看待美国人对他们的观察？战后日本在美国管制下有过什么变化？现在是否还同本书所说的战前情况基本一样？这些问题我不能谈。我也不想具体介绍本书的内容。我想谈的只是下面两点。

一是希望由提起此书能使更多人知道人类学也有用处，文化人类学并不是只调查原始的落后的社会情况和搜集一些民间传说、风俗习惯。这在前面谈本书“缘起”时已经给读者一个印象了。我们这几十年不谈人类学、民俗学，解放前的一点点介绍和工作已经差不多都中断或改了名目了（如民间文学研究和民族研究）。我觉得实在可惜。近几十年来人类学又有发展，看来仿佛其中有些分支已经独立出去了，可是还有不少旧工作和新工作可做。文化人类学在国际上还是一门重要学科；尽管现在里面包括了许多其他科学，但仍自有其观点和方法。这一层就不多讲了。至于如何以马克思主义指导研究，那更是新课题了。

二是希望由此能引起一些人注意到比较文化的观点和方法。（这里以及前文所说的“文化”应当看作一个术语，和我们常说的“文化水平”、“文化革命”中的“文化”在词义上有区别。）这本书的作者认为人类学是研究风俗习惯的科学。没有一个人能只是一张白纸或一台机器一样的生物的人，而是从生下来就要接受无形的社会传统教育的社会的人。每个人的心理状态不能只是生理的，而必然同时是社会的。社会学、社会心理学、社会语言学等所研究的各有一个方面，而人类学则从文化即民俗的方面来观察研究，分析个人不自觉也不自主的，从小就接受下来的风俗习惯、行为规范、道德观念，等等。她用这一观点研究日本，其实所研究的就是我们常说的“国情”中重要而常被忽略的一方面。在本书第一章中，作者论述了人类学的方法，提出了一些很值得注意的意见。其中重要的一条就是比较文化的方法。人类学者不能只是调查统计，搞民意测验，也不能只是像旅游者或侨居者那样描述见闻，而要作比较文化的研究，并且要应用自己的专门训练。她指出，尽管一个部族可以有百分之九十的行为和邻居各族共同，但总有一点根本不同。这一点也许很小，但它对这个部族的本身独特的发展方向和趋势有重要作用，使这一族成为这一族而不是其他族。人类学者还要特别注意习惯于看待那种和自己文化大不相同的其他文化，必须尊重人家的文化和人家自己的看法。例如看日本电影，其中有美国人看来大惑不解的行为和语言，而日本人自己却视为当然。两人都是带着自己所受的传统社会文化去看这同一电影的。这种对不同文化行为的客观分析态度的训练就是研究人类学的一项重要条件。这些文化行为是一个人每天都在从生活中学习的，是社会的积累，是交互影响，是环境的要求。许多零星的似乎彼此不相关连的小事，其实往往是社会文化大系统中的构成部分，彼此大有关系。经济的、家庭的、宗教的、政治的，等等行为都是互相渗透的。人类学者并不专门研究其中一个方面，而是要找寻人们在日常生活中的行为所内含的前提。人都是戴着眼镜看事情的，看法指导行为。人类学者就要分析研究这些不同眼镜的镜片，并且归纳出类型。硬心肠的客观和软心肠的同情都是系统研究各民族不同文化特点所必需的。比较宗教学显示了这种必要性。如果只防卫自己的生活和行为方式，而敌视不同的，并且以为人家都应当同自己一样，那就不好研究人类学。社会学家和心理学家着重调查统计，而人类学家则不然。他研究的对象是普通人，这不能像美国选总统一样搞民意测验，统计数字。文化人类学研究的是各民族风俗习惯中所存在的、作为行为基础的、对生活的看法。在这样比较之下，一个美国人就能看出日本人行为的猛烈摆动并不是自相矛盾，而是有其社会文化传统观念体系在后面。这本书正是一个美国人类学家以自己的文化同日本的文化作比较研究的结果。美国因为不了解日本国情而吃了珍珠港被袭的大苦头，就下工夫研究日本国情而得到战后对日政策的成功。这是值得注意的。这本书正是从美国人和日本人对待战争的不同看法讲起的（第二章）。我们看了这样的比较，对书中讲的日本文化和在背后作为对照的美国文化都可增进一点了解。

至于书中具体内容当然本文不能作介绍。这里只随手提出一两点。例如她说，日本文化就是日本文化，既不是佛教的，也不是孔夫子的。在日本大概除了少数虔诚的和尚以外，没有人真相信“涅槃”（寂灭）是最大幸福。她又说，日本是等级森严的，“各就各位”（第三章题）的社会中人的结合（其实这也可说是指“各安本分”，“安分守己”），既同美国的自以为“人人平等自由”想法不同，也不同于印度的乃至中国式的“种姓”制度。她指出日本人的洗热水澡乃是一种享受，上下风靡，不可缺少。这使我明白了关于日本到处都是“风吕屋”（浴室）的描写，以及从前中国人下澡堂中吃点心和谈事情的习惯。从这些小事中看出人生观、世界观以及一个民族的传统社会心理，这却是需要经过文化人类学的科学训练的。我也由此明白了一些日本小说和电影中的描写。我觉得，研究文艺的人最好也能有一点文化人类学和社会心理学的知识。

顺带我还想谈另外两本书。虽然谈不上同这本书有什么联系，但作为与比较文化研究有关的书，似乎也不妨讲几句。至于社会心理学，本文就不谈了。

一本是法国人马松-乌尔色（Paul Masson-Oursel）写的《比较哲学》（Comparative Philosophy，1926）。另一本是海曼（Betty Heimann，大概是德国人）写的《印度哲学和西方哲学》（Indian and Western Philosophy，1937）。

这本《比较哲学》分为两部分。前半四章讲理论，后半四章讲实际。前半题名为“哲学中的实证性”（Positivity，不知这样译对不对）。这显然是从实证主义发展出来的理论。19世纪中叶达尔文的生物进化论出来以后，有一种思潮影响学术界，这就是认为人类文化也同生物和社会一样，有一个共同的阶梯格子，一层一层从“野蛮”到“文明”，而“文明”的最高峰是在欧洲。这时欧洲资产阶级正在按照自己的面貌改造全世界，到处推行资本主义化，把殖民主义当作“白人的负担”，好像全人类都得照他们所经历的文化阶梯一级一级“进化”到同他们一样。到20世纪初期，经过第一次世界大战，这一思潮有了发展，认为人类文化是一个统一体，于是世界文学和世界哲学的想法出现。当然这往往还是欧洲人以他们自己的成就作为高峰和标尺来衡量一切，还是认为世界各民族都得照他们经历的阶梯格子“进化”。这种思潮和18世纪的世界统一文化的想法也不是一回事，各有本身的内容和时代背景。这种文化“进化论”，包括“传播论”，当然要受到不同意见的挑战。于是又有了文化“相对论”，认为各民族文化有自己的发展规律，不必遵循同一格式。比方说，今天的猴子不见得将来变成人，它们并不就是同古猿一样。这样，又有人从文化的“功能”方面探索各种不同文化的内在规律。20世纪中期以后，结构主义的，语义学的，环境—生态学的，还有各种新的进化论的学派都出现了。以上这些发展主要表现在文化人类学和社会学方面，可是不能不影响到哲学和文学的研究。比较文学兴旺起来，比较哲学也提了出来，各有种种科学实验。这本《比较哲学》是法国人的著作，而纳入英国人编的《国际心理学、哲学、科学方法论丛书》之中，代表了一种倾向。

书中第二部分，分四个方面探索。第一章是比较哲学年代学。列了一个“世界哲学年表”，并排列出西方、中东、印度、西藏、中国、日本的重要哲学家和著作及学派的年代。从表中可以看出公元前6世纪到3世纪在希腊、印度、中国都有过“百家争鸣”的平行现象。第二章是比较逻辑学。第三章是比较形而上学（或玄学，但玄学这个词在五四时期引起过论战，有与科学对立之嫌；而形而上学一词我们又是作为辩证法的对立物的，因此不知怎么译才好）。第四章是比较心理学。书中还没有能把比较美学列为一章。把心理学附属于哲学是旧的看法，所以这一部分的观点也同前一部分的理论一样有些陈旧了。由于范围广大，粗疏更不可免。年表中把西藏从中国分出去（即使不从政治说，单从文化说，也不相宜），把中东几种不同文化合而为一，都不妥当。又如说印度哲学是要求从相对到绝对，又把印度的“道”、“乘”等，同中国老、孔的“道”、“德”等比较，说了一些模糊影响的话。对这样范围宽泛的书自然不应要求缜密，可是这样粗略比较究竟不是一种科学研究的好的起点，大概因此难有别人接着做下去。不过它的开创之功仍不可没。

海曼的书所比较的范围小一点，主要是古印度和古希腊。这是她1936年在英国的一次学术讲演。书的副标题是“一个对比的研究”。书分八章。一、引言；二、神学；三、本体学和死后学（或来世学）；四、伦理学；五、逻辑学；六、美学；七、历史学和应用科学；八、西方和东方的表面“接近”。在书的“尾声”中，作者说她的比较研究的目的并不是单纯指出东西两种文化体系中某些仿佛相似的特点，而是要着重指出，应当在两个不同的“平面”上同时运动以求扩大眼界而达到比较接近冷静（作者用了印度术语“寂静味”）的境地。她认为西方哲学是以人为中心的，她用的词是“人类学的”，而印度哲学则恰恰相反，人不是中心，整个宇宙才是中心，她用的词是“宇宙的”。因此，两种哲学是在两个“平面”上活动。换句话说，印度哲学是“集体主义的”，“非个人主义的”。所以欧洲人当前面临两种相反的解决道德、政治、经济等问题的途径：一是极端理性的，一是极端感情的。这两种都是“人中心”。印度则相反，以无限为绝对，而一切价值均为相对，故对人世变化无动于衷。她认为这是两个“平面”上的运动。西方的不能有和谐，而西方和印度不可能结合。我想，这位哲学家这时这样高呼“寂静味”（Sāntarasa，现代印度语中“寂静”即“和平”）与和谐，一定是对古印度人在将近三千年前就三呼“寂静”（各《奥义书》前后的“祷词”中语）很有感触的。难道她在1933年纳粹登台与1939年开始二次大战之间，在中国抗战爆发的前一年，作学术讲演时会对现实世界无动于衷吗？就学术而论，她这本书自然不可避免地也有粗疏之病，那就不用说了。

这两本比较哲学的著作，一求其同，一求其异，看来都很有意思。上述的前一本首先提出理论，后一本首先叙述自己的探索所经过的道路，也正好对照。我谈到这两本书并不是为了同《菊与刀》一样向读者推荐，只是为了说明在比较文化的大题目下，不但比较文学，而且比较哲学也有人做。但究竟应当怎样做才能算作科学，那至今还是问题，还得探索。不过有一点，《菊与刀》的第一章开宗明义就提出研究方法问题，把文化人类学的方法要求明白说出来，这是很重要的。作比较的范围、目的、方法是首先要明确的。但也得注意，无论什么做法，背后总会有一个哲学体系的思想在指导，却不可以是先有一个既定的具体结论作为前提，否则就会得不出令人信服的结果。我觉得那本《比较哲学》多少有点这方面的问题。这三本学术论著都在开头就说明自己所探求的目的、方法和途径，明确提出自己的根本看法，是很可取的；至于理论的毛病和证据的引用及解释有不当之处则是难免的。我们到了80年代，能看出约在半个世纪以前的书的理论和证据的错误，不是很自然的吗？否则我们不是白过了几十年吗？话说回来，《菊与刀》未必符合我国翻译出版要求的规格，我只希望有熟悉日本国情的人将日本人自己对它的反应介绍一下，并且提出自己的看法。我们同东方这位邻国的关系是很不寻常的，难道我们不该多了解它一点吗？难道文化人类学不需要在我国得到应有的看待吗？答复应当是肯定的吧！“企予望之”。

文化百川汇大都

甲：我想起了顾广圻顾千里。他在19世纪初发现并校勘《元朝秘史》的抄本之功不可忘记。

乙：顾千里前辈是名副其实的读书人，以读书为业，一辈子读书。他穷又没做官，只好到有钱有书的人家去读书并帮人读书。书不能白读，饭不能白吃，所以他校勘的书往往署上书主人的名字而自己却默默无闻。《元朝秘史》是蒙古语的著作，用汉字记音，像日本的《古事记》、《万叶集》那样。幸而附有汉文翻译，顾广圻在一位藏书家那里发现这抄本并校勘出来。这书随后也为俄国人知道。现在已是常识了。

甲：我有个看法，蒙古史不等于元史。元朝历史可以从元太祖成吉思汗灭西辽（1211）算起，也可以从元太宗窝阔台汗灭金（1234）算起，或者从元世祖忽必烈汗定国号为元

（1271）并且定国都于大都（北京）算起。

乙：我也有个看法。蒙古史不等于元朝史。讲中国文化史又不能仅以朝代分，更不能讲“正统”。作为近代文化史的开端，“元代”文化需要包括辽、金及南宋后期直到明朝初期，从13世纪到15世纪。这和欧洲14到16世纪的“文艺复兴”差不多同时而稍早。

甲：新文化中心的形成是不是在大都（北京）？大都依傍金国旧城修建，从1267年起，到1283年才全部落成。如同唐代长安，大都是世界性大都市。

乙：形成全国文化中心很不容易。在大都，各族汇合，各种文化交流，新的语言和文学涌现。汇合的开始可以从元太祖成吉思汗1215年任用耶律楚材算起，到建大都已有半个世纪了。耶律楚材是一个多种文化集合的象征。这位相爷是辽国皇族，契丹人，做过金国女真族朝廷的官，成为蒙古元朝的开国宰相。他提出不少建议得到实行。例如太宗窝阔台即位时，他制定朝拜仪式，劝皇兄察合台汗行臣拜君之礼，稳定了政局。更重要的是，他建议蒙古人也用考试取官，把俘虏为奴的汉人儒生释放出来参加考试。这是给地位低下的汉族人一条做官即参与政治之路，抬高了汉族文化。他不但通晓契丹、女真、蒙古和汉人文化，而且随成吉思汗西征，还懂得阿拉伯文化。他编出一部新历，因打仗未实行。他自称湛然居士，懂佛学，有一套说空、说心的哲学，设计儒释道三教合一，各派用场。宋代理学兴起于元代。

甲：儒以外还有道也兴盛。成吉思汗召道士丘处机去西域。丘走了四年才到，留下了弟子写的《长春真人西游记》。由此可见蒙古皇帝重视道家，向他求“神仙”之术。北京的白云观便是赐给他的，当时名长春宫。两部《西游记》有没有关联?

乙：还不可忘了西藏喇嘛八思巴曾改革蒙古文字，用由藏文字母变出的蒙古新字母代替从回鹘文变来的旧字母，曾一度实行。他被封为国师。所以西藏传的佛教密宗或称喇嘛教也被蒙古人吸收了。蒙古人西征遇上了阿拉伯人和波斯（伊朗）人。有些人来中国定居，所以中国又吸收了伊斯兰教文化。元代所谓“色目人”的成分复杂得很。蒙古人缺的是文字书本文化，汉人给补上了。口语化为书面，文学猛然大大丰富起来。

甲：蒙古人善于攻城掠地，夺取政权，但不善于保持和巩固政权。屠城容易建城难。他们缺少保存、积累、传递信息的文字本领，即书本文化。到忽必烈建设大都（北京）时，各种文化汇合，都通用汉语白话文。有白话诏书刻在石碑上，白云观里现在还有。意大利人马可·波罗来了，做了官，回去写书向欧洲吹捧中国。那时东罗马帝国在崩溃中，南欧城邦初兴，远不如中国。中国的造纸术、印刷术、罗盘航海术、火药传入欧洲，对他们的“文艺复兴”起了不小的作用。大都（北京）人关汉卿比英国莎士比亚早了二百年，当时都是本国戏曲的魁首。

乙：新文化不是蒙古统治者有意栽培的。他们只想建一个大都城，要超过原先的汴梁（开封）和南方的临安（杭州）。建设就离不开文化，少不了各族各种人的合力。然而这个文化合成怎么没有充分发展而衰落了？历史发展是不由人算的。文化盛衰也难说得很啊。

甲：也许不是衰落，而是和欧洲走了不同道路吧？

乙：是呀！他们是列国分崩，中国是帝国统一，大不相同。忘了这个近代文化开端，恐怕不能完全理解现代，可是说来话长了。

用艺术眼光看世界

世界本来就不大，现在更加缩小得快。我们对宇宙、对地球以外情况的认识还在扩大。地上的人来人往、信息流通越来越快，我们对世界上事、物、人的认识也飞快地扩大。知识的扩大就是所知的世界在认识中的缩小。越看得远，远处就越近。从宇宙看地球，从世界看中国，从外界看自己，正好同从地球观察宇宙，从中国看世界，从自己出发看外界，是并行的两道眼光。有个时期我非常惊异于自己居然感觉到，所谓东、西、中、外，以至古、今，虽有很大差别，却又是走同一条路，有同一个方向，而且还有惊人的相似。我看到欧美正在吹嘘的“解构”不但未能“消解”，而且是在思想上从现代向古希腊复归，从苏格拉底后走向苏格拉底前，从孔子走向老子（“孔子问礼于老子”），从《诗》、《书》走向《易》。我不明白这是前进还是后退，所以我想起张果老倒骑驴的故事。我是不是张果老？

事实上我还在兜圈子，还在摸索。我随着20世纪的外国和中国的一些思想家、文化人前进。确实是前进，不是后退。可是走来走去竟发现，在相对论、量子论以至语言学、心理学等许多方面大踏步前进的同时，现象、存在、结构、诠释、解构之类困扰人心的一些思想还是像在兜圈子。不停地前进，越前进越像是走向小亚细亚一带，即中东。全世界人的眼光此时正在向中东集中。思想上似乎也在向这连接欧亚非的广大地区集中，这里本是人类文明思想的一个传播中心和出发点和中继线，这也就是东罗马帝国及其周围。罗马皇帝和中国汉朝皇帝是有来往的，彼此语言文献不同，各地各民族自有思想来源和特色，但是古代犹太人、阿拉伯人、希腊人、罗马人最早提出的问题和答案仍然在变换和扩大，以不同面貌困扰着世界各地的人心。这是无论如何掩盖不住的、忽视不了的，几乎是到处一样。东起日本，西至欧美，出现一波又一波的同性质事件。若用含混而通俗的话来说，也许可以说是，科学思想的发展很大很快，但始终超不过宗教思想的发展。后者更多带感情，力量更大。这里我说的是文化思想，不等于哲学，也不指教派。

于是我想到了艺术。本世纪初年，蔡元培曾提倡“以美育代宗教”，显然他是在德国受到了前世纪叔本华、尼采的影响。他喜爱而且推崇美学，在他主持的北京大学创立哲学系并且聘请教授开美学课，不料这是完全脱离中国特殊环境，误把北京当作巴黎，以致惹起轩然大波，终于从此没有美学课程。全国好像也只有南京大学前身的中央大学有宗白华在哲学课中讲美学。清华大学的邓以蛰讲的课是美术史。朱光潜从欧洲回国在北京大学教的也是诗学和文艺理论。直到五六十年代之交，这几位教授集聚在北京大学，还加上讲马克思主义美学的蔡仪，由上海复旦大学的周谷城引起，开了美学讨论会。热闹之后又过了一些年，美学一词才大量出现，而且不只是讲文艺理论和文艺学。艺术和艺术思想才有人研究，艺术才不是仅仅作为技术或工具或武器。但美学一词的歧义仍多，难有共识，不如艺术和艺术思想较为明白些。

用艺术眼光看世界行不行？这类似于问用科学方法研究美学行不行吧？我以为这无法单用谈话答复，必须同时有实践。正像讲佛教或任何其他宗教，千言万语，从教外到教内，都离不开信仰和修行。否则就不好算宗教，只好算宗教言论或宗教哲学了。脱离实践，可以是学术研究，但对思想不会有多少实际效益。我们很容易以为外国人的宗教都是政治，外国人也很容易认为中国的政治是宗教。这都是从实际行为得出来的感受，不是从理论。还有，也许就是因为都有艺术性，不是讲道理的。说战争艺术、军事艺术、外交艺术，人不以为怪。说宗教是艺术，科学是艺术，哲学是艺术，怎么样？前些年说，挖好一座水库是打了一次漂亮的战役。近些年说，教育人，培养出什么家，是一项工程，是系统工程。这些话是不是隐隐认为都是一种艺术，一种艺？破坏是艺，建设也是艺。分析是艺，信仰更是艺。“就是好来就是好”，不容分辨，这是艺术语言。

艺术家好像是反对科学的分析和哲学的抽象的，例如泰戈尔。他认为科学是以抽象的割裂破坏了天然的美和人为的艺术。然而，艺术不全靠天才，是要学习的。可以不学而能和无师自通的也许只有散文、小说、新诗。无论形象艺术、声音艺术、动手的艺术、动脑的艺术、空间艺术、时间艺术、语言艺术、非语言艺术，不管怎么说，不学多半不会。创作要学，鉴赏也要学。要学就要分别步骤，就有分析。不但学武、习文，连参禅、打坐、祷告、忏悔、礼拜，也有教有学。顿悟的天才不能说没有，但那不是普通人。说艺术反对科学，反对抽象，反对分析，那恐怕是有点误会。艺或艺术是讲整体的，和宗教一样，但又是可以分析的。创作和鉴赏都有过程，可以分析。科学要求分析，分析是为了理解整体。宗教如佛教，最讲整体，也最爱分析。

20世纪的科学理论越来越像哲学，哲学也愈来愈趋向科学。鉴赏艺术看整体，讲解和理解艺术靠分析。不分析就一句话也说不出。宗教信仰、科学研究、哲学思考、宇宙、世界、人、事都可以这样看，是整体，又可分。若用艺术眼光看世界，会不会看成这样？艺术必带感情。看世界能不能不带感情？从这一点说，艺术是不是与宗教同科？艺术品并不都是光彩的，也有阴暗的，有高尚的，也有低下的。有光就有暗。先是怎么看，看成什么样，以后才会有是美，是丑，是善，是恶，等等价值判断。那时就有价值标准了。看的过程可以是自觉的，而多半是不自觉的；是可以用语言说的，而多半是不可以用语言说的：如同感情，如同信仰。艺术眼光当然只是一种眼光，不能排斥其他眼光而独霸。美育或艺术修养可以有宗教功能。艺、艺术，能使人入迷，但美育代替不了宗教。可以有人脱离艺术、艺盲，很少有人完全没有一点宗教感情。信什么，不讲道理，这本身带有艺术性。入迷，不过自己绝不以为是迷，反而以为是清醒、觉悟、悟了道。艺术也是一种道。

简单说我的想法，那就是：用科学眼光看世界，世界是有规律运行的结构，可以由人分析，可以由人认识、理解，不过很难穷尽，也许根本做不到。用宗教眼光看世界，世界是由主宰支配的，依照主宰的意志而运行的（佛教在理论上无主宰，在实践中仍有主宰）。人对规律，对主宰的意志，能认识多少，是有限度的，而且是极其有限的。拜神的是宗教，拜物的和拜人的（例如祖先崇拜、偶像崇拜）也是宗教。科学和宗教这两种对世界的看法有很大差别，但不是对立的，而是并行的。宗教徒可以研究科学（如唐朝一行和尚），科学家可以是宗教徒（如哥白尼神父）。用艺术眼光看世界，世界是变动的复杂的艺术品。创作者不知是谁，但不是主宰。世界没有主宰，不过有规律，可以分析，但创作有步骤而无规律，鉴赏不依靠规律和分析。可以认识，但不能有完全确定的认识。因此，艺术类似宗教，可以入迷，甚至必须入迷，但又接近科学，可以不受主宰支配。哲学没有一定的对世界的看法，而是一种对世界的建构。欧洲哲学的大部分接近宗教，所要解决的是宗教提出的问题。中国的照欧洲说法的哲学也接近宗教，是拜现世的宗教，努力于不可动摇的建构。

古今中外的普通人，大多数人，对世界的看法是接近宗教的。他们的主宰可以是神，可以是人，可以是自己。他们相信感觉和常识语言，不耐烦分析和追问。较少的人是接近艺术的，更少的人接近科学，最少的人接近哲学。科学很难像技术那样普及，技术接近艺术，哲学的普及往往是宗教。

我写了不少文章，照旧是暗中摸索，只能说是我不懂，所以要求懂。懂得多少，便试试看能说出多少。这便是我和人类文化思想捉迷藏。用宗教语言说，这是修行；用艺术语言说，这是练功。说到这里，我也就无可再说了。

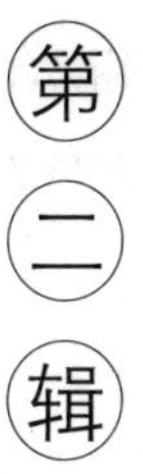

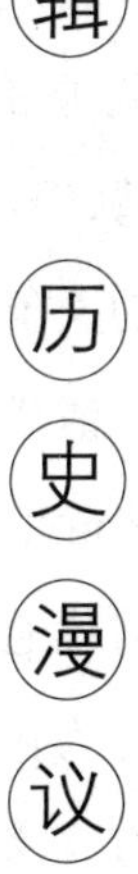

第二辑 历史漫议

读《清鉴》

一部《清鉴》摆在面前。这是编年体，和《清史稿》的纪传体正相配合。《清稗类钞》、《清代轶闻》、《清朝野史大观》容易看，但零碎，不算“史”。《清宫十三朝演义》是小说。日本稻叶君山和中国萧一山的各一部《清代通史》是讲义。此外就是专史和资料了。听说第一档案馆已经开放，查原始的官方资料大约也不难了。满文老档已整理出来一些，听说台湾已出版，已见有日本人利用它写论文了。外国的关于清代中国的档案早已公开。看来无论是翻阅还是研究，清代历史应当是比以前各朝代史都更为方便。可是多少年来除由鸦片战争断代的太平天国等几个专题以外，几乎没有清代通史的研究，直到近几年才开始有专攻清史的机构。这是为什么？对此我大惑不解。清代初期禁止研究明史，但还有官修的《明史》。国民党政府禁止《清史稿》，自己又不编，这一点还不如皇帝。难道是历史会重复？不会吧？

历史不会重复，但很难割断。历史不仅仅是书本。我们现在背上的历史包袱，或说历史遗产，最多最重的是清代，其中好坏都有。现在的版图是从清代继承下来的。这么多民族也是清代才全聚集在一个政权之下的。受外国侵略欺侮又是从清代传下来的。一直算到北京故宫和“官话”（普通话前身）都是在清代完成的。清代朝廷被推翻已经快一个世纪了，可是我们好像可以忘记民国却忘不掉清朝。这就无怪乎从宣统皇帝上溯到太祖努尔哈赤，差不多列祖列宗以及开国和亡国的两位太后都现身于银幕和荧屏了。是不是清代留下来的问题中有些至今还没有解决，所以忘不掉呢？

单讲文化，或再缩小只讲学术，清代也是前面多少代的结穴和后面多少年的开头。中外学术冲突或汇合问题，从清初康熙时即已开始，现在还在继续。从梁启超的《清代学术概论》到钱穆的《近三百年学术史》不能算是已经作了总结。看看现在名为《古代汉语》的选本，对照一下《古文观止》、《古文辞类纂》、《骈体文钞》、《经世文编》，是不是会发现这一套的来头还在清代呢？读古书要不要看看《日知录》、《十驾斋养新录》直到《古书疑义举例》呢？是不是少不了要查查《说文段注》、《经义述闻》、《读书杂志》呢？读史书要不要翻翻《十七史商榷》、《二十二史考异》、《二十二史劄记》呢？《汉学师承记》、《宋学渊源记》是不是记下了现代学人的前辈呢？康有为、章太炎的“今文”、“古文”经学之争的实际内容完全断绝了吗？《孔子改制考》的思想出发点没有了吗？从顾炎武、黄宗羲、王夫之到章太炎、王国维、陈寅恪，能不能说是有一线贯串？从这一线的延续和展开及转换可以看出三百多年来的学术思想以至政治社会思想的演变。这比起从明代往前的线是不是联系20世纪更紧呢？不管有多少外来的东西，承受者还是自己。若自己一无所有，那外来也就不成其为外来了。无“主”，哪儿来的“客”？不比较“旧”，怎么知道那是“新”？“否定传统”的始祖不是《尚书·无逸》里的说“昔之人无闻知”的人吗？难道我们会是古笑话里的那个人，摸着自己被和尚剃过的光头说：“和尚还在这里，我到哪里去了？”

翻看《清鉴》，我不由自主回忆起几十年前少年时阅览过的书，随手记下一点想法，不料仿佛开书单。其实这不过是在模糊的回忆中忽然发觉清代的学人竟好像还近在眼前。他们当时忧虑的问题和治学的路子似乎并没有完全过去。尽管顾炎武只会汉文，而陈寅恪兼通许多外国语和国内民族语，一个生当明清朝代的“鼎革”时期，另一个经历了清末及后来的许多变革，但他们中间的三百年并没有隔断一条思路，不过是改变了所用的语言思想符号而已。康、雍、乾三朝那么喜欢编大部头书，如《康熙字典》、《佩文韵府》、《古今图书集成》、《四库全书》、《西清古鉴》、《五体清文鉴》、佛经的《龙藏》，等等。好大的气派。可惜的是里面少独创而多误。这是为什么？这种抄编大书的嗜好断了吗？所谓“汉学”考订古文字语言，“信而好古”，还有颜李学派的着重“实践”，“皖学”的讲“实事求是”，岂非都是对付“宋学”的“空谈义理”？八股文盛行，题目出自《四书》，只许照宋朝朱熹的注依规定格式作文。那么，何必考证古经字句？何必讲什么“躬行实践”？即如桐城派讲“义理、考据、辞章”，“选学”家推崇骈俪，一个称韩愈古文是“文起八代之衰”，一个仿佛要“文复八代之盛”，看来互相对立，然而心目中是不是都有一个亦散亦骈的八股文在作怪？从晚清小说盛行开始，白话文起来把这些一扫而空，首当其冲的岂非应当仍旧是八股？然而八股的精神和思想特点又岂不是最难除根？前些年从国外传来了“寻根”之说。当前有不少精神上的病根是不是都在清代？

久已不能读书。闲谈多凭记忆，必多谬妄，贻笑大方。偶然翻开《清鉴》，不禁又要饶舌。学佛的人所谓“语言文字障”，大概我是破不掉了。

1990年

一梦三千年：周公

《论语》里记载大圣人孔子说过：“甚矣吾衰也！久矣吾不复梦见周公！”能在孔圣人身强力壮时梦中常见的自然是了不起的大人物。

周公是什么人?

周公是一个谜一样的人物，是有血有肉的宰相符号。确切点说，他是三千年来中国宰相的代号，大大小小有名无名的相爷都多多少少有他的影子。

宰相是什么人？是陪伴皇帝老虎替他办事的人（“伴君如伴虎”），从秦始皇的李斯到慈禧太后的李鸿章都是。

周公是《尚书·周书》的主角，在《毛诗·豳风》中的作诗人和主题。他还被认为在《周易》的卦爻上加解说，因而是用八卦卜筮的必不可少的祷告对象之一，与文王、孔子并列。在历史传说中他是周朝制度的奠基人，是《周礼》或

《周官》的制定者。他带兵打过仗，建设过洛阳城，受过贬逐，又是诗人、文人。他是个属于历史兼理想的政治人物的艺术形象。

“周公一世”是几个朴素形象的合成。后来的或优或劣、或局部或全体的复制品越来越扩大化，复杂化，细致化。时代环境不同了，要处理的问题不同了，要对付的人不同了，但是当宰相的，不论有无宰相的名义，都带有一些周公形象。学得不好不得善终，如李斯。学得好的如萧何，就会保全自己，只是当差，办后勤。除推荐韩信外，自己不出主意。杀韩信时他不说话，好像还帮了忙。

诸葛亮是“周公二世”。他本来也是朴素的形象，越来越传奇化，成为另一种圣人。中国人无论识字不识字，谁不知道诸葛亮？三个“臭皮匠”也敢和他比一比。可是三分天下一到手，诸葛亮就远远超过皮匠了。他“官拜武乡侯执掌帅印”。皮匠仍然是皮匠。然而刘备活着的时候，请葛亮不过是萧何。掌帅印的刘备死了，他仍然只当宰相。六出祁山不打仗，和司马懿心心相印。两人都拥兵在外，自己不做皇帝。曹操曾经自比周公，作诗说：“周公吐哺，天下归心。”这几位相爷都是周公的后代。

外国人不懂诸葛亮，又不懂曹操，就不懂中国人。若从根本上说，不懂周公就不懂中国人。扩大化了的难分解，不易懂，不如原始的比较容易像语言一样“分节”了解。晚期的宰相如李鸿章，就难懂。周公得美名。李大人受恶名。他是长江航运招商局的大股东，是大资本家，在第一批由官僚转化的资产阶级之列，这一点谁记得？中日甲午战争不是他主张打的。打败了，主战的皇帝和大臣没责任，却要他去日本求和。他在马关挨了一枪，又招来俄国干涉，才使日本军阀肯在稍稍降低条件的条约上签字。义和团也不是他召进京城杀“洋鬼子”和“二毛子”的。八国联军来了，慈禧太后跑了，面临“瓜分”亡国，又派他来丧权辱国一次，再戴一顶汉奸帽子。主犯隐藏，从犯遭殃。自古没有犯错误的皇帝，帝王永远正确，亡国怪手下不尽忠。但这也不是没有代价的。李鸿章打仗起家，联络外国人又周游列国见过世面，办海军，办陆军，办招商局，让外国人开矿修铁路，接替曾国藩，终于挖空了满族朝廷，由他的“北洋”将领袁世凯等人接班。他本想“以夷制夷”，结果是“以夷制夏”，无数资本家都是买办化身。他做“周公末世”，恐怕周公在天之灵未必愿意。然而末世周公只怕也只能是这样。功罪难以评说，还是看看“周公一世”吧。

周公姬旦是周文王的儿子，周武王的弟弟，周成王的叔叔。武王灭殷时大功臣是姜太公，即姜尚，姜子牙，胜利后封到山东半岛靠海的齐国。周公本封在周，这时封到山东半岛南部的鲁国。这姬姜二姓两大族分据东海的山东，和周朝的根据地陕西遥遥相对，扼住黄河上下游。姜子牙去齐国了。周公派大儿子伯禽去鲁国，自己留在朝廷掌大权。亡国的殷纣王的儿子武庚，大概是作为“可以教育好的子女”封在原统治地河南，夹在周、齐间，周公的弟弟管叔、蔡叔封在武庚周围，奉命监护也就是监视亡殷的“顽民”。陕西、河南、山东，整个黄河流域是周公家族的统治地区。这就是所谓“封建”。这个战略部署好极了。后来的皇帝中有本领的得天下后往往照这个格局布置。例如周公以后两千几百年的明太祖朱元璋就自己定都南京，封最能干的儿子朱棣做燕王，定都北平，也就是北京。版图扩大了，东西两都变成南北二京了，但格局照旧。清初削平异姓“三藩”之后也是以满族人任湖广总督、两江总督，统领“八旗”驻军，执掌地方最高权力。至于管、蔡后来竟然用武庚号召为殷复辟反对周公而遭镇压，那是后话。正如燕王后来打败侄儿成为永乐皇帝一样，不是原先布置的。这些属于另一档次，与战略布局不是一回事。

周公的另一大功业是在河南靠陕西这边建立了一个新城洛阳。这又是伟大的战略部署。不仅给周平王东迁建立东周准备了退路，向更发达的中原地区进了一步，而且眼光直射到西汉、东汉。以后东西对立转为南北相峙，黄河上下游的丰饶转为长江上下游的富足，是版图扩大、经济发达、交通便利、人口繁殖的结果，布局模式仍出不了周公的画策。他仿佛真有未卜先知的本领，无怪乎算八卦的不忘祷告周公。

周公的主要官职是在武王死后成王年幼时当了没名义的摄政王。这又是后来三千年中一个重要政治形象。最后王朝清朝开国是摄政王多尔衮，亡国时也有个摄政王保小皇帝宣统的驾。从秦朝吕不韦起，有名义没名义的摄政王不少。不过这些摄政王在皇帝长大“亲政”后大都没有好下场。周公也是遭到自动或被动的放逐。传说他这时还作了《鸱鸮》诗。诗收在《诗经》中，作得很好，但若真是周公作给成王看的，那胆子未免太大了。摄政王还少不了一个皇太后。秦朝吕不韦，清朝多尔衮，都有皇太后合作。周公如何？看《诗经》以《关雎》开篇，传说与周文王结婚有关。重“后妃之德”，周公也未必没有皇嫂做内应。夏、殷不算，西周亡国的幽王的故事就是烽火戏诸侯引王妃褒姒一笑。从此亡国的罪名有可能就加在后妃头上，以保全皇帝威名。周公据说还曾祷告神要自己代替武王死，又保密，又在贬逐时泄漏给成王知道，因而能回来重掌政权。这些故事说来话长，虽然本身简单，却是后代再三变形式重复的历史模式。

周公的故事足够一部长篇小说或电视连续剧。到底是小说还是历史？说不清楚。学者们喜欢研究这类问题，普通人不耐烦去问真假，没法定。眼见未必是真，何况眼不能见的？当代流行所谓“纪实小说”。“小说”一词在外国话里本是“虚构”之意。我们又有“事实与虚构”的小说，两者夹杂分不清。这一直可以上溯到上古的历史文献如《书经》、《史记》、《左传》等。这是我们的悠久传统，割不断，灭不掉，砸不烂的。打倒再踏上多少只脚也只能把自己垫高些，真假照旧难分。当事人自己口述回忆、日记、书信就那么可靠？靠不住得很。这问题不好办，不问为妙。也许正因此，“假作真时真亦假”的《红楼梦》才会一出现抄本便风行，直到今天还不衰，还要查清事实和虚构。孔子衰了就不再梦见周公了。若是《红楼梦》和许多被当成历史的小说以及被当成小说的历史也衰了，那是不是圣人衰老“不复梦见周公”的时代快到了呢？何必寻根问底？正是：“周公原是梦，一梦三千年。”

1993年12月

坐井观天记

老来很少出门，近又两三个月不下楼，耳聋眼花，报纸、广播、电视、书刊少听少看，正是清静无为。不幸凡心不死，仍旧胡思乱想天南地北，岂知今天世界是什么样子？竟敢信口开河，真正是坐井观天了。

一想到坐井观天，便记起韩愈的《原道》。他笑“老子之小仁义”是“坐井而观天”。对于大贤韩老前辈是不应当不恭敬的，可是也得说点老实话。他这比喻虽说得好，流传千古，却也透露出他大概对观察天象不感兴趣。坐在井里望天仿佛在望远镜中定点窥探。若是观察之外再加一点思考，就可见井中之天是不停变动的。不仅星辰昼夜旋转，而且日光月光射入角度也不断改变。井外所见之天虽大，却往往对变动视而不见，不如井中定点观测容易发现。所以坐井观天虽然所见者小而所知者倒不一定少。但若不见也不知有井外之天，所见的天只是一条狭长的循环圈，那就是韩公所讥笑的了。

韩愈讥笑老子，由此我又想到，他又何尝见到老子的全部。《老子》这部书一开头就说：“道可道，非常道。名可名，非常名。无名天地之始，有名万物之母。”有、无对立，容易懂。道、名并列，为什么？多少年来讲老子都只说“道”，不说“名”，为什么？老子接着说：“此两者同出而异名。”这个“名”又是什么？是不是前面那个“名”？接着又说，“同谓之玄”，而“玄”又是“妙”。古今注解不知有多少，对这几个词怎么解说？有见有不见，岂见全天象？老子也讲“名”，孔子也讲“名”，不但“正名”，还有所谓“名教”。这个“名”字实在重要，可惜我说不出道理。坐井观天，不见北极。

忽然记起，利玛窦著《经天该》，第一句是“向北先看极出地”。这是定纬度。坐在井中观天，不能见到北极离地平线有多高，也就不知道地上的纬度，不知道自己的观察立足点。可是从这固定的点上观天，看熟了，一出井，立刻能分辨井中熟识的和井外生疏的日月星辰方位以及运行路线。心中有个底可以对照，这又比只在井外未曾定点观测的强了。观天要知地，先明白自己站在哪儿，知道自己由地观天所处之点。站在地上看不见大地，又得靠观天才能定下来。坐井观天，既见天之变，又知地上井中这一点之不变，如果能观察思考，坐井观天也未可厚非。

由老子的道又想到了禅。近来谈禅之风大盛，恐怕与国外有关。半个世纪以前我看到日本人铃木用英文写给外国人看的谈禅的书。当然他是站在日本人的观察点上说外国话的。于是全世界讲禅都用日本的汉字发音Zen，好像国际上谈围棋都用日本的汉字发音Go一样，不顾棋字源出中国，而禅字本是印度发音了。谈禅的好像多是谈宋朝人编撰的书中故事和门派，讲道理的《宗镜录》少有人提。据我所知，多少年来出家人最常念诵的经是《心经》，还有《金刚》、《法华》、《楞严》等经，没有人念《坛经》，那不是佛说的“经”。庙里参禅的禅堂匾额上的“禅”字不用繁体字的两个口字，而用简化的两个点，据说是禅不能开口。禅堂打坐一片寂静。所参的“话头”最普遍用的是达摩祖师“西来大意”，往往写这四个字贴在墙上。口头传授的一句要参悟的话通常是：“父母未生我以前，我在何处？”这也是不能说出口的。现在不少人谈的禅不像是出家人的，不是信佛修行的，而是读书人的，甚至是不信佛的人的。好比贾宝玉，忽然谈禅，其实是在说情话。照他那样，出家也只能是“情僧”，作《红楼梦》别名《情僧录》。那书岂是真正的“石头”所记？他学来学去不过是书生的口头禅罢了。不用说，学者们所谈的禅是高深学术，又当别论。

在下坐井观天，所以对许多高深道理不懂。孟夫子说过“君为轻”。黄宗羲作过《原君》。严复也曾作文骂君王是大盗。王充、李贽都说过一些对圣人大不敬的话。可是上下两千多年中他们没有产生多大开拓人心胸的效果。反而笛卡儿、培根、卢梭所说的话平淡无奇，警句也不如中国之多，并不明目张胆反君王、反神圣、反教会，竟然激起了思想大潮，影响到全世界。他们的学说中国早有人介绍（例如清末梁启超《新民丛报》），可是书却迟迟未译。后来译出来了，看的人也不多，每人只有几句话流传。仿佛井中之天。像卢梭的《爱弥儿》早有汉译，名为小说，实如论文，没有激烈言语，写教育儿童很沉闷，怎么会引起当局大怒，又烧毁，又禁止，那么紧张？像笛卡儿的《方法谈》，一开头就自认平常人，说平常话，自称是说自己的故事，毫无大声疾呼，而且他所建立的学说，牛顿一出来，几乎全部倒塌了，只剩下解析几何和"我思故我在"，为什么他能成为开发新思想的祖师爷？人若不思，不动脑子，成为植物人，"客"观上存在，"主"观上他还意识到"我在"吗？这话平平常常毫不惊人，不过是着重思，又不见上下文，怎么居然掀起层层波浪，好像孟子说的洪水猛兽呢？

坐井观天照这样思下去会越思越想越湖涂，因此还是出井去看世界的好。风景美丽，房屋高大，应酬繁多，看得眼花缭乱也就无暇去思了。不幸我已老迈，下楼尚难，何况出井？只好将胡思乱想写成小文供自己和别人解闷了。

1993年3月

历史的幽默

翻看杂志，在《群言》今年第2期上见到有关“传统文化”的座谈会记录。会中，袁行霈教授说：“我们走《新青年》的路，不走《学衡》的路。”说得好。但他没有说：这两本杂志后来都走到了什么地方？我们是在什么路上走了一个世纪？此刻走到了什么地方？座谈会是老人遇到了新问题，还是新人又提出了老问题？我胡思乱想，忽然发现历史老先生很幽默，往往和自以为创造历史甚至指挥历史的人开玩笑。

《学衡》和《新青年》的对抗，简单说，起点是文言与白话之争，发展到拥护传统文化和打倒传统文化之争。可是到这两大阵营内部一瞧，双方差不多都是一些留学生。提倡白话的胡适和坚持文言的吴宓都是留学美国学外国文学、哲学的。作古文和讲古书，《学衡》的人未必胜得过《新青年》的人。反传统激烈得过分，连汉字、汉语都要废除的钱玄同是章太炎的学生。在传统文字学和音韵学方面，《学衡》中人只怕难得有胜过他的。两杂志以外的林纾曾写信给北京大学校长蔡元培反对白话文。蔡在回信中说："周氏兄弟（鲁迅和周作人）所译《域外小说集》文辞古奥，非浅学者所能解。"大概蔡对林的态度有点生气，所以不免话中带刺。不懂外国文而翻译的林的古文不见得比得上懂外国文而翻译的周的文章之古。蔡本人就是进士，还入了翰林院，又留学欧洲。主张古文的不比主张白话的更通古文，而双方又都是学外国文介绍外国的。地道的传统古董应当是蔡元培，偏偏他又是新学的主帅。到1930年，他六十几岁了，还主张废除姓氏、婚姻、家庭。洋文比中文水平高出不知多少倍的辜鸿铭反而拖着辫子硬充清朝遗老讲《春秋》。历史真够幽默的。

《学衡》和《新青年》各走极端，自立门户，于是全进了死胡同，无疾而终或摇身一变。看起来好像是，历史既不喜欢极端，又不喜欢调和折中。地球是圆的。纬度上任何一点都通连东方和西方。经度上任何一点都通连南北两极。在北极点上向任何方向走都是向南。

《学衡》的主编是吴宓。本是留美预备学校的清华大学办起"国学"研究院。主持人是吴宓。五位导师是梁启超、王国维、陈寅恪、赵元任、李济。这五个人都不是《学衡》一派。梁是维新派，清朝的六品官，后来拥护共和，反对复辟。王国维连举人、进士都不是，是翻译书出身，在民国时期的紫禁城里得到宣统皇帝封官，便不剪辫子而充当遗老。陈的祖父和父亲都是维新派大人物。他十三岁便去日本，以后在欧洲和美国留学多年。赵、李从外国回来，一个教语言学，一个教人类学、考古学。梁应当是遗老而不是遗老。王本来不是遗老而竟成遗老。这五位讲“国学”的都深通“外国”学。梁办《新民丛报》。王译外国书。陈、赵、李都在外国留学。（向达告诉我，陈在瑞士曾听过列宁演讲，不知确否。）陈是吴极力推荐又极力劝驾才回国教书的。老派王国维是新派胡适推荐的，否则清华园里未必能容下一位拖着辫子的清朝遗老，还要他主持院务，而他不肯。陈寅恪作的对王的悼辞说：“鲁连黄鹞绩溪胡，独为神州惜大儒。”这一诗一序可算是陈的第一篇论文，看得出诗中字字句句都经过斟酌。说胡适有眼光，又用“独”、“惜”、“大”字眼并非轻易。全篇以王为例对文化的传统发表了独有的见解。“本国学”和“外国学”通连成一体，这是不是历史的幽默？

蔡、王、陈都有年谱出版，近又出版《吴宓与陈寅恪》，是吴的女儿吴学昭摘编吴宓的日记。史书也可当报纸看。但后一书中页七十六下面的注不准确。北平研究院是独立于中央研究院之外的机构，在北京有几个研究所，院长是李煜瀛，即李石曾，后为李书华。是否创办时曾邀请过陈寅恪，不得而知。陈后来是在蔡元培任院长的中央研究院的历史语言研究所兼任研究员。所长是傅斯年，与陈同在英、德留学。赵、李也去了这个所。北平大学是国民党政府设“大学院”代替教育部管理高校时办“北平大学区”的产物。北京大学师生反对改校名，也不合并，仍旧独立，仍以主持“大学院”的蔡元培为校长。北平大学只合并了工、农、医、法、俄文法商、女子文理等几个大学。校长是沈尹默。女子文理学院的院长是范文澜。

1994年

历史的断层

不知为什么近来清朝皇帝忽然走时，一个个走上银幕和荧屏亮相，从努尔哈赤到溥仪全露了面，一个不少。连嘉庆皇帝也以太子身份在《木鱼石的传说》中走访民间。尤其是亡国的太后和皇帝，慈禧、隆裕、宣统和摄政王更是再三再四出尽风头，扬名中外。据说开国太后孝庄后和摄政王多尔衮也要在摄影棚中现身。不过开国的怕是不会有亡国的那么热闹，罕见顺治。

我们中国是有历史特色的国家。不仅历史长，而且历史书多，历史文物丰富。自古以来爱修坟墓。地下出土文物不断填补地上破坏文物的缺。地上故居之类新古迹将来可能代替地下宫殿老古董。史学的繁荣昌盛也是在世界古国中独一无二。殷墟甲骨和周朝铜器都纪事纪人。孔圣人第一个笔削《春秋》，又有三《传》，加上《国语》、《国策》。从司马迁修《史记》以后，代代都修国史。新朝廷总不会忘记修前朝历史。清朝还为编明史兴起文字狱。民国初建又立史馆，编了一部《清史稿》。这书在国民党当政时列为禁书。从此官修国史就断了。不知道这是好事不是。

官修前代史现在出现断层。讲古代的通史、断代史也不完全。“文革”时说是编农民战争史也不见出台。从前修史着重前朝，即当时的“近代”。还有实录、起居注之类，即当时的“当代”。《春秋》是一部当代史，《史记》也修到汉武帝时，即“当代”。现在不然，报纸代替当代史。至今不见“民国史”，仅有陶菊隐的《史话》记到1928年。辛亥革命后不久，尚秉和就编出了一部《辛壬春秋》。现在出了一部“文革史”，可只听说出版而不见发行。这是传统的一个变化。从前皇帝急于修近代史和当代史，为的是统一口径，使舆论不二，以维护统治。从袁世凯以后近几十年来改变了。不知道这是进步不是。

从前把外国看作夷狄之邦，正史中附在列传之后。民国时期才有了“西洋史”。日本是“东洋”，另案办理。在学习苏联以后，“西洋史”改为世界史，指的是中国以外的世界。那时史书中主要读物是《联共（布）党史》。这是一部外国的现代史。其第四章中理论一节是研究历史的纲领文件。没过几年情况改变，从此没有了标准。“文革”中有过不止一种版本的《两条路线斗争大事记》，但都没有传下来，足见编当代史之不易。世界当代史很难编，外国古代史也极少新编的。我们的一些邻国的历史是仗译本维持局面，有的连译本也没有，自编的极少。开放应当更需要认识世界，偏不兴旺，不知为什么。

近年来文化史成为热门话题。中国的、世界的，东方的、西方的，古代的、现代的，文化交流、文化比较，各种名堂纷纷出面。不过，若对历史事实还不清楚，学的和讲的中外历史中断层和缺漏多，而且所知不同，所见各异，又怎么讨论得起来，热闹得下去？何况当代科学术语和思想到处应用，系统、信息、耗散结构，等等，外加种种新“主义”纷至沓来，更是你一言，我一语，虽非聋子对话，也是各执一词。史学家自来讲究史实和史观正确一致。在此纷纭之中，史学界保持稳定，又有什么奇怪？不过长期不补断层，不知道行不行。

中国也可以说是以史立国的。人人处处都喜讲历史，对人也喜追查历史。讲“子孙”、“传人”习以为常。这传统如流水是割不断的。历史家不去写清代史，电影界、戏剧界就“当仁不让”了。报告文学和纪实小说要代表当代史了。中国人不写《敦煌》，日本人不客气就“代庖”，又写小说又编电影了。中国历史和中国名人传由外国人一本一本编写，我们省了力也讲不得失了面子。涂改历史面貌本来是也容易也不容易。历史不说话，但好像有时爱同人开玩笑。你要它向东，它反而向西；你以手指捂嘴，它倒大声嚷起来。假如中国历史断层总是由外国人来补，这只怕是不可不注意的。本世纪初，据说日本人预言过，中国人学中国学要到外国去，这不会成为事实吧？

1988年

倒读历史

吴征铠院士在2000年4月10日《光明日报》上发表一篇文章《自然科学需要重新分类》，说数、理、化、生、天、地的分类法已经过时了，现在已经是分子科学、核科学等等了。由此我想到，文、史、哲的分类是不是也有了变化，还能照旧吗？再一想，这三门学科在大学中本来就是一分为三的，讲的大部分都是历史。论述历史、通史、专史、国别史、文学史、哲学史，这一派、那一家，古代、现代，前期、后期，文献、传记、经典著作，等等，不作历史的叙述和论证的课程和著作很少。从前的文学院实际上是史学院。对于历史不能做重复实验，只能依据文物、文献作推理、实证。因此，心理学原来照古老的体系，讲感觉、感情、意志，等等，附属于哲学系，后来讲构造、机能，就独立成系，再后来注重实验，就算理科了。语言学也留不住。外国语注重实用，早已带着理论、历史、文学另行开张。本国语，连同民族古文字，作为研究对象，也会有大发展，自立门户。考古学已成大国，接近理科。历史虽是人创造的，但不能由任何一个人创造，所以文学院只培养文学史家、历史学家、哲学史家，无法把培养作家、哲学家、能创造历史的大英雄作为目标，能培养的是研究和教学人才。到现在，不仅接近理科的学科脱离，不以史料、史学为主的学科也一个一个独立出去了，例如讲艺术的美学，除纯理论的哲学部分以外，趋向实用的也独立了。实际上，文、史、哲是互相渗透的，讲课往往重复。若是不可避免地要科学化，只怕也会像数、理、化那样保留名目，而在内容方面，课程科目、研究项目都起变化吧？会不会大调整，出现一个全新的哲文史学院呢？当然这是我的闲谈。

中国是史学大国。历史悠久，史料丰富，史学发达，古今书籍大多与史有关。除科学、技术性质的专业书外，总少不了要考证真伪，评定是非、优劣、高低，排列组合，一唱三叹，散发出史家风味。“六经皆史”。杜甫是“诗史”。看什么都要有历史眼光。不论什么都可以作为史料。可是历史学怎么分科？这要史学家来回答。我们怎么学历史？我倒有一点想法。一说到历史，就是从古到今一条线。事实上，我以为，我们认识历史是从今到古，从现在推到过去，从记得最清楚的昨天的事追到不大清楚的从前的情况的，是把现在当作过去的粉底、基调的，是从现代追索和理解古代的，因此历史一成不变，我们对历史的认识却能不断创新。教历史，从三皇、五帝、上古起，遥远，模糊，记不住，和学历史的自然次序不合，所以难记又难懂。

闲谈到这里不能不露出底来。我的话不过是由前面引的吴院士的文和面前摆的三本厚书引起的。吴是老朋友，1939年同在湖南大学教书。他的文不是写给我看的。作者、编者送我书，也没有要求我看。书都太重，不能拿在手里或躺在床上看，必须放在桌上正襟危坐读，对我说这就是难事了。我有个翻书但观大略、闲谈离题万里的坏习惯，不免又发作了。上面谈出了关于史学、学史的废话，现在再谈这三本书。

一是《二十世纪科学技术简史第二版》（李佩珊、许良英主编，1999）。二是《德意志道路：现代化进程研究》（李工真著，1997）。三是《诗经名物新证》（扬之水著，2000）。正好是三本史书。一讲当代世界，二讲近现代的一个外国，三讲古代中国。那就照我说的做，先今后古，倒读历史。偶然同时来了三本书，凑在一起，刚好是一部世界史，不是拼盘式，是显示历史发展的轨迹。

第一部题为简史，实是大书。十六开本，八百多页。翻阅时不免感叹。这书不像有的世界史把中国除外，也不是从世界看中国，或从中国看世界，而是认为世界是一个，中国是世界的一部分，所以讲世界时也讲到中国的情况，提到中国科学家的贡献，例如讲数学时提华罗庚等，讲系统工程时提钱学森。这书又认为科学技术是一个，历史是一个，在历史的流程里，有时这里高，有时那里高，或明或暗，都有贡献，汇成一体，向前奔流。特别是20世纪，合成一股时就畅通，大发展，有石头阻隔时就停滞，最后还是流水冲过石头，更加汹涌。科学有自己的范式，不以对象分。书虽是科学院自然科学史所编出的，但并不脱离社会，指出现代出现的必须由科学解决的社会问题，例如人口增长和计划生育，还有专章论述人工智能、环境科学。论述历史不能只说好话，回避黑暗，害怕教训。那样就会一错再错。所以书的末章说的是苏联李森科事件和科学厄运，指出以政治结论代替科学研究，政治干涉科学使自己内讧，让别国的人前进，发展遗传学，发现基因。这样明似自豪、自尊，实是自残、自杀。最后结束语是讲经验和教训。不一定人人同意，也未必句句正确，但是所提出的是不可回避的问题。

这书1985年出第一版，十年后接着出第二版，1999年出书，仍然赶不上科技进步的速度。例如讲到了信息高速公路，开始联网，可是不过两三年已经出现网络世界了。好在历史书不是追新闻，而是寻轨迹，查脉络，抓要点，由过去看未来。全书虽说是多人合著，但不是拼盘，自有系统。科学部分从物理学开始，讲分子、核，一直到键、弦等极难懂的前沿阵地。技术部分从电子学开始讲计算机一直到环境科学。看来像百科全书，实在是一部历史。不过我想再过一百年，只怕不会有这样的简史了。也许不用一百年，不久就会有像20世纪初期的相对论、量子力学、放射物质的发现以及随后的核弹、计算机的技术的想不到的进步，无法这样罗列作简史了。书的开头回顾前一世纪，还是照理、化、生、地、天、数分科，后面就不一样了。我想，恐怕吴征恺的说法也是说现状而不是预言下一世纪吧。

我们在世纪末尾倒读历史，看到一百年间科学在一个国家里的厄运是受到阻碍、破坏，但是在另一个国家里的厄运更为严重，由于误用科技，方向不对，不为人类造福，反而发动战争，酿成大祸。这就是《德意志道路》一书里说到的《暴力的现代化》（第五章）。这书追查现代化的来源和结局，论述两百年来德国经历的沧桑，可说是“发人深省”。可惜的是，这是一本学术著作，是史论，是如副题所说的《现代化进程研究》，不是给大家讲历史，因此要求读者具备近两个世纪的德国和欧洲的史地知识。要求不算高，但书中没有地图和大事年表，一般人读起来恐怕也不会很顺利。看书后列的中、英、德文书目，特别是德文的130种，大都是近二三十年的新书。除少数是直接资料外，恐怕是反思和讨论居多。依常例，学者以为写得很浅显了，平常人还是会觉得不明白。作者花费了八年功力写出这本书，很值得一读，假如能不用博士论文形式，对人和事稍作说明，写得更通俗些，就可以扩大读者群了。也许是作者读书太多，如入森林，忘了林外的普通人了。

尽管如此，我仍然推荐大家读一读有些章节，倒过来读。先读第五章，看希特勒怎么凭群众运动，而不是凭武装暴动，靠鼓动群众热情，把他作为拯救德国和复兴德国（实际是对外复仇）的希望，在世界经济危机的机遇中拥护他上台。他在抓到权力以后就为所欲为了。接着这章前后的第四章《现代化的全面危机》和第六章带总结性的《现代化进程的新起步》，也许可以读得顺当了。此外，对于关心文化的读者，我推荐第二章《向现代化社会的突进》中的两小节：《教育体制的现代化》、《现代化大学的发展》。看了创建一所不受教会控制、不讲规定的神学的现代化柏林大学的学者洪堡所立的科学五原则，谁能不想起后来在德国留学的蔡元培办北京大学的方针呢？洪堡说："大学生要学的不是材料本身，而是对材料的理解。"这话到21世纪也还是够现代化的。又如："科学无禁区，科学无权威，科学自由！"谁能想到说这话的是普鲁士国王威廉三世？他被拿破仑打败后对逃出来的教授们说，要下决心办教育。"我还从未听说过，一个国家是因为办教育而办穷了的，办亡国了的。"他得到国防大臣的支持。这是在19世纪初，过半个世纪就见效了。1871年普鲁士打败并俘虏了法国皇帝拿破仑第三。（巴黎市民抓住机遇革命，成立巴黎公社。）随后，德国统一了。在"铁血宰相"俾斯麦的手中完成了当时的现代化，加入了强国的行列。

这书研究现代化。什么是现代化？这不是汉语原有的传统词。英、法、德语里都有这个词，但和汉语里的意义、用法不大一样。书后的外文书目中，没有一个书题里含有这个词。在1979年商务版《简明德汉词典》里，这个词下注的是一句中国话的译文，说明有四个现代化。所以开始用时词义明白，就是工业、农业、科技、国防要达到世界先进水平。经过二十年的努力，以航天工业的成绩为例就可以看出，除工业一部分和农业大部分外，原定目标大致达到了。于是现代化一词独立了，有了新含义。各国有自己的现代化进程。于是这位作者免不了带着现代中国眼光研究中欧日耳曼族的德意志的现代化道路，写出了这本书。还有东欧的斯拉夫族的各国又有不同的道路，好像现在还没有走到头。还有从文艺复兴算起的意大利，从大革命算起的法国，从产业革命算起的英国，从明治维新算起的日本，从废除奴隶制算起的美国和俄国，如此等等，各有道路，各有走法，互相影响，互有差异。有趣的是德国统一、俄国废农奴制、美国解放黑奴、日本维新都是在19世纪六七十年代。这时才能算是真正开始现代化的。这书只是对德国的个案研究。我看最重要而且紧迫的是我们自己的道路，仿佛是议论纷纭、莫衷一是。这很正常。“不见庐山真面目”嘛。不过我觉得，回想自己将近百年的经历见闻，我们恐怕走的是一条与众不同的特殊路线，也许是现代有些数学家热心研究的时空维的什么曲线。提出现代化不过二十年，已经颇见成效了。

这书不是历史书，又可以作为历史书。我见到过不少讲法国大革命历史的书，简直是一部一个样，互相差别极大。

历史原是复杂的多面体，怎么看，怎么像，只见一体，如盲人摸象，说不定要借用量子力学的测不准原理了。历史是有不知多少维的，要想一语道破全面，揭发本质，谈何容易。

另一本书讲《诗经》，退回到几千年以前，不过也许只退回了一步。书题作“名物新证”，使人以为全是考证。错了。依体裁说，这是一部优美的散文集。依内容说，应当题作“西周史诗证解”，或“世界第一帝国开国诗史光环证解”，更为恰当。其中心思想见于第一篇仿佛引言的文章，《诗：文学的，历史的》。这是学术研究，可是研究对象、研究方法、内涵思想、表达形式都是亦文、亦史、亦哲、亦科学，正好符合我在本文开头所说的合流情况。全书以史为骨，以文为肉，以哲学思想为脑指挥，三合一。书末三篇说车、说旗、说酒，实是单题总结的示范。中间十六篇好像是只说了十六篇诗，其实不止，已差不多涉及全经。乍看好像是只以新发现文物考证诗中名物，实际是以物说诗，以诗解史，以史抒情，情中见思。正如《诗经》里以《扬之水》为题的诗有三篇，但思想感情只是一个。这十六篇文讲的主要是西周开国的辉煌气象，也涉及其他，注中尤多，但并非主旨。有关上层内部矛盾的和非光明面的大都从略。各篇内容次序井然：1.定居。2.兴农。3.农事，庆典。4.宫室，建筑。5.宫室，布置。6.祭祀。7.射礼，宴饮。8.战车。9.战争。10.战事（此篇着重论诗的文学方面）。11.记述史事。12.音乐。13.天文，民怨。14.服装。15.美人。16.服饰。可见全书是有精心结构的。篇中妙语纷繁，文辞华丽。图文并茂，原物示意图外，还有详细地图和不少铭文拓片。惜我老朽，仅能翻阅，无法通读，以上所说无非浮光掠影。内容专门，岂是外行所能置喙。

世界最早又历史最长久的大帝国的开国与德国现代化及当代科学技术何干？原来这帝国由周（不是夏、商）始定规模、体制、中心思想，自西而东，由渭水沿黄河直达山东沿海，南到淮河、江、汉，继续几千年而亡于清朝，正是1900年庚子，离现在仅有一百年。西周亡于幽王烽火召诸侯，诸侯不来救援。清末亡于太后相信血肉可以抵抗枪炮，对现代军事无知、无畏，不听异议，不明外事，只依亲信，以致下面离心离德，东南各省与洋人协议中立自保，不北上“勤王”，八旗军腐朽、离散，无人指挥，以至八国（后有增加）联军从前门进，太后、皇帝从后门出，不能上洋人办的火车，只好坐骡车向西逃跑。周帝国开业东来，青铜器加车马、农业，何等恢弘气象。清帝国散伙西去，仅靠人力资源，摆空架子，倒退向周朝以前去了。这时（1900年）离德国统一（1871年）和日本维新（1868年）的现代化才有几十年，而大国变弱，小国变强，如此悬殊。原因何在？辛丑（1901年）和约保留一个政府，到后来军阀时期，只为便于签订出卖资源权利向外国银行团借款的条约，列强的势力范围已经划定，事实上已经实现瓜分了。这样分裂可和周初的封建，周公、召公分治两类属国，大不相同了。几十年后又以有新知识为低，出大力、流大汗为高，办特殊学校改造一部分另类人的思想，要把直追青铜器以前的社会作为这类人的理想。那时有一回在那种旷野学校里，我和许多人坐在地上听一位大领导的训话。他高呼："美国人到月亮上去抓一把土回来，能解决失业问题吗？"当时我非常佩服他的想象力，不知道他说的是事实。由此可见，我差不多已经回到三代以上"不识不知，顺帝之则"的高级境界了。不料又起变化。此刻面前偶然有这三本书摆在一起，我想的是：我们现在离《诗经》里描写的几千年前的周初开国并不久远。夹在东欧斯拉夫系俄罗斯、西欧拉丁系法兰西之间，旁有同为日耳曼系的奥地利，外有跨欧、亚、非的土耳其，这样处境的德意志的两百年来的现代化进程艰难曲折。20世纪科学技术发展越来越快，瞬息万变，追东失西，赶南忘北，捉摸不定。是不是数、理、化、文、史、哲说法都过时了？有没有哪位古圣先贤传下的咒语能一念就灵，不走弯路呢?

过去是未来的镜子。别人是自己的影子。

2000年6月

清文字狱质疑

《读书》1986年第3期黄裳同志《查·陆·范》一文，说到这三人是清文字狱庄史案中《明史》参校的前三名，竟得免死释放。查是首名，写明史《罪惟录》传到现在。由此可见清朝惨酷的文字狱还不是“横扫一切”吧？顾炎武、黄宗羲、王夫之、傅山、屈大均直到画家恽寿平、明宗室八大山人、石涛等许多第一流的学者和文人并未被杀。他们都是忠于前朝的明遗民，名气极大，用不着有人告密朝廷也会知道，竟然无事。清文字狱杀的名人只有吕留良、戴名世等少数人。方苞曾被捕也放出来了。大名士不应博学鸿词考试的没有被杀，反而投降的钱谦益、吴伟业等人被纳入不忠君的贰臣传。清朝开国的满族人多尔衮和蒙族人博尔济吉特氏（孝庄皇后）联合汉人范文程、洪承畴、吴三桂等制定并执行了夺权、固权的政策，对武人、文人、名人、百姓区别对待。乾隆的《御批通鉴辑览》、《御选唐宋诗醇》、《御选唐宋文醇》都是宣布知识分子政策的。

1988年

范蠡商鞅：两套速效经济软件

——读《史记·货殖列传》

两只老虎，两只老虎，

跑得快，跑得快。

一只没有尾巴，一只没有脑袋，

真奇怪，真奇怪。

——儿歌

○：怎么你忽然看起《史记·货殖列传》来？对经济感兴趣了吗？

△：中国古时说“经济”是指政治，是“经国济民”。“货殖”指经商，只是现在所说的经济的一部分。现在的“经济”这个词是输出到日本又返销回来的新词，意义变了。我感兴趣的只是一些空道理，可以勉强说是文化或则哲学。不过这两个词现在都没有公认的确切意义范围，不便引

用。用个新词作比方，就说是“软件”吧。有些问题不妨彼此问答，进行一番思考。书中说的话算是第三者的，要我们译解。当然还可以有别的译法。

○：先提问题吧，没有问题，怎么思考？

△：好。太史公司马迁在《史记》的最后才编写一篇《货殖列传》，以下便是《太史公自序》了。《自序》中说《货殖列传》是讲的“布衣匹夫之人”的事，放在“游侠”、“佞幸”、“滑稽”、“日者”、“龟策”各列传之后。这是由于汉代抑商吧？“货殖”一词是出于《论语》中“赐（子贡）不受命，而货殖焉”。在这篇列传中，子贡名列第二，说是子贡经商发了财，他所到之处“国君无不分庭与之抗礼。夫使孔子名布扬于天下者，子贡先后之也”。可见这和“儒”是大有关系的。孔子出名还有点靠了学生的经济地位哩。可是司马迁在这篇文章一开头就引一段《老子》，这是为什么？是由于汉初崇黄老么？他又把子贡列为“榜眼”或“亚军”。是不是司马迁以为孔、老原来是，或则应当是一家呢？孔子、老子都不重商。司马迁这样做是为了“贴金”，还是确有所见呢？《货殖列传》未必是司马迁的定稿，但是格局和意见以及大部分文章还应算在他的名下吧？

○：这不但是经济思想史，又追溯到哲学思想上去了。我想还是另起思路吧。就《货殖列传》说，司马迁排的名次是：第一名范蠡，第二名子贡，第三名白圭。这三位是既有实践又有理论的，从猗顿到巴寡妇便是单纯致富的工商业者了。“汉兴”以下才是论当代经济。为什么范蠡第一、子贡第二，这是政治经济合一么？

△：子贡在《论语》中地位不低，是“言语”科的代表，外交家（见《史记·仲尼弟子列传》：“子贡一出，存鲁、乱齐、破吴、强晋而霸越。”）。他到处得到国君分庭抗礼的接见，不是只凭讲话，还仗恃财力作外交后盾吧？虽然司马迁没有记他的经济理论，但他是孔门大弟子，他的思想大概不会离孔子本人的儒家学说太远吧？孔子在《论语》中曾批评弟子冉有（冉求）为鲁国大夫季孙氏“聚敛”财富，却只轻描淡写说子贡一句“赐不受命”，还夸他做生意“亿则屡中”。可见孔子并不是一般地反对“货殖”，他反对的只是“聚敛”，即搜括老百姓。至于子贡做个体生意，又藉经济力量见国君活动政治，并为老师做宣传，孔子是不曾反对的。孔子还说过：“富而可求也，虽执鞭之士，吾亦为之。”可见他不反对发财。这是只依据《论语》一部书，不是出于各家书中不同说法，所以应当是合理的。

○：子贡本人的经济理论既然没有说出来，不便以各种各样的儒家理论去揣测，那还是先考察一下“状元”或则“冠军”范蠡吧。

△：我想不如先看看第三名白圭说些什么。他说：“吾治生产，犹伊尹、吕尚之谋，孙、吴用兵，商鞅行法是也。”司马迁总结说：“盖天下言治生，祖白圭。”原来这

位第三名“探花”还是讲经济学的祖师爷。太史公把他和李克（李悝）对比说：“李克务尽地力，而白圭乐观时变。”这明显是两种经济思想。李克是给魏文侯致国家富强的。伊尹、吕尚（姜太公）是商、周开国的大政治家。孙膑、吴起是战国的大军事家。商鞅是使秦国变法富强的。白圭竟然以这些人自比，而且提出：智、勇、仁、强四者水平不够的人“虽欲学吾术，终不告之矣”。录取学生的标准还很高。为什么这位祖师名列第三，而李克、商鞅不列入这一篇里呢？

○：听听你的解说。

△：司马迁在引《老子》的语录以后发了一段议论作为引言。其中首先引姜太公（吕尚）如何发展齐国的经济，齐国衰落时又有管仲发展经济，使齐桓公当上霸主，“九合诸侯，一匡天下”。这以下才排列传记，照《自序》说的，只列“布衣匹夫”。以范蠡居首，是说他在使越国称霸以后化名鸱夷子皮和陶朱公经商致富，是商人身份。子贡居次，也只算他是大商人。白圭第三，他是缺事迹而有理论的平民。叙述范蠡时引了他的老师计然的理论。接着说范蠡成功以后“喟然叹曰：计然之策七（《汉书》作“十”），越用其五而得意。既已施于国，吾欲用之家。乃乘扁舟，泛于江湖，变名易姓”。这正好和白圭的话互相照应：治国家经济，使国家富强，和个人发家致富是一个道理；治国、用兵、行法，是一个道理。道理的原则是计然、白圭说的，来源则是篇首引的《老子》。值得注意的是，这一段不是现在通行的

《老子》的摘录，甚至可以说是和通行本中的话大不相同。其中末尾两句之下便是“太史公曰”，可见这两句仍然是《老子》的。至少是司马迁所解说的《老子》的。照这段话看，《老子》虽然说“老死不相往来”是“至治之极”，但末两句话说，在“晚近”（即当时）是“几无行矣”，即行不通了。由此才有“太史公曰：夫神农以前吾不知已，至若《诗》《书》所述，虞夏以来……”工商业是不可废的。接下专讲计然、白圭的理论，范蠡、子贡的实践，以至当时（汉代）“都会”（商业大城市）和富人（工商业者）的情况，都顺理成章了。

○：可是这样一来，范蠡的一生便被割裂了。一半是治国，在《越王勾践世家》里，一半是治家，在《货殖列传》里。前一部分中又有治家的一个故事，还是要合起来看才能通气。前半是传，后半仿佛是专题提要。合起来就不必再查对《国语》、《吴越春秋》、《越绝书》了。至于范蠡、鸱夷子皮、陶朱公是不是一个人，是真事，或则是传说，若不考证历史，那也无关紧要。这是个理想人物，是军事家、政治家、外交家，又会经商，是个交游广阔、到处为家，又不露面的大商人。这不是和《老子》以至《庄子》中的“人”的理想相似而且也同孔子门徒子贡仿佛么？可惜现在有的电影、电视剧描写吴越之争，强调西施美人计，把范蠡变成另一种人了。也不知是美化还是丑化，总之是“大变活人”，换了一个。怎么才能宣传一下古文献中的（不一定是历史事实的）范蠡呢？看来他是张良、诸葛亮之前的一个文武全才又能进能退的理想人物，是中国传统文化中的一个重要标本。（爱国商人弦高也属这一类，见《左传》。）

△：我以为最重要的是把会做生意的平民范蠡“陶朱公”和振兴越国的大政治家范蠡大将军合起来。我看这好像是解开中国传统文化中读书和做官的文人思想的一把钥匙，同时也可以说是解开中国一些帝王以及官吏直到平民的共同思想交会点的钥匙。文人带兵是中国的传统。行伍出身的“无文”的军人中，大将多而统帅少。传说中的关羽是读《春秋》的。岳飞是能文能武的。《水浒》中三家村学究吴用也能当军师。范蠡对越王说：“兵甲之事，种（文种）不如蠡。”可见他是武人。商鞅也是武人，曾带兵打胜仗。宋朝诗人陆游还念念不忘“塞上长城空自许”。不仅兵书战策为文人所必读，而且史书、子书、经书往往和兵书通气。只是明朝盛行可称为“八股文化”的令人窒息的精巧玩艺，又有锦衣卫、“东厂”，等等，才削减了这一传统。但是从王守仁、黄宗羲、王夫之等到林则徐、龚自珍，以至石达开、曾国藩、左宗棠、李鸿章等，没有一个不是才兼文武的。孙中山也当过大元帅。军阀吴佩孚是个秀才。传统文化中的这一层大概知道的人很多。不仅治国和治家相通，文武相通，而且政治和经济相通。“君子固穷”，并不是不懂致富之道，只是不屑于去做，所谓“自命清高”；若真的不懂，那便叫作十足的书呆子，为孔、孟、老、庄所不取。至于真

懂、假懂，能不能实践，会不会成功，那倒不一定。不过一定要树立这一点为理想。孔子也学射箭，据说还是大力士，说门人子路“好勇过我（孔子自称）”。他虽不讲经济，他的门人冉有、子贡都精通此道。讲到和尚，那只要举一个为明朝永乐皇帝打天下的军师姚广孝就够了。道士则有远赴西域见成吉思汗的长春真人邱处机。少林寺的和尚、武当山的道士是武术的两大宗派。这个文化传统是不依教派等招牌而分别的。欧洲就不然。恺撒、拿破仑有战纪、回忆录，亚历山大、奥古斯都、威灵顿、纳尔逊就不以文学名家了。他们重专业不重兼通，不以文武双全为理想。著《远征记》、《万人退军记》的色诺芬那样的人不多。

○：照这样，我看不妨考察一下范蠡和商鞅，着重在治国和经济一方面，看他们怎么使越国和秦国骤然强起来的。

△：这两人不过用了一二十年时间就使两个落后的穷国一跃而成强国。吴灭越在公元前494年，越灭吴在公元前473年，刚好22年，正合上伍子胥的预言：“十年生聚，十年教训。”秦孝公用商鞅变法在公元前356年，商鞅死在公元前338年，不到20年。从范蠡、商鞅的实践搜寻他们的思想原则，可以得出这种速效的经济“软件”吧？搜寻的方法，用当代欧美人常用的行话，是不是可以说是用一点现象学的和诠释学（解说学）的方法？其实这也是土法。

○：我们不用术语和公式好不好？我想，要考察怎么由弱变强，由穷变富，就得先看当时的形势。各国对比才有贫富强弱之分，自已看自己总是可以“知足长乐”的。从春秋到战国，转变年代照旧说是韩、赵、魏三家分晋得周王承认的公元前403年，司马光的《资治通鉴》由此开始。越国称霸在其前70年。秦国变法在其后不到50年。可见这100多年正是一个大转变时期。形势上有什么一般不大重视而值得一提的？

△：我想提出两点，是从全中国范围和整个历史着眼的。一是外强而内向，二是落后入先进。

○：此话怎讲？

△：公元前770年周平王东迁是东周或春秋的开始。他是避西戎从陕西逃到河南的，也就是离开了周的发祥地到了殷商后代的集中地区。殷周文化的这个中心地区里，除了号称“共主”实际只是招牌的周王以外，还有一些小国，而最大的统率别国的霸主，先是用了管仲做宰相的齐桓公，后是晋文公，两人是五霸的头两名。齐是在山东半岛的被征服的东夷之国。晋是北方戎狄杂居之国。后来在南方强大起来的楚是以苗为基础的南蛮之国。西方的秦更是西戎之国。东南兴起较晚的吴是并了淮夷、徐夷的。越更是落后。前几个强国还是周王封了贵族带人去统治的。吴号称由周的祖宗泰伯算起，越号称由禹算起，实际都是文化落后地区。本来是“断发文身”，连帽子衣裳都没有的。司马迁写的是《越王勾践世家》，连上世的年代人物都说不清。由此可见，中原地区虽有悠久的殷、周传统文化，又有“天子”政权，但是没有力量发展，物产不丰，人力四散。强大起来的是四周

的边区。中原的炎帝、黄帝嫡系子孙在上层，但无力复兴，靠血统难以维持，而四外的许多落后种族互相结合，发展很快。我说的“外强而内向”指的是地区。外部边区强了，但不是分裂出去，而是合并进来。内部中心弱了，不能打出去扩展，而是“外来户”进来压倒了“本地人”。我说的“落后入先进”指的是种族。落后的小的族（还不成为近代的欧洲的所谓“民族”，因此不能构成近代意义的“民族国家”。）迅速发达成为先进。这些族中有的能像海绵一样吸收并且能融合非本身的力量化为已有。这两句实是指一个总的情况。这现象开始于春秋战国，但没有停止于秦汉。陈寅恪在论李唐氏族时曾说“盖以塞外新鲜之血液注入中原孱弱之躯”，以此解说唐代之盛，实际也影射清朝前期之盛。他所谓注入血液虽重在指种族混合，但也兼指广义文化的扩展。不过他重视上层统治阶级，也没有明指“注入”是“内向”的扩展。我说的主要指中下层阶级的民众文化和国力，而且着眼于中国之所以成为大国以及能长久维持独立历史的要点。这一情况大概可以说是中国的特点，和欧洲及其他处的向外扩张以及不断分裂的情况很不相同。这是事实，不见得是坏事，不必讳言，否则会走上外国的向外扩张及分裂的路子，反而不利。我觉得先要承认（认识和解说）事实；至于为什么会这样，追索原因，那是另一层问题，是世界史而不仅是中国史的问题了。

○：由此我想到楚文化的研究极其重要。为什么楚国以苗族为基点发展起来，而能合成那样大的疆域？除巴蜀入秦外，长江流域东至吴越，西至滇黔，南达珠江流域，能合为一国，形成了由巫文化发展起来的楚文化，出现了和《诗经》并立的《楚辞》以及最初的“个体”大诗人屈原、宋玉和演员优孟、优旃。尽管国王不争气，国被秦灭，但是灭秦的还是楚人项羽、刘邦，由楚地起兵，真是“亡秦必楚”。楚文化和南亚及东南亚文化看来也大有关系，从古代来源到近代脉络都不容易划界分清，说明轨迹。这也不仅是中国文化问题。

△：说得太远了。还是回到范蠡、商鞅这里来吧。

○：商鞅是卫国人为秦所用。秦穆公曾从戎人那里用五张羊皮赎来一个百里奚作丞相，由弱小而强大。秦孝公用商鞅变法，主要是耕、战二字。有了粮食，有了兵（兵器和士兵），加上以军法部勒，就什么都有了。这个“软件”或“模式”容易看出来。简单说，秦始皇墓的兵马俑便是象征符号。这也许可以叫作兵马俑文化吧？这是个“系统工程”吧。见效很快。商鞅领兵打仗几乎战无不胜，可是最后自己逃不出自己设的法网，也打不过自己练出来的兵，惨遭车裂。这种模式是稳固的，但不是发展的。像兵马俑的阵势那样，很有力量，可以指挥如意，但本身不会生长，或则生长得很慢。要发展只有向外扩张，抢别人的。可是遇到更强的外敌，或则内部出了裂缝，那就很危险。结成一个阵，存则强，破则瓦解。秦国的兴衰就是这样。兵马俑中出现了陈胜、吴广这样的活人，阵便破了。不仅中国，外国也有，最近的便是胸前挂满纳粹勋章的戈林。

△：别又说远了。还是讲范蠡吧。值得注意的是，助吴国兴起的是伍子胥（伍员），助越国强大的是文种、范蠡，这三个人都是楚人。吴国的宰相伯嚭也是楚人。伍员、伯嚭是贵族，文种、范蠡是平民。秦国用的百里奚是奴隶，商鞅是贵族。

○：商鞅挨了两千多年的骂，现代又受表扬，他的那一套一直未断。大家比较知道他的理论和实践，便于概括。直到现在，范蠡还是被当作一个行权术的人，只会出计策，而陶朱公又只算是一个会投机做买卖的人。《史记》说越王用范蠡、计然，引计然的话。据说他是范蠡的老师，可是没有事迹流传。经商历来称为计然、白圭之术，陶朱、子贡之能，但不容易将理论和实践结合起来。很难像商鞅的“耕战”思想那样，可以用“兵马俑文化”一词概括。

△：其实也不是很难。范蠡的一套在民间势力很大，但在上层总是处于下风。《史记》说：“李克务尽地力，而白圭乐观时变。故人弃我取，人取我与。”“计然曰：知斗则修备，时用则知物。二者形则万货之情可得而观已……无敢居贵……贵出如粪土，贱取如珠玉。财币欲其行如流水。”白圭、计然、范蠡三人的思想是一样的。原则虽有几条，但归结起来只是“时变”二字。《史记》说陶朱公“以为陶天下之中，诸侯四通，货物所交易也。乃治产积居与时逐而不

责于人。故善治生者能择人而任时”。说白圭“能薄饮食，忍嗜欲，节衣服，与用事僮仆同苦乐，趋时若猛兽鸷鸟之发”。知时和知人是中国古今（社会主义阶段以前）做生意的秘诀。范蠡知时，所以既能治国，又能发家。他能全身而退，不像文种那样为越王所杀。他在致文种信里说：“飞鸟尽，良弓藏；狡兔死，走狗烹。”这就是知时。他在齐国发了大财，又被用为宰相，便说“久受尊名不祥。乃归相印，尽散其财”，又改姓名到了陶。这也是知时。他的知人，一是知越王勾践，不为所杀。二是知自己的儿子。两者都记在《勾践世家》中。关于他的三个儿子的故事是古今传诵的。明朝冯梦龙还收进他所编的《智囊补》里。故事说来话长，有书为证，就不必多讲了。

○：你的概括很不错，但我觉得漏了一个重要的中心点。说是说了，但没有着重，因此还没有指出李克和白圭的根本分歧。这也是商鞅和范蠡的很本分歧。历来讲做生意的也往往会忽视，或则在重要时刻忘记这一点。因为这是常识中的常识，所以好像不成问题，不必提，但恰恰这是根本。这就是计然所说的：“积著之理，务完物，无息币……财币欲其行如流水。”白圭所说的是“积著率（律）”。这就是“时变”。知时就是知变。不变化还能有什么时间？时间就是变化，就是流水。所以双方分歧在于一是兵马俑，一是流水。一个不动，一个不停。

△：你也玄虚起来了。不过由你所说，我想司马迁讲

“货殖”一开头引《老子》的那段话也是这个意思。邻国相望，鸡狗之声相闻，各各自给自足，老死不相往来；那是“至治”，不是现实，在“晚近”是行不通的。《老子》、《庄子》经常这样说话。这就是所谓“寓言十九”。他们的“言”是符号（不是象征）的一种，寓意在外，另有所指。讲的是不通，不往来，指的是通，是流通。没有末两句话也是一样。那意思是：不通好是好，但是行不了，结果还只得是通的好。末一句就不讲出来了，要意会，“意在言外”。《庄子》常说“悲夫”之类的话，也是将肯定否定合在一起的。做生意见价钱好就快卖，“贵出如粪土”。看准了要贵起来的便宜货，要“贱取如珠玉”。若不是珠玉，也就谈不上“贱”了。最重要的是计然说的最末一句：“财币欲其行如流水。”埋在地下的钱没有价值。李克和商鞅的“务尽地力”，是用尽物力和人力的办法，是着眼于生产组织。白圭、计然和范蠡的“乐观时变”，是使物力和人力永远用不尽的办法，是着眼于流通过程。这是两条根本不同的原理。一个拼命消耗，一个不断循环。孙中山说的国家富强的四条件是：“人尽其才，地尽其利，物尽其用，货畅其流。”他想把双方合起来。前面三个“尽”字要看怎么理解。若照李克、商鞅的解说，都用尽了，连潜在的都挖尽了，那还有什么？不是完了吗？树砍光了，还有木材吗？鱼捕光了，水会自己生出鱼子吗？埋藏和劫掠自然界现成财富是直线不变式。“无息币”是经常变化，“生生不已”，循环不息，那就完不了。所以叫作“生意”，是曲线流动式。物要“完”，完整，完备，完好，质量高，才有用。废物无用就不算货物。堆在那里不能用便是废物。兵马俑埋在地下有什么用？能打仗吗？范蠡看重水陆交通，这是流水文化。设长城关闭不如修运河流通。这是兵马俑和流水的区别吧？“货畅其流”，不但要流，还要畅，不拦截。

○：你这番“通”论很好。但是不停的“通”也不行吧？古时交通不便，信息不畅通，所以只讲“通”不要紧。当前世界上就怕“通”得太快了。要出另一方面的问题。物和人也还是要在流通中有停顿的。“积著”中也有“积”的一面。长城堵，但有关口可通，运河通，但也要设闸，都有两面。计然的话的开头一句是“知斗则修备”。所谓“有备无患”。“备”什么？备斗，即战备。治国和做生意是一样，和种地不大一样。但“备”也不是堆在那里不动，像兵马俑那样埋起来，或则只供参观之用。物和人都不是只供参观的。供参观也要更新，人看厌了就不再看了。计然的第二句话是“时用则知物”。“时”可不作别解。能应时而用的才是“物”。“物”是从“用”而来的。“用”指其功能。物有名称，好比符号。符号指示功能。功能不具备便失去本来意义，变成另一种“物”。兵马俑本是殉葬用的，是备死者用的。挖出来成为展览品，就不是为死者而是供生者用了。名同实异的符号有的是。“物”和“人”都一样。

△：我想还是不要用符号学的语言吧。正在生长中的学

问的术语的用法和意义还不能都得到一致理解，译名不一，歧义难免。所谓“难懂”或则“误解”往往是出于歧义。我们还是用普通人的话说吧。我们的方法本来是“土洋结合”的。计然和白圭都重视一个“时”字。范蠡的一生行事全是随“时”而“变”。不过知“时”很难。“趋时若猛兽鸷鸟之发。”看准了时机，行动就要快。范蠡做生意是“积居与时逐”。计然的“积著之理”，白圭的“积著率”，也是指这一点。“积著”即“积居”。子贡“废著”，《史记集解》说即“废居”。计然说“无敢居贵”。大商人吕不韦说“奇货可居”。这个“居”字是古代做生意的一个要诀，不能只解作囤积。“居”是待“时”，是为卖而买，着眼在卖。“居”这个动词是很有文章可作的。经商不能不“投机”，即抓准时机。“守株待兔”不是经商。不能“见机而作”，即不知“时”，不能经商。货存腐败了，不能卖了，就不是货了。

○：另提一个问题。白圭把“治生产”、做生意比作孙、吴用兵，范蠡自称长于“兵甲”，还当了大将军。对这一点怎么解说？范蠡是怎么打仗的？

△：这还用说？打仗更要看时机。宋襄公那样的迂夫子怎么能打仗？用兵和经商都不能死板。老实并不等于死心眼。据鲁史《春秋》记载，242年里，列国的军事行动有483次，朝聘盟会有450次。战国时当更多。无怪乎那时的“士”和所著的书都离不开军事、外交，也就是和“经济”之道相

通了。范蠡会打仗，会办外交，又会经商，是毫不足奇的。他知时机又行动快，自然无往而不利。据说日本人学《三国演义》中的打仗方法去经商，这是很自然的。《孙子》兵法和《老子》哲学都是沟通军事、外交、经济的，是春秋战国经验总结。那时的“士”各国奔走，见多识广，各有一套，自然有高才加以总结，并且会有人“批阅”和“增删”的。秦汉以来再没有这种“百家争鸣”情况了。十六国、十国时期都赶不上。一个原因是春秋战国时关卡没有后来厉害。就当时交通条件说，流通很方便，信息和货物和人才都流动得很快。背景是各国不断打仗和盟会，信息不灵就判断错误，抓不住时机就失败灭亡。秦汉统一天下后，一方面是交通更便利，另一方面是关卡更严密。利、害，得、失总是分不开的。有时又要通，有时又怕通。用计然、白圭、范蠡的思路观察就很清楚。若说范蠡的打仗要诀，当然首先还是知时。越王见吴国内部虚弱，以为可打，范蠡说还不到时候。等到吴王志得意满率精兵北上时（据说是信了子贡的别有用意的话），范才说“可矣”。趁虚而入。这叫作“批亢捣虚”。其次是兵力配备得当，不是摆阵势。（士卒拼命可另外算。）《史记》说是“发习流二千，教士四万人，君子六千人，诸御千人，伐吴”。用现在话说就是：精通水性的水军二千，经过训练的战士四万，可靠的亲信近卫军六千，非战斗人员（包括后勤）一千。这个配备的比例是很有意思的。这明显是过太湖北上的水陆两用战术。这是北方所缺的。北方是用战车，讲“千乘”、“万乘”。吴、越先后横行于江、淮一带。吴、越后来归楚。楚亡以前还东退到淮南，即吴地。项羽、刘邦起兵也在东南。这都不是偶然的。

○：说得太远了。我还有一点不大明白。我看商鞅和范蠡这两套“软件”，一是长城、兵马俑式，有坚固的阵势，却不灵活，因而同时又脆弱。另一是运河、流水式，或有江有湖式，很灵活，善投机，但缺少实力，若看错时机又很危险。所以秦和越的国家政权都不长久。反而楚国松松垮垮倒能维持很大地区而且拖得很久。这是为什么？秦和越都重实效而不大讲道德。商鞅残忍，范蠡狡猾，怎么又能和孔、孟、老、庄、伊尹、吕尚连在一起？这不是阳刚、阴柔，象棋、围棋，农业、商业，政治、经济，都混在一起了吗？

△：不仅如此。虚实相生，方圆并用，只用其一便难长久。但断而又续，绵绵不绝。和中国历史相比，东、西罗马帝国的热闹就显得逊色了。吴越地区就统治者说是短命，就国力和民间说却不然。三国时只吴国最为稳定。中原的袁绍、董卓、曹操、司马懿不停换班，兵戈不息。刘备只是夺了本家刘表、刘璋的地盘，也不如孙权长久。吴国大都督周瑜、鲁肃、吕蒙、陆逊继任没有出问题。南朝、南宋在此地偏安。明初经营东南。大运河是为使南方财富北上。江、淮、太湖的水、地、人力长期没有耗尽。这也不是偶然的。说流水文化不如说江湖文化，有江还得有湖，才是“积居”。又通，又存，不填塞，不挖尽，有节奏，是音乐，不

是噪声。

○：你又扯远了。就我们谈的题目说，两套经济软件的思路不同。一个认为积聚的才是财富，而流通的不是财富。一个认为流通的才是财富，而积聚的不是财富。前者是长城、兵马俑文化，后者是运河、江湖、流水文化。不积聚便少大古董遗留下来。用现在经济常识的话说，一个着眼于生产和分配，舍不得在流通上用力量。一个着眼于流通，而把生产和分配附属在交换上。用简单含糊的话说，可以算是自然经济和商品经济，但这是抽象说法，实际上两者是并存的。欧洲人的划格子思路不大合用。这样说，不知道对不对？

△：照你这样说，那么，大战前的德国和日本是用商鞅软件，而英国、美国是用范蠡软件了？

○：也不尽然。两套程序是可变的。战后的联邦德国和日本就改用范蠡软件了，仿佛是打了败仗的越国。两套程序都可以快速见效，但效果不一样。日耳曼、德意志，名称很古，但成为现代国家是从1871年普鲁士邦将其他一些邦统一起来才开始的。二次大战后分立民主德国和联邦德国。联邦德国从1948年起整个换了战前程序。日本虽然有称为“万世一系”的天皇，但成为现代国家，尊王抑幕府，有了中央集权政府，是从1868年明治维新开始的。战后也改变了程序。就两国的民族和文化传统说，都是古国，但就现代意义说，都是新兴国家，采用两套程序的时间都很短，见效都很快。两国都是轮换采用两套软件。能不能同时应用？有些第三世界国家试来试去，总是来回摇摆，很少见效。为什么？英国患了衰老病，还赶不上它原有而现在独立的有的殖民地。美国患臌胀病，天天想减肥而不见效。北欧所谓福利国家也有些消化不良，循环阻滞。可见单一程序未必有长效。为什么？

△：这个问题不好简单化。两套软件虽可说是一实一虚，似乎可以虚实并用，实际却不然。范蠡是不断转移阵地的。他总是能白手起家，散了又聚，由实而虚又由虚而实。那时没有金融信贷，他凭什么能使“财币行如流水”？日本的流通加速发展到全世界，担心流通不畅，近来有再乞灵于商鞅的迹象，但还是学习陶朱公。日本人爱好围棋，应当明白虚实相生之理。日本处于西欧、北美和东欧、亚洲之间，仿佛是陶朱公所说的陶，又先后兼用过商鞅、范蠡两套软件，所以现在的动向为全世界所注目。

○：不要再空谈天下大势了。说到围棋，我们不妨在361个交叉点上用黑子、白子做实地试验吧。这是争先又争空的，是以虚为实又以实为虚的。范蠡和商鞅若下棋定是国手，和清代的范西屏、施襄夏一样，也是两种风格。

△：孟子说孔子是“圣之时者也”。老子说“不为天下先”。我们且到棋盘上去争时、争先吧。

1989年

史书・小说

甲 近年来电视荧屏上出现了越来越多的古装连续剧，已经有了一些议论，我们何妨谈谈？

乙 看得太少，知道的不多，怎么谈？我偶尔听到广播小说，觉得也有古装化的倾向。台湾有位作家高阳，写了不少大部头历史小说，或者不如说是历史加小说。真实和虚构两者在我们的传统中本来是难分的。

甲 我的意思是，社会思想感情趋向，外国常在戏剧和小说中显现。中国也是常在演戏和说书中显现。这是包括不识字人在内的思想文化，不是少数人可以任意制定的。作者、演者往往是跟着读者、观者走，当然同时也是带着他们走。所以要谈社会思想和感情趋向，不注重所谓通俗或大众一方面不行。所谓大众传播媒介比书本影响更直接。不过，重视这方面的人往往看到教育大众的多，看到大众是教育者的少。

乙 电影有电影院限制，像是另一种戏曲。电视就不同了，家家有个舞台。

甲 “古装剧”这个名称好，因为编者、演者、观者、谈论者都是现代人，不是历史上的古代人。能不能说历史小说也是古装现代小说？人是今人，不过是装扮古而已。

乙 你说的是“古为今用”？

甲 非也。那句话指的是今以古为手段，涂抹、改造古人古事，以适应今日需要。那和讲“大众化”一样，还是着眼于作者教育读者。我说的是历史教育现代，读者教育作者。现在印古书很时髦，我看同样是古人引导今人。康熙、乾隆的“钦定”仍然有效，方向不变。但古人也受今人支配。

乙 我们不懂戏，更不懂电视，还是谈书吧。中国书也不好谈，谈外国书吧。

甲 让我先把话说完。古人，古代的人，也就是历史，天天在教育我们，可是我们受不受教育，那就不一定。电视剧尽管播，可是我不看，看不下去，就受不到教育。不看和要看，这是观者对作者的教育手段之一。慈禧老佛爷不停地出面教育我们记住她怎么招致八国联军的，效果怎么样？问因不如寻果。书的销数多而看的人少，比起销数少而看的人多，谁的效果占上风？

乙 你发空论，我谈书。我想谈的一部书是两千年前的普路塔克的《希腊罗马名人传》。他把一个希腊人和一个罗马人配对，仿佛古今对比，写出“平行”传记。原文是希腊文，各国大都有译本，在“文艺复兴”中很有影响，现代也有不少读者。中文译本迟迟不见出来，也许是出来了而我不知道。这部名著有故事，有议论，有文笔，也是很好的散文，在外国受欢迎，为什么在中国受冷落？我翻阅过英译本中那篇《费边大将传》，写他怎么以退为进，在别人的讥笑中用拖延战术拖垮了纵横罗马境内的非洲迦太基的大将汉尼拔，大有中国式战略的味道。这两位将军的处境和坎坷经历也在中国有“平行”。

甲 讲到罗马，我记得从前有人说过，中国人不像希腊人而像罗马人。这话没有人应声。有两部《罗马史》我翻看过，一部是英国吉本的，叙述罗马帝国的衰亡。另一部是德国蒙森的，从建国写到恺撒掌权当“独裁者”推行改革，但没写他被刺，因为那以后就不是共和国而是他的养子奥古斯都的罗马帝国了。蒙森没写下去。

乙 你说的这两部书确实是文笔优美又重视历史依据，有史才、史学，更有史识。两人时代不同，见解不同，书也仿佛都已过时，或者说是已成为古典。蒙森在1902年得过第二届诺贝尔文学奖。他的这部书直到今天才由商务印书馆出版汉译第一册。我估计，蒙森和吉本一样免不了去陪普路塔克坐冷板凳。古人热心教育我们，而我们不受教育，更不用说外国古人。这是照你的说法。

甲 中国古书也一样。史书中，大家称赞《史》、

《汉》、《三国》，我推荐唐太宗李世民主编并参加撰写的《晋书》。书中名士、隐士的故事不少。这对后来的读书人影响极大，所谓“魏晋风流”。开篇就是唐太宗御笔批评晋朝开国的司马懿、司马炎，很不客气。这也是史书中绝无仅有的。

乙 司马懿、司马昭、司马炎，八王之乱，东晋偏安，五胡十六国，一百多年间（266—420年）乱极了，有什么好看？

甲 不比唐代传奇难看吧？南朝初年记晋人言行的《世说新语》也不好懂，为什么大家看？

乙 史书比不得小说。

甲 《晋书》也算得“小说集成”。假如选编一下，那就是《世说》的扩大版。是真人未必是真事，这就是史书。是真事未必是真人，这就是小说。这是不是中国的传统？由此才有“纪实小说”之名，亦实亦虚，有真有假，对不对？我看唐人编写的晋朝名士和隐士的言语行为，真真假假，大可玩味。

乙 一定要追究是真是假，这也是中国的传统习惯。其实是越追越靠不住，不如明知是假，信以为真，这叫作“姑妄言之，姑妄听之”。这句诗说的是《聊斋志异》。我们提得出问题，做不出答案，无非是闲聊而已。都是些老古董，何足道哉？不值一提。

秦汉历史数学

我是谁

我是谁？——这是金庸的一些小说的一个（不是唯一）主题（theme），或不如说是“母题”（motif）。石破天在《侠客行》的末尾提出这个问题。他不知道自己的父母就在眼前。“西毒”欧阳锋在《神雕侠侣》中也提出这个问题。他一心钻研武艺入了魔，忘了我，不认识自己，不知是什么身份了。武艺也是艺术。艺术会使人入魔，例如画家梵高，还有诗人李白投水捞月的传说。《天龙八部》里的乔峰（或萧峰）为知道自己的身世——是汉人还是契丹人，闹出多少事。同一书中，先是和尚，后成道士，终于当驸马的虚竹一直不知道自己的出身，忽然被认出来了，原来是一个被遗弃的私生子。父母就在眼前，一是高僧，一是大恶人，立刻父母都自杀了。一出现就灭迹，他还是没有父母。《飞狐外传》里的胡斐，《神雕侠侣》里的杨过，都没见过父亲，但一心要确定杀父的人以便报仇，却又临时犹疑。这些人问的是“我”，实际上全是查考自己的上一代，也就是要弄明白本身所得到的遗传基因，生理的、心理的、社会的（即种族、阶级、阶层、行帮、等级、地位之类的面貌，例如“政治面貌”）身份，种种不能由自己选择而要由自己负责的从出生就接受下来的基因。这类基因，个人有，民族、国家、帮会等比较巩固的集体也有，那就叫作传统。传统比个人基因更难认识，因为心理的、精神的成分更多。好比集体的潜意识，在许多人的行为上表现出来时，大家认为当然，一般不予追究，不以为意。不认识自己的传统，仿佛不能直接看见自己的后脑，没有人会大惊小怪。想全面深入分析和理解集体传统很不容易。文献不足，思想难抓，看法各异，方法无定，于是往往是“言人人殊”，对于本身传统只好含糊了事或者争论不休了。可是“我是谁”还是得问，因为传统来自过去，存于现在，影响未来，多少明白一点也比糊涂好。但必须从提问开始，不同问题有不同答法。古希腊哲人说过，“要知道你自己”。这句话里的“知道”不是指知识、评价，是说要理解。真正有“自知之明”，谈何容易！

从世界看中国，这是一个大帝国，有两三千年历史，奇怪的是能够“合久必分，分久必合”，延续下来。清朝以后没有皇帝了，大小军阀混战，列强瓜分，各划势力范围，一个紧邻的强国干脆出兵占领人口稠密的区域的大部分。经过世界大战以后又打内战，可是在外敌环视之下居然能迅速站了起来，依然是一个统一的大国。全世界正对这个奇迹刮目相看，不料又不断内部自起风波，滔滔不绝。许多人正在叹息老大帝国不容易返老还童，忽然出现了新面貌，再一次要与强国试比高了。问题不断，乱子不少，就是不倒。分而又合，衰而复兴，外伤累累，内力无穷，使观者眼花缭乱，仿佛一谜而难破谜底。从古以来大帝国不少，在历史长河中多半是一去不复返。罗马帝国几百年就分裂。东罗马帝国（拜占庭）虽有一千几百年的历史，亡国后即踪迹不见。奥斯曼帝国横跨欧亚，蒙古人的几大汗国赫赫一时，大英帝国几乎想包罗世界，也都一一退位了。日本帝国是岛国，有“万世一系”的天皇，基本一统的大和民族，长久存在似乎不足为奇，和中国不同。人口数居世界第一的中国怎么走过几千年能江山依旧？这对于怎么再走下去是紧密相连不能割断的。这个传统之谜，巨大的“我是谁”，不能不问。

答问很难，谈话容易，何妨在大题之下钻探一个小点试试。

不知有汉

我们自称汉族，说的是汉语，可是对于公元前后四百多年的两个汉朝（前汉、后汉或西汉、东汉）知道多少？陶渊明的《桃花源记》里说，那里的人“不知有汉，无论魏、晋”，现在有些人恐怕也和他们差不多了。汉代是帝国，帝是什么，先得问一问。

古时中国不自称帝国而说是天下，皇帝本来叫作天子。秦始皇在公元前221年兼并六国，统一天下，自认为超过了三皇五帝。又是皇，又是帝，就自封为始皇帝。也就是第一个皇帝。在他以前的周朝天子，在西周时还是封贵族为诸侯各自建国的主持封建的共主，到东周进入春秋、战国时代，就仅存虚名，靠“五霸”等一些诸侯维持不倒了。公元前256年，最后一个周天子结束了历时约有八百年的前后两个周朝。这时离秦灭六国统一天下还有三十多年，仅有称王的诸侯，没有天子或皇帝。秦国独霸天下以后，取消分封建国的诸侯制度，划天下为郡县，由皇帝直接统治，派官员管理，原来的一些板块合并成一整块。皇帝周围设立丞相等官职，分担任务协助皇帝。朝廷以下有层层官吏，全国形成一座官僚金字塔。皇帝孤家寡人独立在尖顶上好不威风。不料仅仅过了十几年，第一代皇帝一死，第二世皇帝就不争气了。陈胜、吴广两个小兵造反，接着没落贵族项梁、项羽，最底层的小官吏刘邦、萧何也起兵反秦，亡国余孽纷纷起兵复国，秦朝就灭亡了。可见这位高高在上的皇帝真是孤独的“寡人”，秦朝官僚金字塔的建筑材料不是石头而是泥沙。毛病首先出在皇帝独断专行，缺少由他控制的可以经常运转的有力的枢轴以推动整个帝国的官僚大结构，丞相等只是谋士、办事员，不是主持人，以致他突然死在京外路上，小儿子就可以乘机不发消息而假传圣旨，害死长子和大将，自己继承帝位，再消灭丞相，实际成为更加孤独的“独夫”，于是亡国了。由此看来，皇帝是个虚衔、一个名、位，至高无上，但不一定等于统治全国的实际权力。好比数学上的零，本身什么也没有，不过是表示一个不可缺少的位。但在前面有数字再加上表示乘方的指数时就有了意义。可以达到无限大，一个零点可以显出数轴上的正、负，零发挥作用时力量无穷，失去作用时什么也不是。秦始皇开创了帝国的规模，但没有创造成功的帝国运转的机制。要再过六十多年，经过汉朝的文帝、景帝到汉武帝时才建立起一个有力的帝制运行中枢，从此时断时续，皇帝有时掌握最高权力，有时只是名、位，傀儡，一直到两千多年以后不再有皇帝了，中枢体制才变了样。

秦始皇不仅创立了帝国规模，还建设了帝国的基础条件。主要的，在经济方面，是全国统一市场。在文化方面，是全国统一文字。这就是所谓“车同轨，书同文”。没有这两个条件，大帝国不能持久，有了以后，政权可以换主持人，帝国照旧，还会扩大，分裂不论多久，还能再合并、统一，尽管元首会改换种族，例如蒙古人主宰元朝，汉族人主宰明朝，满族人主宰清朝，像走马灯旋转一样轮流，还有南北朝的北朝也不是汉族称王称霸。世界历史上的大帝国能维持长久的都缺不了这两条。例如，英帝国属地曾经遍于全世界，这是在水陆交通发达正要形成世界统一市场的19世纪，而且帝国推行英语作为属地的文化上层的共同语言。英国女王取消东印度公司，自兼印度女皇时，立即办两件大事：一是兴建纵横全国的铁路干线，二是成立东、西、南三方三所大学用英语教学，培养为帝国所需要的人才，还从中国学去一些古老办法，例如文官考试制度，这样就统治了比本国大了多少倍的属地将近一个世纪。

历史本身不管功罪、善恶，只认识发生事件的功能、效果。且看秦始皇在统一天下之后十二年间做了什么大事。

修建万里长城。这件事名声很大，但就其原来目的而言，可以说是功能、效果几乎等于零，没有能阻止北方匈奴族的南下，而且封锁对方的同时也封锁了自己。本来秦曾打败匈奴，占了大片土地，随即修筑长城。匈奴北去后内部发生变化，有了秦始皇式的领袖，东西征服邻近强族，又南下收复失地。而中国正在楚汉相争，茫然不以为意，也顾不上。到汉高祖即位第七年，匈奴又要南下，才亲自带兵去打，又信息不灵，不知敌人已有准备，皇帝差一点做了俘虏。这是后话。长城工程浩大也只是在北方各国已有的基础上加工。但是总体设计和烧砖、运输、砌墙、堆土、调遣劳力、支配供应等工作证明当时以手工劳动为主的工业技术和经营能力的强大。

修建首都阿房宫和地下宫（陵墓）。项羽烧秦宫室的大火比两千年后英法联军烧圆明园的火可能更大，史书说是烧了三个月，毁灭的艰难证明建设的宏伟和内藏的丰富，说明工业能力的强大，秦陵兵马俑的出现成为实物证明。

修建全国性的驰道，可以说是当时的高速公路。一条是由西向东，从陕西到山东的大路干线。再从干线分出由北向南的三条干线。由干线分连各地的支线。这和两千多年后出现的铁路格局相仿。20世纪前期，连接北京和上海、杭州的一条，加上连接北京和汉口、广州的一条，共两条南北线，还有连接陕西、江苏的和河北、山西、山东的几条东西线，纵横全国。

疏通航道，开凿运河。大规模的连接可以通航的黄河、淮河两大水系的鸿沟的疏导工程，打通了战国时期的国界隔绝。特别是秦始皇派大军南下经略岭南时命令史禄（监禄、监御史禄）管运粮水道。这位水利专家修建了通连湘江和漓江使长江和珠江两大水系相会的运河，开山凿渠用斗门上下水位以便航船升降来去。这一伟大工程到后来汉、唐、宋、明续修，叫作灵渠，对于航运和灌溉发挥了巨大作用，加快沟通了南北。

统一并简化文字。废除六国互有歧义的文字，改用秦篆写官方文件，并以刻石代替铸鼎。民间通行了写简化的隶书，奠定了通行到现在的汉字基本形式。编定规范简化字的读本。文字简化又统一，便利了书写简帛、流通信息。

统一度（长短尺寸）量（升斗）衡（秤），所用工具必须由政府制造。规定田亩大小。规定车宽以便通行全国道路。

统一币制。规定上币黄金和下币铜钱的重量。

值得注意的有一件事。因为度量衡上必须刻规定的诏书，陶制量器就在泥胎上用刻了字的木印十个字一组印上四十字的全文。这可以说是以后活字印刷的原始想法。

设置博士官职，任用少数读书识字的儒生，可以收弟子传授学业。“坑儒”杀死的是全国儒生中的一部分。官学以外禁止私学。愿学政法律令的人要向官吏学习。有“挟书律”，禁止私家藏书，技术、占卜之类除外。这就是说，文化教育由政府统一掌握。

移民。那时国土广大，人口大概还不到一亿。一统天下以后就调拨人口，把十二万户豪富连家族、家奴搬迁到首都和地广人稀的地方。打败匈奴后，在占领的河套区域建几十个县，迁移内地罪人去居住，发动几十万人去南方，在岭南同当地人杂居。这样大规模在全国范围内调配人口显示帝国政府的威力，消除原先六国间的障碍，使区域财富重新分配，发展生产，融合民俗。若不是交通便利、政令统一，是办不到的。

以上这些措施都是统一天下后的十二年里做的。当然在战国时期有些事已经开始，灭六国的一段时期内有的事已逐步推行，可是秦始皇在位总共只有三十六年，这样短的时间里，在这样广阔的国土上，做这样多的大事，绝不是匆忙想出的，而是经过长期研究考虑的。由此可见，秦始皇在着手消灭六国以前就清楚地知道，他不是从周天子手里夺取一个现成的帝国政权，接管天下后可以为所欲为，或者像以后的皇帝那样仿效前朝，“以其人之道反治其人之身”，或者有什么样板可以照搬，他是要并吞六国，合原先七国为一个统一的、内部没有国界隔绝的、新的天下，不是要做旧天子，是要做新皇帝，要创立一个真正“史无前例”的新国家。因此他必须设计蓝图，从事创建。创作的主题只有一个，就是统一，消除境内一切造成隔绝的人为的或自然的障碍、界限。这位始皇帝做到了这一点，可是缺少为长期巩固统一所必需的政权中枢的有效运行机制。这要等几十年后经过汉朝几个皇帝才形成逐渐稳定的基本格式。从那时起，一个能长期持续、断而又续、变形不变性的大帝国就建构起来了。

再看这一切措施的实际主要受益者是谁。那就是商品：商品的运输、贸易、流通；商品的载体，即商人。汉高祖即位第八年就命令“贾人（商人）不得衣锦绣”毛绒、驾车、骑马、持兵器，当作另一类人，可见商人不但富起来，而且有势力，足以惊动皇帝了。

为什么秦国自从商鞅立下以耕战为主的基本政策，理论上也是以农为本，以工商为末，重本轻末，可是工商业一直发展，富人越来越多，发财越来越大呢？很明显，有本就有末，上帝不能创造只有一头的棍子。有生产就有消费、有交换，财富分配不断转移，连锁反应，经济发展。若横加阻挠，整个社会的经济生活就要出乱子。耕需要农具，战需要兵器，没有工业，工具从哪里来？盐、铁等大工业可以官营，小工业、奢侈品制造业只好民营。官可以主持专卖品的商业，小商品不能不民营。由空间差获利的转运，由时间差获利的囤积，禁止不了。经济发展必然同时发展贫富差别，具有自己的不道德的道德标准。货币出现后自然会有一切向钱看的人心所向。那时的战争不是现代的全面战争。离战场远的地方照样做生意，还可能有利用战争发财的人，古今一样。何况秦始皇的相国吕不韦就是大商人，这位皇帝还表扬过四川大富人巴寡妇清，于是汉高祖出来限制商人了，以后的统治者也一再压抑商人，官和民都看不起并痛恨官府里和民间的奸商，但仍然少不了奢侈、浪费、摆阔，给商人供给财源。人人是思想反对，心里羡慕，行为促进，于是商业就不能不在挨骂、受气、遭迫害中发展了。历史好像也正是在这样明一套暗一套的两面里前进。例如高利贷，历来被人当作罪恶的标本，但毛病是一个高字，若单说信贷，它正是钱庄的灵魂，银行的业务，也就是越来越要主宰世界的金融行业。贷款都有利息，无息贷款恐怕类似所谓无私援助，不是没有回报的。不赚钱还是什么生意？商品的集散结成市场，聚为城市，可是同时，商君的耕战为本，强本抑末思想，也就是孔子的“足食、足兵”和现代的高产粮食，大炼钢铁，以粮、钢为纲，都不是白说的空话。这类思想像循环小数一样，和厌恶商人、富人、市场、城市罪恶的心理、情绪，在历史上过一段时期就起大作用，产生大变化。

这样看起来，我们的帝国就是从周天子脱胎到秦汉几个皇帝建构的。可是在以后的发展中怎么老是重复，到不了工商帝国再向金融帝国前进呢？

功能函数

汉高祖即位第一年不过是汉王，到第五年消灭了西楚霸王项羽，才正式登基成为皇帝。随后在宫中设酒宴招待群臣，问了一句话，要求回答："吾所以有天下者何？项氏之所以失天下者何？"

刘邦真不愧是中国历史上第一个平民皇帝。刚打完八年仗，他胜利了，就要总结自己和敌人的成功和失败的原因（所以者何？导致胜利、失败的原因是什么）。败者要找败因以免再犯，可以理解。胜者忙着找原因的很少。胜利已经证明自己正确、高明，何必再问？君问臣，臣也不过是歌颂成功的，批评失败的，还能说什么？可是刘邦问了，还要求讲真话。有人答了。他不满意，说："公知其一，未知其二。"另给出他自己的答案。可见他是自己先考虑过，是郑重其事的，不是偶然想到的。没过几年，因为他说诗书无用，陆贾对他说"居马上"得天下，不能"以马上治之"——用军事手段可以得天下，不能用军事手段治理天下，并且举历史事实为证。他知道自己错了，"有惭色"，便向陆贾提出一个更高层的问题，要求他说明"秦所以失天下，吾所以得之者，及古成败之国”。这问题太大了，是问政权的理论和实际了。作为答复，陆贾一连交上十二篇文章。皇帝对每篇文章都说好（称善），“左右呼万岁”，场面很壮观。这些文章合成一本书，叫作《新语》，也就是“新的理论”。现代人说“枪杆子里面出政权”，也有人说，夺取政权和巩固政权靠“两杆子”，就是枪杆子和笔杆子，甚至说“政权就是镇压之权”。可见这个问题至今也没有一致的答复。重要的是提出问题。刘邦是提出关于政权的深浅两层问题的第一个，也许是唯一的一个皇帝。以后贾谊的《过秦论》（论秦的过失）就是答复后一问题的一部分。不过这个问题太大，实在不能算是问题，只是个题目，可以作文章，不能求答案，好比数学里的无理数。还是刘、项得失问题比较具体，可以谈谈。

值得注意的是刘邦自己的答案。但是最好先了解项羽的答案。他做西楚霸王是有本领的，有充分的自信，在失败自杀前，他对跟随他的残余的二十八人说，打了八年仗，经过七十多次战斗，从没有败过，现在失败是“天亡我，非战之罪也”。为了证明，他当时就去敌阵中杀了一个汉将。本想东渡乌江，觉得没脸见江东父老，自杀了。项羽的答案简单，他有本领战胜，但是天不要他胜，所以败了，根本不服刘邦、张良、韩信的十面埋伏，更不会认为这是对方预计的在淮河流域打最后决战的歼灭战，是古代的淮海战役。他不知“谁笑到最后才笑得最好”，不懂战争不是单打独斗，不是摔跤比赛，更想不到得政权以后该干什么。他失败了，还不知道怎么败的。刘邦和项羽完全不同。他对比双方，承认自己的本领并不出色，谋略不如张良，安定百姓、办理后勤不如萧何，指挥作战不如韩信，可是这三位“人杰”为他所用，他会用他们。项羽仅有一个范增是人才，还不能用。因此一胜一败了。这一段话里有很多意思。一是要有人才，而且知道是什么才；二是人才要能充分发挥作用，作用要对己有利，对敌不利。话里还显示，用人才有先决条件。一是明确知己知彼。刘邦清楚地知道自己在哪一方面不如哪一个人，包括敌人。他初拜韩信为大将谈论对敌战略时，韩信第一句话就问他自认为比项羽如何。刘邦承认不如项羽。然后韩信才对比双方说出自己的意见。两人随即决定攻楚的部署。他知道别人的长短，同时知道自己的长短，而且是客观的、现实的。二是以能达到目的的功能、效率为标准，不顾其他。这要求能克制自己的本性、习惯和感情。例如，韩信攻下齐国要自立为齐王时，刘邦大怒，刚骂出口，张良、陈平立刻踩他的脚。他马上明白过来，改口派张良送印去加封。这一套致胜法宝，他的儿子汉文帝学去了，按照另一种形势做另一种安排。到他的曾孙汉武帝更能发挥，不过由于地位已经稳定，做得未免露骨，心也太狠。以后的各代皇帝，会这样做的，成功；不会这样做的，失败。历史毫不客气。

其实，刘、项胜败的关键早在秦灭亡时，也就是鸿门宴前后，就定下了，正好证明刘邦的这一段话。那时项羽正在和秦军作主力决战。刘邦从另一路不攻打、不抢掠，只招降，直达京城。又赶上秦二世被赵高所杀，赵高又被秦孺子婴所杀，秦王投降不打了。刘邦的大军一进城，将官们都去抢财物，唯有萧何先入城“收丞相府图籍藏之”。他首先掌握了天下各地的地形、出产、户口等全面情况。刘邦一见秦宫的豪华，马上想住进去。樊哙劝他回军，不要住宫中，他不听。张良又劝。他才听从，回军，召集“诸县父老豪杰”，宣布约法三章。项羽打败并收降秦军随后赶来，听到消息，大怒。项军比刘军多了几倍。范增对项羽说，刘邦本来贪财好色，现在入关后什么也不要，是有大志，快打。于是有了鸿门宴。刘邦带着张良、樊哙等一百多人到鸿门见项羽。刘说自己也没想到能先入关破秦，劝项不要听小人挑拨。项告诉刘，是刘的部下某人说的，露出了底，把自己的内线帮手送给对方杀了。范增叫项庄舞剑要杀刘邦。张良叫樊哙带剑盾闯进来，一副拼命的样子。张良说，这是刘邦的随从。这当然吓不倒项羽。项赏樊哙酒肉。樊哙拔剑在盾上切肉，说：死都不怕，还怕酒？接着说了一番话。也许项羽只听进了一句：刘邦先破秦，入京，“毫毛不敢有所近”，还军霸上等候项羽。项羽先听范增说过，又听樊哙说，相信刘邦没抢财物，放心了。他本是为得财宝来的，说过“彼可取而代也”，是想当秦始皇第二的，没有解放人民建立新国家的打算，于是把民心又送给刘邦了。刘邦借故出来，带樊哙等四个人逃回本营。张良估计他快到了，就向项羽、范增各献玉器，报告刘邦已经回宫。范增把玉器扔在地上，说，夺项家天下的必是姓刘的了。可是项看不起刘，不以为意。他带兵“西屠咸阳，杀秦降王（孺）子婴，烧秦宫室，火三月不灭，收其货宝妇女而东。秦民大失望”。这个鸿门宴故事，司马迁在《史记》里写得有声有色，传诵千古。当时除项羽自已外，这几人里连范增都知道项不是刘的对手，必败无疑了。关键人物正是刘邦说的三杰。只是韩信还没从楚军逃到汉军来，暂时是樊哙起作用。韩信一到，由萧何推荐，刘邦接受，这个政权核心结构便由四人组成了。

单就功能说，一个虚位的零对经济、政治、军事构成的三角形起控制作用。这个三是数学的群，不是组织、集体，是核心，不是单指顶尖。三角的三边互为函数。三个三角平面构成一个金字塔。顶上是一个零，空无所有，但零下构成的角度对三边都起作用。这些全是只管功能、效果，不问人是张三、李四。所谓“有德者居之，无德者失之”。德应当是指作用，不是指随标准变化的道德。秦始皇布置天下而没有建立这样的核心。李斯孤立而失败。项羽仅有一个范增，还不起作用，等于没有。他们不知道，刘邦不取秦宫财富，萧何却取了秦的最大的财富，统治天下的依据，全部图籍、档案，发挥了最大的作用。张良定计先据汉中，韩信筹划攻楚战略。三方全起作用，尚未得天下而已有取天下和治理天下的准备了。刘邦虽是零，无才无德，高居坚实的金字塔之上，就代表整个金字塔了。这个小金字塔高踞全国王、侯、太守等组成的官吏巨大金字塔之上，统治天下，难得的是他清楚地知道这个奥妙，而且宣布出来，巩固下来，成为模式。例如一千多年后，李自成进北京，过了皇帝瘾，赶回西方老家去享福，是依照项羽的模式。多尔衮使范文程、洪承畴、吴三桂各自发挥作用，以汉制汉，入关得天下，是依照刘邦的模式。当然这些全不是他们有意抄袭的，是历史遵循自己的公式，不随任何个人意志为转移的。

从争天下到治理天下，一贯起主要作用的是萧何。他怎么能有这样的见识？因为他是县吏，是行政基层组织中的一员，留意并熟悉行政运作，知道文献是工作的保留依据，他又能看得懂，所以一举就得其要领。刘邦本是亭长，是行政基层组织的细胞，所以也明白这一套。连小说《水浒》里的宋江也是县吏。晁盖是保正，也是相当于刘邦的职位，行政细胞。吴用出谋划策，相当于张良。加上武将林冲，如同韩信。这个组合甚至身份都符合汉初模式。历史不会开玩笑，面孔冷冰冰，该怎么样就怎么样。谁想命令它变脸，办不到。它只看功能，不看人脸色。可是这个模式好像只适合夺取天下，对于长期安定、治理天下不大管用。于是汉高祖死后，吕后闪电似的掌了权。陈平、周勃推翻吕氏，迎来二十三岁的刘恒做皇帝，就是汉文帝。在他的手里，政权最高层的小金字塔变成了另一种隐形运行枢轴。

不由人算

汉文帝在位二十三年，只活了四十六岁。他可是历史上承先启后的皇帝，不但在前后两个汉朝，而且在有皇帝的时期，都少不了他所经历并处理过的问题。看史书里的记载，他仿佛没有做过什么大事。有几年竟好像什么事也没做。据说他的指导思想是所谓黄、老思想，讲究无为，其实也就是孔子在《论语》里说的大舜的"无为而治"。儒者司马光显然不看重他。《资治通鉴》没记他多少功绩。不过那三卷多书倒像是一部很有趣的政治小说的提纲。他用轻松的方式应付严重的问题，不像他的孙子汉武帝那样喜欢铺张、夸耀、"好大喜功"。一开始关于去不去京城做皇帝的一幕就是生动的戏剧性场面。他一登基就派带来的两个亲信掌握要害部门，可是这二人以后没有飞黄腾达，他避免了任用私人的嫌疑，第一年他迅速动手对付两位功臣元老，陈平和周勃。这可不仅是对付两个不好对付的人，而是改变前辈创业的核心结构，一点不动声色就形成大权独揽。然后他一步一步解决军事、外交、内政、经济的重大问题，使秦始皇留下的摊子大大发挥作用，同时也给后世留下了不断出现的几个难解问题。

汉文帝任命新大臣，批准陈平的意见，让周勃为第一首相（右丞相），陈平为第二首相（左丞相）。随后向全国发布第一道诏书，废除家属连坐法，有罪只处罚本人。臣下请立太子，他又再三谦让，说出一些道理，最后才依从建议立太子刘启（汉景帝）。“母以子贵”，立太子母窦氏为皇后。这位也是信黄、老的。她有两个弟弟，小时被卖，这时出来认姐姐。大臣怕又出吕后，找可靠的人陪他们住。他们也没做官。接着下诏书，救济穷苦人，八十岁、九十岁以上的老人也得到赏赐。有人献千里马，皇帝不受，下诏书说，他不受任何献礼。于是他显出一副不会独断专行任用亲信的老好人形象。大臣放心了，百姓高兴了，他的地位稳了，需要权来巩固地位了。

无为不是无所作为。皇帝熟悉情况以后就动手了。有一天，他问首相，天下的司法和国家的财政情况。周勃一无所知，急得出汗。他又问陈平。这位本是很有心计的谋士，先听到问题时心中已有准备，立刻回答：司法由廷尉管，财政由治粟内史管，请陛下问他们。皇帝毫不客气，追问：事情都有人管，你管什么？陈平不慌不忙回答说：陛下命我做宰相，是要求我协助天子，上理阴阳，下遂万物，外抚四夷，内亲百姓，使各官尽职。皇帝说，很好。这个“很好”不仅是说答得好，而且是说，问题就这样解决了。既然一个说不知道，一个说管不着，大权只能由皇帝独自掌握了。三言两语，取得全权。果然，周勃听人劝告，交上相印。无人接替，只剩下挂名宰相的陈平了。从此三公成为名誉职位，后来竟像替罪羊，往往下狱自杀（规定宰相不上刑场），以至有人知道要做宰相就连忙再三辞谢不敢当了。第一次黄、老思想显示出高效率。刘邦创立的三角形的直线变曲线，角没有了，成为圆圈，是零的符号代表皇帝了。

第二件大事随着来，新皇帝更显出他的才干。秦始皇平定南方时，设桂林、象郡，由史禄开通湘桂运河，便利来往。北方人赵佗在那里任官。秦亡，赵兼并各郡，自立为南越（粤）王。汉高祖派陆贾去加封，说服他称臣作藩属。吕后断绝贸易，不给牲畜、铁器。赵佗宣布独立称帝，这时常攻打长沙等地。汉文帝决定给赵修祖坟，找来并优待他的本家兄弟，仍派陆贾做使者带一封信去，信中一开头就说："朕，高皇帝侧室之子也。"一句话就和吕后划清了界限，说自己是封赵佗为王的汉高祖的儿子，与吕后无关，而且自称为朕，是派赵佗去南方的秦始皇规定的皇帝自称，表明身份。信里说明已经优待他的兄弟（实际是作为人质），也不愿开战，因为以大攻小，"得王之地，不足以为大，得王之财，不足以为富"，死许多人是"得一亡十"（表示战则必胜）。现在允许南越自治。可是一国有了两个皇帝，所以派使者去，但愿双方"分弃前恶"，一切照旧。话说得非常谦卑，又不失皇帝身份，给足了对方面子。含义是，摆出情况，是战，是和，你瞧着办吧，就看你的了。重要的是，使者正是上次封他为王，让他知道不能与汉为敌的辩士陆贾。因此陆贾一到，"南越王恐，顿首谢罪"，宣布取消皇帝称号，回信开头自称"蛮夷大长老夫臣佗"，地位降低，只剩下"倚老卖老"了。信中声明过去是不得已，"今陛下幸哀怜”，从此“改号不敢为帝”了。南越照旧是中国的一部分。不用兵戈，得到统一，黄、老思想又一次显示出高效率。一封不像皇帝口气的表面温和的信，不提任何要求条件，竟能使对方害怕服输，仿佛是最后通牒，成为名文流传，足见古时文章的难懂的妙处，意在言外。当然必须有许多条件配合，才能强而示之以弱，用谦逊掩盖高傲，使对方不敢“敬酒不吃吃罚酒”，才得成功，不会成为笑柄。

显然，指导汉文帝行为的黄、老思想里含有效率观念，重视功能，喜功而不好大，务实而不求名，少投入而多回报。这正是司马迁的父亲司马谈总结道德家时所说的“事少而功多”，也是《论语》里的孔子所重视的“举一反三”和“闻一知十”，是从价值交换中得来的计算盈亏、本利的考虑，是孔子门徒精通货殖的子贡所擅长的经营要点。它的对立面是“不谋其利”、“不计其功”，不惜用一切代价，不懂劳动价值，滥用人力资源，憎恶“奇技淫巧”，喜欢包装、排场、大屋顶、肥皂泡。

这些（还有对内，例如周勃、淮南王；对外，例如匈奴）巩固政权、皇权的大事的处理成功不必多说，需要提出的是由汉文帝开始直到后代多少年也难以解决的大问题。

第一就是如何选用人才，发挥功能，使皇帝轴心有效运行。汉文帝试行几项办法。他亲自提拔有能干名声的官吏，由他们的推荐招来平民做官。第一位这样出身的名人是二十来岁的年轻人贾谊，既有文才，又有见识，可惜有的建议难实行。将这一方式制度化便是要求天下各地官员举“贤良方正”到朝廷来量才录用。后来这成为一项可用可不用的措施，到清朝初期还变名为“博学鸿词”实行过。从汉武帝起，皇帝对举荐上来的人进行考试（策问），后代演变为科举，最后和皇帝制度一同终结。还有“上书”向皇帝提意见一条路。上书人多半是官，汉武帝时也有些出身微贱的平民上书奏事而做大官。可是这些还没有解决真正难题。“孤家、寡人”需要亲近助手，实际是隐形的稳定核心。能干的皇帝如文帝、武帝会灵活运用周围的起这类作用的人，无能的就不行了，非有不可。于是他身边能干的人自然会发挥有效功能了。首先是后妃。无人可信，只得用妻妾了。汉文帝的皇后窦氏在儿子汉景帝时就出面干预政治了。后妃中起非常大的作用的前有汉朝吕后，后有唐朝武则天，清朝慈禧太后。女的不出面，她的家里人会出来，就是所谓外戚。汉文帝时还不显眼，汉武帝时就露头了。外戚王莽出来掌权篡位，前汉亡了。另一类近侍是太监，他们在后汉公然出面，结束了刘家的王朝。明朝的几位太监更出名。清末也有。这个隐形的核心很厉害，能使天下官民逃不出网罗。最著名的太监是明朝的魏忠贤。他的工具是操生杀大权的东厂、锦衣卫。秦二世皇帝用的赵高也是宦官，即太监。这个核心是皇帝权力的支柱，又是一个王朝的送终者。皇帝换了家族，这一套戏剧迟早要重演。这个坚强稳固的权力核心像不倒翁一样维持中国的帝王专制长期不变。核心散而复聚，天下分久必合。历史是只管功能不问善恶的。这个核心是个常数。但里面的人是变量。

第二大问题是在经济方面，即农业和商业的矛盾。农业（种植、畜牧）是食物的来源，商业是工业的延长，当时叫作本与末。从商鞅起，政策是重本轻末，但做的事往往是压抑本而为末开路。种地的越来越穷，活不下去，跟人造反。做生意的挨骂，社会地位低，可是发财，生活好。贵族、官僚、地主、阔人少不了他们的奢侈品供应，双方通气甚至互兼。汉文帝时，贾谊建议重农、积粮，说“今背本而趋末者甚众”，非常危险，应当使民归农，“使天下（人）各食其力”。皇帝采纳了，就在即位第二年春下诏“开籍田”，皇帝“亲耕”，象征他是第一个种地的。这个有名无实的表演传下来，到清朝末年北京还有“先农坛”，只怕皇帝从来没到过，更不用说耕地了。当年秋天文帝又下诏劝农，“赐天下民今年田租之半”，以后还屡有减租的事。可见皇帝确实想广积粮，备战、备荒，可是仍不见效，历史是只管功能，不问意图的。到第十二年，晁错提出意见，对比说农民和商贾的贫和富情况极明白动人。

农夫五口之家，其服役者不下二人，其能耕者不过百亩。百亩之收不过百石……勤苦如此尚复被水旱之灾，急政暴赋，赋敛不时，朝令而暮改。……于是有卖田宅、鬻妻子以偿责（债）者炎。而商贾……无农夫之苦，有千百之得，因其富厚，交通（来往、勾结）王侯。……此商人所以兼并农人，农人所以流亡者也。

他提的“使民务农”的办法是“贵粟”，就是富人纳粟可得官爵、免罪，贫民可减赋税，“损有余，补不足”。他又补充说明：先得的粟可供边防军粮，军粮够支五年时就纳粟交郡县，归地方用。郡县够用一年以上时“可时赦，勿收农民租”。这就是说，要钱找富人，别找穷人。皇帝听从他，下诏劝农，又“赐农民今年租税之半”。可是效果仍旧不大。大概是富人有法使要出的钱转嫁到穷人那里去。农业上不去不能说是农业技术问题。从文献、文物看，那时技术已有进步。但是那标准的五口之家，吃不饱还能投资养耕牛、换工具？能源只靠人力，就多生男劳力。人口加，地不加，更穷。好技术节约劳力，多余的人得往外跑，成为流民。他们想不出合作、联营，想到也做不到，做到也做不久。能用新技术的只能是兼并小农的豪强。他们的土地规模大，能投资，能雇人，但要纳粟得官名，需要花钱交结官府，而且人力资源无穷尽，比畜力好使又便宜，由于种种原因，看来富商、官商对推广新技术未必有兴趣，不肯多投入。而且经济生活里总有一个可说是边际效用限制，再加上超经济掠夺的因素，即使对象是古代经济也不容易简单理解。汉文帝在去世前几年又下诏说，连年粮荒，民食不足，列出许多原因、问题，要群臣、首相、列侯、地方官、博士，大家讨论，提建议。总而言之，这个问题，两千年前汉文帝解决不了，后代也看不出有谁解决得好。从秦、汉起，农业在长吁短叹哭泣中前进。商品、市场、城市在挨打受骂中发展。历史不管人的道德、感情，走的道路好像是种种圆锥曲线，要想了解恐怕需要数学，但不知是什么方程式。

第三大问题是工业问题，又是金融问题，还有不知道是什么的问题。从秦起，盐、铁、铜钱都是官办的，但实际上由于需要越来越大，产地越来越广等情况，成为官员管理，民间承包，仿佛是特殊的公私合营事业，出现无数大小弊病。直到清朝末年，盐官、盐商还有钱有势。炼铁业类似。汉武帝的儿子昭帝时有一次关于经济政策的大辩论，记录的书名叫《盐铁论》。铜钱即货币，一开始就具备价值尺度、交换中介、流通工具、储存手段等功能，是财富的标志，当然应归公家即政府掌握。秦始皇统一币制，通用半两钱。汉高祖嫌重（实际是需要钱），改为五分钱（可以少用铜多铸钱）。钱太轻，太多，马上通货膨胀，“物价腾踊，米至（一）石（米要价一）万钱”。汉文帝五年改造为四铁钱，“除盗铸钱令，使民得自铸”。贾谊、贾山反对，皇帝不听。结果是，得宠的大夫邓通受赐铜山铸钱，吴王的国境内有铜山铸钱，又有海水煮盐，两人都成了大富翁。“于是吴、邓钱布天下”。原来所谓民营仍是官营，不过不是政府而是个人。货币量扩大表示市场需要增加，市场扩大表示商品的交换、流通兴旺，消费和生产互相促进，是良性循环。但是这对农业生产好像关系不大，本末颠倒。不过对于城市和王朝的兴衰，市场是否景气有决定性的作用。这要看商品、货币的功能能不能得到发挥。《汉书》说，汉初朝廷穷，压抑商人，吕后时才松弛。这说明秦始皇的有利于商品流通的各项建设起了作用，商人不穷。到文、景时有七十多年，“府库余资财，京师之钱累巨万，贯朽而不可校（没法数）。太仓之粟陈陈相因，充溢露积于外，至腐败不可食”。富足了，可是问题来了。钱、粮堆在仓库里，不能发挥功能，等于废物。必须使市场交换正常运转，消费和生产互相促进。于是汉武帝时豪华、铺张、高消费，而且对外扩张，派张骞去中亚探路，又打通西南夷，还开拓由番禺（广州）南下的海道，使对外贸易热闹非凡，这些都不仅是可能而且有必要了。汉文帝节约，汉武帝奢侈，是必然的，前人积蓄给后人浪费，向来如此。这样虽然能维持繁荣，但农业不能同步发展，内外市场上充斥的主要是奢侈品，出口的也是锦绣等高价工艺品，穷人买不起，内需容易萎缩，再生产不能扩大。这虽然算不上泡沫，也像大屋顶的基础不牢固，盛极而衰几乎是必然的。后来王莽以“新”为国名而复古倒退，前汉就由衰而亡了。不过问题没有解决，历史仍旧沿着由数字信息组成的种种曲线，向商品、货币、市场可以充分发挥功能（包括促进农业）的更加扩大的一统目标前进，但任何一国、一地区若企图独霸这个不可捉摸的世界市场，那是妄想。

历史确实是数学，虽是人所创造，却不知道人的感情爱憎和道德善恶，只按照自己的隐秘公式运行。历史前面挂着从前城隍庙里的一块匾，上写着四个大字：“不由人算。”

1999年

民国大师经典书系

大师

人生与读书 下

金克木 / 著

北京理工大学出版社

风流汉武两千年

所谓传统就是现在中的过去，未来中的现在。

秦始皇构建了大帝国的框架，组装了硬件。汉武帝确定了大帝国的中枢运作机制，加上了软件。

并非“戏说”

弘农郡（河南灵宝）有一处地方名叫柏谷，开了一家客店。一天晚上忽然来了一群人投宿，为首的是一位十八九岁的青年，器宇轩昂，还带着兵器。店主人疑心他们是盗贼，暗地约了一些青年，准备捕捉他们。他们要饮料也不给，说，没有水，只有尿。主妇看情形不对，对主人说，不可冒失。我看这不是平常人。为首的人相貌和神气都很特别，又有兵器准备，你不要闯祸。主人不听，主妇把他灌醉了捆起来。约来的人都散了，主妇杀鸡做饭待客又道歉。第二天，客人走了。没过多少天，官府来人带这一对夫妇到京城见朝廷，他们才知道，那为首的青年客人是当今皇帝。

皇帝下诏：店主妇，奖赏黄金千斤。店主人，用做羽林郎，在近卫军里效力。

皇帝的赏罚是树威立信，不必说理由。说到做到，不讲空话，更没有谎话。若是说了不算，言行不一致，那就是“不信则不威”。威权、权威，没有信，少了威，权也要成为问题了。重要的不是道理，是效果，是对以后的影响。

这皇帝不是清朝的康熙、乾隆，是两千多年前的汉武帝。这故事也不是小说、电视剧，是历史，记在号称从不说谎的宋朝司马光亲手主编的《资治通鉴》里。从汉到宋约一千年，从宋到现在又差不多一千年，两千年了，还像新鲜故事，像是什么《施公案》或者新武侠小说，或者竟是关于什么大官深入民间考察的报道。到了“天高皇帝远”的时候，主要人物换成清官、侠客，皇帝私访成为“戏说”了，不过模式没变。这里面的社会心理可不就是传统？中国老百姓一心盼的是天下太平，出现好皇帝、清官、侠客来打抱不平，为民除害，几千年不变。由此可见，历来社会上公平很少，强暴居多。人民求的是平，公。

汉武帝刘彻十六岁继承帝位，以后将他登基那一年定为建元元年（公元前140年）。从此各朝代皇帝都有了年号，一直到清朝末代皇帝溥仪的宣统三年（1911年）。上面说的是刘彻当皇帝初期的事。这可以说是他亲自直接从民间选拔人才。拥护他的人有赏，看错了，把他当作匪人、想要害他的人也用，放在军队里管起来，以观后效。可见在他初登宝座后就开始注意人才的选拔和任用了。不过这一次他的本意不是访人，只是顺带发现了民间的可用之才。他常常夜间带随从出去，自称平阳侯，在田野间打猎，糟蹋庄稼，受到百姓号呼辱骂。有一次还几乎被地方官抓去，由于显示御用物品，表明是特殊人物，才没出事。他常常这样在民间惹事，觉得不方便，于是沿路修行宫，后来扩大建立占广大土地的上林苑，引起一位奇人东方朔自称“罪当万死”，说这样做有三不可。皇帝就派他做太中大夫，赏赐黄金百斤，留他侍候在身边。皇帝打猎喜欢亲自追逐猛兽，又引出文人司马相如劝他不要冒险。皇帝也说好，夸奖他。可是照伯修上林苑、打猎，还让司马相如作《上林赋》。这两位都是皇帝登基不久就“招选天下文学才智之士”时，从上书论时事得失的“以千数”的人中选出来的。他们的任务就是写文章，陪皇帝谈话，还得提不同意见，甚至说皇帝有错，就是所谓“讽谏”。皇帝对他们“以俳优蓄之”，作为艺人，有赏赐，但是“不任以事”，很少任用。有的人有职有权了，多半没有好下场。例如那位打柴，读书，休妻，做官，又被写进戏曲演到现在的朱买臣就是一个。史官司马迁为投降敌人的李陵说话求情而受刑还保留官职著述，又是一个。他自己也说是“主上所戏弄，倡优所蓄，而流俗之所轻也”。文人受流俗轻视，有流传下来的名文可证：楚国宋玉的《答楚王问》、西汉东方朔的《答客难》、扬雄的《解嘲》、东汉班固的《答宾戏》（俱见《文选》）、唐韩愈的《进学解》（见《古文观止》）。韩愈“不顾流俗”，“收召后学”，当老师，作《师说》，结果是“犯笑侮”，“得狂名”，因为“今之世不闻有师。有，辄哗笑之，以为狂人”（见柳宗元《答韦中立论师道书》，选入王力主编的《古代汉语》。）20世纪六七十年代的反老师，反“师道尊严”不是“史无前例”，破“四旧”，反传统，恰恰相反，正是继承千余年以上的旧传统。

命令地方官举荐“贤良”是从汉文帝时（公元前178年）开始的。到汉武帝即位头一年就下诏要求“举贤良方正直言极谏之士”。皇帝亲自“策问”，要求“对策”。问的题目是“古今治道”。原先就是博士的董仲舒作长篇大论答题，最后归结到“《春秋》大一统（以一统为大，尊一统）”，提议“诸不在六艺之科、孔子之术者，皆绝其道，勿使并进”。丞相卫绾上奏章说，所举的“贤良”中有讲申（不害）、商（鞅）、韩（非）、苏（秦）、张（仪）学说（后来所谓法家、纵横家）“乱国政者”，“请皆罢”，一律斥退。有学者讲理论，又有大官提建议，皇帝批准了。可是这不过是以后的“贤良”作应考文章都得引孔子语录作为指导而已。所谓儒术，意义模糊，皇帝喜欢的儒恐怕主要是尊一统，尊天子，定尊卑的言论。丞相只否定论实际政治的法家、纵横家，不提“黄（帝）、老（子）”，也还是得罪了爱好“黄、老”的朝廷，其中就有太皇太后。丞相卫绾随即被罢免。升官的又是几个好讲儒的。有个赵绾建议修“明堂”，还推荐他的老师申公。皇帝便派使者，备礼物和车马去迎接他。他到京城见天子时，天子问他“治乱之事”。他答：为治不在多言，只看“力行”。皇帝正在爱好文辞，听了便不做声，看他已有八十多岁，请来了，只好给个官做，让他去议论“明堂”、“巡狩”之类的事。哪知他的这位学生儒者赵绾胆大，讲忠不讲孝，竟敢去管不悦儒术的太皇太后，请皇帝不要事事请示这位老祖母太后，落得自己下狱自杀还连累别人。丞相、太尉同被罢免，申公也回家去了。这样的事在一千几百年后的清朝末年，康有为又照样演了一次，让光绪皇帝得罪慈禧太后，闹出政变，闯了大祸。汉朝的少年登基的刘彻可精明得多，不犯这类错误。那位崇尚老子的太皇太后认为“儒者文多质少”，也就是言多行少，要用“不言而躬行的”。这倒好像是和儒者申公的话相仿。可见那时对儒、老的了解和后来的不全相同。不过儒生往往爱谈论时务，又不识时务，这倒是古今相通的。

汉武帝即位时离汉高祖建国（公元前206年）已有六十五年。经过吕后、文帝、景帝的统治，需要巩固大帝国的政权，治国者要有周朝初年周公制礼那样的创新精神和才能。秦始皇用武力统一六国，创下大帝国的规模和政权，建立了金字塔式的，由最高的皇帝层层控制到最下层郡县的政权统治的结构，但是缺少可持续的运行机制。事实证明，用武力可以夺取政权，单凭武力不能长期巩固政权。陈胜就是军人，在军中起义推翻秦朝。由汉文帝、景帝的历史经验，可知政权的力量出于人。人是活的，制度是死的，由人而变化。必须有一套选人用人的机制。文帝开始了选（拔）举（荐）、策问（考试）的试验。武帝大加发扬。地方官举荐，本人自己也可以上书皇帝，都由皇帝亲自面试、选用。元朔元年下诏说，地方官不举荐"贤良"的有罪。举荐的不合格，或是举了坏人，当然也有罪。这样的选拔、举荐、征召、考试、上书献策自荐，然后由最高峰皇帝钦定去取，从汉武帝开始，到孙中山主张设考试院，形式虽有变化，制度模式早已成为传统。19世纪英国统治印度时居然学习中国，设立印度文官考试制度。其目的就是培养代理人。据说当时英国议员麦考莱说过对殖民地任用当地官员的理想要求：人不是英国人，但是思想、言论、行为都是英国式。不过英国仿效的仅仅是那种统一塑造人才的模式。汉武帝的这一创举，集合了周文王访姜尚以来的成功和失败的历史经验，又经过他几十年的亲自实验，包含着很多内容，绝不仅仅是科举考试。后来的统治者也不是个个完全懂得和运用其中的种种奥妙。他们也有适应新情况的新形式，但精神照旧。例如：秦设博士官，汉继续，收博士弟子办太学，一直传到清朝的国子监，但这些虽有时繁荣，学生多，仍不能算是培养人才的机构，而是特殊衙门，博士是官。办教育从来就不是政府的职能。政府的任务是定方向引导、管理、监督，以及主持考试定去取。至于选拔、任用文武官吏也不是只靠科举这一条“正途”。做官的道路多得很，朝廷用人的方式复杂多变，状元宰相很少。

得到官府选拔，朝廷征召，照说是好事，可是也不一定。有名文《陈情表》为例。作者李密，西晋人，曾在蜀汉做官。到晋朝又被推荐、征召。他不去，上了这一篇“表”，讲道理，带感情，用的是古时的大白话，不是骈偶体，成为流传下来的名篇。唐太宗主编的《晋书》将此文收在李密的传里。《文选》、《古文观止》、《古代汉语》都选了。现引其中叙述举荐、征召的一段如下：

> 前太守臣逵，察臣孝廉。后刺史臣荣，举臣秀才。臣以供养无主，辞不赴命。诏书特下，拜臣郎中。寻蒙国恩，除臣洗马。猥以微贱，当侍东宫，非臣陨首所能上报。臣具以表闻，辞不就职。诏书切峻，责臣逋慢。郡县逼迫，催臣上道。州司临门，急于星火。臣欲奉诏奔驰，则刘（祖母）病日笃；欲苟顺私情，则告诉不许。臣之进退，实为狼狈。

这哪里是请客？分明是抓人。地方官举荐，可以辞。皇帝要人，赏官做，又怕嫌官小，随即升官，要去侍候太子。

还能抗拒吗？实在是狼狈。于是作出了这一篇《表》。先扣大帽子。“伏惟圣朝以孝治天下”。晋朝篡魏，不能提倡忠，只能号召孝。说自己是为了尽孝，离不开祖母。而且“臣密今年四十有四。祖母刘今年九十有六”。还有，“刘日薄西山，气息奄奄，人命危浅，朝不虑夕”。祖母活不久了。再说，“臣少事伪朝，历职郎署，本图宦达，不矜名节。今臣亡国贱俘，至微至陋……”声明自己知道身份是俘虏，不讲守节，赏官一定去做。请皇帝放心。这一番话竟使朝廷放过了他。皇帝说他孝。《晋书》把他列入“孝友”一类。现在看来，他的真心也许是怕这时自己名气太大，朝廷希望过高，侍候太子实在太危险，过些时，火候低了，再说。果然，他在祖母死后去就职，就不那么受重视，不久便离开太子去做地方官，再以后因有人揭发他口出怨言，被免职回家了。西晋终于由于“八王之乱”争王位而亡国。大文豪陆机只因被一王重用做大官，以后被处死。他为司马王朝殉葬，实在冤枉、可惜。李密仿佛是有先见之明。这《表》不仅文章好，效果更好，成为名篇并非偶然。

这样，在科举、考试以外，加上推荐、征召，真好像是要网罗人才，一个不漏了。可是漏网的大有人在。从汉朝征“贤良”、“孝廉”、“秀才”到清朝征“博学鸿词”，总有逃避不肯应征的。这些人到哪里去了？远自传说中的许由和《论语》里记的孔子时代的隐士起，到清乾隆时作《儒林外史》的吴敬梓不应征“博学鸿词”，连秀才也不做了，跑到南京去挨饿、受穷。有各种各样的人物。有逃名的，当然也有像姜太公、诸葛亮那样终于被请出来做大官的。还有考不取的人才，如作《聊斋志异》的蒲松龄，另有各种出路。出格的就做了吴用，帮助宋江造反。这里讲的都是文人，武将另案办理，情况不同。总而言之，要想把真正的人才一网打尽，好难哪。

秦始皇建造了有阶梯的官僚金字塔。汉武帝布下了搜尽天下士的大网。合成为周朝比不上的大帝国的稳固结构，历时两千多年，断裂后还能重建。这是世界历史上称得上大帝国的国家都比不起的。不过这个塔和网所用的材料不是砖石，是人，而且从成分到整体都是随时有变化的。操作者是"孤家"、"寡人"，独一无二的皇帝，加上不可信赖又不得不信赖的后妃、太监、外戚、同族本家、大臣。如何使机构运转对帝、对国有利，是不好说、不可说、不便说、不能说甚至是说不出的。这叫作"运用之妙、存乎一心"。用得好，国兴。用不好，国亡。当然这是从帝一方面看国的。换一个参照系、价值观，例如从各种阶层的老百姓方面看，评价就不一样了。讲理论，很难。中国人讲道理的习惯不是几何证题式，而像代数方程式，常用比喻作为理由，有种种花样。还是把行为当作语言来观察、印证，由事见人，由语言见思想，比较方便。现在看汉武帝的中枢机制，谈谈那时的三位大臣。

三人行

有个汲黯，上辈世代做官，武帝即位时，他已是在皇帝身边供差遣的官，是崇尚黄、老而不喜儒的人。皇帝派他出差。他回来后报告：远处相攻是当地习俗，不必天子派人过问，所以他走了一半路，了解情况后就回来了。近处失火也不是大事，不必忧虑。可是路上看到有一万多家遭灾荒，出现了人吃人，这才是大事。来不及请示，就“持节”（节是皇帝给使者的信物）传旨开仓放粮救济贫民。现在上缴回“节”，请治罪。皇帝认为他做得对，免罪，派做地方官。他学黄、老，清静，无为，着重选用人才和处理大事，不苛求小节。过一年多，地方大治。于是召回，官列于“九卿”。他不拘礼，当面指责人，对皇帝也一样，“犯主之颜色”。东方朔也“直谏”，但“观上（皇帝）颜色”，所以不得罪。皇帝招纳儒者，又说“吾欲”这样、那样。汲黯说：“陛下内多欲而外施仁义，奈何欲效唐（尧）虞（舜）之治乎。”这等于说皇帝学儒做不到或者是假的。于是“上怒，变色而罢朝”。真生气了，可是并没有降罪。后来还说，古时有“社稷之臣”（能保天下安定的大臣），像汲黯这样也就差不多了。皇帝对别的大臣不讲礼貌，对汲黯是不戴帽子不见，来不及戴就躲进帷中，叫人去传旨照准。汲黯说儒是“怀诈饰智”讨好“人主”，说讲法的“刀笔吏”是“深文巧诋”陷害人。皇帝不喜欢他，终于罢了官。几年以后又用他做地方官。他想留在朝廷，说自己有病，不能办地方上事务。皇帝说，那地方难治理，你可以“卧而治之”。过十年，他死在任上。到后代，他的名字成为直言敢谏的大臣的代号。唐朝杜甫有诗句：“今日朝廷须汲黯。”其实，有汲黯而没有汉武帝，恐怕也不会有好结果。

同时又有个公孙弘，年过四十才学《春秋》杂说，算是儒生。汉武帝初即位招贤良文学时，他已经六十岁，被征为博士。派他到匈奴去当使者。他回来报告不合皇帝的心意，被认为无能。他便辞职回家了。过一些年，又一次招贤良文学。地方上又举他，他不肯再去。地方上的人很坚决，他勉强去应考对策。题目很大，问天文、地理、人事，如何达到上古时的“至治”。他的答卷开头就说，后来不如上古是因为“末世”“其上不正，遇民不信”，随后说了一条条治道。对策的有一百多人。评卷的将他列为下等。可是皇帝一看考卷，提拔做第一名，当面见他“容貌甚丽”，又“拜为博士”。他上奏说，周公治天下一年变，三年化，五年定。皇帝问他自认为才能比周公谁贤。他说，不敢比，但是一年变，他觉得还是慢。朝廷会议时，他只讲个起头，“使人主自择，不肯面折庭争”。他早年做过狱吏，所以熟悉“文、法、吏事”，而又“缘饰以儒术”，很快升官。和汲黯一同见皇帝时，他总是让汲黯先说意见，自己随后讲（不用说是已经看出了皇帝的脸色），常得到听从。大官商量好共同提意见，到皇帝面前以后，他顺着皇帝意思就背约反了原来的提议。汲黯当面质问他，本来是共同的建议，他现在背约，“不忠”（不守信）。皇帝问他，是不是这样。他说：“知臣者以臣为忠。不知臣者以臣为不忠。”皇帝认为他说得对。因为他说的意思是，他只对皇帝一人忠，对别人就不必忠。汲黯说：公孙弘“位在三公”，做了高官，“俸禄甚多”，而家里用布被，这是欺诈。皇帝问他。他说：“确是这样。在‘九卿’中跟我最好的是汲黯。今天他当着朝廷问我这话，真是‘中弘之病’，说得很对，这是钓名。不过我听说，管仲在齐国当宰相，很奢侈，齐国称霸。晏婴也当齐国宰相，很俭朴，齐国也强了。我现在的情况是这样。若没有汲黯忠心，陛下怎么听得到这样的话？”皇帝听了更认为他好。他不但很快当上宰相，而且破例封侯。他做宰相到八十岁逝世。《史记》说他是“外宽内深”，对于得罪他的人，他表面上仍旧和好，以后有机会就报复。杀主父偃，贬董仲舒，都是他的力量。

还有一个张汤，本是小吏出身，一直升官到司法部门（廷尉）。这时，皇帝重视“文学（文章、经典的学问）”。他“决大狱，欲傅（附会）古义”，就请“博士弟子”一起研究《尚书》、《春秋》。看出犯人是皇帝想要定罪的，他就派严厉的人去审问；是皇帝想要释放的，他就派宽厚的人去审问。他治狱虽严而对待宾客和朋友好，又“依于文学之士”，所以丞相公孙弘屡次称赞他。后来他的下属“三长史”联合告发他泄露朝廷机密，使商人囤积货物从中获利与他分享。于是皇帝派人审问他。他不服。又派他的同事去对他说："你治人罪，害死多少人了？天子是要你自己处理。你还辩什么？"他便上奏说是"三长史"陷害他，然后自杀。随后查他家产，所值"不过五百金"，证明他是酷吏，但不是贪官，正像清朝末年刘鹗的小说《老残游记》里所描写的清官那样。和他同时代的司马迁也是把他写入《酷吏列传》。他死后，家属打算厚葬。但他的母亲不肯，说他是大臣，被人说坏话害死了，还要厚葬干什么？于是薄葬，像穷人一样。这话传到皇帝耳边。皇帝说"非此母不生此子"，有这样的母亲才有这样的儿子。于是杀了那三个长史，连丞相也自杀了。又用他的儿子张安世做官。这个儿子很能干，官越做越大，封侯，连下一代也做官。以后代代是侯，做高官，直到王莽灭西汉后还保留爵位。到东汉光武帝时，张汤的后代仍做到大官而且另封侯。张家被称为汉朝显赫门第、世家。

以上说了汉武帝的三个大臣，不是筛选出来的，是随机取样得来的，资料也不过出于《史记》、《通鉴》、《汉书》，但由此可以窥探汉武帝怎么主持朝廷中枢机制的运转。至于地方官僚机制和武将的任免，那就比较复杂，而且汉武帝时还没有来得及立下传统模式，不能涉及了。

先看这三人怎么做上朝廷大官的，也就是他们的出身、经历。汲黯是世代在朝为官，仿佛贵族或专业传家。张汤是父亲为吏，他也本来是小吏，由大官推荐，凭能力升官的。

公孙弘是早年为吏，四十岁以后改学《春秋》为儒，六十岁得到地方官荐举，应召对策当博士，不中皇帝的意而辞官回家，过十年又重复一次，被推举去报考，忽然得到皇帝赏识做上高官。这三人的三条道路恰好是后来两千年一直存在的：家传、提升、特选。这和秦以前主要靠血统、游说、推荐不大一样，到后代已成为模式，留下轨迹了。

再看他们做大官的结果。汲黯不断对皇帝发出不中听的言论，惹得皇帝生气，甚至当时退朝，虽未降罪，最后仍因小罪免官当了几年老百姓。皇帝由于民间私铸伪钱币不好办又想到他，找他来，派他去做地方官。他不去，说是有病，愿意留在朝廷。皇帝大概知道他是想继续对皇帝提意见，就说，地方的事难治理，有病可以"卧而治之"。他做了十年太守，死在任上。他死后，皇帝让他的弟弟、儿子、外甥都做了高官。张汤自杀后子孙代代为官，成为一大家族。公孙弘的儿子做官得罪被免去官爵。到朝廷封功臣后代时才有后人得封"关内侯"。看来三人的结果都还算好，不过只能代表一方面。另一方面，抄家灭族的高官可能更多。汲黯谏过武帝，说他又好求贤，又好杀人才。皇帝笑他是傻瓜，不知道人才是杀不完的。

再看他们的政治思想来源和派别，真实的和标榜的都算。汲黯是学"黄之老"的。这是当时的风气。汉武帝好神仙，求长生，也许就是学黄帝。说他尊儒不过是指定考试用的经典、学说和太学的教本。汉初，书很少，古书多尚未写成定本，只有儒生各派传授自己的经典。他们在齐、鲁的传统没断。鲁儒读古书以外还讲《礼》，靠言传身教（见《史记·孔子世家》中“太史公曰”，参看《儒林列传》，孔子后代抱礼器找起义的陈胜）。那时习惯把这一类叫作“文、学”，是讲究文章、书本、字句的学问。另有当时习惯叫作“文、法”的，是指修订、解释律令文字和审判、定罪的学问。有这类本领的官吏被叫作“刀笔吏”。张汤学的是这一种，他参加制定律令。不过他也请博士讲《春秋》，利用古义，因为朝廷（皇帝）正在重视“文、学”。公孙弘本来做过狱吏，因罪免职。后来学儒，一再受推荐成为博士，得到皇帝赏识。汲黯极力反对这两人，可见他是依据“黄、老”的政治思想处在对立面。那时的“老”不等于后来所谓道家和道教的《老子》。“儒”也和宋、元及以后说的不大一样。朱熹在他的《四书集注》末尾引程颐说程颢的话，“千载无真儒”，把汉儒都赶出门外，公孙弘当然不免要算是伪儒了。《论语》里一再说“无为”。例如：“无为而治者其舜也欤！”（《卫灵公》章）又多次称赞“隐者”、“逸民”（《微子》章中最多）。孔、老在前汉初似乎还是“通家”，到后汉末年，孔融这样说就成为“典故”流传了（见《后汉书·孔融传》）。除《老子》外，现在没有“黄、老”的经典。从汲黯的言行看，不像后来所谓道家，和同时期的司马谈（司马迁的父亲）所说的六家学说里的“道德”一家也不很相同（见《史记·太史公自序》）。笼统说，外国哲学不离神学，中国哲学不离政治思想，而中国的政治是很难明白讲出来的，所以对于这三人的思想还是少说为妙，说也说不清楚，连他们自己也不见得了了。古代中国不像外国。欧洲、印度和中亚的哲学多与宗教相关，有教会、教派背景，壁垒森严。中国若说有宗教，那就是“皇帝教”，一统天下的教，天下太平的教，只能有一不能有二的教。这是从朝廷到民间的、渗透各方面的普遍思想信仰。这一思想仿佛是起源于孔子作《春秋》，在实践中创始的是秦始皇，建立并完成的是汉武帝，一直传下来，成为帝国的精神支柱。这是不是“黄、老”的“黄”，“黄帝教”？也就是齐国公羊高传下来的《春秋》大义？难说。

再看这三个人在朝廷中枢里所起的作用，也就是在汉武帝指挥运转枢轴的机制中的职能。汲黯的特色是在朝廷上公开讲“怪话”，批评大臣甚至皇帝，居然真是“言者无罪”。有一次皇帝生气，竟当场退朝，也没有给他治罪。起先曾经派他做地方官，他不去。调任中枢，他才就职。后来还是出去做地方官，然后再次入朝廷。到末尾，他被免职居家以后，又派他去做地方官。他说有病，想不到能再见皇帝，愿意留在皇帝身边，明显是仍想继续尽原来的职责，发表不同意见。可是皇帝不让他留下。他治理地方很有成绩，只掌握大权，管大事不管小事，可见他的抱负。皇帝和他一样，大事自己拿主意，不能由他做主，所以只让他说话，不让他决策。这便开创了一个发言提意见而不负责任的职能和官位，就是谏官，也叫“言官”。官名常变。后代称为御史或是“拾遗”、“补阙”（缺），找遗漏，补缺陷，负责监察官吏，直到对皇帝提意见。历史上真向皇帝进谏的官很少，而且往往得罪、惹祸，所以汲黯就成为稀罕的标本了。《史记》作者司马迁和他属于同一时期。《史记》（《汉书》同）里记的他的发言都是在朝廷公开说的，最后一次也是传到皇帝那里发表了的，可以相信为档案材料。他是名副其实的“言官”。

张汤是管刑事律法有贡献的。中国的法律是刑法，着重的是前例。清朝的法典是《大清律例》。《红楼梦》中贾探春代管大观园时也必须依照王熙凤定下的先例办事。说“史无前例”，那就等于说可以为所欲为了。

公孙弘当宰相好像无所建树，因为他只照皇帝的意志办事，于是成为“言听计从”。仅在外事和边防方面他有一点不同意见，不过头一次碰钉子罢官，以后就不表示意见了。公孙弘当宰相，名为总管，实是遵照皇帝旨意的最高级办事员。这三位参与中枢最高决策的大官的职能，用现代话说，正好是监察、司法、行政。18世纪法国孟德斯鸠所主张的三权都有了，只是缺少议院的立法权，也管不住帝王的钱口袋，仅仅有议员的发言权。汲黯不过是英国下议院中的“国王（女王）陛下的反对党”的议员。无论执政党或者反对党都属于帝王。反对党是国王（或说是选民）派来监督执政党的，职能是挑政策的毛病、提对立的政见和监察官吏。史书记载的汲黯的发言就是这样。

古代中国有没有立法权？当然有，不过只能属于圣人。古圣人是孔子，立的法是《春秋公羊传》，条文和案例俱全。当今圣人是天子，圣旨就是法律，“言出法随”。《汉书·食货志》里说：“自公孙弘以《春秋》之义绳臣下，取汉相，张汤以峻文决理为廷尉，于是见、知之法生而废、格、沮、诽、穷治之狱用矣。”这里明白说是这两人合作定下了法，礼法、刑法。“知、见”是说，知道、见到犯罪的而不举报就有罪，沮（阻止）以至于诽（谤）命令的都要“穷治”，就是一查到底，一个也不放过。接着说：“其明年”淮南王和衡山王谋反的大狱的结果是受连累“死者数万人”。由此可见，近代的三权那时虽然具备两个半，但汲黯的小半权起不了多少作用。可是究竟立下了有监察职能的官，断断续续一直到清朝。这个职能若是消亡，那个王朝也就离结束不远了。西汉在武帝以后就是例证。这样的中枢机制是历史上其他帝国少有的，也许是从秦、汉起的这个大帝国能够独存两千年的因素之一吧。汉武帝不喜欢汲黯在身边，可是从不降罪，显然是保留一个“言官”，给他发言的权利，但不给他实行他的意见的权力，有宽容之名而无采纳之实，有利无弊。这当然不是说，汉武帝已经能明确分别权利和权力，有了比现在有的人更好的对于权的二重性的超前认识，只是说他有远见，能在最高中枢决策机制里设立监察职能而已。

再从指导思想方面看这三人。用后代说法，公孙弘是儒家，张汤是法家，汲黯是“黄、老”即道家。不过《汉书·食货志》是从经济论到政治的大文章，其中明显是把标榜儒和法的二人，公孙弘和张汤，合说的，意思是，汉高祖宣布“父老苦秦苛法”，因而只立“约法三章”，从这二人起又有苛法酷刑了。两人本来是吏，利用儒作为门面。可是他们利用的《春秋》是史，怎么又是法呢？其实孟子早已说过了。“孔子成《春秋》而乱臣贼子惧”，又说，“《春秋》天子之事也”（俱见《滕文公》章）。可见他们和孟子同样是把《春秋》作为立法加案例的书。这是西汉的注重经典字句以外的“公羊学”。董仲舒讲“灾异”，夹杂阴阳家，是另一种“公羊学”。公孙弘用以“取（得到）汉相”的“《春秋》大义”主要是尊天子，攘夷狄，“尊王攘夷”，也就是严君臣之分，重内外之别，严办内、外的反、叛。可是王莽以后出了问题。从东汉末年起，可能是由于土地迅速沙漠化，北边和西边的匈奴等民族或向西去，或向内地移民。于是东晋有“五胡十六国”，接下去是南北朝，非汉族统治北方。隋、唐仍民族杂居。五代十国里非汉族不仅称王，而且被认为是一个朝代，其中还有“儿皇帝”。宋、辽、金、西夏时多国并立，汉族没有统一天下。元、明、清三朝是蒙、汉、满三族“轮流坐庄”。“攘夷”是汉族立场的说法，长期一直不好说，不但“公羊学”衰落，从蒙元朝起，“五经”的地位也不如《四书》，不是本本都人人必读了。清朝道光年间，龚定庵（自珍）再倡“公羊学”，那是因为有了新的“夷”，英、法、俄等国来侵，非攘不可了。至于“尊王”也有问题。《春秋》尊的王是天子。西周天子不过是“共主”，东周的更加有名无实。战国公羊高讲《春秋》传到西汉盛行，适应秦皇、汉武两位“货真价实”的皇帝的帝国需要。可是以后的天子，除唐太宗、明成祖等少数汉人外，就要数蒙古族人元世祖和清王朝一代的康熙、雍正、乾隆了。所以“尊王”也不大好讲。有意思的是，公羊高虽然长期不露面，他的“阴魂”一直不散，精神不朽。例子不远，义和团的“扶清灭洋”，“五四”以后国家主义派的“内除国贼，外抗强权”，“北伐”时期唱的“打倒列强，除军阀”，一脉相承，都是尊什么和攘什么，拥护什么和打倒什么，尽管内容、形式、语言多变，而思维模式和实际指向没变。自从春秋、战国以后，秦皇、汉武以来，由汉武帝和三位大臣的实例可以看出，不管叫作什么黄、老，儒、法、道，甚至中国化了的佛（法王、空王），“万变不离其宗”，思维、路数、来源基本上是《春秋公羊传》：尊王、攘夷，“拨乱世，反诸正”，“大一统”，“为尊者讳，为亲者讳，为贤者讳”，“为中国讳”，人、我，善、恶，褒、贬，界限分明。照这一种说法，汉武帝时代不仅出现了超前的政权中枢机制，而且发展了一种政治指导思想持续下来，这是世界各帝国所少有的。罗马帝国第一代奥古斯都创立的拜皇帝教不成功。几代以后帝国就分裂、瓦解。东罗马（拜占庭）帝国历时虽长，也像中国的东周、南宋，不成为大帝国了。罗马大帝国亡后没有一次又一次恢复，不像中国。

汉武帝最后还留下了托孤一幕也成为后代模式，可是接下去的是一连串的朝廷的宫廷内部的夺权斗争，帝国中枢机制变换，帝国也开始走向衰亡了。

秦始皇确实是皇，汉武帝不愧为帝，公羊高是大宗师，可是他的隔代传人没有认他为原始掌门人，《春秋公羊传》的地位至今也不崇高，尽管其中有些话和思想我们并不陌生。

1999年

《春秋》数学·线性思维

近年来常见人用“反思”一词，不是哲学术语，是一般用语。可是怎么“反思”？恐怕先要问：怎么思？

《礼记·中庸》篇为朱熹收入《四书》，其中说到：“博学之，审问之，慎思之，明辨之，笃行之。”若不管这些词的内在含义，只就学、问、思、辨、行五字看，正好是一道思维程序。加上的条件是博、审、慎、明、笃，也不难懂。

《瑜伽师地论·本地分》（玄奘译）开头排列总纲时说到：“闻、思、修所立，如是具三乘。”以后有闻所成地、思所成地、修所成地三章加以说明。“三乘”即声闻乘、独觉乘、无上乘。这也就是说，闻所成慧、思所成慧、修所成慧。佛教法相宗的这种说法也是列举闻、思、修，并且排了一个和《中庸》的学、问、思、辨、行同样的思维程序。问是提问题，结果自然是闻，所以印度的闻、思、修和中国的问、思、行是同一过程。当然，双方用词的内涵意义和具体内容是不同的。也许是因为用词相似，所以玄奘译成一样，只有修、行二字双方各用一个。

用现在的话说，学、问是从外界得来信息。思、辨是内在思考。修、行是付诸行动，再回到外界去，传出信息。思不孤立，有来源，有去路。无知无识如何思？那只好跟着感觉走，一冲动就骂人，有人指到哪里就跟着打到哪里了。然而也不能说那样就没有思，只能说是一种特殊的思。印度哲学把从得到信息到指导行动的思考称为“量”。有位菩萨陈那（约在五世纪）只承认两种“量”。一是现量，是从感觉来的。二是比量，是从推理来的。此外还有别的“量”。如：圣言量，以“子曰”或《圣经》或什么大师语录为真理来源，普遍应用，不容置疑。又有譬喻量，依据类推，以比喻为证明。这些都被陈那否定了。

近代以来世界上常得到承认的思维程序是：由感觉而来的观察、实验，由推理而来的代数式思考和几何式证明，由此而生的预测以及实际行动中（外界的，自己的）的检验。这样的思维程序也就是：传进信息，化为符号作数字演算，再化为信息传出。不过这还只是初步描述，未经分析。例如语言、文字、声音、图像、符号、暗示所构成的“外界”，或简单说是巴甫洛夫第二信号系统，就尚未分析出来。

所谓科学研究的知、思、行程序也是这样：观察，数学思考，检验预测。三者必须完全，而关键在于如何思考。这是中间环节。前后两节历来受到注意研究（知识、行为）。这一节却没有那么发展，似乎只有数学和逻辑学。科学的思考（不限于自然科学和技术科学）是数学式的。笛卡尔生于中国明末清初的17世纪，发明了解析几何，使图形与代码互相转化，开辟了一般用语言思维所不能达到又不易说出的思维境界，创造了逻辑推导中的图形符号语言。这是近代世界上科学和哲学相通的开端，从此一直发展下来。

怎么思？以上说的思是数学的或说是逻辑的。事实上这只是正规的、偏于理想的、少数受过训练的人才会用的。绝大多数人的思维是非数学式的。假如用数学式表达，可能比拓扑学和模糊数学还要难懂。若不用数学式表达，那就是大家日常应用而不知不觉地成为习惯的。就我们中国人熟悉的说，思维往往是线性的，达不到平面，知道线外还有点和线也置之不顾。只愿有一，不喜有二，好同恶异。公元前4世纪（战国时）欧几里得在非洲亚历山大城用希腊语编著第一本“几何”（译音）学的书，其中有一条平行线定理没有证明。19世纪有人便放弃这条定理，建立了两种非欧几何。我们常用的线性思维又是另外一种，另有定理。原有的一条是，线外的任何点上不能有线与之平行。还有一条是，平行线相合或相交。我们的和非欧几里得的双曲线几何、椭圆几何都有所不同。例如名人阿Q君的名言：“儿子打老子。”闲人打阿Q和儿子打老子本是两条平行线，互不相干，但是照Q

兄的线性思维非数学公式就可以互换，合二而一，于是平行线相合了。二又不过是一分为二，归根结底还是独一无二。这种思维中的线实际上是单一线。线外一点上说是有线好像彼此平行，不过是虚设，真正心中承认的只有一条直线。所以不同能化为同，坏事可以当作好事，灾难能够显出辉煌，说是两条腿走路，往往不过是单足跳跃。所以天理、人欲，正派、邪说，左、右，前、后，说是两点，实际只有一点。从来不容两线平行，承认的是一个否定另一个，一实一虚，一真一假，有此无彼，非全宁无，所谓“你死我活”是也。太极生两仪，再生四象、八卦，千变万化不离其宗，万法归一。孔子说：“吾道一以贯之。”平行线不是两条或多条，而是只有一条单行线。这条线是有定向的。一方为正号，是我。一方为负号，是反对我的，异己的。我是对的，所以对的都是我的。反我的是错的，所以错的都不是我的。方向性中有大学问。有时仿佛传说中的神仙张果老倒骑驴。眼见路旁树木房屋在前进而自己在后退，便拼命要拉驴子转过来倒退而前进，其实只要自己转过身来就一切都顺当了。然而不然，线性思维是不转身的，往往以退为进，不知进退。也只有神仙张果老才能发明这种表现线性思维的简明图像。有向线段又有时自认为可以逆转。不怕错，从头再来，好像时间中万事都可以逆转，时光可以倒流。有经验，处处用。没经验，向前闯。既然认为可以回头重来，那就“大胆往前走”，“潇洒走一回”。单打一，单科突进，一马当先，万马奔腾一条线。不承认线外有任何一点上可以有线和自己的线平行，决不左顾右盼。

线性思维常将时间当作一条线贯串一切。这一点，印度人望尘莫及。他们认为时间像一把大镰刀，砍去一切。时间消灭一切，从有转无，所以无始。时间又像圆圈，处处可以是始，也可以是终。尽管像轮子回旋不息，但无始也可以有终，消灭了就是终。因此古时印度人的记录历史是一篇糊涂账。用非线性思维（是不是球性思维？）以为很明白。用线性思维以为很混乱。古印度人没有严格意义的历史书。中国古人坚持线性思维，其辉煌成就便是大量的年代史。

线由点组成，点定位于线。自从殷商甲骨文献定干支以来，年月日时排列给天时人事定位久已成为习惯。《春秋》是第一部传下来的依年月纪事书。太史公司马迁的《史记》中十《表》是一大创造。《十二诸侯年表》、《六国表》、《秦楚之际月表》，是世界上古代史书中绝无仅有的。以后是一部又一部《通鉴》，编年记事，直到清亡才断绝了，出现了报纸和“大事记”。从“共和元年”（公元前841年庚申）一年一年记史事不断到报纸出现时，这样的文献，除中国的汉文字的以外，恐怕世界上再也没有了。不仅国家大事，一个人也有年谱。不仅后人订，还有“自订年谱”。这习惯至今未绝。日记是又一成就。人人写日记成为习惯。不仅是写给自己看，还有为发表给别人看而写的，或有意，或无意，成为著作。名家的，普通人的，公开的，私自的，至少从宋代以来就有流传至今的，千年不断。儿童学作文往往从记日记开始。种种日记越来越多。无人提倡，也无法禁止。只在日记成为“变天账”罪证以后才可能绝灭了。编年史、年表、年谱、日记，这一类年月日记事是线性思维的成果，也加强了这种思维习惯。我们中国人的这种习惯在世界各国中是很有特色的。日记虽亡，思维线路还亡不了那么快。力量再大也无法决定人心里怎么想，封不住人的思路。

不妨试探讨一下这种线性思维数学。方便的是依据文献。文献中又是《春秋》（不算三《传》，仅指《传》中之《经》）以及相对等的《史记·十二诸侯年表》最早，最简。（不算已佚的《竹书纪年》）其中实在有不少文章可做。古来人做的是给古时人看的。今人又可以有今人的说法和看法。若不跟随古人在一条线上走，何不来尝试尝试?

1987年

玉梨魂不散·金锁记重来

——谈历史的荒诞

《玉梨魂》是民国元年（1912）出版的文言小说，徐枕亚作，曾颠倒不少男女。《金锁记》是40年代初在沦陷后上海出版的小说，张爱玲作，曾轰动"孤岛"。

由这两部小说想起《尤丽——新爱绿绮思》，也是小说，作者卢梭，是浪漫主义文学的开山之作。

由卢梭想到以他的思想为灵魂的法国大革命。那是1789年，到今年，1989年，整整两百年了。

于是写下这个截搭题："玉梨魂不散，金锁记重来。"这两句话并不是仅仅为了谈那两本书，所以不加书名号。着重的不在书，而在"魂不散"和"记重来"。想到的是历史的荒诞。"荒诞不经"即不合常理，因果不相类似，关系有些特别，事后可以说明，事前难以预料。历史往往是这样荒诞的。你要它往东，它偏要往西。好像在地球上一直往东，会从东方的太平洋走到西方的大西洋。你以为历史是朝南发展的，好像在北极那样，无论向哪边走都是朝南；可是走下去到了南极，处处都向北了。这就是荒诞。道理好讲，事实很怪。历史中的个人更常是这样。你以为别无选择，只此一条路，走下去却出了岔子。你以为自己选择了一条路，却不由自主走上了另外一条。小事一桩可以引出大祸。一心想好，反而遭殃。自知不幸，又因祸得福。人既如此，书亦当然。先从书谈起。

《玉梨魂》作为小说并不怎么好，不但显然有林（纾）译《茶花女遗事》影响，而且以小说论，未必超过，也许还赶不上苏曼殊的《断鸿零雁记》。散文叙事中夹许多骈语，又不及陈球的《燕山外史》通篇四六。诗词也不很高明，虽然比《红楼梦》中香菱初作的诗好些，也不比黛玉等人的高。故事简单而牵强。成书于民国元年，因此主角死于武昌起义的战场。家庭教师和学生的寡母恋爱。女的介绍另一女代替自己，但终于殉情而死。另一女发现真情后也悲哀而死。男的赴革命战场，化殉情为牺牲而死。三人均死得有点离奇。作者的人更不如其文，本身演了一场如同其小说而大不如其小说的悲剧。除据说他早年有类似书中的经历而结局不同外，传说他的这本书使一位小姐甘犯礼教而和他通信谈爱，终于迫使状元父亲允许这少女与鳏夫的婚姻。可是文尚有情，人却欠雅，终于离异。这轶事已被张恨水改换名字写进了小说《春明外史》。这样的书和这样的轰动名声，这样的人和这样的事，现在看过故事相仿而意义大不相同的柔石的《二月》和电影《早春二月》的人必会觉得古怪，也就是荒诞。这书是清廷退位、共和初建时的第一部言情小说，被谥为“鸳鸯蝴蝶派”，且居首席。尽管有美国的专家夏志清教授作《玉梨魂新论》（见1987年《知识分子》）作了现代化的揄扬，也不见得能使这部小说重得当年的“不虞之誉”。这书的成功，就其本身而言，不在于小说而在于文章。这是以梁任公（启超）论政的文笔言情，作儿女痴情之语。梁之笔调时时可见（试对照《意大利建国三杰传》）。今日读者对梁的文章恐怕会觉得啰嗦堆砌，有气势而空虚，那么，对于用这样文体抒写古人幽怨的小说，要想欣赏得津津有味，难了。（至于当代仍有此文风，那是另一回事。）

荒诞的不止这些。这小说（不算文章）的成功处和它的作者的显然用意并不一致，甚至连读者也可能处在同样的不自觉的矛盾之中。小说从头到尾是以“发乎情止乎礼义”为纲的，但读者欣赏的只是其情。当然，尽管“纲”相同，其中的“情”比不上欧洲的类似格局的阿拉伯神父和爱绿绮思修女、“新爱绿绮思”——尤丽、少年维特、茶花女和亚猛，等等。这些人的“礼义”也不一样。《玉梨魂》之“魂”是独特的中国式的。（印度和日本虽也有，但不如中国突出，所以不必说是东方式的。）这书中人物之荒诞几乎可以说是超过了宝玉和黛玉以及柳梦梅和杜丽娘。这便是警幻仙姑指出的“意淫”式，是不见面而通信息的想象之爱。这又不是柏拉图式的有灵无肉的恋爱。它不是理智的，而是和理智矛盾的纯“情”，又不是超脱的“情”，而是无缘无故说不上来的、不由自主不知要干什么的、古古怪怪的“情”，是“心有灵犀一点通”。这一点恐怕外国人（甚至现代中国人）很难理解，即使理解了也很难感受。无怪乎那位美国教授看出了这一点古怪而以性压抑病态解释了。柳梦梅和杜丽娘是在梦中相会而且亲密过的。《玉梨魂》中的一对只望见影子，见过一面，作过仿佛外交谈判式的谈话。这“情”从何来？这便是奥妙。在清末民初，这种“情”大概已是“回光返照”了，可是还存在。那位从未见面而一心要嫁小说作者终于成功而不幸的勇敢的小姐便是现实的证明。这是不是荒诞？

要了解那时人的心态，对当代人来说，很不容易了。我看到《玉梨魂》和同一作者的《雪鸿泪史》时已经是连尾声都过去了。可是我在家里破旧书堆中还找到了这两本书以及徐枕亚的哥哥徐天啸的《天啸浪墨》。这位老兄的人品和诗文看来都在老弟之上，可是声名却在其下。徐天啸有一首《满江红》词，我读时不懂而觉得稀奇，以后还有时想到，所以至今记得前半：

> 自笑生平，居然有男儿志气。也几度中宵起舞，新亭洒泪。长啸悲歌声逼仄。工愁善病容憔悴。到如今，流落在天涯，归无计。

这口气是男的还是女的？“工愁善病”不是女的吗？男

而作女语，如庄周梦为蝴蝶，似梦非梦。这种幻梦女子，最早当是屈原的“美人”，其次是宋玉的“高唐神女”，再后更发展为曹子建（植）的“洛神”。其中形容语非由梦境写不出。“翩若惊鸿，宛若游龙。”“神光离合，乍阴乍阳。”可谓集男女于一体，尽“意淫”之能事。说是“升华”或则“压抑”，只是用语不同，方向有异，乃是一回事。在清末民初，国忧家患，自身颠沛，促使无数敏感读书人作儿女之梦，抒英雄之情。有心无力，是男实女。有悲愤之壮志，感无力之弱身。愤世嫉俗，自怨自艾。曼殊和尚诗云：“猛忆定庵哀怨句：三生花草梦苏州。”那时的人从李义山（商隐）的《无题》诗化出许多政治情诗。这类诗文和蔡孑民（元培）作《石头记索隐》以政治解小说，吴趼人（沃尧）的《二十年目睹之怪现状》以小说讲政治等如出一辙。政治之失意得意化为男女之悲欢离合。以“意淫”通于政论。这种扑朔迷离的至情之人在那时当以苏曼殊上人与弘一法师李叔同为最。艺术、宗教、政治、爱情俱合而为一又异而相通。这样的隐喻文学在中国戛戛独造，大家视为当然，直到近代（甚至当代？）文人犹有余绪。也许这可以对《茶花女》《玉梨魂》的猛烈流行的荒诞作另一解说。它们原是元《西厢》、明《牡丹亭》、清《长生殿》的余波，一脉相承，又荒诞，又不荒诞。不断有人割裂引用“曲终人不见，江上数峰青”，“记得绿罗裙，处处怜芳草”，“夕阳无限好，只是近黄昏”。青、绿、黄的颜色结合于见不到的、未出现的、似梦似真的心上人。既是情，又大大超出了情，是个人又非个人，传出了梦想和怨望，对家庭、社会、政治都可以引用。中国文学的这一特点一向是自明之理，本不需要外国人的“隐喻”解说。不过他们的现代语言及思路可能比我国古人的说法更易于为今人了解。但中外并非一致，尚需注意。

抗战军兴。外国侵略势力与古代帝国内部民族纷争及元、清非汉族王朝替换根本不同。上海沦为孤岛，出现了《金锁记》。这书名本是戏曲《窦娥冤》的改写本题名。张爱玲用时“冤”外又加上黄金为锁之意。写清朝遗老家庭败落以及人性的扭曲。“打破玉笼飞彩凤，顿开金锁走蛟龙。”作者写的是锁住的彩凤，破落贵族樊笼中的平民“凤”鸟。当时及以后，这小说的声名尚次于同一作者的《倾城之恋》。这可能是由于后者写易见之人和当前之事。依我看来，《金锁记》虽然有点幼稚粗糙，文笔也未脱古典小说窠臼，但也正因此，它更为生动有力，而且“意义”更多。好像徐枕亚改写自己小说，几十年后，张爱玲在美国用同一故事重写一篇《怨女》。艺术手法及文章胜前，而力量则不如。改写本实是另一小说，集中写原来似乎未曾作为中心突出的扭曲性格的女主角，成了解说。依我看，不做主角比做主角好，不解说比解说好。两篇实是两种情境的两种想法，不像徐枕亚那两本仅是改了文体。作者本人也许本来只想烘托出似怀恋又不怀恋的灭亡了的旧家庭中的人物，却用白描写意接上了似断未断的政治言情传统而更深一层。那位不幸的寡妇也是“发乎情止乎礼义”，不像《怨女》中稍稍有点越轨。但她在限界之内破了家规，如乌鸦处于凤鸟群中大闹天宫。这是真正的古老家庭实录，又岂非古老国情写照？对话由古典小说来，更能唤起旧的印象。曹雪芹的《石头记》中富贵家庭的外盛中衰景象重现为挽歌。在这一方面，张爱玲可能是最后一位作者。在她之前，张恨水的《金粉世家》作为民国的国务总理之家似稍嫌不够，巴金的《家》则全是讨伐，完全不同了。

《玉梨魂》和《金锁记》的不同很容易看出来，两书的同就不易受到注意了。两书相隔三十年，中国社会和人和文学起了大变化，但是底层还来不及作那么大的变动。放大脚纵然穿上高跟鞋也不能同天然脚一样。仍就前面提到的隐喻来说，《金锁记》和《玉梨魂》虽无“良缘”，却有“前盟”。曹七巧就是白梨影，正如黛玉本是妙玉。读者照样能在小说中读出“政”和“情”相异而又同一。《金锁记》中的七巧在枷下挣扎，何异于《玉梨魂》中的梨影在闺中哀怨？这二女形态不同，恨恨之情一样。这岂不是几十年变革中，尤其是在辛亥革命后和上海沦陷时，许多敏感的人的心态？黄金为锁岂不华贵？毕竟是锁。月下梨影岂不窈窕？可惜只是梦魂。“连梦也新来不做。”岂不更苦？说《玉》是言情，《金》写社会，犹是“皮相”之谈。两书的艺术及思想都未必能称为第一流，但在各自当时的地位上则是相等。以小说论，《玉》不如《金》；以文章论，《金》不如

《玉》。“天地不仁，以万物为刍狗。”读者不仁，以作品为隐喻。更不仁的是历史，专和人开玩笑。现在的人读《玉》和《金》恐怕很难欣赏。即使了解当时情景也不过是作为历史古董。然而不然。两书现在又都重印出来了。是文物展览，还是历史深层未断又重现了呢？今天还有满腔怨恨的闺中寡妇吗？无对象的恋，不发泄的情，还没有断绝吗？还有由怨而伤自己的梨影和由恨而害别人的七巧吗？历史确实是荒诞的。

于是我想到写过同类小说《新爱绿绮思》的卢梭。他是历史的荒诞中之荒诞。他生前及死后有无数的荒诞，简直是集荒诞之大成。前面既然以历史之“情”读《玉》、《金》小说，又何妨当作小说来读18世纪卢梭的历史？

主角是一个未受过完全教育的流浪儿，“日内瓦公民”，来到巴黎。1749年，他去探望因文字狱被囚禁的后来百科全书派的领袖狄德罗，途中偶然见到征文广告，写了一篇论“科学及艺术进步与道德风俗之关系”的论文应征得奖，从此出名。以后又写了两本小册子：《人类不平等的起源论》和《民约论》（《社会契约论》）。由此他成为18世纪以来两百多年全世界思想界一位开山祖师。他的“天赋人权”（中国旧译法）思想写进了美国独立宣言，甚至连词句都进了法国大革命兴起时的《人权宣言》。这岂不是一件荒诞事？他还写小说《新爱绿绮思》赢得了无数人的眼泪和另一些人（从宫廷到伏尔泰）的愤怒。他的书，名为小说、实为教育论文的《爱弥儿》，一出版就被法院判决当众烧毁，还要拘禁作者，甚至有人扬言要烧死他。他只得逃跑。这是1762年6月。他的书几乎出一本，禁一本。人也到处隐蔽逃避，终于穷困而死。他孤独一身，处处是敌，朋友也翻脸成仇。他越是坦白辩护就越遭人骂。他至死不能明白，为什么他从爱人类出发，以"返归自然"为善、为美，认为人人在不伤害他人的范围内完全自由，人人以平等地位互订契约而结为公共社会，消灭一切压迫，这有什么不好？伤害了什么人？为什么会遭到这么大的仇恨？招来那么多的敌人？为什么他越坦白讲真话就越挨骂？为什么想隐居，当个与人无忤、与世无争的平民也办不到？尽管有个女工人爱他，陪伴他几十年直到死去，有个别贵族以至英国哲学家休谟对他同情而救助，他因为受到过分刺激不能理解，仍然以为全世界的人都在迫害他。最爱自然的性格受到最不自然的扭曲。这岂非荒诞？在他死前，他的思想、著作和名声已经传遍大西洋两岸，他自己独处乡间竟不知道。更为他生前万万预料不到的是：1778年7月2日他长辞人世。此后不过十一年，1789年7月14日，巴黎人民攻破巴士底狱，开始了首尾六年的大革命。他受到革命领袖们一致的无比的尊崇。他的坟墓成为朝拜的圣地。最激烈的雅各宾党领袖罗伯斯庇尔对他崇拜得无以复加。这位律师曾立誓将一生献给卢梭。可是这个最后执政的革命党及其领袖把许多人，包括其他革命领袖，一一送上了断头台，最后自己也被送上断头台，终于断送了革命。

这和卢梭的热爱自然的思想岂非两极？还有荒诞事是鼎鼎大名的思想家伏尔泰对他的恶意攻击，竟至于匿名写书骂他。卢梭一生困苦不幸，而伏尔泰被放逐时为王爷的贵宾，返巴黎时受到夹道欢呼，生活奢侈，荣宠无比。可是伏尔泰著作虽多，留下来还有人读的不过是几篇小说。有两篇经傅雷汉译题名为《老实人》和《天真汉》。这倒真是适合卢梭的绰号。这位老实人天真到毫不懂隐讳而坦白写《忏悔录》为自己申辩。这书成为浪漫主义文学的先驱，至今还是有广泛读者的世界名著。在中国早有节译本，现在才有全译。他的几篇论文只把思想留给后人作启发，读原书的人现在不多了。可是他的小说，特别是《忏悔录》及其续篇，因死亡而中断的《一个孤独漫步者的遐想》（汉译《漫步遐想录》），仍然流行。他的许多老实因而绝妙的话得罪了一些人，也启发了一些人。看来他的书和思想还要流行下去，还要为人爱，为人恨，为人怕，直到实现了他的“返归”（实际上是前进）自然的理想，人人自由平等，人类世界大同，有契约而无统治，人人讲真话，有爱而无恨，人不以自然为敌而以为友，那时才会失去意义。这也许是永远不能完全实现的空想，而一种空想竟能使无数人为之奋斗两百年以上，岂非又是荒诞？

卢梭的思想在中国并不稀罕，和《老子》《庄子》属于一类。老庄思想标榜自然无为，却引导出道家的制服自然的科学技术，甚至指导处世，用兵，治国，平天下。卢梭思想是爱自然，重感情，也尊理性，却会一方面引向政治的和文学艺术的大革命，另一方面又引向种种公社和新村的试验。由此可以看出，历史总是不断表现出本身的矛盾“反思”并且向另一面转化，出现原来意想不到的后果。这难道不是荒诞吗？

法国大革命又是历史的一次荒诞演习。不过整整五年（1789年7月—1794年7月），出了那么多的事。从愤怒的城市贫民群众破狱造反起，到革命领袖一个个上断头台为止，一变再变，令人目迷五色。写这次革命的史书之多，观点之异，也是奇观。直接写这一时期的小说，至少有三部是我们所熟悉的：雨果的《九三年》、狄更斯的《双城记》、法朗士的《诸神渴了》。英国狄更斯隔海遥望，在小说开篇写下了一段排句，用互相矛盾的形容语概括这个时代。这是聪明的看法。想用简单的好或坏，肯定和否定，抽象的排黑白棋子的办法加以规定，恐怕都不过是一张好看的封面，不是书的内容。把历史写成小说，怎么也是切取点面。若把历史当作小说，也可能别有风光，反而会曲尽其妙。何妨来试试。

看这部小说，第一眼便可发现它没有作者。有一部英国革命“小说”，作者名为克伦威尔。小说的情节绕着他转。1649年他处死国王，宣布共和。法国不同。谁带头打下巴士底狱？谁发的号召？谁出的主意？卢梭吗？他早已死了。不是作者创造出小说，而是小说创造出作者。有了小说，有了又复杂又一致的一大群人和事，然后才冒出了作者，纷纷想列名，互争著作权，因而小说中又有小说。这是荒诞小说吧？

小说中故事虽然有血腥气，但不是武侠，更不是侦探，反而是言情。许多人追逐三位女性，其名曰：自由、平等、博爱（兄弟情谊）。可是谁也没见到其中的任何一个。个个“俱乐部”的领袖都自称恋爱成功，要度蜜月，结果是上了断头台。有一个“沙龙”的女主人是罗兰夫人。她步上断头台时宣布：“自由！自由！世上多少罪恶假汝之名以行！”（梁启超译文）她是出于忌妒吗？还有国王夫妇要了许多花样，终于只得双双对这“黑色寡妇”（断头台）亲吻。又有个在革命的巴黎危急时高呼“大胆！还要大胆！永远大胆！”的丹东，如革命“王侯”，也把头颅丢进了台边的菜篮子。主编《人民之友》的马拉，据说是怀有纯洁的爱情，但拥抱他的不是爱神而是死神，被一刀刺死。米拉波伯爵和拉斐德将军两人爱情不专，转来转去，得到了光荣，又大受辱骂。罗伯斯庇尔最后出场，大出风头，以革命的名义将情敌一个个送终，自以为独占鳌头。由于他的无情的坚定和彻底的热情，三位光辉女性好像全将属于他一人一派。不料最后竟然他也将自己贡献给“黑色寡妇”。纷纷扰扰，难道真是没有乐队指挥，没有小说作者？不。有一个炮兵接着革命登场，宣布自己是制作人，舞台监督，由他收场。他宣称三位女性都归他，旗上三色化出他一位炮打天下的皇帝。他的名号是拿破仑·波拿巴特。从此这个名字和罗马的恺撒一样成为代号。他东征西讨，想得到欧洲姑娘。也不过十几年，终于失恋，到小岛上隐居去了。

这部小说上卷起于1789年7月巴士底狱打破，高潮在1792

年8月再次起义，宣布共和，终于1794年7月罗伯斯庇尔上断头台。下卷是拿破仑执政官的“情史”。1815年拿破仑退场以后还有续篇，那要算另一部小说了。小说结束，又未结束。其中人物上场时和下场时演的角色不同甚至相反。“博爱”与“恐怖”并行。种下去的是卢梭的《民约论》，收上来的是拿破仑的《法典》。这些岂非都是荒诞？在1792年，即“自由第四年”，共和元年，处死国王和王后，革命三派激烈斗争。可是随着革命风暴，又设立小学、中学，普及初等教育，设立初级和高级师范学校，建立多种技艺专科学校，设置一些学术机构和文化事业。同时又出现了巴贝夫的“平等派”共产主义运动。在革命与专制之间的短短的插曲中，崇高的理想化作残酷的现实，又闪出文化的光辉，这岂不又是一奇，也就是荒诞？

这部小说和《玉梨魂》、《金锁记》似乎毫不相干，其实可以互相攀比。照样是容易见其异，不容易见其同。同是什么？是《新爱绿绮思》的遗风吗？同，在于同是追求幻影。《玉梨魂》中的何梦霞和白梨影所追求的是什么？是结婚吗？试想两人如果结合，肉体的以及生活的，那便和他们各自想象过的以至没有想象到的一样吗？天天相对谈什么呢？整日整夜作诗填词吗？纵然梨影有万种风情，只怕也会说：“我是良友，不会作贤妻”吧？两人连彼此相视都未看清楚，谈话只凭文字，这与下棋只见黑子白子的“手谈”互猜心思差不多了。下棋的意义全在下棋时，输赢一判，棋局便告终。恋爱也是如此。所以有人说“结婚是恋爱的坟墓”。其实这话不对。恋爱就是恋爱，正如小说就是从第一页到第末页的过程。恋爱与结婚又有关又无关，是一部小说和续篇。续书是另一部，没有胜过前书的。婚后恋爱也可以，不恋爱也无妨。若把续篇当正本，两相混淆，必然会自寻烦恼。若是婚后又生了孩子，再扩大家庭，柴米油盐，养妻或养夫兼育子，那就又是一部小说，合成三部曲了。三本书有联系，但不是一回事。正如两百年前法国那部小说。卢梭写书，罗伯斯庇尔上断头台，拿破仑上政治军事舞台，有联系，但不是一回事。在当时人心中何尝不是认为这一下便能破旧立新，万世永存，热情高涨，好比恋爱到了高潮，以为结婚后便能天天照样。小说妙处正在书中。爱情真谛只在爱时。只有沉浸在幻影中才感到实体。幻而成真，真即非幻。梦霞在书房和梨影在闺中似乎都哀哀欲绝，实际上都是在享受和虚无理想的幻影相会的欢乐。两人对面就另是一番光景，不再有幻影中的滋味了。卢梭所想的是美丽的幻影，正如修道院中的爱绿绮思幻想情人。幻变成真，就是群众上街和国民公会和断头台了。可以充满热情去爱“黑色寡妇”，但拥抱她就是断头。伟大革命总要收场。到拿破仑出来谢幕时，戏剧已经结束了。梨影的戏演不下去，只好找出个筠倩来替代。还是演不下去，结婚结束不了恋爱，于是唯有大家都死的一条出路，不能像欧洲的尤丽那样和丈夫及情人都到一起。恰好武昌起义，所以梦霞死于战场而不死于断头台。他比起也曾轰动过的李涵秋的《广陵潮》中那位革命少爷被斩结局好得多。两书各有其幻影。美在其幻而不在其真。正如我们现在隔了两百年去观望法国当年，再由卢梭而想其身世和理想一样，望得见的只是影子。

谁的影子？是“顾影自怜”吗？“自笑生平，居然有男儿者气！”是自怜，也是自喜。出场的是自己的幻影，越悲伤，越快乐，真是荒诞。

《金锁记》又怎么扯得上？难道那位七巧女士从小姑娘到少奶奶到寡妇不是一直沉没在自己的幻影之中吗？她一生满怀怨恨，总思念着可能的和不可能的情景，见着现实的东西就有气。假如她在两百年前，她不会是在断头台边欢呼的群众之一员吗？她才不管上台去的是路易十六及其王后，是罗兰夫人，是丹东，圣鞠斯特，还是罗伯斯庇尔，也想不到还有一位炮兵军官随后就到呢。尤丽一变而为“黑色寡妇”，这就是曹三巧，也是白梨影，也是卢梭，也不能不是拿破仑皇帝。历史就是小说，小说就是历史，都是荒诞的，又都是真实的。真实在不断出现的幻影之中。幻变成真，真又生幻。这是人类社会，也是文学。

说了半天，究竟说的是什么？我也不知道。要说的都说了。只能这样说，也只会这样说。

算是“满纸荒唐言”吧。

1989年

《史记·天官书》之启示

《史记·天官书》可以不当作天文学而当作古人的“天学”书看。“天学”和现代天文学可以说几乎是两回事。从现代的天体测量学、天体力学、天体物理学的观点看，古书只是历史资料。但是若作为“天学”，那就是了解古人思想和古书的重要钥匙。《诗》、《书》中的“天”是虚的，星才是实的。

《天官书》若不仅读其天文而着重读其中思想，我看就像一部小说。读古书要知道古人想法。《史记》的这篇文章就是古人观天想法的一个系统总结。大学的中文系、历史系、哲学系讲课大概都要讲到《史记》，可是讲《天官书》的，我只知道1939年在搬到湘西辰谿县龙头脑村的湖南大学中文系有曾星笠（运乾）先生讲过。曾先生对我说，他讲《史记》只讲“八书”，首先是《天官书》。据他的学生说，曾先生讲的多是考据订正，听不出奥妙。这是老辈学者照传统讲书的一派做法：只指出并拣开拦路石，让你会读，至于书的内容则要你自己去想。另一派传统讲书法是只发挥对书中内容的自己见解，至于书怎么读，要你自己去背诵，去查考。这两派都是把学生当作和先生水平差不多，不去“发蒙”，因而会把准备不足的学生带进五里雾中。名师的学生也是主要靠自己钻研。会一步步引导入门的名师不多，所以名师往往少有高徒。《天官书》本身就是古代的名师。开列了药方，至于什么药性，治什么病，只有读者自己去学，那就可以“见仁、见智”，各取所需了。中国古书大多如此，可绝不是出谜语。

《天官书》若要讲解词句，我不会，只会对照着天上人间和古今人思想自己去看。这样硬看，倒也可以悠然自得。这也许需要一点星象常识，但更需要亲自夜观天象，作“索隐”，不然便索然无味了。

《天官书》先分天为五宫：中宫和东南西北四宫。中宫是北极所在，无疑是最重要的（为什么？大可玩味），所以首先举出“天极星”。一颗明亮的星是“太一常居”之星。这一带是后来所谓“紫微垣”，即帝王所在之处。“太一”旁边的星是“三公”，后面是“后宫”。这大致相当于欧洲的包括北极星的小熊星座的方位。中国古人认为帝王的，欧洲古人只看作平常的熊娃子，对“居其所而众星拱之”（《论语》）的“北辰”毫无尊敬之感。更有意思的是，向天一望，什么“紫微”，什么“熊”，全都不是那么一回事。小熊不像熊，倒像一个小北斗。两个北斗，一大一小，一正一反。可是中国古人不这么看。北斗只能有一个。欧洲人才看成两头熊之一。天极星怎么不是最明？这不能说。再看文中讲中宫的部分主要讲的是北斗星。一观天象就知道，居中而尊者的作用不见得比围绕着他的大，可是没有这个居中者让全天星辰围着他转又不行。若要团团转，就非有个轴心不可。《天官书》开宗明义第一段便表明了中国古人的这个思想。这是说不出而又人人知道的。这岂不是《春秋》尊王的根本思想？为什么“五霸”要“挟天子以令诸侯”？为什么王莽一定要篡位，而曹操不肯也不必篡位？陆机《文赋》本文第一句是“伫中区以玄览”。“中区”本指地，又指天，又指人。为什么读书作文要先伫立“中区”？从古人所说的天象可不可以结合人事搜索古人的思想？欧洲古人就不这样想。他们以地为中心。

五宫之后列五颗行星及其解说。从木星开始，大概不是只因为它最明亮（金星最亮只见于昏晓），是因为它十二年一周天，是年的标志，所以名为“岁星”。接着是火星、土星、金星、水星，配上五行。这以后是日、月以及彗星、流星，等等，直到“云气”。天文学渐少而占星术更多了。

《天官书》以天人感应为基本思想不足为奇，有趣的是看讲的感应是什么。一读即知，贯串其中的主要方面是政治，特别是军事。和欧洲的神话星座不同，我们的星象所显示的不是幻想，不是生活，不是生产，而是战争。观天象的重要作用是知人间的刀兵。这可以说是中国古人思想中的贯彻始终的一“维”。几乎是不论什么书，从经书到小说，不论什么事，从考试做官上朝到吃饭睡觉，无不从天象联系到战争，常常用上天文及军事语言。这只怕是中国古代文化和古人思想的一大特点吧？好像是中国以外哪一种文化都没有这样的。斯巴达、日耳曼，武有余而文不足。中国是经文纬武，文武双全，武在文中，文不离武，好像是武化的文化，也便是人间的天象。说到这一点，《天官书》不过是显示出一点征象罢了。

1990年

戴震梦告“剽窃”之冤

忽然间我发现自己在一所庄严的厅堂之内。面前八仙桌上整整齐齐摆着一叠旧线装书，旁边坐着一位穿着长袍马褂背后拖着辫子年约半百的老先生。他不是我幼时见过的大哥，更不是我婴儿时见过的父亲。他用手向那部书一指，对我说：“这是我的书。”我一望，书上标签是《水经注》。他是清朝打扮，不会是作者郦道元。书是殿板形式，人是安徽口音，他必定是戴震。我连忙深深一揖，口称：“是东原戴老前辈吧？”他微微一笑，说：“你已年过八十，我不过五十几岁（1723年1月—1777年），还是你年长呢。”我连忙说：“不敢，不敢当，老前辈已经是二百七十岁了，晚生何敢妄攀？”他又笑了一下，随即说：“我含冤两百载，无处打官司，难得今天两心感应，想到一起，能同你相见。状子不能写，问你几句话。请坐下。”我忙说：“晚生洗耳恭听。”他便慢腾腾说出一番话来。

“两百多年前我虽薄有名声，无奈科场失意，屡次会试不利。忽然纪晓岚（昀）老大人就任四库全书馆总裁，来函促我进京入馆。我在纪家教过家馆，有宾主之谊，不算生疏，却也没想到有这样的事。我到京后，他见面就说：‘先不要问怎么入馆，先回答我。你要答应我做两件事，一是校订《算经十书》，二是校出《水经注》。第二件尤其要紧，要先做，快做。你要昼夜从事，越早成书越好，而且一定要超出各家校本之上。现在有内库所藏《永乐大典》本可供你用。至于你怎么去校，那就不管。总之是要什么有什么。成功，万事大吉。不成功，连我也担承不起。明白吗？这不是我能做主的事。四库才开馆，又补进五个人，内中有两个是举人，一个就是你。另外三位都是进士。我想来想去，只有你，既学过算术，又作过《水地记》《水经考》，又继赵一清、余萧客之后纂修过《直隶河渠水利书》，所以斗胆保举。不料立即获得恩准。简在帝心，好自为之吧。’如此一来，我只好竭尽全力，将库藏以及各地呈进的印本写本‘獭祭’。幸而我有原来的底子，不到一年就校完誊录上交，并且遵照纪大人之意，只说是依据《大典》本，其他一概不提。本来学问之道譬如积薪，后来居上，在下面的做垫底是自然之理。我问你，纪大人是贬去过边塞效力的，我只是个小小举人，有天大的胆子，几个百口之家，敢上冒天威犯欺君大罪？校本献上不久，纪大人喜形于色，告诉我，龙颜大悦，不仅要御制诗志喜，还传旨用武英殿新刻成的木活字赶紧排印出书，颁布天下，永为定本。我问你，这是纪大人能定下的事吗？天颜咫尺，馆中岂无人议论倾轧？纪大人和我仍能上邀天眷，难道是偶然的吗？此时我再去会试，又不利。不料御赐同进士出身，随同一体殿试，于是我中了进士成为翰林院庶吉士。真是天恩浩荡啊！”说着话，他站起身来以手加额。我也只得随着站起。

他坐下接着说：“这时纪大人对我说：‘你知道不久以前也有个庶吉士，散馆时受贬，放了知县。他不到任，从此不做官。这是谁？’我说是全祖望。纪大人说：‘不错。他忘不了自己先世，还在辑前朝史事，不能上体圣心，执迷不悟，所以失意。’这时我明白了。全祖望校《水经注》，赵一清接着他校成功了。两人都是浙江人。省里呈上校本稿要入四库。这怎么能容得？非压在下面不可。《算经》也是民间有了辑本，朝廷岂可没有？康熙时有《数理精蕴》，圣代岂可有缺？纪大人和我都明白，此乃天意，非人力也。就连我的《原善》及《孟子字义疏证》和纪大人的《阅微草堂笔记》都说理学杀人。也是上合天心的。圣朝正在倡导理学，若非仰体天心，我们斗胆也不敢这样公然著书立说。后人只看诏令、实录、官书、私记等表面文章，怎知天威莫测，宦途艰险，处处有难言之隐？即如大行皇帝（雍正）御制《大义觉迷录》，谕示各衙各学俱须备置，有不备者杀无赦。今上（乾隆）初登大宝便下诏销毁。各衙各学有敢留存者杀无赦。雷霆雨露交加，天色阴晴不定啊。可叹上天盈亏有定，予于此必靳于彼。我急欲成书，又恐惧遇祸，兢兢业业，心力交瘁。虽福运降临，天眷有加，而寿算遂促。入馆不满五年便辞人世。谁知不过百年，后人读全、赵校本竟以后世目光窥测，不明前代因由，加罪于我，责我吞没。我有冤无处诉，打官司无可告之人。即令我敢诉讼，阴阳两界也都不会受理。抑郁多年，想不到今天你忽为秋菊弱女子呼冤。心灵感应，所以我们相见，使我得一吐为快，消除胸中块垒，何幸如之。你没有忘记的那位秋菊佳人听说是丰神依旧。她生前未出口呼冤，死后仍坚守沉默，无心打官司，因此不能和你相会。好在你不久即将来和我们同处一界。不过阴界并非仙界，不能随意来往会晤谈话，另有规矩。阴阳隔绝……”话未说完，戴老前辈忽然不见。

我醒来一身大汗，只见屋中微微有光，不知来源是天上月亮，还是地上灯火。

1993年

唐宋的文史

唐、宋两代史学不同，陈寅恪以为宋优于唐。为什么会这样？究竟异在何处？唐初就大修史书，唐太宗亲自参与撰写《晋书》。和汉代一样，唐代整理并总结旧籍很有成绩，但也是古籍亡佚的原因之一。将《隋书》、《晋书》、《南史》、《北史》和宋代《新唐书》、《新五代史》，《资治通鉴》等一比，就可看出唐代人和宋代人对历史的看法大不相同。唐代人不大分辨史实和传说，仍承汉魏六朝以至西域的传统，眼中显现的是一个人神不分的世界。宋代人只承认活人的世界。唐人的笔记是传奇，而宋人的笔记是掌故。唐代人处于一个“虚”的世界，而宋代人处于一个“实”的世界。唐代科举重诗赋而宋代科举重策论。唐文人喜谈政治而少做高官，宋文人很多是政治家，做大官。唐代人在“安史之乱”以前不大认识各民族间矛盾冲突，宋代人因为几个不同民族的政权并立就把“人”和“非人”严格分别了。到了南宋又进一步提出“正统”。这不是强了，而是弱了。由唐、宋两代文人、史家对世界的不同认识，也许可以较容易解说两代文学和史学的不同。

1988年

蒙族皇帝论法治

公元1317年，也就是元朝蒙族皇帝仁宗登基后的第七年，八月间，皇帝和宰相有这样一次对话（据光绪十年，即公元1884年同文书局影印殿本，标点和译文及按语是我加的。我只有这个本子）：

皇帝："卿等日所行者何事？"（你们每天都干些什么？）

宰相："臣等第奉行诏旨而已。"（我们不过是遵照皇帝旨意办事。）

皇帝："卿等何尝奉行朕旨？虽祖宗遗训、朝廷法令，皆不遵守。夫法者，所以辨上下、定民志。自古及今，未有法不立而天下治者。（按：这句话很现代化。）使人君制法，宰相能守而勿失，（按：说的是宰相也得守法。这是广义的法。）则下民知所畏避，（按：可见所说的法对老百姓只是刑法。）纲纪可正，风俗可厚。其或法弛（法令里漏洞百出或是无法可依，有法不依）、民慢（老百姓不重视法、不遵守法），怨言并兴，欲求治安，岂不难哉！（按：这句话也很现代化。）”

这话是八月庚申日说的。这位蒙古族皇帝为什么要对宰相大讲法治理论，好像现代一位教授讲演？过了几天，第七天，九月丙寅日，有下文了。宰相明白了皇帝的意思。出现了另一段对话。

宰相：“故事（老规矩）：丞相必用蒙古勋臣。臣合散（按：自称名字）回回人。（按：合散显然是阿拉伯人常用名哈桑、侯赛因。）不厌（不合）人望（人民的要求。按：这是皇帝意志的代名词）。遂恳辞。”

宰相诚恳辞职，皇帝当然照准，因为这正是他的用意，也就是合了他所说的法，即祖先传下来的习惯法。合散降了一级，成为副职，左丞相。换了蒙古人担任“中书右丞相”。

我看到这里，不免惊叹他们的熟悉汉文化，会讲一番大道理暗示小道理，用务虚掩饰务实，指东说西，言近旨远。说话带有丰富的潜台词、歇后语、歧义语。一个法字，又明白，又含糊。这一对非汉族君臣演的这一场戏和汉族汉文帝对宰相周勃、陈平的那一场对话是一个模式。不便免职，就讲仿佛不相干的话，让大臣自觉辞职。历代诗文中几乎到处是这类明白的隐语或是借用典故。也许因此汉语古典诗文不容易读懂。

这位皇帝只活了三十六岁，在位十年，未必会多少汉文，可是史书说他又懂儒，又懂佛。元朝把在宋朝受压抑的朱熹捧上了天，再三加封，用他注的《四书》作为应考必读书。封孔子为文宣王。给许多古代名人加封，从伯夷到张飞。树立牌坊旌表节孝妇女。（专为汉人，蒙族不在内。）又尊崇佛教，封喇嘛为国师，还加封道教张天师。太祖成吉思汗召见道士丘处机，使他奔波来回万里，走了几年。他成为长春真人，受赐北京一所道观，白云观。世祖忽必烈曾命令和尚在圣安寺、道士在长春宫，同时作法事。信仰伊斯兰教的阿拉伯人、回民，也受重用，地位在汉人之上。尽管各族有尊卑之别，但思想信仰还没有定于一尊。民间教派信仰和组织更多，包括早已传来的拜火教（祆教）的余波。这种情况和当时的亚、欧、非三洲大陆连成一片的形势一致。成吉思汗后代西征和马可·波罗（作为欧洲人共名）东来就是标志。

7世纪，伊斯兰教兴起，阿拉伯人纵横亚、非、欧三洲，统治巴勒斯坦，包围东罗马，西占埃及、西班牙，东跨波斯（伊朗），进入印度，直达东南亚，并参加中国政治。可是这时和初期大不相同了。大帝国建成后，伊斯兰教分裂为逊尼、什叶两大派。大约9世纪起，他们就不再是传教者、侵略者，而成为传播文化（数学、医学、哲学、文艺）者、生意人了。信奉伊斯兰教的民族多了。

历史上，时间久了，大帝国就会变样。在中国，西周、东周，西汉、东汉，西晋、东晋，李世民、武则天的唐朝前期和安禄山、吐蕃人先后攻入长安以后的唐朝后期，都是名同而实际上互相大不相同的。阿拉伯人把进位记数法和代数学以及翻译、注释的希腊哲学书经过西班牙传进欧洲。十二三世纪之交，英国牛津、剑桥，法国巴黎，办起了三所大学。15世纪中叶，土耳其人灭欧亚交界处的东罗马帝国（首都是拜占庭，即君士坦丁堡，现名伊斯坦布尔）。那里保存的希腊语典籍散入欧洲。于是欧洲文化从落后突变为先进。但是若没有阿拉伯人的代数学传到西部欧洲，很难想象17世纪会出现法国数学家兼哲学家笛卡儿发明解析几何，德国数学家兼哲学家莱布尼兹发明微积分，英国牛顿发明微积分和力学定律并开始用数学语言描述世界。这些都不是哪一个政府或教会提倡起来的，是历史发展过程中自然出现的。试看蒙古人在世界历史中所演的带戏剧性的角色，就可见历史变化不是受任何一个人或是一个集团随意左右的。

13世纪初期起，成吉思汗及其后代西征。先征服俄罗斯直到东欧波兰、匈牙利，后占领波斯（伊朗）直到西亚，忽必烈统一中国以元为国号。他们战无不胜，除了擅长游牧民族（如匈奴人、突厥人）的无后方作战外，还依仗火药、大炮攻击，也许还有罗盘、指南针定方向。大概中国的这两大发明，可能还有造纸术、印刷术，由此直接或间接传到了欧洲。战争不仅毁灭，也能建设。大路多半是先由一些经营货物流通以谋求利润的商人走出来的。大军由商路前进征伐，又为商人开通了道路。阿拉伯人、蒙古人在征伐时毁灭城市，但不忘搜寻工匠当俘虏、奴隶，为他们工作。在统治安定以后，他们就都保护国际商路，从关卡、市场、城市的繁荣中征税得利，享受奢侈生活。征服中亚的蒙古人还随被征服者信仰伊斯兰教。不过利和害总是相伴的，经济繁荣和社会风气败坏往往是并行的。

同样情况出现于中国。元朝为运粮还发展了从南到北的海运。同时东南沿海开展了海上国际贸易。从陆上、海上进入世界市场。在宗教方面，各教派同受尊重，包括孔子、朱子。可能是由于见闻多，思想也就不大受拘束了。朝廷断断续续“旌表节孝”。正是因为稀罕，所以能立牌坊，若到处都是，也就不需要表扬了。大小城市的市场繁荣引出了民间文艺的空前大发展。唱戏、说书、杂耍花样一多，就不能保证都适合上流标准、口味。可是蒙古皇帝不管什么雅、俗，下诏书也用口头白话。《元史》里改成了文言，但是《泰定帝纪》中还留下一篇白话诏书没改。还有一些白话碑文留下来。冯承钧辑了一本《元代白话碑》。元代尊崇朱熹一派儒家，以八股文先驱的经义出题考试，但是喇嘛所传佛教和白话文学得到空前大发展。市场经济的效应和朝廷官府的威力和农业的杠杆作用在意识形态领域内的大搏斗，在元代，比自从战国、秦、汉以来就有的矛盾、冲突的规模、广度、深度都大得多了。若说15世纪前后的欧洲文艺复兴期是政治混乱，道德败坏，市场发展，思想开放，文艺界出现新天地，那么，14世纪的中国正好有同样的情景。阿拉伯人、蒙古人在亚、欧、非三洲相连的大陆上打了几百年的天下，这时东西两头都出现了强烈的效应。全世界的近代、现代开始了。再要问，为什么以后的发展各处不一样，中国有点特殊，那就只好请接替元朝的朱元璋、朱棣及其后代和那时掌权的刘瑾、魏忠贤等太监答复了。东汉末年太监和士（读书人，知书识字，现名知识分子）对立斗争而亡。明末又重复一遍。为什么？不知道。

元朝还有一件特大旧闻就是政府大员发行钞票。唐、宋开始有纸币，元朝才刻版印“钞（现在加了票字）”。证明市场扩大，贸易频繁，有需要。但印发“钞”的皇帝、官员不懂货币的作用，以为这就是财富，屡次出乱子，结果是只有初期印的两种“钞”通行。恐怕在世界金融史上这也是一次大规模的经济兴衰和危机的彩排预演。欲知详情，请看《元史·食货志》等处，恕不抄书编讲义贻笑大方了。

2000年5月

诸葛亮“家训”

甲：大家都承认家庭教育的重要性。何妨谈谈古人的“家训”著作。这好像是中国特有的。

乙：不到一百年前，流行的是《朱子家训》。全名是《朱柏庐治家格言》。这位“朱子”是清朝初年人。《家训》开头是“黎明即起，洒扫庭除，要使内外整洁”。中间有两句传诵很广：一粟一饭，当思来处不易。一丝一缕，应念物力维艰。全篇教训是“勤、俭”二字。这篇文不知怎么没人提了。

甲：从前还有一部著名《家训》是北朝颜之推的《颜氏家训》。周作人在北京大学教“六朝散文”时讲过这本书。颜之推是南朝人在北朝做官，处于鲜卑胡人治下，不得不委曲求全，又想保持南方传统，有难言之隐。书中说到有人学习鲜卑语“伏侍公卿，无不宠爱”，但不愿子弟去学。正当此时，日本已占东北，将占华北，这书好像是给即将处于日本统治下的中国读书人作思想准备的。

乙：这本《家训》不好谈。从前流行的一部《家训》是《曾文正公家训》，是曾国藩写给两个儿子的家信，教他们怎么读书做人。

甲：曾国藩是个政治人物，戴上的帽子很多，更不好谈了。汉朝有个伏波将军马援。他有一封信教训子侄如何做人，说有两个人可为模范。一个是忠厚老实人，一个是才华外露的聪明人。他愿意子侄学习前一个，不愿他们学习后一个。他说，学出名的聪明人，学得不好就是“画虎不成反类犬”。学当忠厚老实人，安分守己，不得罪人，学得不好也是刻天鹅刻成了野鸭子，不比画虎像狗惹人笑话。这两句话流传很广，但不像他的豪言壮语“马革裹尸”的口气。

乙：马援也是问题人物，不好谈。我想起另一位名人的教诫儿子的信，可以谈谈。写信人是诸葛亮。信见于宋朝初年的类书《太平御览》，收入《集》中，大概是真的。不过一百字吧，很容易背下来。看起来容易懂，真想懂，又觉得不容易。信中的“淡泊明志”的话，引用的人不少。可是“淡泊”怎么就能“明志”？“明”的什么“志”？

甲：原文是“非淡泊无以明志”，说是只有淡泊才能明志，很肯定。下一句是“非宁静无以致远”。上文是“静以修身，俭以养德”，下文是“夫学须静也，才须学也，非学无以广才，非志无以成学”。句句字字都有很多含义，懂已不易，要学着做就更难了。

乙：我记得信中最后六句话：“年与时驰，意与日去，遂成枯落，多不接世，悲守穷庐，将复何及！”可见他是主张“接世”，应世，用世，而不愿守着茅庐不出山的。依我看，曾国藩的《家训》大都是诸葛亮这封家信的发挥。教的是在家立志读书，准备的是将来应世，有所作为。

甲：说到应世接世，唐初的《北堂书钞》和宋初的《太平御览》都引过诸葛亮的一句话：“吾心如秤，不能为人作轻重。”这恐怕和“淡泊”、“宁静”的道理一致。秤的表示轻重是客观的、独立的、自主的，不能为人所指挥，听人说是轻就轻，听人说是重就重。

乙：孔明先生是中国的大名人。《三国演义》《三国志》加上《注》传播了他。杜甫和李商隐都有诗赞扬他，可见在唐朝他已经是“大名垂宇宙”了。但无论怎么变化，其核心未变。他的思想见于他的著作。《三国志》和唐初、宋初两部类书中的引文已经足够。这几篇可以算在理解中国人传统特色的文献之中。奇怪的是为什么不见有人钻研。读文献在精不在多。读通几篇不容易、因为需要广泛照应其他无数篇。例如诸葛亮说宁静才能致远，就可以想到武则天出宫当尼姑是她一生的转折点。她经过五年静修“反思”，再回到宫里就变成另外一个人。她学佛，学成了皇帝，奥妙在哪里？

甲：这人是挨骂的，不要谈下去，免惹麻烦。

乙：那就还是谈诸葛亮，听你的。

甲：历史上的和传说中的诸葛亮都是中国传统一大特色。他上承张良、韩信、萧何，将三人集于一身，下开或明或暗或好或坏学他的后代。我若说，非懂诸葛亮无以懂中国，行不行？

乙：我无法回答。

第三辑 与书为友

闲谈“八股文学史”

照我的浅陋所知，自从梁启超、夏曾佑开始用新观点新形式写历史以来，对于中国文学史的总体看法有自己独特见解的不过两家。此外，可能还有，那就非我所知了。这两家，一是30年代周作人的《中国新文学的源流》，一是50年代茅盾（沈雁冰）的《夜读偶记》。我所见到的许多中国文学史或通论大都不出《文苑传》、作家论以及为一种既定理论或指示作注解、列证明。也许林庚的“布衣文学”说可算一家，但我未见全书新本，不能谈，只能谈周、沈两家。手边又无书，仅凭记忆闲谈，不过是供人“喷饭”而已。

说来有趣，周、沈这两位的文学史见解在“五四”时期本是同道，后来分道，各走一条，越离越远，成为对立面。然而仔细一比，好像两人仍旧是在一条大道上，方向路线并非相反，只是说的方面不同，说法有别。这很可能是我的错觉，但作为闲谈，“侃”一“侃”也可以吧？

周作人将中国文学史上的作品分为“载道”和“言志”两派，以明代小品文为“言志”派之例，并且说，“五四”以来的新文学是继承“言志”派发展，暗含反对新“载道”派之意。这可以说是提倡所谓“纯文学”或者“个人主义”文学，反对革命文学或者“功利主义”文学吧？

茅盾将中国文学史照形式主义和现实主义划分，极力反对形式主义，主张现实主义，历数古今作品加以评判。可以说他认为文学史的内涵是两派斗争，讲形式的几乎不能算文学，只有讲现实的才是文学的主流。这明显是鼓吹革命文学的系统理论。

从种种方面说，周、沈二位都是对立的，只有认为文学史是两条路线斗争的思想方法是两人共同的。这可说是抽象思路相通吧？然而具体应用就完全不同吗？现实主义和“言志”是互相排斥吗？屈原不是又“言志”又“现实”吗？再从另一方面说，两人有个共同反对的敌人，那便是八股文。一个说那是“载道”。一个说那是“形式主义”。两人同样认为八股文及其同类决不能算文学。周作人说过要人读八股文。这不过是要人看看“载道”的极端标准，是请“反面教员”。茅盾反对无现实内容的形式主义，八股文当然是靶子的中心，几乎不值得一提。两位老前辈提倡的都是八股文的反面，认为那才是文学的主流。不过双方的诠释不同，对具体作品评价不一致。

我不是作学位论文，不能推论加引证，只是闲谈，觉得周、沈两位都没有脱离“五四”以至“戊戌维新”的反八股文的思潮。他们所争的是具体的文学创作路线而不是抽象的文学理论。两人都讲文学历史是两条道路的斗争，不知这是从古老的中国的乾坤阴阳思想传下来的，还是从“对立统一矛盾斗争”的外国思潮“拿来”的，或许是兼而有之，中外相通，一拍即合？

我不是对周、沈两公的理论和实践有兴趣，胆敢闲谈一番，而是对他们的反对八股文觉得有趣。他们二位的年纪和时代略有先后，应当都是赶不上科举应考却还是看到过八股文的。然而他们好像并没有对八股文仔细考察，没有分析其发展和种种变相及用途，只是当作典型或用作标签。对于垃圾，谁耐烦去作分析研究？可是不分析就处理不好，垃圾会成为大都市的大问题。两位先生都对所反对的“载道”和“形式主义”深恶痛绝，可并没有分析敌人，从明清的八股文一路上溯到最古的同类同性质作品，一直到《诗》中的《大雅》、《颂》和《易传》和《春秋》、三《传》及先秦诸《子》。沈公论述文学史全面，但我记得他好像没说那些都是八股文。周公更是以史证论而不是以论解史，恰恰作了自己理论的反面。这是不是我们从古以来的思想习惯？八股文来源的《经》中的《礼记》开头不久就说：“爱而知其恶。憎而知其善。”这两句话似乎从来没有为人重视过，不管是读《经》的或反对读《经》的。是不是为骂倒和打倒对方并不需要，更不可以作全面考察分析？

我忽然想到谈这些，一是由于几年前我应邀为启功的《说八股》和张中行的《〈说八股〉补微》“续貂”，写了一篇《八股新论》六万字长文，以便合成一册《说八股》出版（1994年中华版）；二是因为又见到了有人不辞辛苦标点注解了近五百篇八股文，集成一百多万字的《八股文观止》出版（田启霖编著，1994年海南版）。由此可见真正的传统往往是断而不绝的。然而《观止》还是拘泥于名称，只从宋代“经义文”选起，没有上溯到南朝的“策进士文”以及汉代董仲舒、贾谊的“对策”，再推到诸《子》以至于《经》的本身。

中国文学史若缺了应考试和代立言的“八股文”这一类就不能算全面。是不是？可惜我写《新论》时已不能去查出，手头只有编辑借来给我的《制艺丛话》，后来才勉力走到图书馆去，翻了一下乾隆皇帝大有深意，命令擅长写而又反对八股文的方苞编选的《钦定四书文》。这时我的文已写成，虽忽有所悟而力不从心，无法去体会那“清真雅正”四字的“圣意”而谈论“八股文学”的历史了。

文学史只讲好的，对坏的往往是一笔带过，甚至提都不提，这仿佛是标准格式，中国外国大致相同。能不能有“双面绣”，两面都讲？只讲一面怎么看得到“对立斗争”？是不是明说“对立”实讲“统一”才算正确？这问题太大，超出我的闲谈了。

末尾还得赘上一句疑问：为什么八股文、经义文历来都推举王安石为祖师爷，高攀这位倡改革的“拗相公”？

《东莱博议》

甲 南宋吕祖谦有个故事你想必记得？

乙 吕祖谦是东莱先生，哲学家、史学家。你说的是什么故事？

甲 他结婚后一个月不出门，大家都笑他。蜜月过了，他出来见朋友，拿出一卷纸，原来是在新婚中读《左传》，写下一系列文章，评论春秋时代一些人物和事件，以后结成集子名为《东莱博议》。

乙 这位先生真了不起。一面对着新夫人，一面读《左传》，还作文章。除非夫人也是书呆子，她怎么能容忍？

甲 闺房之事不必谈，故事真假也不必辨，我想和你谈谈这部书，明末清初王船山，王夫之，著《读通鉴论》，仿佛续作而盖过前书。但作为文章范本，吕氏的《博议》越来越流行。直到民国初期这书还有人传习，只不过谁也不提。

表面上大家念《古文观止》，暗地里学作文章的人传授背诵《东莱博议》。你说为什么？

乙 那还不简单？这是策论和八股文章的模范。我幼时读过一些篇，后来看到报上有些通电、社论、论文都有《博议》气。《史记》和“唐宋八大家”的文章太高了，学不上手，还是暗中学《博议》，不过都不明说，因为这书是初学作策论最便于模仿的，档次不高，不能当旗号，只能师徒私下传授。

甲 这书文章不长，能启发思路，便于模仿。第一篇论《左传》中第一篇记事《郑伯克段于鄢》。以此为题，怎么作文？东莱先生开口便说：“钓者负鱼，鱼何负于钓？猎者负兽，兽何负于猎？庄公负叔段，叔段何负于庄公？”口头一念就知道是八股文和策论笔调。有气派，好像很有说服力。钓鱼的人对不起鱼，鱼有什么对不起钓鱼的人？打猎的人对不起兽，兽有什么对不起打猎的人？郑庄公对不起共叔段，他弟弟共叔段有什么对不起他？文章真好！

乙 这种比喻法、排比法、对偶法是汉文中传统体裁，从先秦诸子就开始了，不知不觉沁入读书人心脾“习惯成自然”了。不多年前的“东风吹，战鼓擂”、“大树特树”、“横扫一切”等不是一脉流传今胜昔吗？

甲 不仅文风，在内容方面，《博议》也有独到之处。它不是翻案文章，又是翻案文章。篇篇乍看与众不同，细看又不出范围，仍是已有的现成结论。不是八股，胜似八股。我幼时承老师看重，给我一本《博议》，让我抄下自己念，一句解释也不说。有一篇开始就说："共患易，共利难。"接着举例排比证明《左传》结论，却不明讲。我立即套用，在老师出题作文时仿效，得到三个圈。学韩、柳、欧、苏哪有这么快？

乙 原来你是这样得到秘密传授"心法"学作文的，怪不得有一股八股策论气。好像孙悟空得到师傅秘密传授也脱不了猴子气，只能学翻不雅观的跟斗云。只要能翻出十万八千里，管他屁股朝天不朝天。真有你的。

甲 说实话，我还真没有学到《博议》的精华。学得好的能作出一大篇精彩的文章，处处是惊人之笔，处处又合乎题意，更重要是能说得头头是道。要说黑，那就是乌云一片。要说白，那就是白雪无垠。怎么说怎么有理，还有气势。可惜我太笨，辜负了老师的无言传授。

乙 你够聪明了。从前各报都自有社论，各自制作和传播舆论，不少报馆主笔恐怕都暗中学过《东莱博议》。

甲 吕祖谦的名气不在《博议》而是留在他主办的"鹅湖之会"上。他把互相对立的朱熹和陆九渊都请到江西的鹅湖寺开学术讨论会，据说是想调和两家而未成。我看双方两位大儒都照顾他的面子到会辩论，各讲各的，这就是他的成功。

乙 别谈了。"天机不可泄漏"，谈八股策论秘诀，虽是过去的事，也可能触犯天上神仙，贻害世间后学。我们何必逞能谈这冷书？

《活动变人形》书后

看完了1987年出版的王蒙的小说《活动变人形》，我不禁联想到1948年钱锺书的《围城》和1946年法国萨特的《厌恶》（汉译名不如法文原名那么“恶心”）。这是三部完全不同的小说。《围城》可以列入18世纪的欧洲著名小说。《厌恶》则是二次大战后又败（贝当）又胜（戴高乐）的法国人的文学呓语。《活动变人形》当然是20世纪80年代中国才会有的。早也不行，晚了也会变样，只有这时才能这样提出问题。这好像是18世纪的理性欧洲和20世纪中期的迷惑欧洲的汇合。能说这本书是《围城》加《厌恶》吗？不行。这样鲜明地揭露“传统”问题是40年代的那两部小说所做不到的。

作者的意图不必推测，正像书中的人和事不需要索引一样。那些都是专门家的事。作为读者，我看的只是这本书，书中说的什么就是什么。不过这个“什么”也是我读出来的。

我看到这书里有一篇又一篇的议论。大发议论好像是80年代中国小说的特点。这也许是多年学习理论的习惯，也许是受过压抑的爆发，也许是形象不足以说明，则议论以明之。作者说话是议论，书中人物的心里话也是议论。何独小说？戏中对话常有大段议论。台词是对台下的演说。这个传统可长了。新诗也是不显感情而露哲理，是不连贯的非逻辑的议论。有的小说整篇是议论。中国是议论的国家吗？不错。从春秋战国就开始了。考试做官要经过“策论”。从汉代到清末这是正途。古希腊、罗马大兴辩论，据说这就是民主。但那不是中国的议论，算不上“处士横议”。我们是各说各的，从不对话。欧洲从基督教占上风直到什么理性主义、经验主义等都是神秘逻辑为一方，推理逻辑为另一方，互相消长，而不是中国的议论。我们的议论是指示或则骂人，都是断案。对方不能张嘴，或则由一方代替他讲，以便反骂。譬喻就是推理。引经据典就是证据。这在印度逻辑中叫作“譬喻量”和“圣言量”，是知识的重要来源。“诗云”、“子曰”记熟了，张嘴即来。会说“无父无君是禽兽也”。“人无有不善，水无有不下。”这就议论风生了。这本《活动变人形》里有现代中国的各种议论，虽不便称为议论大全，也令人眼花缭乱，值得一看。

书的第一章等于“楔子”，其中不乏议论。最后一章

（续集第五章）等于“尾声”，又有议论。精彩的还是插在中间第十章后半由作者出面的长篇议论（135至142页），简直是一篇《吊古战场文》，是一首《离骚》，是劳改和干校（又岂止干校？）的悼词。我想到自己，自己在湖底造田的两年。在大风雨中用沙筑路，冲了又修，修了又冲。挑泥上大堤去为水闸筑坝。挑两筐泥一倒就被风雨吹洒下来，再挑上去，再流下来。水与泥俱飞，人与泥一色。真有愚公移山的气概。那时的理论是“不算经济账，要算政治账”。“要的不是物质财富，要的是精神财富。”这就是为劳动而劳动。这才能改造出唯有体力劳动至上的世界观。（“不问收获，但问耕耘”，“不谋其利”，“不计其功”，真是古老的世界观啊！）当时从北京匆匆赶来对我们作这精彩报告的人却从未劳动一下就赶回北京了。因为他是不需要改造的，或则是改造好了的，或则是忙于“治人”的劳心而不必再劳力了吧？他要改造掉我们的“劳心治人”，而自己却实行劳心治我们的劳力。当年皇帝也要到先农坛上去摸一摸犁耙的。但若要他天天出大力，流大汗，起早贪黑肩挑手提忙不停，那么谁来批发文件治天下呢？大发议论是要别人照办而自己不必照办的。这才是传统，是这本书中说的“白白的愚蠢和痛苦”的来源。书中叹息、议论，竟未碰一碰传统的这一点奥妙。

读这本书也像读这十年中一些别的小说一样，总使我想到好像是幼年时读《昭明文选》。气势浩瀚的文章，排比的词句，滔滔不绝，真可佩服。贾谊的《过秦论》就有这种气势。到了类似口吃的一连五个“最”才“最”出那个词来，真有点“完全、彻底、全部、干净”的气派了。这也是中国的议论文的一点奥妙，以气压人。这使我想到与众不同的鲁迅。鲁迅的文章比起当代文章来是太瘦了，但瘦得有精神。当代文章是太肥了，可肥得有气派。“环肥燕瘦”，各有千秋，不能据此评文章好坏。鲁迅的文一句可抵不知多少句。例如“儿子打老子”，“一代不如一代”之类。他砍了又砍，删了又删，把可有可无的词句一概不要，许多句删得只剩下一句，甚至一句不剩，可是就从这一句或则没有句子的无言中引出读者的许多句话。不过这要求读者未免太高了吧？毕竟是几十年前的文章了。现在需要气派，要反复不厌其详，要对读者下倾盆大雨。到底是时代不同了。

这书有议论，有故事，有方言土语、古诗小调，但人物不多。就我的认识范围说，活人只有那位大姨。尽管她和我所见过的寡妇不一样，我还是见过泼辣的女性的，能在眼前浮现出从十九岁守寡到老死边荒的一个“无理”的活人。她不是“活动变人形”，不是拼凑的，或说组合的。和她对立的那位主角倪吾诚就不像活人，是画出来的。尽管同类的真人真事我见过，可不是书中写的那样子。真人不这么单纯得像个代表。（也许正因此我觉得不像）大姨不用作者代言，倪吾诚就不行了。这书采用了多种写法。说故事的本领不错，有古典小说之风，可是写人（除大姨外）便很费力，不得不替人讲话，替人说心里话，“形象”得不足。这又使我想到《呐喊》、《彷徨》。能像鲁迅那样几笔就勾出一个活人的写意画，不但“五四”以来几乎是只此一家，便古今中外小说中也不是很多见的。可能是他把中国小说读化了，又读化了俄国小说和一些日本小说吧。从他译的《域外小说集》和《现代日本小说集》可以看出来。我读他的《呐喊》和读《超人》（冰心）、《隔膜》（叶绍钧——圣陶）、《海滨故人》（庐隐）差不多同时。那三人的文章都很干净，创出了新的白话文，不像鲁迅的文章那样南腔北调、半文半白，谁也学不来。那时我还是个少年，看得有兴趣的只有《社戏》，别的不懂。可是没过多少年，这些小说中的人的影子只剩下鲁迅写的了。到1966年我拔草、清除垃圾、打扫厕所时想起来的小说人物只有孔乙己。“我是孔乙己吗？”五四时期的小说已经几十年不看了，但儿时描红写的“上大人孔乙己”和说“多乎哉，不多也”的《论语》句子的落魄文人还从小到老跟定了我。

为什么写倪吾诚要那么费力？并不是没有这样的人。只怕是因为不该将他和大姨“周姜氏——姜静珍——姜却之”对立起来。这两位都属于中国的古老传统，是一件东西的两面。拜“天地君亲师”的和破“天地君亲师”的是孪生兄弟。至少从秦始皇、李斯、赵高统治时的“焚书坑儒”等德政起，“破”的传统一直未断。反秦的刘邦也不喜儒生。义和团抓“二毛子”。在“横扫一切”之后还有人继承这个传统要否定“一切传统”。倪吾诚的外国不过是他否定中国的道具。否定中国也是中国的传统。“夷狄之有君，不如诸夏之亡（无）也。”孔子的这句话到底是什么意思？谁知道？“拜”和“破”是互为表里的。“罢黜百家”为的是“独尊儒术”。破一切传统为的是只留下一个“破”的传统。我见过不止一位戴红顶瓜皮帽、穿长袍马褂，而满嘴讲地道英文、吃西餐的中国先生（不是辜鸿铭）。姜静珍显出了这个传统的奥妙，痛骂一切，闭门打扮，所以是活人。倪吾诚没有显出这个传统的奥妙，所以不论怎么“活动”，怎么“变”，还只是个“人形”，即日本话的“玩偶”。不论用多少弗洛伊德、布莱希特的手法加工，“人形”还不是人。

写人其实也不算难。写人而不使人觉得费力才难。一针扎进读者脑子从此留下疤，这才难。郁达夫写的是日本所谓“私小说”吧？费那么大的事写喝老酒骂自己。我一看就想起，这不是鲁迅的《在酒楼上》中的吕纬甫吗？十来岁时读过这篇小说，以后几十年并未再读，可是读《沉沦》时想到了吕纬甫。不能说是相同，但是可以联想起来。我不是说写意画一定比工笔画好。不过写意似乎容易，其实难得很。工笔也很难，但只要花工夫练习，不至于“画虎不成反类狗”。鲁迅是写人的，不是写“人物”的，所以学不来也学不得。茅盾虽然开始写小说稍晚（1927年），但他是写“人物”的能手。现代中国小说家恐怕大多数是这位大宗师的门下。80年代变化多些，但出了他的框子的还没有出“私小说”的框子。写人的不大注意物。鲁迅很少写风景、房屋、家具、衣服等。他写女娲、老子也是“开门见山”。写人的把物也当作人。写“人物”的就会注意写物，仿佛是衬托人，其实往往是把人也当作了物。“人物”是塑造和刻画出来的。“人”是生出来的，是一个“场”，一个“世界”。这本《活动变人形》变来变去还只能使我想起茅盾、郁达夫，而想不起鲁迅有多少相同之处。

这本书的语言（或说文章）不错。虽然有的用词造句还可议，也偶有败笔，但还是运用自如、引人入胜的。用方言也还自然。加上注音大概为的是增加点气氛吧？我读不出那口音，也不相信要写南皮张之洞必须在他的话中加上“嘛行子”。幼年看《海上花列传》时以为“来哉”是古文，但也由此看到了而不是听到了苏州话。方言和古语是避免不了的。避得越干净，自以为口语化，离口语越远，只好作为课本中的范文，让大家学习语法修辞。过于干净的文章用于小说不利。叶圣陶也许吃了这个亏，因此他的散文胜于小说。用不用方言不是问题。成问题的是语言和意识的联系。近年来有的小说中出现连篇累牍的自言自语或胡言乱语。有人说是“意识流”。不论是与不是，这是一种尝试。《活动变人形》中也有类似的片断。这种独白总是像文章，像议论，不像什么“意识”，更不要说潜意识或下意识了。外国人的我不敢说，但我敢说中国人的“意识语言”和外国人的不大一样。中国人的没有那么多逻辑推论或者逻辑混乱。我们不像

《厌恶》那样想。我们有自己的逻辑。我看外国人做的梦也和中国人的不一样。精神分析学家引的一些梦例和中国古人所记（内有编造）以及今人所梦都只能说是大异小同，同少异多。莫言和刘索拉的小说我偶然见到一两篇，只觉得是文章，不是讲话，更不像是什么意识。30年代初期，废名（冯文炳）的《莫须有先生传》中上句不接下句，但那还像是当时一个文人的心中自言自语。作报告而不念秘书写的稿子满嘴“这个、那个”的人很像是在倾吐他的“意识”，但他实是在努力作文章。汉语有了汉字以后几千年来形成了一种文章语。不论是文言，是白话，总不会是口头语。口头语，除非是极少的经过自我训练的人说出的话，都是记不下来的。所以《活动变人形》中那些“嘛行子”和古诗、小调，尤其是一连串骂人的话（不知是不是从潘金莲学来的），才真有点像我们中国人的意识。可惜没有记全。我想那些话是无法完全记下来的。外国人也不见得没有这种情况。他们的普通人也不是说话都像背书。但是欧洲人从古以来就养成了传教布道和发表演说的习惯。不少人说话和作文不分。不是他的作文像说话而是他们说话像作文。这是中国人没有的。他们说来说去也就这么想了。因此欧美人可以口述录音成文，不需要秘书费多大的事整理，而中国很少人能这样做。一般人不会用嘴作文。怎么想就怎么讲，怎么讲话就怎么写文，这在中国是办不到了。想要口语化，那就少不了方言土语，包括北京土语，否则仍是一副学生腔。这是无可奈何的事。戏剧因观众复杂，不能不用通行语，只有丑角可用土话。这在全世界都一样。汉语小说如何将“意识”变为语言，语言又变为写得下来的文章，从《水浒》记李逵的骂人口语起，大家就在努力。到《活动变人形》，我看仍未真正解决。哪位小说家解决得好些，他就会有自己的风格。

看完了《活动变人形》，我不由自主地隐隐有点感伤情绪。这当然是怪读者我而不能怪作者的。听到重压下的呻吟的自然是我。不知为什么几十年来“感伤”一直挨骂，被大家瞧不起，而实际上感伤多得很，不比豪言壮语少。不许感伤，这也许是从1929年只出版了一期的《文化批判》时期开始的吧？那时猛烈的呼声是：小布尔乔亚（小资产阶级）的意德沃罗基（意识形态）必须奥伏赫变（扬弃）为普罗列塔利亚特（无产阶级）的意德沃罗基，等等，俨然有大工业无产者向农业小生产者开火的味道。批判的矛头直指鲁迅的“醉眼中的朦胧”，逼得他去“硬译”“蒲力汗诺夫”。可能有不少当年批判“小布尔乔亚”的人到1942年也被指为小资产阶级而“普罗”化为工农兵。“感伤”不用说是小资产阶级的，所以被认为低级，甚至是反动。可惜在中国没有消灭“小布尔”以前，感伤的情绪只怕也消灭不了，不论你说好说坏都一样。到了感伤不再被歧视的时候，大概感伤也就会没有了吧？我衷心祝愿那个时代的到来。

再阅《楞伽》

印度佛典，真是久违了。想当年在印度鹿野苑一间小书库里匆忙翻阅堆在屋角积满灰尘的《碛砂藏》、《频伽藏》（中国佛教徒所赠），整整五十年了。现在想起来是由于有青年来对我谈佛典，随后才从劫余残书中找出这《藏要》本《楞伽阿跋多罗宝经》（《入楞伽经》）。这是吕秋逸（澂）居士校刊的。由此又想起50年代末期和吕先生的会面，感觉到好像还有债没有还。于是翻开书来看。哪知一读之下不禁如经中所说："譬如巨海浪，斯由猛风起，洪波鼓冥壑，无有断绝时。"五十年前后两次翻阅（说不上读）大不一样。到底这五十年不是白活过来的。看来不啰嗦几句，就会心潮澎湃不得平息了。

《楞伽经》地位很高，名声很大（金庸小说中一再提到），但是远不如《心经》、《金刚经》、《法华经》读的人多。格式和其他佛经一样，可是没有神话和诵经写经功德等颂赞成分（同是讲哲理的《解深密经》、《维摩诘经》中还有这类宣传成分）。全文讲道理，这是一个特点。

《楞伽经》开篇不久就讲：“云何不食肉？云何制（制定）断肉？食肉诸种类，何因故食肉？”经末另有专章详说“断食肉”。不仅肉不能吃，葱、韭、蒜等（所谓小五荤）都不能吃。这是信佛吃素的人的最高依据，是靠乞食化缘为生食“三净肉”的比丘很难做到的。这是又一特点。

经中开篇后便像百科全书列目，又讲了许多深奥道理，可是在长篇大论末尾忽然说：“所说诸法为令愚夫发欢喜故，非实圣智在于言说。是故当依于义，莫着言说。”说了半天等于没说，原来是要脱离语言而修行“亲证”的。所以这经是中国禅宗的圣经宝典。传说禅宗初祖菩提达摩将此经授予二祖慧可，作为基本读物，以致有过一些“楞伽师”。

经中开篇就提到，而且后文大发挥，“五法、三自性、八识、二无我。”这是中国法相宗讲“唯识”的基本理论。后文还再三讲出和世亲的《唯识三十颂》中共同的话。《楞伽》是法相宗经典。

以上是任何人一翻开此经就可以看得出来的。可是不免会产生疑问。首先是一个幼稚问题：这到底是一部什么书？不妨由此谈起。

一切宗教，不论名义，都以信仰为主，但又都要多少讲一些道理（理论）。佛教徒特别喜欢讲道理，越讲越多，几乎喧宾夺主。宗教经典中讲道理多了，难免会杂进一点非宗教的成分。佛教徒重视讲道理和传经著论，其中的非宗教甚至反宗教（与信仰矛盾）的成分之多恐怕其他宗教都比不上。这是从最初佛讲道时就开始了的。《楞伽》几乎不宣传信仰崇拜而只讲道理，是突出的一部。

“佛”字的本意是觉悟了的人。“菩萨”的字义是有觉悟的人。“阿罗汉（罗汉）”的字义是应当受尊敬的人。佛教一切宗派都承认的基础是“三宝”（三皈依）即“佛、法、僧”。佛是创教者。法是教理即理论，原始意义就是规律。僧是信教的群众组织。三字除“法”（达摩）外都是译音。信“佛法”（佛所说的道理）的人要有“三学”，即“戒、定、慧”。戒是自觉遵守纪律。定是禅定即修炼、修行、修养。慧是智慧，即懂得道理。还有三个基本口号叫作“三法印”。一是“诸行无常”，一切没有永恒。二是“诸法无我”，一切没有不变的本性。三是“涅槃寂静”，和前两条相反，就是寂灭。“涅槃”是译音，本义是吹熄灭了。灭了，那还有什么永恒，有什么本性呢？还有“四谛”、“十二因缘（缘生）”，说明一切皆苦和苦的总的根本的原因及灭苦的道路。所谓“大乘”的理论比这些大有发展，讲“空”，讲“有”，讲“识”，等等，但仍旧是从这个中心基本点出发的。《摄大乘论》还要列举十条证明“大乘真是佛语”，可见是发展了的理论。中国说的“小乘”，本名是“声闻乘”，指坚持口口相传听来的传统的保守派。在从简单到复杂的“佛法”的无数大小道理中没有神，首重智慧觉悟，由此生信仰。禁酒肉的一个原因是避免受刺激而迷惑，要求清醒，不提倡闭着眼睛不理解也执行。至于“轮回”、“报应”等说法，那是古印度的一般思想，不是佛教特有的，佛教只对此做出自己的解说。照这样，若只讲道理，佛教就不大像宗教了。道理和信仰之间免不了矛盾，更需要再多讲道理以解决矛盾，越讲越多。

佛教毕竟是宗教。一切宗教都要求信仰、崇拜。佛、法、僧“三宝”完成以后，要求“皈依”，佛就成为神了。开始只拜象征性的塔。后来成为“象教”，雕塑偶像了。罗汉、菩萨都成为神。佛有过去、未来、现在“三世诸佛”。讲说佛法的释迦牟尼是现在佛，是无数佛中的一位。佛有了佛土，如阿弥陀佛有个“极乐世界”、“净土”。印度本有的大大小小的神进了佛教。印度教大神罗摩的敌人罗刹王罗婆那请佛人楞伽（斯里兰卡的兰卡）讲出这部《入楞伽经》。修行的“法门”也越来越多，一直到雪山南北都有的“秘密仪轨”。经典当然也是越来越多。公元前3世纪阿育王所刻石柱诏书只推荐七部经，和现存的不相符合，可见在他以后才有大批经出现。这证明教内有各种不同思想互相争论，相持不下，都说是依据佛语。这和依戒律即组织纪律分的“部派”并不一致。理论归理论。组织归组织。内部有对立，外部有渗透。中国的孟子说：“予岂好辩哉？予不得已也。”古印度人，尤其是佛教徒，特爱争辩。各说各的道理，互相批评，往往很激烈。在印度古籍中，这是一个特点，不限于佛教。无论文法、修辞、逻辑、哲学、宗教书都包含对话，或明或暗指责不同意见。多数书不像亡佚又经后人整理的古希腊典籍，如柏拉图的对话集和亚里士多德的讲义那样有条理。中国的经过汉朝人写定的经书、子书有点类似印度的，但不那么好辩。这种辩论传统在印度保留得很久，特别是在佛教徒中。玄奘到印度时据说还参加过辩论会。至今青海西藏的寺庙中据说还有“毕业答辩”。那可不像一般大学中的那么“温良恭俭让”，也不是只许一方讲话的批判。那是要互相争辩的，至少在形式上。佛典中充满这类话，或明指，或暗示，驳斥异见。

佛教理论的复杂化和大发展的一个原因在于内部的非宗教道理和宗教信仰的矛盾。宗教是以信仰和崇拜为思想主体的。对至高无上者的崇拜，对美妙未来预言的信仰，对不拜不信的苦难后果的恐惧和对又拜又信而得福的向往，这些构成宗教的思想和行为的心理依据。以讲道理为主，不论怎么讲都不是信仰和崇拜所必需的，而且是往往会产生矛盾冲突的。所以佛典中注重信仰并传教的比较容易懂。其中也有讲道理的台词和潜台词，但可以忽略过去。在讲道理的书中，不明白台词和潜台词就不容易懂，还会越看越糊涂。加上古印度人的习惯思路和文体又有特点，和中国的以及欧洲的很不一样，所以印度古籍不好懂，不易作“今解”，不仅是佛典。其实作者和当时读者是自以为明白的。说到这里，话要扯得远些。

古代有一个时期（大约公元前五六世纪，中国的春秋战国时代），世界上有三个地区的一些人不约而同对自然界和社会和人本身开始进行提问题探讨。地中海沿岸的探讨起于古希腊的欧、亚城邦，后来（公元前后）发展于北非的亚历山大城，再以后又到西亚的君士坦丁堡（伊斯坦布尔），然后由阿拉伯人伊本·卢西德（阿维罗伊，12世纪，但丁《神曲·地狱篇》中有他，称为大注释家。）等经西班牙再入西欧。希腊的亚里士多德化装阿拉伯文由伊斯兰教徒带到欧洲，再化装拉丁文到基督教最古老的巴黎大学“讲课”。于是引起了对古希腊的向往，从间接通过阿拉伯文到直接搜罗整理希腊古籍，这才出现了文化思想繁荣，被认为希腊文明的“复兴”，即“文艺复兴”。希腊文化思想费时两千年绕地中海兜了一个经过三大洲的大圈子，许多早期学说辩论都佚失了。印度及中亚的探讨起于雪山（喜马拉雅）以南的印度河、恒河流域。（释迦牟尼出生于现在的尼泊尔边境。）中国的探讨在黄河流域到长江和淮河流域。在这个时期，习惯性的传统思想对这种新问题的探讨还不能成为严重障碍。尽管处死了苏格拉底，但杀死不了思想。各种思想自由发挥，谁也说服不了谁，谁也压制不了谁，不能定于一尊。可惜的是当时各处都以口传为主，写定文献，在后而且没有直接传下来。到后来思想饱和，有的衰减，有的僵化，这种自由探讨终于定于一尊而断。地中海的断于基督教。北印度的最后断于伊斯兰教。中国的断于秦始皇、汉武帝。几乎所有早期文献都是经过“一尊”时期整理写定的，不仅是中国。

依我看，汉译印度佛典难读处主要不在于术语多，语法文体外国式，障碍在于不明内容背景和思路，又由于中国人发展了佛教理论而有所误会，还因为觉得和欧洲近代思想体系差别太大。其实若追本溯源，大略知道一点早期世界上三处探讨情况及文献演变，再从思想内部矛盾问题入手，就可见印、欧、中三方思想路数的异而又见其同。对佛教、佛学若从常识入手而不想凭空一跃直达顶峰，也许就不算太难了。另一方面值得注意的是，依文献（语言文字）分，讲佛学可有三支派：印度文佛学，藏文佛学，汉文佛学。单据经、律、论本身讲，兼顾原文译文，是印度文佛学。讲藏文或汉文的用语就有不同，有译有著。讲解可分古语讲解和现代语讲解。用现代哲学框架及术语及思路的是现代语佛学，不论用什么语，来源都是近代欧洲语言。

现在再谈《楞伽经》，只就文本说。我以为，第一要问这是一部什么书？第二要问书中思路和我们所熟悉的有什么不同？总之是要探索这文本（包括说者、写定者、听者、读者、传授者）用当时当地语言符号表达语言所不能完全表达的思想，多少作一点现代语解译。

《楞伽经》是一部未经整理完成的书。（玄奘未译此经。）是“经”（丛书），不是“论”（专著），这是从不同译本和原文传本可以看出来的。不是对教外宣传的传教书，这也是显然的。那么这书为何而出？或则问：佛以何因缘而说此经？我看是为解决内部思想疑难和纠纷，要解决哲学思想和宗教思想的矛盾，是内部读物，是一种“教理问答”，而且是高层次的。因此不具备一定程度的“槛外人”就难以入门了。

我当然不想，也不能，写《楞伽经》讲义。手头既无原文的新旧校刊本，又没有古代注疏及近来中外诸贤论著，只是面对一种文本。不过谈到这里，不能不说几句文本，只说开头吧。

经（刘宋时译本）一开头照既定格式，“如是我闻”，佛同比丘及菩萨到了南海楞伽。在描述菩萨中提到“五法、自性、识、二种无我”。这仿佛是“主题词”，主要范畴。接下来的一些诗句不是提纲而是引子，是前提，是后文不再说而必须先知道的。例如：“一切无涅槃，无有涅槃佛，无有佛涅槃，远离觉、所觉。若有，若无有，是二悉俱离。”这明显摆出了龙树《中论》的“空”的理论。所以《楞伽》既是说“有”，也是说“空”。若非已知佛教哲学思想的根本问题及其发展变化，就会如入五里雾中以为是诡辩。所以要“搁置”，存入括号，如现象学者所说。这里的上首菩萨不是《解深密经》后三品中的慈氏（弥勒）、观自在（观世音）、文殊师利（文殊）三大名流，所以破例而“自报家门”：“我名为大慧，通达于大乘，今以百八义，仰咨尊中上。”从此以下便是大慧和佛的对话。

第一次对话是大慧提出百八问，佛答以百八句（不是句子，是词）。这好像是教理问答目录，却又不是。这里有许多障碍。首先是文字的。例如佛在说百八句之前说：“此上百八句，如诸佛所说。”这个“上”字指的是下文。因为读的是一叠贝叶经，读过了一张就翻下去，未读的现上来，所以下去的是上文，上来的是下文。又如，说一百零八，用的是习惯的大数，不一定像梁山泊好汉那样一个不多一个不少。如我未记错，清朝汪中的《释三九》指出中国古时说三指小数，说九指大数，不一定是准确数目。印度古时也一样，说的往往不是确数。还有，这些问和句不是一一相对，一问一答。列举出来不是为的下文要说，而是为的下文不再说了。这种思路，我们不习惯，所以容易挡住。若作为内部高级理论读物就可以明白。列举的都是一般应当先知道的常识，仅是举例。以后说的将是更高、更深、更难的理论问题，因此要先说出预备条件。好比学数学先要知道数字符号及加减乘除。现在要讲的是微积分，不能不先提醒一下有初等数学。若不要建基础和房屋，只要盖琉璃瓦大屋顶，那是空中楼阁。这里问的实际上是：读者知道不知道这些常识？其中有浅的，如：“云何为林树？云何为蔓草？云何像马鹿？云何而捕取？”也有很深的，如：“解脱至何所？谁缚？谁解脱？”“何故说断、常，及与我、无我？”诗句中佛的回答也是这样。如果其中没有错简（这在贝叶中容易出现），佛说的也还有一些是问。因为印度古书同中国及其他处古书一样没有现代标点，所以引号应当打在哪里，只有看内容。早期书口传，有些成句表示段落，如“如是应学”，结束一段。长行散文以后又重复作成诗句以便背诵。“欲重宣此义而说偈言。”再有，所谓“句”，不是句子，这里提出的是一对对范畴。如：“不生句、生句，常句，无常句，相句、无相句，”“弟子句、非弟子句，师句、非师句，种姓句、非种姓句，”一直到“比丘句、非比丘句，处句、非处句，字句、非字句。大慧！是（这）百八句，先佛（过去佛）所说，汝及诸菩萨摩诃萨（大人）应当修学。”再有一个问题是，这些问和句是怎么排列的？看来乱七八糟，毫无逻辑次序可言。这又是古印度人常有的思路。一是本无次序可言，而且所说的是对方应当早知道的，以后不说了，只是举例，没有排列的必要。二是指出应当处处见问题，要像孔子“入太庙，每事问”。三是要知道一切皆有矛盾对立面，说一就得有二。讲问题，讲道理，必须首先知道对立矛盾。这也是先决条件，因为以后说的道理全是为了解决矛盾的。要说的是比龙树讲“空”的否定（不生亦不灭）更进一步的否定之否定。从开头的“有”（“一切有”是一派理论）到中间的“空”否定，现在又要说“有”（存在）是超乎“空”（不存在）的“识”（一切现象本源），是最后境界，理论核心。若不知空、有、断、常。不知“二边”，如何脱离“二边”得“中道”？不知路的两边，怎么知道哪儿是正中间？不从头一“地”一“地”修学，大跃进到“唯识”，是不行的。因为已讲了先决条件，所以接下去本文第一问答便是直指本体系核心：“诸识有几种生、住、灭？”（此问妙极，有很多潜台词。）问答下去，从信佛的内部疑难到不信佛的外道质问。最后在《断食肉品》之前说：“三乘亦非乘，如来不磨灭。”哲学归结到宗教，二合一。但缺了修行仍不成为宗教，正如缺了演算不成为数学。受戒吃素，修行开始。佛教讲道理，讲悖论，讲分析，又讲一切矛盾对立成为统一（不是一致），由此归结入宗教信仰，然后由信而修，由修而觉，即解脱。讲“空”（法性——万物本性）的龙树在《中论·归敬颂》中说：“我稽首礼佛，诸说中第一。”讲“有”（法相——万物现象）的世亲在《俱舍论·归敬颂》中说：“顶礼如是如理师。”两位菩萨称颂的都是道理而不是神。由道理到说道理的人，这和由神到神谕是不一样的。

以上谈的是读进去，会被笑为经中所说的“如愚见指月，观指不观月。”可是若不观指又如何找到见月的方向呢？也许找到的是水中月影呢？不过现代人比这些文献到底多过了一两千年，这也不是白活过来的，所以进得去还能出得来。现在苏伊士运河已挖通，地中海水，雪山下流入印度洋的水，黄河长江水，已经直接汇合，而且巴拿马运河也已挖通，太平洋、大西洋的水在另一头也合流了。尝一滴水即可知海水是咸的，因为尝过河水知道是淡的，又尝过井水知道是有咸、有淡、有甜、有苦。于是水分解了，又汇合了。

水味有种种不同，但都是水。到底我们不是一两千年以前的人了。可是古时的思想问题都解决了吗？没有一点遗留了吗？只怕是不那么容易“彻底决裂”吧？有一种说法，先以为没有绝对真理，后以为绝对真理已经发现，先后都认为哲学只剩下哲学史了。真是这样吗？唯我独尊，这是哲学还是宗教？是不是“空”“有”之争换了语言符号还在继续呢？

写到这里，五十年前所作诗句又上心头：

逝者已前灭，生者不可留。
如何还相续，寂寞历千秋。

1994年

《银翘》·《剪云》

近来看到两本诗集，颇不寻常，不免啰嗦几句。两书合谈只因为都是诗。

一本是林林的《剪云集》，是“汉俳”。一本是杨宪益的《银翘集》，是旧体诗，包括译诗。作者自称是“打油诗”，集中有莎士比亚的诗，不知算不算“打油”。两本诗集的作者都是有功于中外文化交流的著名老人。他们的生平事迹，若写成两部长篇小说，说不定会以奇情轰动的，这里自然不谈了。

我想谈的是文体，可以分几点讲。

先讲一点是体裁。不是说“俳句”和“打油”的形式，说的是诗对社会及个人的功能方面的分体。诗写出来首先是给自己看，然后是给别人看，大家看。大家说好，就传下来，传下去。从作诗的动机和预定读者对象可以将文体分类。中国最古的文学选集《昭明文选》中的分类就含有这一层意思，所以有纪行、赠答、献诗、招隐等类。

为什么新体诗没有代替而且不能代替旧体诗？为什么新诗开创者郭沫若晚年写了不少旧体诗？原因很多，有一条是文体决定的。旧体诗有古老传统，新体诗是国际性的，没有这个传统。这个传统文体就是《文选》里的游览、行旅、赠答、公宴、祖饯（送行）以及喜丧庆吊之类的应酬之作。旧诗中交际应酬的诗多得无法计算，连应考的诗都得算在内。在这些以外，像屈原、阮籍、陶潜的个人自发牢骚的作品，本来不打算给大家看的，相比之下就很少了。写应酬诗，旧诗有传统，很方便，新诗不容易写。郭沫若晚年写了一些唱和诗，又在游览和开会时应人之请写诗，当然是写七言句子顺手省事了，打油诗更不必说。旧体不但能“打油”，而且能成为好诗。例如打油诗之祖《咏雪》中“黑狗身上白，白狗身上肿”就可算名句。若是新诗作者也打起油来，只怕很难得到承认是新诗，最多只好算歌谣，刘半农提倡白话，后来作打油诗仍用旧体，自称“桐、花（生）、芝（麻）、豆堂”诗，郭沫若诗句“狗头军师张”只能入旧诗，不可进新诗。《银翘集》中的“四人正好打桥牌”也是一类。当代善写打油诗的名家是聂绀弩、启功、李荒芜、杨宪益。

以上说的在林、杨二位的这两本诗集中处处可见。《剪云集》是汉文徘句，不“打油”，诗多是游览日本和中国的名胜古迹时赠人和怀古人之作。《银翘集》中有打油诗，游览、行旅之作也不算少。很多都有黄苗子、启功、李荒芜、邵燕祥的和诗。由此可见昭明太子挂名主编的《文选》以来的这个传统至今未绝。

现在谈文体的另一点，用典。胡适最初提出“文学改良”时反对用典。作古文古诗无法不用典故。大家都以为古书难读是因为古典太多。后来才有人指出，古书中难懂的典故不仅是古典，更难懂的是“今典”。当时人一看便知，事过以后就难懂了。例如前面引的郭沫若的诗句中那位“军师”是谁？当时诗一出来，人人皆知，现在就不一定了。再过些年恐怕不加注解就没人懂了。若无人注，就需要未来学者费力考证了。这类“今典”在杨诗中多极，在林诗中也有，甚至加了注还不好懂。林林在诗集中加了许多自注，可是在感怀有岛武郎诗下只注鲁迅译过他的《与幼小者》。我幼时看过这篇文并且知道一点有岛的事，对诗还可有感受，不知道的人只怕对诗就不易领略了。又如“老妪化做石头人”句下只注老妪为儿子所弃及松尾芭蕉的俳句，幸亏我知道《楢山节考》的故事，否则难懂此诗中有母爱之意。还有“拍拖”，只注是广东方言指男女手挽手，恐怕也是言不尽意。由此我想到远如阮籍、李商隐，近如龚自珍，许多诗不容易懂，都是由于用了“今典”。当时人一读便知，后来人便莫名其妙了。《剪云集》中有不少“洋典”，有注还难领略其诗意。《银翘集》中处处是“今典”，没有注也无法注。例如“二流堂”是什么，此时已不是人人皆知，已经需要考证，而且是难于说得明白了。阮籍《咏怀》，李商隐《无题》，大概作诗时就不想让人人都懂其中隐含意义，只好人人去猜了。

除了人和事的古典、今典以外，还有个用词含义的问题，也和文体有关。例如杨诗中的“潇洒何妨走一回”，用的是“今典”。“潇洒走一回”是流行歌曲的话，“潇洒”二字含义古今不同，今义也有新旧不同。若干年前问：马连良唱戏有什么好？答：潇洒。现在问：马晓春下围棋有什么特色？答：潇洒。在念过《古文观止》的老人心中联想的是《北山移文》中的“潇洒出尘之想”。眼下青年人心中想的“潇洒”是什么？恐怕又有新义。不到一百年前《孽海花》中说：“输了洋一元，发给凭照一纸。”现在人说就是：“花一块钱买了一张门票。”语言是时刻变化的。诗是语言的艺术，语言特色在诗里有集中表现。旧体诗有规可循，写来方便。新体诗用不断变化的口语又无固定格律，要写应酬诗和打油诗就难得多了。即景生情吟诗一首，新诗就不如旧诗，无怪乎林林要移植俳句格律了。

《银翘集》是旧体，实际是新诗，而且只可“与知者道”。《剪云集》是新体，移植日本的徘句形式，实际也是五、七言旧诗。它使我想起仿佛在李白名下的“秋风清，秋月明。落叶聚还散，寒鸦栖复惊。相思相见知何日？此日此夜难为情”。这个“难为情”又和现代话的意思不一样了。

诗云：剪去片片成飞絮，解毒银翘药作诗。俳句汉装欲斗艳，桐花芝豆有新词。

谈《千字文》

《千字文》从前是和《三字经》、《百家姓》、《千家诗》一同作为发蒙识字读物的。办小学兴白话文以后，这些书作废快一百年了。《千字文》有著名的草书字帖流传，又可作为号码，但命运也好不了多少。不料70年代初期《三字经》、《千字文》忽然行时，成为批判对象。但《千》不如《三》，因为难字和典故太多，没有多少大道理可批。现在我又来炒这冷饭，不过是想借此谈谈“文体风格”方面的问题。

研究文体，外国有一种“学”或“论”，近几十年好像有些发展，不是只讲体裁分类及其源流和优劣以及抒情、叙事、议论等分类了。我不知道这算是语言学还是文学理论，应当译成什么名堂，暂时说是文体风格研究吧。我只看到英法德各一本专题小书，同名而各不相同，各依据本语言的特色，运用各自的方法，作出各种说法。我觉得我们也不妨在诗词歌赋和抒情叙事之类文体以及豪放婉约之类风格的研究以外，引进一点外国的软件来开拓自己的研究。我自然无此能力，不揣冒昧拿这本小小的发蒙书来闲谈几句。这完全不同于法国人伯希和的考证和启功教授的论说（在他写的《千字文》帖后）。

首先我想到，《千字文》本不是识字课文，也不是教书法的，却作为这两种书传了下来。识字书大概从李斯、赵高所编开始，还有史游的《急就章》，是教篆隶字为当时的文字改革服务的。《千字文》有了智永、怀素等名家的草书帖以后成为学草字的名帖，又给小孩子当顺口溜背诵去认识汉字，还能当号码成“天”字号，这都不是它本来的“意义”。梁朝（6世纪）忽然兴起这种文体，作者不止一人，传下来只这一本。本来当作诗，后来当作字，认字、写字、编字号，所以可以说是一文而兼数体了。古人读《庄子》、《史记》往往不是为哲学、历史，而是为文章；读《论语》不是为道理和文章，而是为考试。文体的形式是一回事，它的意义，或简单说是所起的作用，往往是另一回事。这大概是讲中国古代文体时值得注意的一点。

《千字文》实际是“千字诗”，是一首四言古诗，又有点像赋，还限制用韵。现在传本题下注明是作者周兴嗣“次韵”。魏晋南北朝时出现了一些新文体形式，例如“七”、“演连珠”等，“千字诗”也是其中之一。这些后来多半中断，唐代出现的新诗文体才一直传到几十年前。这未必仅是文体形式的问题，不能只从语言探究，可是又不能脱离语言探究。文体风格的意义和语言及社会的关系，这是值得注意的又一点。

周兴嗣作这篇诗署名在官衔之上还有个“敕”字。这说明是奉皇帝诏命作的，也许和清朝的翰林作八股文给皇帝审查以便圈定放出去当学政大老爷差不多。这决定了这篇文的内容和作法，不仅是限定了四言，限定了韵脚。这种奉“制”作诗或为神作歌的传统只怕从《诗经》《楚辞》就开始了。忘了这一点，对中国古典文学作品的认识会有缺陷。这也是文体风格研究不可少的一环。

中国古代诗人文人有作品长久流传的多半有一些各种各样的大小牢骚。有的写给自己和朋友以及后人看，有的在官书中掺杂进私意。前者以屈原为祖，后者的老师是司马迁。尽管文字狱从古不断发生，文人还是警惕不够，不由自主会惹祸。周兴嗣的《千字文》从内容结构、措词造句看都是端端正正的。皇帝看了说不出什么。作者也未必想到发牢骚。可是文人习气，尤其是当文官的人的习气，还是免不了。试看这篇文从“天地玄黄，宇宙洪荒”开始，由天地万物说到人，正是“三才”的顺序。一说人，又从帝王开始，“龙师火帝，鸟官人皇”。随后说到人的道德品性，孝、忠，做官“从政”。这一段以“盖此身发，四大五常”开始。“四大皆空”是佛教语，“五伦五常”是儒家言，正迎合尊儒又信佛的梁武帝的口味。然后从“东西二京”起鼓吹一通将相。这是由君而臣了。这里加上了“治本于农”的道理，兼及百姓。官做大了，有危险，于是提出了古代文官的最好出路：“殆辱近耻，林皋幸即。两疏见机，解组谁逼？”汉朝有姓疏的叔侄两位高官，自觉自愿自动辞职退隐，送行的官极多，传为千秋佳话。退下来以后呢？“索居闲处，沉默寂寥，求古寻论，散虑逍遥。”接连下去一大串话讲退隐的好处，有声有色，文情并茂。接着是平常的个人（“员外”之流）生活。许多生活用词排进来了。男的有艺术好的，女的有容貌美的，“并皆佳妙”。但是，“年矢每催”，时间像射箭一样迅速，岁月不饶人，该结束了，收尾很有意思，是这样四句：“孤陋寡闻，愚蒙等诮。谓语助者，焉哉乎也。”真是妙极，把塞不进正文的虚字排到末尾，成为独立的两句，是辅助材料。上两句是谦虚还是讥讽？那可说不定。全篇一路读下来，这一千个不同的字（个别重复的是形同义异）排得真好。不但文章好，次序及排比工整，而且是古代在朝和下野的文官的写照，有处世的理想，有心情的流露，整篇是一首讲道理的正派诗。智永、怀素两位和尚书法家用草书写多少份传下来不是偶然的。不过自古至今好像还没有当它是文学作品的。我来试一试，自认冒昧，那样算是“愚蒙等诮”吧。

1991年

重读“崤之战”

海湾战争过去了。我忽然想起翻阅《左传》，看看春秋时的大战。翻出来的是秦晋崤之战。

春秋五霸的第二名晋文公刚死，还未葬，第三名秦穆公认为时机已到，立即发动战争。打了几次，断续经过五年，终于崤山一战胜晋，成了霸业。这是春秋时一次关键性战争，不仅包括了郑国、滑国和戎人、狄人，还含有商人弦高“犒师”的生动插曲，年幼的王孙满从秦军的纪律和礼貌预测胜败的言论，真是信息丰富的音像带。

这次战争好像是一部电视连续剧。前有序曲，后有尾声，中间至少可分三集。打了三次仗，秦胜了最后一次，以一比二获胜。这和下三番棋不同，不是三场两胜，是“谁笑到最后，谁笑得最好”。几百年后秦的最终结果是大家都知道的。

这一件历史事实不但见于《春秋》三《传》，而且《东周列国志》小说里也有。这是很有名的历史故事，也是好文章，有不少精彩镜头和对话。我现在旧书新读，谈点感想。

记得小时候看到过古文家兼翻译家林琴南（纾）老先生评选的《左孟庄骚精华录》，其中选了这次大战序曲的《蹇叔哭师（军）》一节。这在三《传》中都有。他选的是《左传》的。《古文观止》选的也是这一篇。秦穆公不顾老臣蹇叔的反对，发动战争。蹇叔在他发兵时去军前哭军中的儿子，还预言战争必在崤山函谷一带，秦兵必败。这等于公开对敌人供给情报还出谋划策，实际上同时也是揭露敌人的可能战略部署，对本国提出战略建议，要求警惕敌人，可惜未得重视。文章结句是“秦师遂东”。林老先生评曰：“东字响极”。我当时还是小孩子，不大明白。从陕西打河南、山西当然是向东。倘若是晋国出兵攻秦，向西打，西字就没东字响了，那怎么办？这显然是小孩子和老先生对文章信息的解说不同，观点有异：一论文章，一讲事实。

现在老了，又翻阅记载，发现事情发展到末尾，三《传》不同。《公羊传》、《穀梁传》都只有一句《春秋》经文：“秦人伐晋”。唯有《左传》说到秦胜，“遂霸西戎”，还评论秦穆公能“知人”。显然《左传》的作者对后来秦国称霸，甚至秦始皇统一天下，都心中有数，也许是预测，或者是见到较晚的形势。《公羊》、《穀梁》两家未必没有预测到或则见到形势发展，可能只是不肯说，对战局不满意，有意把结局忽略过去，若无其事。秦穆公先败后胜，对胜败，对臣下，不论是反对他的或是打败仗的，都处理得很好，有高效率。他对蹇叔哭师只是咒骂了几句，没有处罚，后来还作自我批评，并发挥人才理论。这篇文告收入《尚书》，作为最后一篇，题为《秦誓》。其中有一段还被引入《礼记》的《大学》篇。这篇后来独立成书为《四书》之一。秦国这一段经典曾千百年传诵不衰，由此可见，古人对历史信息的处理和解说以至于判断和记录是各有各的道理的，不是随便闲谈，像我这样的。

重看这本书中的连续剧比小时候看不大一样了，也悟出林琴南老夫子当年点出“东”字的“文心”。他是破译密码、解说信息、指导作文的。开卷忽有点滴新知，便写下这些闲话。

1991年

与书对话：《礼记》

有要求人跪着读的书——神圣经典，句句是真理，在真理面前只有低头。

有必须站着读的书——权威讲话。这是训话，没有讨论余地。受教育的人只有肃立恭听。

有需要坐着读的书——为某种目的而读的书。这样读书不由自主，是苦是乐，各人感觉不同，只有坐冷板凳是一样。

有可以躺着读的书——大多是文艺之类。这样读书，古名消遣，今名娱乐。这是以读者为主，可拿起，可放下，可一字一句读，也可翻着跳着读。通常认为这不算读书，只是看书。有人认为有害，主张排除。有人认为可以保留。

还有可以走着读的书，可以一边走一边和书谈话。书对读者说话，读者也对书说话。乍看是一次性的，书只会说，不会答。其实不然。书会随着读者的意思变换，走到哪里是哪里。先看是一个样子，想想再看，又是另一个样子。书是特种朋友，只有你抛弃它，它决不会抛弃你。你怎么读它都行，它不会抗议、绝交。所以经典也可以走着读。

我对孔夫子牌位磕过头，对释迦牟尼像也磕过头，但我读经书不是跪着读的。孔门的《四书》背诵最早，《五经》没背全就上小学了。佛门的经背得更少。背书是机械动作，不用头脑，背过了也不懂。背来背去，口头背成顺口溜，心里想别的，有时也和书对上话。书不回答，我替它回答，再一背，居然觉得书中更有答话。后来读到柏拉图的《对话集》等书，才知道不仅是《论语》记对话，《金刚经》记对话，欧洲书中也有不少对话。不仅上古、中古人对话，近古、近代人也对话。科学家布鲁诺、伽利略写对话，贝克莱主教也写对话。

于是忽然想起《礼记》。为什么？因为在大学里多年以后才记起了《大学》这部书。这本来是《礼记》的一篇，宋朝晚期朱熹才把《大学》和另一篇《中庸》从《礼记》独立出来，和《论语》、《孟子》并列为《四书》，从元朝起受到特殊的尊重。可是直到今天好像也没有人追溯这两篇互相独立的文的来源《礼记》，不问为什么“三礼”（《周官》、《仪礼》、《礼记》）之一的书会包含这两篇政治哲学文丛。《礼记》是由西汉戴氏叔侄传下来的，本身是一大“文丛”，讲说礼的种种规定，解说各种礼的意义，还记录孔门弟子的言行，以礼为核心而不限于礼。讲儒家而不讲《礼记》是不可思议的。我们“天朝大国”不是“礼义之邦”吗？

20世纪的人类学对各民族、各种社会、各种人的“礼”，或说是社会关系的行为符号，非常注意，从调查其表现形式到解说其内容意义和所起的作用，逐步深入、扩大，而且由“野蛮”转向了“文明”。近些年来对于西藏的密宗仪轨的兴趣越来越大，心理学家容格简直入了迷。调查南美的列维·斯特劳斯慨叹未能调查理解佛教，他还不知道儒家更与他相近。孔子一眼看出了“礼”是社会结构的外在表现，把制礼作乐和礼坏乐崩作为治和乱的两种符号形态，这实在是一大发明。“忠字舞”、“语录歌”、“早请示、晚汇报”等都是礼乐的“破旧立新”的失败尝试。古礼仿佛很繁，实际上有增减变换。磕头改鞠躬，长袍变西服，意义一样。20世纪20年代，我还年幼，已经参与过残存的婚丧交际礼仪，大体上还是如《礼记》所记。书上繁琐，做起来并不麻烦。后来接触佛教徒，又知道行为戒律第一要紧，是生活的规范、团体的生命、分派的条件，轻易破坏必自受其害。行为第一，不是理论第一。基督教作“弥撒”，作“礼拜”，伊斯兰教“五拜”、“朝圣地”，都是“礼”。“嬉皮士”留长发，男扮女装，不过是用一种礼替换另一种礼。连“女权运动”着眼的也是礼。大会示众、批判、检讨也都是行“礼”。礼就是共同的风俗习惯，比法律更为有力。社会无礼，不能安定。《圣经·旧约》是犹太人的《礼记》，《梵书》是古印度人的《礼记》。

以上独白是从我和《礼记》的对话来的。不妨抄下几段原始记录、书人对话。

书 夫礼者，所以定亲疏，决嫌疑，别同异，定是非也。

人 我明白了。这句话的第一点是民法，第二点是刑法，第三点包括国籍法、移民法，第四点连所谓“法哲学”都有了。思想很现代化呀。

书 爱而知其恶。憎而知其善。

人 了不起！这不是兵法的“知己知彼”、避免片面性吗？情人、夫妻之间若遵这条礼，大概离婚率可以降低了吧？

书 鹦鹉能言，不离飞鸟。猩猩能言，不离禽兽。

人 这里大有文章。“言”不能决定本身性质归属。只会说好听的话不能算数。

书 礼尚往来。往而不来非礼也，来而不往亦非礼也。

人 这是国际准则，也是人际习惯吧？

还有来回讨论，不能记了。这只是第一页里的几处句子。

书是好朋友。与书对话，其乐无穷。连干燥的古书《礼记》都能活跃起来，现代化。不会读，书如干草。会读，书如甘草。现代化说法是如同口香糖，越嚼越有滋味。

阿Q——辛亥革命的符号

1995年照老皇历算是乙亥年，是猪年。关于猪的功过祸福我说不上来，亥年却是记得住的，因为我是辛亥革命后第一年出生的。一眨眼八十四年过去，亥年又到，忽然就想起写辛亥革命的《阿Q正传》，便找出来看了一遍。

说来惭愧，这部名著我从头到尾只读过两遍。第一次读时我还在上小学，看的是《呐喊》的初版本吧。第二次读就是昨天。中间七十年里，读的都是别人写阿Q的，只有《华盖集续编》中的一篇是作者鲁迅自己说小说“成因”的。所以讨论这部已成经典的著作，我是万万不敢的。不过听说现在有接受美学是只论读者，不管作者的，又有一种理论说是只管“文本”的“话语”，不必问其他的。那么，我来闲谈几句，说自己读“文本”时是当作符号组合，好比读《易经》，也许还不至于被认为是对经典不敬吧？

《阿Q正传》的中心人物当然是我所尊重的阿Q兄。全篇只有他是个三度空间人物，不但有“起居注”，而且说到他的内心活动和外在表现。入城一段从略，那也是“为贤者讳”，“未可厚非”。小说中其他人物便都是二度空间的，是从Q君或作者眼中看到的形象，有表无里，也不连续。这样一看，Q君便居中巍然独立，线型发展，从考证姓名，经过“优胜”到“悲剧”，发生“生计问题”，然后是暂时“中兴”而走入“末路”，在“革命”和“不准革命”之间得到“大团圆”的终局。在这“结构”中，Q君是“三度”中心而为“二度”人物环绕，展开“线型”活动。“结构”实在是非常严谨。这一“程序”和辛亥革命正好平行一致。以上这些，谁都看得出来，不用我多嘴。

我想说说小说中的符号序列。阿Q是辛亥革命的符号，极其明显，无须多说，且说他本人。他是永远“自我感觉良好”的，最可佩服。他一生自以为是，从来没有认为自己有错，不需要“自我批评”，因为不对的总是别人。圈画不圆，他只感到“羞愧”，乃是“精益求精”之故。他只有胜利，从无失败。正如辛亥革命，一举义旗，几个月就结束了几千年的帝王专制，多么简单痛快。辛亥革命是正确的，胜利的，正如阿Q。癞，秃，不过是白璧微瑕，瑕不掩瑜。“人无完人”。形象只是外表，无损于本质。画圈不圆之类小小失误，“何足挂齿”？

用时兴的《易》数眼光看，Q君是中心，贯串着九宫、八卦。全篇九章，排出九宫。去掉第一章《序》便是八卦。围绕中心的是一对又一对人物。赵、钱两位老太爷，举人和秀才，假洋鬼子和把总老爷，小尼姑和老尼姑，王胡和小D，赵白眼和赵司晨，吴妈和邹七嫂，管土谷祠的老头子和问案判案的光头老头子，刚好是八对，分属“休、伤、生、杜、景、死、惊、开”八门。组织确是非常严密。这是“掐指一算”就会明白的。“八”是中国数字符号传统中的首要符号，是传了几千年的“两仪、四象”对偶文化思路，今天仍受重视。

“结构”查完，应该作“意义”的“诠释”了。不用说，所有这以前和以后的话都是我这个读者读出来的，与作者无关。

将全篇作为一个整体来看，阿Q的一切作为都不是孤立的。那八对人物也是互相联系结合起来的。可是这还不够完整，不能构成一个不停运转的“引力场”。好比几何学中的点是虚拟的，必须成为线。线仍是虚拟的，必须成为面。面还是虚拟的，必须成为三度的立体才能构成世界。三度以上便出了人的感觉认识以外了。阿Q这个中心加上八对辅弼，仍然是一群点结成面，要成为整体，还得有弥漫空间的“以太”。这就是全篇在关键时刻一定点出来的“闲人”。打阿Q的是“闲人”。没有这一打，就没有“儿子打老子”这句名言。赌场里少不了“闲人”。酒店里看他挨打的是“闲人”。看他和小D打架的是“闲人”。传阿Q发财并“探Q的底细”的还是“闲人”。一直到后来赏鉴Q君“示众”上法场的仍旧是“闲人”。“闲人”就是“未庄人”，无处不在。最后一段点出未庄的“舆论”和“城里的舆论”。“舆论”是谁造的？当然是“闲人”。小说写的是“闲人”。没有“闲人”就没有未庄，也就没有阿Q和那八对人，没有“革命”，也没有“不准革命”，没有了这篇小说。

阿Q不过是个符号，辛亥革命的符号。他是胜利者，不是失败者。小说中写得明明白白：“有些胜利者，当克服一切之后，看见死的死了，降的降了，‘臣诚惶诚恐死罪死罪’，他于是没有了敌人，没有了对手，没有了朋友，只有自己在上，一个，孤零零，凄凉，寂寞，便反而感到胜利的悲哀。然而我们的阿Q却没有这样乏，他是永远得意的。这或者也是中国精神文明冠于全球的一个证据了。”

然而，这不是全部，这不过是未庄一个村镇。小说中还说：“村外多是水田，满眼是新秧的嫩绿，夹着几个圆形的活动的黑点，便是耕田的农夫。阿Q并不赏鉴这田家乐，却只是走，因为他直觉地知道这与他的‘求食’之道是很辽远的。”

未庄“闲人”以外的，离阿Q的“生计”辽远的农夫，是生产者，是养育者，在“舆论”之外。他们只是“几个圆形的黑点”，然而他们是全部小说中的未来，超出了阿Q，超出了辛亥革命。

欧洲有个堂吉诃德，中国有个阿Q，大不一样而异曲同工。他们都能化身千百而且不断“转世”。这一点，塞万提斯和鲁迅做不到。艺术品总是超越艺术家而更加长寿的。

1994年10月

父子对话：八股文学

贾政：宝玉，你这个不肖子，整天在大观园里玩耍，不好好读书上进。我知道你的心思，以为我们世家子弟，有祖上余荫，不必去跟平民百姓一同考试做官，降低身份。你记不记得，圣人说过，“君子之泽五世而斩”？你看过《史记》，大约不去看那些年表，不想想那些王侯功臣传了几代？何况仰靠祖宗出生入死的汗马功勋，不想自己立业，这就是不争气，没出息。为父的当这一名员外郎，是蒙天恩浩荡，念当年国公爷为朝廷效力而来，每日兢兢业业，总觉得那些凭念书考试得功名的学士们心中暗笑我。要知道而今不比当年打天下立功劳时了。我们这些贵戚子弟再不努力凭本事去和平民争高低，整日价闲游浪荡，这样下去怎么得了！

宝玉：大人教训让孩儿出了一身冷汗。

贾政：你嘴里这样讲，心里不服气。你这样年纪，在这样家里，见不到一个用功的人，自然不愿读书。

宝玉：孩儿不是不喜读书。前天看了《庄子》，昨天又看禅宗《语录》，每天背诵杜诗。只是觉得圣经贤传背过了也就是了，记在心里就好。那些敷衍圣贤的现成话，把一句话讲成一大篇，重复来重复去，照一定格式做文章，不过是禄蠹们求做官的敲门砖，实在没有意思，算不了文章，念不下去，更不愿仿作。

贾政：你说出心里话，这很好。你说“禄蠹”。什么是“禄”？就是朝廷赏赐的俸禄。做官为朝廷办事，得俸禄“养廉”，不去讹诈老百姓，正正当当，有什么不好？为父的觉得只有每天上朝，每月领下这点俸银，才于心无愧。全家人都是吃祖宗饭，这饭又是从哪里来的？还不是朝廷顾念上辈功勋赏赐的？我们这些后辈为朝廷做了什么事？难道不是蠹虫吃国家钱粮，吃老百姓缴纳给皇上的血汗钱？这样的饭吃得长久吗？说到八股文，这也不仅是应考过关用的，也是学文章、做学问的基本功夫。代圣人立言就是学圣人说话，揣摩圣人的心思，学做人的根本道理。难道和圣人想的、讲的不一样才算好？圣人说“思无邪”。我们难道要思有邪？圣人说“学而时习之”。你就是不学不习，应当把这句话揣摩体会，好好做上这个题目的十篇八篇八股文，改改思想。不听圣人的话，将来做官怎么听皇上的话？庄子、禅师是异端。你把异端的祖师当作圣贤，学他们的讲话，这不也是作八股文又是什么？不过是道教八股、佛教八股就是了。作儒家八股，应科举得功名，为国出力，为民办事，不比出家当和尚道士吃人家供养高强吗？杜少陵的诗应当念，要学他的“每饭不忘君”，学他的“致君尧舜上”，“穷年忧黎元”。再说，八股文是几百几千年文章的结穴，是入门的根基，你说说有什么不好？

宝玉：命题作文，格式固定，不说自己心里话，替别人说话，这就不好。

贾政：我问你，听说你和姊妹们结了一个海棠诗社，出题白海棠，限韵作七言律诗，这不是和八股文一样吗？作八股立意不能出题，你作白海棠诗能说成牡丹富贵花吗？七言律诗还限韵，加对仗，讲平仄，一点不能错，这不是八股诗吗？题是白海棠，你心里话能“骂题”吗？八股文题是圣贤的话，你心里想的就该向圣人学，不一样就要改成一样。这同你作白海棠诗就要一心想着洁白一样。什么庄子、禅师，不过是另一类人尊的圣贤教人做另一类八股罢了。我们还是要先背诵儒家的《论语》、圣人语录。有了八股基础，再看那些异端，就知道为什么圣人说，“攻乎异端，斯害也已”。没有圣人的语录打底子，就去读异端的语录，就走入邪道了。这不是为做官，这是学做人。要读圣人的书，听圣人的话，做圣人的好学生。再说，《诗经·雅·颂》《书经》的典、谟、训、诰是作者自己讲心里话吗？是代帝王宰相周公讲话。这就是圣人之言，八股的题目，八股的榜样。你会说，屈原的《离骚》不是八股。你想想，他开口就说

"帝高阳之苗裔兮"，家世显贵，可是他不肯闲游浪荡，要忧国忧民，口说美人芳草，心存帝王将相，这才有了第一篇《骚》，成为以后多少诗赋的八股题，本身成为《骚》八股的"程文"。他的《九歌》也是颂神的诗，和《雅·颂》一路。汉朝的更不必说，赋、乐府、对策、史传都是上呈帝王的，都照帝王的旨意说话，都是代圣人立言。所谓讽谏也是一样。再往后科举考试直到而今。从贾谊、董仲舒起就是作八股文。不作儒家八股的就作道家八股、佛家八股，还有自称不做官其实是做不成官的隐士八股。你翻开《昭明文选》，除了开创的以外，有多少不带八股气的？本朝的八股文从"经义"来，是遵守"放之四海而皆准"的圣人指示的。也许将来要废，可是换上来的一定是新八股。不是这种经，就是那种经。古往今来诗文不是八股的少得很。你说说看，不是八股的文章有哪些？小说、戏曲不能算。

宝玉：我看袁家三兄弟公安派的文章，还有钟惺、谭元春竟陵派的文章，可说是抒发性灵的。

贾政：袁家三位和钟惺哪一个不是进士？不作八股能中进士吗？谭是乡试第一名。他不作八股能中解元？这些人先学作八股，做了官、出了名以后才停下了，究其实还是八股出身。不懂八股的人不知道，他们后写的文章是另一类八股，照样是有框子、有程式，为他人立言的。不过这些人都不把正规八股文收入文集，出全集为了不全出，仿孔圣人删《诗》。你就被瞒过了，不明白全集都是删改过的。将来你中了进士，放了实缺，当然就不作八股文，可以去作性灵一类的另一种八股了。

宝玉：那还不是敲门砖?

贾政：想入门就得敲门。饿了要吃饭。吃饱了，你才可以高谈“饿死事极小”。

宝玉：八股文千篇一律，太死板，我念不了几篇就要打瞌睡。

贾政：那是多数平庸之作。律诗、律赋也是和试帖诗一样千篇一律。不论哪种文体都有好有坏。自从洪武朝以来，八股文格多次修改，八股文风代代不同。归有光号称学《史记》以古文名家。他本来是一代八股文大家，开创了一种文风，此刻不时兴了。正像韩愈，他反对骈文八股，创出了散文八股，照旧是为人立言，有一定体式文风，成为新八股的祖师。他说“凡古于言必己出”。那就是说，今人于言不是“己出”了。

宝玉：照大人的说法，八股文无处不在，成为最高的妙文了。

贾政：那又不然，不可一概而论。考场八股不会出好文章。状元的墨卷往往不通。但八股精神贯串于从古到今的诗文之中。八股是入门，是一把钥匙，不懂它不行，被他限住了更不行。你讨厌八股，可是你的想法全是照八股程式，自己不知道。这就是因为你不懂八股。读懂了八股才能分别，才能不作八股。你回去好好想想。

宝玉：是，大人。

金圣叹评曰：父是结构主义者。子是解构主义者。父是现代的。子是后现代的。第三代如何？等着瞧吧。

“道、理”·《列子》

我们中国人最喜欢讲道理。不论识字不识字，读书不读书，大家都知道凡事要讲道理，也就是讲理。“你讲理不讲理？”是吵架和打架的序言。

从书本上说，道、理两字可以概括两三千年的文化思想。不但老子开口就是“道可道，非常道”，而且孔子也是开口“天下有道”，“天下无道”，闭口“道之不行也”，“大道之行也”，以至于“大学之道”，“生财有大道”。南齐刘勰作《文心雕龙》，开篇是《原道》。唐朝韩愈作《原道》，建立了“道统”。宋朝的哲学称为“道学”，又称为“理学”，讲“万事万物莫不有理”。于是“道”、“理”并称，成为“道理”。

稍微细看一下，“道”和“理”的流行又有先后之别。孔、孟、老、庄不大讲“理”。从宋朝起，讲“理”胜过了讲“道”。分界线是在五代十国之时（当时有位名人叫冯道）。这以后“道”便主要属于“道家”，“道教”。“道学”只沾点边。“讲道”、“布道”在基督教会里。“讲道理”也简化为“讲理”了。

魏晋南北朝时佛教进来，佛“法”化进了中国原来的道理。和尚早期也称为“道人”。但“法”（达摩）始终没有代替“道”和“理”。那时是变化的开始。大变化是在晚唐五代。这以后中国社会的许多方面便和以前有很大不同了。也许全部过程是从三国到五代，但那太长了。或者可以说，南北朝是一变，五代十国是二变。孔子说过：“齐一变至于鲁，鲁一变至于道。”（《论语·雍也》）中国读书人中流行的思想却是“道”一变，二变，至于“理”。这和不读书人的思想也是相通的。天师道或五斗米道后来变为天理教。不过“道”字的势派好像还是比“理”字大些。“替天行道”、“天道好还”，比“天理昭彰”通俗些。但是到末了，“理”字大占上风。真理、理论、理智、理性等词流行，“道”字不见了，“理”字也不是原来的了。

从什么时候起不讲“道”，甚至不大讲原先的“道、理”了？我看是在清朝道光年代。“道光”的“光”本是光辉，变成了“精光”。清朝从满族入关建立大帝国到“亡国”共有十个皇帝。一帝一个年号，很好记，是顺（治）、康（熙）、雍（正）、乾（隆）、嘉（庆）和道（光）、咸（丰）、同（治）、光（绪）、宣（统）。道光正在中间，承上启下，从讲“道、理”到不讲“道、理”。确切些说是在这以前，大家一直讲了几千年的大“道、理”，从这以后，越来越不讲，也不爱听那一套大道理了。

为什么道光年间起了变化？背景很容易说，是有了两件大事。第一件是，从遥远的欧洲，经过印度，来了越来越多的鸦片，终于在道光二十年（1840）引起了东方天朝大国和西方蕞尔岛国英吉利的一场大战。天朝竟然糊里糊涂被打败了。赔了大量的白银还不算，又开了五个海边口子，名为“通商口岸”。“口岸”上有“租界”地归外国人管。还割让出去一个小小的没有几户人家的小岛。这岛当时无名，现在大大有名，就是香港。这一仗打完了，全国上上下下都是鸦片烟，到处都是洋人加洋货，还有洋书、洋学、洋思想。从前印度佛教进来时的情况可不能和这时相比了。第二件是，在这以后不过十年，道光三十年（1850）爆发了标榜上帝教的太平天国反对清朝以及孔子的长期内战，少算是十几年，多算有二十几年。中间还夹着外国（英、法）军队打进北京（1860）。从此，玉皇大帝、元始天尊，加上阿弥陀佛，都化而为一个上帝。“德配天地，道冠古今”的“至圣先师”被指为“妖”。这一仗打得天昏地暗。太平天国亡了，但孙中山从洪（秀全）、杨（秀清）的传说故事得到启发，将上古的“汤武革命”现代化。武昌起义，一仗就打掉了几百年以至几千年的皇帝。从此“革命”成为至高无上的好事。“造反”有了“理”，几千年的大道理仿佛冰消瓦解了。

三国、六朝是初变，五代、十国是再变，“道光”是最后大变。“道”从此“光”了。

是不是全都变了？从头上的帽子到脚上的鞋子，从男人的辫子变光头到女人的小脚变大脚，哪一样还是几十年前的老样子？讲的话，作的文，也大变了。我的生活于清朝的父亲假如活过来，我敢说他听不懂话，看不懂报，若是见了我写的文章，一定会气得再死过去。看起来是变得一点不剩了。

然而，还是有许多人，读书人和不读书人，认为并没有变得彻底，甚至认为变了躯壳还没有变魂魄。这是为什么？“魂魄”是不是哲学、思想？

大约是蔡元培当北京大学校长时才开办了一个哲学系，开了一门从来没有的“中国哲学史”的课。起先是一位陈老先生主讲。据他的学生冯友兰先生说，讲了一年才讲到周公。我问过他：周朝以前哪有那么多可讲？冯先生说，陈老先生是从伏羲画八卦讲起的。我才恍然大悟。原来这门“中国哲学史”讲的是《易经》，当然再讲一年也只能讲到孔子了。这样，蔡校长才从美国请了二十几岁的胡适博士来讲。他讲的《中国哲学史》只有上卷。现在看来平平无奇，当时却是石破天惊，是第一部讲中国的“哲学”的历史书。哲学是个外国字的汉字译名，所以孔、孟、老、庄全穿上了西装，墨子也大讲“逻辑”。以后有人扩大“哲学”讲“思想”，于是出来了一本又一本的中国“思想”史。这许多“史”讲来讲去，大半出不了一部分书本史料。哲学固然是书本，思想也只在书本中见。可是几千年来中国人中绝大多数都不识字，识几个字也只写信记账，不大读书。讲中国不能把他们忘了。他们听书、看戏、种地、打仗、做工、经商，有的甚至做大官，当皇帝。他们的思想是不是中国人的思想？和书本一样不一样？他们的思想在哪里呢？据说君臣、父子、夫妇的“伦常”是中国人的主导思想，可是从春秋起，甚至更早，就“弑君”不断，“谋杀亲夫”也代代都有，这是怎么回事？所以讲哲学（外国字）也罢，讲思想（中国化了的外国字）也罢，有两套。一套是书本里的名家著作。这可能是顶子、尖子，也代表了不少普通人，因为这些名字名气大，有人推广，所以影响大，但信从的人未必普遍，推广者也未必都照办。另一套是书本里没有专著的普通人的思想。他们有行动，也有言论，但不识字，或则不会写书。然而，他们自己不写书或者不能写，别人会代他们写，记下他们的事和话，也会提炼一下改头换面写成故事、小说、戏曲之类。这些东西本来是从不识字、不读书的人那里来的，所以一回去被他们知道了又传播开来。也有高深著作包含他们的浅近思想。这一套思想史里不能说没有哲学，只是在“学案”式的书中还不大有地位。我希望有人能把两套合一来研究并写作中国哲学史或思想史。（已有这样做的，但仍以名家名派为主，未及全局。）

中国古代读书人和外国古代的很不一样。他们不像在古希腊、罗马有城邦养活，又不像在中世纪欧洲有教会养活，也不是印度的婆罗门、沙门那样可以靠供养或说乞食来生活，也不同于波斯、阿拉伯的有宗教维护，所以尽管在教书、卖文（替人写寿序、墓志铭等）之外，有些人可以放心做官和吃地租，但这是极少数，绝大多数还是不能不为衣食住着想。当官的也是“伴君如伴虎”，不做官又会受官府和恶霸的欺侮。他们的诗文仿佛高超自在，其实“乐天”在于“安命”。饿有饿的苦，饱有饱的愁。不“发愤”何必著作？这句话是太史公司马迁的“一语破的”。那些应考之作，应酬之作，花前月下享乐之作，很少传下来的。连清代幕僚的作品《秋水轩尺牍》也是牢骚居多。传下来的诗文中往往是“香艳”实不“香”，“脱俗”未离“俗”。“黄连树下弹琴”，苦中作乐而已。嵇康临被斩还弹琴作《广陵散》，是超脱吗？真超脱便“尸解”而不作声了。他的“作声”抒发了万千不作声的人的叹息。不作哀悼之词往往是发哀悼之情。这一层道理近来渐渐有人说到，不过往往用外国话说，什么“集体无（非）意识”、“隐喻”之类，还没有中国化。

不但文艺如此，哲学思想也一样。中国古人读书作书重实，这已成为常识。还应当说，不仅是虚中有实，而且是实中有虚。前者不必说，都知道，后者可以说是以实事表达思想，以语言表达语言所不能表达的“语言之外”的意思。这就是所谓“寓言十九”。不以实表虚而以虚表虚的比较少，如《老子》、《公孙龙子》之类。这些书里也有实。不过可能是口传，而记下来的就有骨无肉了。流传广远而悠久的都是有实事或有故事的书。孟子说的拔苗助长是一例。《列子》里的愚公移山又是一例。

不妨谈谈《列子》。这是道教的三大“真经”之一，仅次于老子《道德经》和庄子《南华经》而称为《冲虚至德真经》。可是久矣夫比不上老、庄，而到现代更受冷落。原因大概是这书被证明为后来的“伪作”，不是《汉书·艺文志》中著录的原本，更不是《庄子》里说的那位“御风而行，泠然善也”的列御寇所作。编订作注的张湛是晋人，所以有人以为可能是注者所作或编纂。《列子》不属于“先秦诸子”，于是地位大降。其实这部书有自己的特色。其中思想的来龙去脉比书的流传更为广远。特色之一便是书中的寓言故事多，也就是以实说虚的多，类似《庄子》而又有不同。由此，不仅有浓厚的文学意味，而且有明显的民间色彩。因为可能书出于魏、晋，内有佛经故事被“取为我用”，所以书又降低一格。实际上引用故事主要是继承战国诸子以来传统，而且和印度佛经有一点大不相同。佛经故事总是以故事来证明一条已说的道理，中国的，例如《列子》，却常用故事来说明一条未说的道理。道理讲不清楚，就来一段故事。认为《列子》是思想和故事的杂烩也罢，较秦、汉书为晚出也罢，不应当抹杀这书表达了中国社会思想的意义。它不仅发挥了秦、汉以来以至魏、晋的社会思想，而且延续到以后，特别是在民间，并未断绝，不仅是神仙理想。例如为报仇求三种快剑杀人不死的故事（《汤问》），是生动、幽默而有哲理的奇想，作为新武侠小说也可入上品。

再说说“道、理”。中国人思想习惯喜欢对偶。“道、理”好像没有对立面，只有“无道”、“无理”。实际上是有。那就是“势”。“势”是不讲道理的。贾谊《过秦论》末句说：秦亡是由于“仁义不施而攻守之势异也”。这是“道、理”（仁、义）和“势”并提之一例，但仅仅讲了“形势”之“势”，未及其全部意义。“势”表示一种不可抵御的力。《列子》讲“道”，讲“理”，也讲到“势”，但不以为主题。有一篇《力命》，开头便是“力”与“命”的对话。将抽象的“力”和“命”人化，这和将“混沌”作为人一样，是古来相对说比较少有的一种表达法。在这里仍然是以故事、对话表达抽象道理。这对话表明，“力”不一定能达到预期的结果。“命”是改不掉也说不清的。换句话说，人事讲不出道理。这世界不合理。这世界是荒诞的。其中列举了一系列不合理的公认传说作为事实来证明。《列子》讲的道理是自然无为，矛盾无理，因为“自然”不讲道理，努力常是白费，结果往往和预料相反。这也就是说，“势”胜过了“理”。著名的愚公移山故事，在《列子》里只是证明愚胜过智，神也怕人愚笨得挖山不止。“力”起了作用，用的可是笨法子。结果也不过是神把山搬到别处去堵别人的大门而已。《庄子》的达观显露出不得已。《列子》的“自然”喷发出悲观气息。《老子》是给特殊人讲的哲学。《庄子》是给读书人讲的哲学。《列子》是给平常人讲的哲学。

对当前的新著作都希望有不平常的信息，因为平常的说法我们已经知道了。对古代的书想要知道的是古人的普通的思想，因为突出的名人的思想我们已经知道了。《列子》讲的道理高不过老、庄。八篇书就篇名、篇首次序看，从天、黄帝、周穆王、仲尼（孔子）讲到殷汤、力和命、杨朱。最后一篇题为《说符》，用故事、对话讲道理。全书讲了不少仿佛莫测高深的话，也讲了很浅显平常的事。总之，全书教的是“世故”。书中有一片悲观厌世的气氛，胜过庄子，胜过佛教，因为不以空言自慰，又没有涅槃和报应。托名子贡说“大哉死乎”（《天瑞》）的恐怕只此一家（《庄子·至乐》与此同而有异）。歌颂愚痴而以“不识，不知，顺帝之则”（《仲尼》）为理想的也许是以此书为首。“朝三暮四”，“愚弄群猴”（《黄帝》）。“歧路亡羊”，叹“道”多歧（《说符》）。劝杞人不要忧天忧地，表面上说天地可靠，骨子里说的是人逃不出天地以外。说天地会坏，不会坏，都不对（《天瑞》）。许多荒唐故事和荒诞话不过是指向人世的荒诞无理，讲出没有道理的道理，有“物理”无“人理”的学问。这可算是特别的世故教科书，是一两千年前中国的卡夫卡。

中国讲道理的古书很多，所讲的道理已有不少书介绍、评论，但讲的方式不大受到注意。讲的什么，很重要。怎么讲的，同样重要。和别的国比较，中国方式中有几点更着重。一是对话，二是寓言，三是反讽（指东话西，正言若反）。《列子》里面三者俱全。这是杂烩，也就是“大路货”。在这方面，它也够得上一部“真经”，一种“样品”。

顺其自然岂不是听天由命？但“乐天知命”也仍有忧。（《仲尼》）承认自然的威力又不免咕咕叽叽。无可奈何又有时不服气。违反自然也出不了天地的包围。我想，假如阿Q先生能成为哲学家，也著书讲道理，很可能他的大著就是一部《列子》。

1990年

“解构”六奇

法国德里达等人提倡的所谓“解构”，七八十年代在美国神气起来。我们不可望文生义，也不可认为这只是和结构主义“对着干”。外国人不那么重视学术招牌，不大管“正名”，只讲术语和逻辑。德里达的文体很古怪，用词特别，推理不同寻常。若不明白当代欧美人心中的参照系，不注意他们以为大家都已知道而没有讲出来的话和要探讨的问题，不知德里达拼命反对“逻各斯中心”传统是怎么回事，那确实不大好读。不过加以中国化解说似乎也还可以懂。试试看吧。姑且解说一下六条奇谈怪论。

一、言在意先。这是什么话！语言是表达意思的，怎么能反而在先呢？戳穿了说并不奇怪。一是说，思维不离语言，一进行思考便进入已有的语言框子。有的历史小说和电视剧中古人讲话用“绝对”、“可能”之类现代新词，可见作者构思时用的是现代语言。二是说，语言中的意义是由收到语言的一方得出来的，所以在后。唐朝李商隐的一首“锦瑟”诗的语言已存在了一千年，但最近还有人从中读出新意义。

二、字在言先。这又是奇谈。没有语言，何来文字？其实，这个“字”指的是形象和轨迹。讲话之前必有客观的或则主观的已有轨迹，不然便说不出话来。说“你好”也必先有个“你”。语言不能无前提而出现。可惜欧美人讲来讲去不过是拼音文字，只能设想汉字而不懂汉字的奥妙并不在象形。我们用汉字作为表意符号，很容易便明白语言中的声音是可以在形象之后的。这同表演艺术很相像，例如配音便是形在音先，好比望字读音。

三、无中生有。《老子》早已说过“有无相生”，但这里说的是“有”依赖于“无”。《老子》说的是“当其无”才有“用”。任何对象中都有不能直接见到的“无”。需要有中见无，无中见有。书中，话中，有许多是没有说出来的。书中作者和话中的事也是不在眼前的。接收艺术信息若只见其有而不见其无，就只能得到一堆无意义的感觉材料了。

四、异中有同。这看来容易其实很难讲，所讲的是黑格尔用的一个词。这个词现在译为“扬弃”，从前曾音译为奥伏赫变。从这里可以一直讲到《管锥编》论“易”，以后还得讲下去。德里达解说这个德文词的法文译法也费了大事。

不过我们可以照一般理解。不多追究，因为我们都知道辩证法有矛盾的同一性。

五、古不离今。我们说的古实际是今。电视播放评书《杨家将》，并没有把我们带到宋朝去，反倒是使宋朝在我们眼前和耳中出现。夜间抬头望银河，那都是多少万年前（用地上时间计算）发出的光。我们眼前见到的是“古”时的星。任何点都是面，是立体，有头有尾有过程。不论人或物都是“事件”，可以当作“文本”来读解。这并不玄虚。我从书中看出岳飞和从你口中听到南极是一样的。出现的都是今，“现在”，不在远处。

六、反客为主。德里达大讲“寄生”即“食客”这个欧洲词的希腊原义，其实无非是“衍义”。印度美学中早就说，“字面义”是次要的。而“领会（暗示）义”是主要的。中国人也早就说了：“人莫不饮食也，鲜能知味也。”（《中庸》）中国人和印度人都说“韵”、“味”。破什么“逻各斯中心”，不过是西式的“不可言说”、“不可思议”罢了。

照我看来，从哲学美学方面说，80年代的欧美的孙悟空还没有跳出中国、印度、日本古代如来佛的手掌心。作为中国人来说，我们的祖先确实想到了很多现代世界上的思想问题，不过各有各的思想方式。今天世界上还是从欧洲出来的问题和想法最发达，所以我们也还得做孙悟空而不能总是满足于做不动摇的如来佛。

高鹗的八股文

北京大学图书馆所藏珍贵稿本现在开始作为《稿本丛书》印出来了。新近影印出版的第一批书中有一本《兰墅制艺》，即高鹗的二十七篇八股文的抄本。

这书的原本我曾看过。有些错漏字原抄本中已自改正。六篇有高鹗的《自记》。有许多人的评语和浓圈密点。前面有题诗和附的信。有些评语写在纸条（浮签）上粘于书头或夹在书中。评语多半吹捧，但也有“未稳”、“可删”的意见。这显然是抄出来在亲朋中传阅的本子。题诗中有“不算石头记”之语，书后有“红楼外史”图章及签条说明，可证作者确是补足《红楼梦》的高鹗。他是乾隆年间进士。书中有两篇题下注“乙卯”及“钦取第二名”。

书印出来了，我不免唠叨几句，无非是自问自答。

《高鹗诗文集》已经出版，又印这本八股文，单从这本书能看出什么来?

大家都知道八股文，但未必有多少人看见过八股文，见了也未必看得出所以然。印出这本书好比展览古董，让人见识见识吴敬梓在《儒林外史》中和曹雪芹在《石头记》中所鄙薄的东西，看看当时读书做官的敲门砖，也算是扩大知识面吧？后来不考八股了，它便消灭了，却不是无影无踪，八股精神未必不在暗中流传，不妨对照。这也好像是修古迹以供旅游，古为今用吧?

八股文妙在似通非通，不仗文才，也不靠学问，所以大文人蒲松龄到老才补上贡生，大学者戴震一辈子只是举人。题目来源有限，只出自《四书》。全篇字数和内容层次有严格的形式规定。要将一句半句的孔子语录敷衍成一篇文章真不容易。那么怎么才算好？怎么学作这种文?

且看高鹗这稿本的第一篇。题目是“大学之道”，是《大学》的第一句，其实只是半句。这“道”是什么。原来还有三句话，也是三个半句，题中没有，文中也不许明讲，讲了算“犯下”，只能在末尾或明或暗提到，以便接下去。这文章怎么作?

第一句“破题”是（标点都是我加的，下同）：

“圣经以大学教人而特揭其有道焉。”

点出了题目的三个字。有批语不客气地说：“破题欠老”。这篇题上只有两个圈，不算最优。

然后是“承题”、“小讲”：

> “夫学必规夫其大，而大者端有其道，经故特揭之云。尝思天之所以责于人者大矣哉！生人之理无不同，则使之继天而立者宜无不备；而卒无有能尽之者，何也？则大学之道不讲也。”

这后四句（标点出来只三整句）是“起、承、转、合”。下文有“前、中、后”三大“比”对偶段，共六“股”。“讲”、“比”中间有个“入手”：

> “大学者，所以进小学于广大精微之地揽夫圣贤君相之全者也；然而有道焉。”

于是接下去，排比起来。到末尾有“束股”或承上起下的结语。八股指哪八部分？从明到清有变化。

全篇在“大”、“学”、“道”三个字上作文章。没话说也要说，还只能说半句，因为题目只有半句。说来说去，说了等于没说，还是在题上几个字里兜圈子，决不出轨，毫不落实。什么语法、修辞、逻辑、意义全可以不管，因为题目里什么都有了，只要换些话重复说一遍，推演一番，就行了。整齐划一，铿锵悦耳，好看，中听，便是好文章。

这题不是孔子说的话，所以称“圣经”，不用圣人自己口气。到末尾要引起下文，即题的下半句：

“入大学者可不亟讲其道哉？”

接下去该讲什么是“道”，那不在题内，属于另一篇了。

八股之道正是作官之道。一切都在“圣旨”里，尽在“上峰”的“明鉴万里”和“明察秋毫”的“洞鉴”之中了，只需要照着讲就是。朝廷需要的“官”就是这样的人。至于办事，那是“吏”的把戏，是另一套，但也不出八股范围。官依上司旨意，吏照主管官说的话办成公文，这正是八股的命题作文的轨道。所以明清用八股文取士确实是训练作官的一个办法，是很有道理的。“多磕头，少说话”。说话必须有分寸，合规格，万不可出了“圣人之言”的范围。这是八股妙诀，也是为官之道。

读了八股文才知道《儒林外史》和《石头记》为什么那么鄙薄“时文”、“制艺”了。吴敬梓还只是讥讽作官的道路和官迷，曹雪芹就根本否定作官，把读书作官的人一概称为“禄蠹”。吴还想“尊圣”，曹竟然“非圣”，这可以说是两人两书的高下之别吧？吴建泰伯祠。曹撰芙蓉诔。谁低谁高呢？

高鹗和曹雪芹同时期而高略晚，又同是汉军旗人，高很能明白曹的心思，也很欣赏他的书，只是认为官还是得作，不应那么悲观绝望，得有个“光明尾巴”。试看他改的一条：钗、黛。

“可叹停机德，堪怜咏絮才。玉带林中挂，金钗雪里埋。”

曹认为：“玉带”（蟒袍玉带）是贵，挂于林中；“金钗”是富，埋于雪下；富贵全抛去不要了。“德”是“可叹”，“才”是“堪怜”，于是德、才、贵、富全空。宝玉既不能娶黛玉，也不能娶宝钗，只有在富贵全抛、才德两亡之后出家当和尚。《石头记》是名副其实的《情僧录》。十二金钗个个薄命。金玉良缘乃是虚话、反衬，是不能实现的。

高鹗加以修正。宝玉可以娶妻并中举再出家。他应当娶谁？自然是“停机”劝学的“德”比“才”更合适，所以黛玉焚稿不再“咏絮”了。依照八股文作法不得不如此。下文是中举，上文必然这样。林是姑表，不便成婚；薛是姨表，可以联姻。这也是要点，但还在其次。说高鹗写出了悲剧，突出了爱情，那是现代人把欧美的一套美学观点奉献给高鹗，高帽子实在不合头。宝玉既要中举，万不能娶反对八股的黛玉，只好让她死去。富贵作官和才学是不相容的。“德”也只需要乐羊子妻的停机劝夫继续游学作官。曹以此为“可叹”，指其用不上，和“堪怜”相等。高由此句引申了曹，由“可叹”而判宝钗守活寡，实在对她不比对黛玉好。这样一处理，倒给后人开了一条八股之外的欣赏的门路。苏曼殊和尚的小说《断鸿零雁记》恰好在文学创作中改编《红楼梦》，加以现代化。不过他是诗人而非小说家，写得不好，自己拘泥了自己。但当时也曾流行，还有英译本。王国维又从理论上将《红楼梦》欧化。曹雪芹，甚至高鹗，都变成了穿长袍马褂的德国哲学家叔本华。为什么会这样？也许只有交给讲接受美学的专家去分析作答案了。

作八股文的一个要点是“揣摩”。既要“代圣人立言”，给孔孟当义务秘书，那就必须揣摩他们说话的用意以至口气，再用绝不出格的另外语言表达出来，这样才能博得圣人点头。这是作文之道，也正是作官之道。清朝读书人都知道，作文章要揣摩，作官更加要揣摩。“揣摩”这个词现在不大有人用了，从前可是非常重要的流行语。不会揣摩“上峰”哼哈一声的用意，那就必然迟早会丢掉乌纱帽。

高鹗的“钦取第二名”两篇中的一篇的题是：“子曰：赐也贤乎哉！夫我则不暇。”这个题目真不好作，因为不但有含而不露之意，还带有讥讽口吻，而且重要的上面一句“子贡方人”又不在题目中，只能点到，接着讲，不能多说。这题的来源的全文只有四句话。未必大家都熟悉《论语》，所以不妨译解一下：子贡（端木赐）评论人物。孔子说：“赐真是了不起啊！我倒没这闲工夫。”这是不是委婉的批评？不赞成他批评人，所以也不好明说批评他。怎么表达圣人的言外之意。高君果然揣摩透了，又表达得好。有个评语说他把“乎哉”二字都表达出来了。全文虽仅五百字，也不便全抄，且摘录几段看看。

“破题”是：

“欲贤者存其内心而惕以己之不暇焉。”

“承题”是：

“夫子贡诚贤，亦何暇方人哉？子曰，赐贤而我不暇，所以警之者不亦深乎？”

因为题中有了“子曰”，那就不便上来就冒充孔子，须得点出是圣人说话，然后才虚拟语气。看他“小讲”中的“转、合”：

“不然，子贡之学岂遽贤乎？子贡之力岂遽暇乎？而方人若是。夫子曰：是侈心也。是盛气也。赐也贤乎哉！”

高君揣摩孔子的用心和口气真同揣摩宝玉、黛玉一样。下文在“前比”两段之后便拟圣人口气说话了：

“然而赐而方人，赐之贤也，亦赐之暇耳。然吾以为赐果贤也，即亦何必不暇？而特无如暇之难言也。夫赐则何不观夫我？”

以后发挥一通，模仿孔子口气淋漓尽致，抑扬顿挫，对仗工稳，太长，不抄了。题目没有下文，所以末尾就把话说完了。

这篇文章得到御笔“钦取第二名”。抄本在题上加了三个圈，是最优。这里面有什么奥妙？妙在文章能符合“圣意”，又模拟了圣人的语气神态。能揣摩圣人孔子，必能揣摩皇帝乾隆（乙卯是乾隆六十年），因此龙颜大悦，提笔一圈，高君便成了“榜眼”。这年他四十五岁。由此可见，作文之道和作官之道是通气的，甚至是一回事；但不是作别的文，而是作八股文，这才能“深得圣心”。

这和《红楼梦》有什么关系？据我看，高君作八股文和他补写小说大有关系。他正得力于“揣摩”二字。要补足残本《石头记》为全本《红楼梦》，先得深入揣摩作者曹雪芹的言外之意，随后还得大费心思揣摩书中人物的神情口吻，还得揣摩这部小说的格式和题目的上下文，不能出轨撞车。这些补小说的作法和八股文的作法如出一辙。子贡、子夏说的话，做的事，不能移在子张、子路头上；宝钗、黛玉的心思岂能和李纨、凤姐的相同？高君两者兼通，以作八股之法补小说，又以补小说之法作八股，所以他的小说也名列第二。尽管远远不及曹雪芹的原书，却比那些未入流的续书高明得何止十倍百倍。揣摩之义大矣哉！不过曹雪芹不是圣人，补他的书又不为考试，所以体会“圣意”后却不妨暗中偷换，加以“是正”。这才是补小说和作八股的不同之处。说不定高君以揣摩小说人物而得八股之妙，高中进士，又以暗改小说的习惯而不善“迎合”，忤了“上峰”，以致未能当上大官。这问题属于考证之业，还得参考他的诗文，非本篇主旨了。

高鹗和金圣叹有异曲同工之妙，都和八股有关。金以八股之法评点小说，腰斩《水浒传》，反对招安，结果是他的改本流行，宋江成了未受招安的造反派，贬低化为提高，违背了他的原意。高以八股之法补写小说，重修《红楼梦》，处死黛玉，结果是他的全本流行，宝黛痴情掩盖了一切，中举喜剧比不上婚姻悲剧，同样违背了他的原意。金、高正好是“后比”的两股，成为对偶。闲谈完了，正是：

八股做官补小说，原来“一气化三清”。

一谈散文：《试笔》

甲 听说这两年散文大发展，期刊、选集接连不断，销路看好。为什么有这么多散文读者？

乙 真稀奇！除了韵文便是散文，有什么发展不发展？

甲 你太闭塞了。这散文乃是一种文体的专名，又名随笔，也叫小品。

乙 那我知道。这是引进的外来货。记得20年代有过一阵子介绍和模仿，还为名称争论。有人起名为“絮语散文”，没有通行。当时主要是介绍英国的，其实祖师爷是法国的蒙田。

甲 我知道这位欧洲文艺复兴时期的大人物。他生于16世纪，出名正在定陵中那位万历皇爷坐朝的时代。这位老先生深通希腊罗马古典，又曾游历欧洲一些地方，官做得不大，退休后隐居写出一些短文章谈读书心得和世故人情。这些文章合起来出版时题名为“试验”，可译作《试笔》。那是1580年，明朝万历八年。

乙 我接着讲。这个书名很快传到海峡另一边的英国，引出又一位大人物培根。他是从16到17世纪的跨世纪一代人物。他也写了一些短文章结成集子出版，题名用了蒙田的书名。不过英文的有一个字母和法文的不同，意思仍旧是《试笔》。从此英国盛行这种文体，在文学中“一枝独秀”，而且影响到世界，直到20世纪初期的中国。对不对?

甲 法、英这两位散文祖师一先一后，文体虽类似。风格却不同。蒙田的文有谈话口气。培根的文是发教训，有不少警句流传。

乙 蒙田着重现实人生，培根提倡实用人生，两人的思想和文风不同，但同样是违背了中世纪基督教会的标准道德规范精神，所以这种《试笔》就成为新时代新思想新风气的先驱。不过中国介绍的不是这早期一代而是以后的。两位大师的文章虽已译成汉文，但好像没大影响。

甲 文体兴衰和时代思想风气紧密相连，这且不说。我想问你一个问题。

乙 你要考我?

甲 不敢。这位培根大人官做到掌管司法的大臣第一级，可算得位高爵显，名高望重。不料到了六十岁头上，忽然被弹劾贪污受贿而罢官，终于只以文人和思想家的名声不朽，而知法犯法的贪官培根爵士却被人隐讳了。但仍有一位英国诗人称他为“最聪明、最辉煌又最卑鄙的人”。我要问的是思想文章和人品的关系问题。若是在中国，贪官的文章再好，思想再高，一打翻在地，便有无数只脚踏上去，永世不得翻身，什么文集早扔在一边，思想若有人继承也会换个招牌，不用他的名字，否则就要为他平反，不能说中国没有道理。

乙 别忘了，英国当时不是中国情况。英国那时统治者是国王，不过已有议会。上议院是贵族院，凭身份。下议院是平民院，由纳税人选出代表监督财政税收。培根的罪名不是贪污公款，盗窃国王的国库，只是私受贿赂，利用国王给他的职权不为国王服务而为自己服务。这在代表纳税人议政的议会看来是滥用职权，以公职谋私利，不仅不忠于国王，而且使本应公平的市场陷入不公平，好像秤中加了水银，不可容忍，所以弹劾罢免了他。也许在他看来，收受礼物是人之常情，给点回报对自己并无损失，对国王也无大伤害，又不花费税收，议会何必多管闲事。这事在他的实利哲学中没什么了不起。你说的人与文的矛盾实际上是时代风气道德标准中的矛盾，也就是价值观的问题。在英国，大概要到1859年，达尔文的《物种原始》、马克思的《政治经济学批判》、穆勒的《自由论》（严复译为《群己权界论》），同年出版的时期，“责任”、“义务”（英文中也是“关税”）与“权力”、“权利”、“自由”、“平等”的意义和关系才能算比较确定并且为社会所公认。“权力”和“权利”不分，怎么谈得上市场平等交换？资本主义社会思想不是一发明了蒸汽机，一扩大了市场，就自然而然很快形成的。国有化可凭一纸命令，不属于“前资本主义”社会的私有化需要种种社会条件，不是轻而易举的。这样说，不知对不对？

甲 这和文体有没有关系？《试笔》或者“随笔”也起了作用吗？

乙 那还用说？培根在17世纪初期（1621年）被弹劾，暴露出矛盾，到18世纪初期（1709，清康熙四十八年）出现了新的散文随笔，从思想上切实提出了具体解决方案，也就是新的人物形象。

甲 你能不能说详细些？

乙 说来话长，还是下次再谈吧。

再谈散文：《旁观者》

甲 你能不能再讲讲“散文”的故事？

乙 上次我们谈到法国蒙田、英国培根，算是第一期的散文作者。两位祖师的文章对中国人好像没大影响。这也许是中国自有强大散文传统的缘故。在英国，散文在18世纪初的发展是一件大事，可是对中国来说就更不起作用了。我指的是斯梯尔和艾狄生合办的《闲谈者》双日刊（1709—1711）和《旁观者》日刊（1711—1712）。这两个刊物各自只有两年的历史，后者复刊也只有一年（1714），但在文学上和社会思想上起了重大作用。那时英国的“书刊检查法”已经松弛，近于取消。许多人办起种种传单式的期刊。斯梯尔是其中之一。艾狄生是合作者，却唱了主角。也有投稿者，其中有过我们所熟悉的，著《格利佛游记》讲小人国、大人国的斯威夫特。

甲 这我知道。两刊物中，《旁观者》的名气更大。斯梯尔和艾狄生在这里不但贡献了自己独有的文笔和思想，而且创造了一个虚构的“六人俱乐部”。艾狄生在文中突出了一位平凡而有个性的绅士罗哲尔爵士，其身份类似中国的“员外”。这些描写是随后紧接着崛起的英国18世纪小说的胚胎，因此在文学史上有地位，以前念英文的人都知道，所以我也不生疏。我不明白的是，为什么你说这些报纸对英国社会的发展起了作用。那两份刊物只谈风俗、人情、道德、文学，绝口不谈政治，不是大字报或战斗小报，怎么起作用？

乙 这得从头说。培根爵士，这位“最聪明、最辉煌又最卑鄙的人”，暴露出一个社会道德问题，也就是一个人如何做人的问题，或者说是对“人格”的“价值观”的问题。当时英国出现了中产阶级绅士。他们在许多方面都带有新兴的力量，或者说是朝气，可是缺乏一样：教养。原来的旧绅士、旧贵族及其子女有他们的教养，但那种教养不适合新兴的阶级。外国都比英国落后，教养还都是旧的一套，不能引进模仿，只有自己创造。新绅士、新贵族不是暴发户，早已需要一种共同的新教养，不符合传统却吸收了传统又超越了传统的教养，换句话说就是要出现新绅士风度气派。他们不是完美无缺的人，却是有力量有原则有共识的人。这种人会是什么样子？哲学理论，讲道理，无济于事，培根已经证明。只有大家都能接受的文学感染才有力量，能起作用。艾狄生用平平淡淡的、毫不盛气凌人而饱含幽默引人入胜的文笔，一笔一笔简简单单描出了新的绅士风貌的速写。这是有见解又有自己行为准则的人，庸俗而又企求高雅的人，可笑又可爱，可鄙又可敬的人，令人佩服的人，是乡村绅士兼城市爵士的人。这些速写嘲笑了现实又刻画了即将成为现实的理想，使当时英国社会中正在形成而不自觉的阶级反思并向往。这是出现了一种新的“人格”。文有文格，人有人格，新文出新人格。不讲人格还有什么新人旧人？文学的力量不在于再现已有的人，还在于表现出即将实现的理想的人。代表英国人的“约翰牛”的形象出现于1712年。

甲 你是不是有些夸大了？《旁观者》不过是世界上第一批报纸之一，存在时间很短，怎么能起这么大的作用？艾狄生描述罗哲尔老爷的文章，在本世纪初年曾经由商务印书馆出版作为学英文的辅助读物。我读过，并不觉得有什么了不起。

乙 不错，时间隔了这样远，不说是我们，便是英国本国人也不一定都能读得出其中的奥妙。任何事物，还有人，都是这样。大家在看惯了的时候想不出它初出现时怎么能使人“发烧”，像现在的音响。举一个未必恰当的例子。陶渊明，陶潜，他的诗平平淡淡如同口语，为人也没什么了不起，然而在东晋以后对中国文人起了多大的作用？文人学不了阮籍，却能引陶潜为隐士模范。事实上也是出现了不少的隐士。平淡的往往比轰动的更有力量持久，而且较少以后的负面效应。在旧的人已去而新的人未来的交替时期，混沌中出现旧人变新人的漫画形象，正如黎明时的一道曙光，微弱，但当时照明了天空，非常有力。随后来的也许是烈日或是阴雨或是多云，都无法再现当初的曙光风采。《旁观者》的最高销数是三万份以上，据当时估计，每份的传观人数至少有二十人。《旁观者》上的议论，罗哲尔的言行，成为“下午茶”时的话题，谈论的人也应归入传观的人一类。在只有几千万人的英国，这个数字足以表示它的力量了吧？

甲 照你这么一说，小小的散文真是不可小觑啊。

乙 那也不尽然。今天的中国远不是两三百年前的英国。双方的散文不可相提并论。

甲 你说，是不是今天需要，而且会出现，中国的艾狄生或者陶渊明？

乙 说不定还得等，也说不定就要出来或者已经出来。21世纪中国的《旁观者》“罗哲尔爵士”是呼之欲出还是呼之不出呢？谁知道？

古典小说：《儒林》·《镜花》

甲 “古典小说”是不是中国独有的用语？是不是指明代三部长篇加上清代一部《红楼梦》？

乙 你怎么出题考我？

甲 我是向你请教。《三国》、《西游》、《水浒》、《红楼》都由文字而连环画，又都登上舞台，出现于银幕荧屏。还有一部《封神》，也是明朝的，也上了电视，但好像不列于“古典”。明朝还有一部《金瓶梅》，名声极大，好像是不能形象化。清朝无数小说中突出了《红楼梦》，成为“大轴戏”，有压倒一切之势。我想这里必有奥妙，所以请问。

乙 我不知道你问的是什么，无法答复。“小说”一词在外国本来只指长篇，除了日本的“物语”起于宫廷和妇女以外，都是随城市市场兴盛而发展起来的。中国的大都市即首都，由西而东，从长安到洛阳，再到汴梁（开封），再到临安（杭州）。元、明有了南北二京，这时工商城市和政治中心分离。民间说书和市场戏曲成为文化热点，正如同唐代乐舞，宋代书画。可以说是文人接近市场，或者说是市场出现文人。现代中国所传文化之统，不论招牌有多么古，很少超出元明的范围。

甲 别讲历史。我觉得仿佛这些古典小说有个共同点，到《红楼》结束，从此大转变。可是我说不出是什么。你不妨说说看。

乙 我讲文体，你问主题。那好办。古典小说千头万绪，归根到底只是一句话："造反有理。"

甲 什么！你敢拿经典开玩笑！

乙 我说的是正经话。《水浒》宋江造反。《西游》孙大圣造反，妖魔造反。《三国》更是造反。黄巾造反，董卓、袁绍、曹操、孙策、刘备，哪个不是口头上尊王，实际上夺权？刘备更了不起，大嚷反曹，随手夺了刘表、刘璋两个本家的家业。这就是诸葛亮的隆中妙计。孙权不用张昭的联曹灭刘，而采纳了周瑜的联刘反曹以夺荆州，想不到反掉一个刘表，冒出一个刘备。《三国》是"造反大全"，有意无意描写了朱元璋，在反元之中灭了张士诚、陈友谅，把蒙古人赶回漠北完事。宋江"替天行道"，有造反之实，不取造反之名，得到官方兵权，便去镇压方腊的造反。造反向来有排他性，只许我造反，不许你造反，你要造反就跟我来，不听我的，就消灭你。这就是因为造反乃夺权之别名也。《封神》说的是武王造反。元始天尊和太上老君联合反对师兄弟通天教主，让西方的“道人”“接引”了不少灵魂去。孙悟空和宋公明走一条路，先反玉皇，后压妖魔。《金瓶梅》说的是一个无法无天为所欲为的大恶霸，不是造反，胜似造反。《红楼》不便谈，地位太高，不过宝玉小少爷不是也被认为造反者吗？

甲 我可要提出不同意见。清初的《镜花缘》说的是造反失败。此书表面上反对，暗地里尊崇女皇帝武则天，在对待妇女的平等思想上可称古往今来第一，甚至是唯一的杰作。同时期稍早的《儒林外史》尊奉让位的吴泰伯，以真儒反伪儒，推崇不问政治的隐士。这两部书不能划进“造反”了吧？

乙 恰恰相反。这两部小说才是彻头彻尾地地道道的造反书。别的小说写造反不过是夺权，“取而代之”，一切照旧，推翻的只是名号，只是换人。这两部小说是以虚构的理想反对已有的现实，从观念上造了反。《镜花缘》反男权，写妇女应考、做官参政。《儒林外史》反君权，以隐士之儒反求官之儒。其他造反不过是换朝代，这两部书却要换思想。

甲 不能那样推崇。这两部小说结构松散，杂碎太多，作为小说不能算是上乘。小说究竟是小说，不是教科书。

乙 怎么？现在不正是以文学为教育人的工具吗？难道

教育的不是思想而仅仅是行为？难怪清末老“红学”兴盛时宝玉、黛玉哭哭啼啼续书不断了。若说教行为，那也是《镜花》、《儒林》这两部书的害处最小。不会有人模仿书中人的行为。若学林之洋出海经商，也要提防被女儿国强迫照她们的风俗裹小脚。也不会有人学让位、归隐。这哪能比得上“看了《水浒》学打架，看了《三国》学奸诈”？不过我说不上进大观园的能不能出得来。

甲 你说的是什么？我是讲小说技巧，论艺术。

乙 原来你是从主题学回到文体学了。用现代从外国来的国际化的老标准要求，中国的古代小说，不论古典不古典，哪一部够得上标准？若是以20世纪特别是二次世界大战前后的小说文体作为标准，只怕古今要翻转过来。《镜花》、《儒林》不过是白话太陈旧，缺少“意识流”，胆子还不够大而已。举例说，若论小说的语言、文体、技巧，照不变标准算，陀思妥耶夫斯基哪能比得上屠格涅夫、托尔斯泰？过了一百多年，谁更受推崇？打破包装看一看，谁更有分量？

甲 越说越远，谈到哪里去了？

乙 那就别谈了。

与文对话：《送董邵南序》

韩退之，韩愈，韩老先生，“唐宋八大家”的首席，“文起八代之衰”，可算得古文大师了吧？不管排行榜列在第几位，一提到古文就少不了他。他的文章有什么高妙之处？我年幼时背过一些篇也没明白过来。现在试试与文对话，找一篇短的《送董邵南序》，不到两百字，《古文观止》里就有，可能是我念他的古文的第一篇。

文 燕赵古称多慷慨悲歌之士。

人 燕赵是现在的河北、山西一带了。能慷慨悲歌的士必不是埋头书本的文士，那便是勇士、武士、“安得猛士兮守四方”的猛士了。可是怎么“古称”呢？是自古以来吧，还是古时这样说呢？还是据说古时是这样呢？燕国太子丹派职业杀手荆轲去刺秦王没成功。你老先生说的士是指荆轲之流吗？这样粗浅的问题，大概您不屑于回答了。

文 董生举进士，连不得志于有司，怀抱利器，郁郁适兹土。吾知其必有合也。董生勉乎哉！

人 “有司”就是主考官和人事部门的官。这位董邵南是个书生，据说是“草木皆兵”的八公山下淮南古寿春的人。怎么他成为进士，竟然一连几次都不得志，不如意，不能及第，被主管人员排斥，得不到官做？“进士”学位不低，还没有用？“怀抱利器”指的是学问文章，不是利刀吧？他一气之下，满腔苦闷，“适兹土”，到河北去。文士抱“利器”去找慷慨悲歌的武士干什么？想造反吗？韩老夫子，您不劝他，阻挠他，反而写篇序文送行，还预言他“必有合”，一定能有遇合，就是说得到赏识，做上官。您还勉励他，教他努力。我大胆说一句，这和您提倡忠君不大合吧？

文 夫以子之不遇时，苟慕义强仁者皆爱惜焉，矧燕赵之士出乎其性者哉？

人 这更叫我迷惑了。老先生提出了仁义二字，说是努力于仁义的人都会对时运不好的董生你（子）爱惜的，何况（矧）燕赵的那些生性就慷慨的“士”呢？是指武士？还是指文士？“有司”不爱惜董生，岂不是反不慕仁义，不如武士了吗？顺便暗中讥讽了一句，是不是？不管武士、文士，他们能给官做吗？老先生说这话当真有点莫名其妙了。请回答。

文 然吾尝闻风俗与化移易。吾恶（乌）知其今不异于古所云耶？聊以吾子之行卜之也。董生勉乎哉！

人 回答的太好了。我真要拍案叫绝了。原来您一开头用了个“士”字是打埋伏，其中大有文章。古时有士慷慨悲歌，今天还有吗？风俗是会变的。我怎么（恶，乌）知道那里的人变了没有？那就要看你去碰碰运气了。说的是，你要努力啊！没说的是，董生啊！靠不住啊！你运气不好，到哪里也是一样。那边的大官，掌兵权的节度使，还是从前造反的安禄山那样吗？你是跟他们造反吗？你知道他们是安禄山还是忠君的郭子仪呢？武士看得起文士吗？危险啊！话没说，比说出来更有力量。你老董若是有点聪明，有点自知之明，不是书呆子，还是调查研究一番再去吧。

文 吾因之有所感矣。

人 韩老还怕董生不懂，又加上几句，说是自己的感想，实际是劝告。

文 为我吊望诸君之墓，而观于其市，复有昔日屠狗者乎？为我谢曰：明天子在上，可以出而仕矣。

人 尊敬的韩文公老前辈，我对您磕头礼拜，真是佩服得“五体投地”。开头一句的“士”是谁？现在露馅了。原来有两个代表人物。一是乐毅将军，二是高渐离屠户音乐家。燕国乐将军有那么大的功劳，打破齐国，攻下七十余城，后来与管仲并称“管乐”，诸葛亮都佩服他，“自比管乐”。可是功太大了，被国君怀疑，不得不逃奔赵国，挂虚名“望诸君”，死在赵国。高渐离会打击乐器，屠狗卖肉，是荆轲的朋友，也是刺秦王不成而死。韩老夫子开口称赞的燕赵之

“士”古时就是这样倒霉，现在又怎么样？韩公要求董生告诉他们出来做官，这不是废话吗？董生自己做不成官，还能劝别人做官？原来韩公是说，天子，皇帝，还是圣明的，不要因为官坏就不信任皇帝了。还要有信心，要“忠字当头”，不可三心二意。安禄山造反没有好下场。乐毅、高渐离都触尽霉头，董生你还去燕赵干什么？这不过是着重说出“明天子在上”。“天王圣明”，这正是韩公的名句。这篇文明是送行，实是挽留。一口一声说“勉乎哉”，实际是说，要考虑啊！要慎重啊！话是这一样，意思又是另一样，意在言外，又在言内，先似正实反，后似反实正。总之是不管艰难挫折，不可丧失信心，“忠”字第一，个人只有服从命运。全文几乎是一句一转，指东说西，可意会而不可言传。这就是中国自《春秋》以来的传统文体文风吧？就我的浅陋所知，好像是外国极少有的。中国古代文人少有写大字报明捧明骂的，除非是代笔作“檄”文，如陈琳、骆宾王。个人的文章总是讽谕为主，所谓“言有尽而意无穷”。韩老前辈！我还有句话想问。若在今天，您会不会再写一篇送人出国序呢？您会怎么说呢？还要请他替你去凭吊华盛顿、林肯之墓吗？去访吉田松阴被囚之地吗？到街头去找卢梭，到小饭馆里去遇舒伯特吗？既然知道“风俗与化移易”，今人非古人，也就不必再写文章了吧？

文（已完，无答复。）

从《三寸金莲》谈“挖根”小说

清人笔记有诗云：

“三寸金莲自古无。观音大士赤双趺。

不知裹足从何起？起自人间贱丈夫！”

30年代初期，天津曾出版一本附有图片的书《采菲录》。书名取自《诗经》：“采葑采菲，无以下体。”书名中暗隐的“下体”指的是脚。这是一本讲妇女缠足的书。似是文献集，有图，有照片，有诗，有文，实是歌颂小脚的腐朽著作。出版时大登广告，出版后无声无息。这正是在“九一八”和“七七”之间。

80年代中期，天津作家冯骥才发表了小说《三寸金莲》，引起纷纷议论。1987年9月，冯在《文艺报》发表了

《我为什么写“三寸金莲”》，洋洋洒洒，说明主旨，并声明他的《怪世奇谈》的第三部将是《阴阳八卦》，配上前两部，《神鞭》（辫子）和《金莲》（小脚），而且还要写下去，不限于三部曲。

辫子（男）、小脚（女）、太监、八股、麻将、鸦片，这些东西是直到前一世纪末年还存在的，当时许多人习以为“常”，不以为“怪”。说奇怪是现在口气。20世纪初期，从辛亥革命到五四运动，这些才遭到知识界的猛烈攻击，变香为臭，变常为怪。八股文、男辫子和太监随清王朝的覆灭而终结。女小脚随妇女读书、做工并从事社会活动以及男子的审美观念变化而迅速消逝。麻将和鸦片却到1949年全国解放才销声匿迹，但麻将还有残余。

太监，罗马帝国有。男子留辫子不是为好看，而是政治社会地位的标志。欧洲和印度都有过，不过小得多。欧洲人还曾戴假发，表示尊严。印度男子的小辫子至今也未绝迹。它指示着家庭出身和宗教地位的“高贵”，不论这个人是穷是富是官是民。鸦片是连强迫我们买的英国人自己也“吃”的，有著名文人“自白”的书为证。只有八股、小脚、麻将是中国特产，作为文化现象都值得研究，以了解历史传统。

冯骥才挑出辫子和小脚说是“怪世奇谈”，显然是从“常世常谈”立论的。在“怪世”，这些“奇谈”都是“常谈”，可说是“见怪不怪”的。在清朝，像前面引的那首骂小脚的诗倒是引起“骇异”的“奇谈”。可是事实上，不但

"旗人"不裹脚，南方下水田的妇女也不裹，许多少数民族同样不裹。应当说这是汉族人即所谓"炎黄子孙"的文化特征之一，不能算在全中国各族人民头上；而且主要只在明清两代的几百年，也不能贯串整个历史。

冯骥才的这篇小说，不需要他自己说明，一望而知写的不是古事，正和他用章回体说书一样，是"古为今用"，而又不是影射，用不着费事去"索隐"。他是把辫子和小脚作为一种文化符号，进行探索本原的工作。他的小说是论文。引起议论的大概也不是小说而是题材，也就是论文题目。这题目，我赞成有人研究，但自己一听到、见到这四个字就忍不住一阵猛烈的恶心。这也许正是他把论文写成小说所要求的效果。但是他未必想到，这是在小脚灭亡之后由"怪世"入"常世"才有的情形。当时亲眼见惯了的并不会像乍见特高跟鞋、牛仔紧身裤、超短裙、"比基尼"时那样吃惊。身上佩戴什么徽章也无非是个标志，和项上挂十字架以及戴耳环一样，大家都这样，就不成为"奇谈"，也无谓"怪世"了。这就是说，一个东西一旦被接受为一种文化符号，它就不是什么"奇怪"的东西了。大家心照不宣，"忘其所以"，要找寻渊源也不那么容易了。

北有天津冯骥才，南有苏州陆文夫，还有许多我孤陋寡闻未曾一一拜读的小说和论文的作者，听说多少都在作"文化寻根"，想发现民族文化心态（冯说这就是从前所谓国民性），也因此有"向内转"、"向外转"种种说法。我见闻狭陋，对于当代我国文学，严肃的，通俗的，仅见一鳞半爪，几乎一无所知，只能道听途说，毫无发言权。但是门外汉提一点问题只怕还可以。提问题总是出于某种看法，所以也难免会带出一点意见。我对于当代中外文学理论的煌煌大著也极少寓目，所以意见也只是感想一类，不便多所征引并运用术语和公式，只算谈话。有些过去已经谈过，下面想稍微整理出三个问题：

一是文化“挖根”问题。二是文化符号问题。三是小说和论文问题，但不拟讨论文体学。

“寻根”一词仿佛是从外国小说《根》来的。那本是追溯美洲黑人来源，一路找寻。若照这种意义，我们的根无须找寻，就在自己住的这片大地上。若说寻的是“心态”，那本来藏在自己心里，何须外求？但是“文化寻根”并不是找寻一个人的根，所以“内省”不行，“外观”不够，明明就在眼前却不能一眼就看出来。我想这不是找寻的问题，而是深挖的问题。我们要把明知在那儿的根挖出来。所以我们的寻根实际是挖根。有的挖风土人情，有的挖隐蔽忌讳，有的挖丑、挖恶、挖暴、挖蠢、挖怪，有的挖这，有的挖那，其实大家心中都是挖的那一块地。挖来挖去，深的不多，远的不少。从目前挖到十年前，从十年前的十年、百年挖到清朝、明朝，甚至重挖周口店的“北京人”。这类小说和历史画卷小说以及心灵幻境小说不一样，和解决当前问题的小说也不是一回事。不过这类小说的作者和读者不一定都承认这是在挖根。

在不到十年里，单就小说而论，文学创作大大踏进了一步。尽管泥沙俱下，却也是波浪滔滔。这虽是作家出国观光以及开放引进的结果，也究竟是本身发展的要求。若本身不动，何来观光与引进？可是转来转去还转不出我们自己身边，还没有转出那十年。我们这里不会有台湾的三毛写撒哈拉大沙漠，也出不了香港的金庸写《天龙八部》。台湾的琼瑶只能使人想起六十年以前的《小说世界》，而我们这里只有当时沈雁冰主编的《小说月报》。尽管这两种杂志都是商务印书馆同时出版的，但《小说月报》在改换主编以后就大变了。台湾、香港和海外华人作家及读者可以“寻根”，但不会像我们这样“挖根”。外国小说家另有“挖根”法。

我要问的是：根是什么？在哪里？从哪里挖？往哪里挖？

免不得引一种说法，那便是一个外国词：集体无意识。照我所知，这个“无”并不是“没有”，而是确实存在的，也是“有”。说成“非”意识也不行。“潜”、“下”又各有另外意义。这是心理，却不是不可捉摸的精神，是有客观表现和物质依据的。它是态度，能指导行动，却又不等于价值观。若说是习惯势力，这又是说现象，不成为根。从前鲁迅不止一次提到过“示众”和看杀头。这里面有什么价值观吗？有美感吗？有快感吗？“看热闹”、“赶热闹”有什么“感”呢？外国有祭神大典和狂欢节，那是不是“围观”和

“示众”呢？不论喊的是什么，打的是谁，总之是要一个“痛快”、“热闹”。这是怎么回事？电视屏幕上一再出现戴枷的犯人，好看吗？说得出道理来吗？挖根是不是要挖在这些下面藏着的东西？

由此引到第二个问题：文化符号，也就是从哪里挖根的问题。

我们喜欢讲什么学、什么论、什么派，又喜欢系统、结构，喜欢答案、判断，而不喜欢提问题。这大概至少是从刘向《七略》和班固《汉书·艺文志》以来的传统分类定性习惯，是应考试、进研究院、得头衔所必需的。我们能不能脱离大学教室和讲义来评论创作呢？能不能提符号而不必去管符号“学”，提“集体无意识”而不必去戴“精神分析”的帽子呢？作为专门从事文学研究的学者、专家，讲“学”和体系是必要的。作为一般人，就不一定习惯于那些翻译的外国术语和公式了。我们可以借用或只抓要点而自己发挥，不必亦步亦趋吧？因此，对文化符号可以进行我们自己的探索和理解，外国人的只作为参考。理论不是机器。文学的创作和理论也不必引进全套设备和生产线。那是大学和研究所的事。作家和评论者都无法跳出自己的文化的“集体无意识”。那是只能自己一点一点挖出来的未知数。借助外力可以，单靠外人不行，也不能“合资”拼凑。

未知数却又是摆在眼前的可知数，正如同代数中的X。究竟是A还是B？先出现的是个X。“围观”和“示众”等只是

X，也就是符号。

怎么从X找出AB，等等？也就是怎么挖出根？那就先得分析和认识符号。这就一言难尽了。这也不是正在发展中的外国的各种各样符号学说以及中国古代的类似想法所能一下子回答的。

即以陆文夫的《美食家》而论。改为电视剧后和小说的效果就不一样了。为什么？这里就有符号问题。电视的视听符号和小说的印刷文字符号不同，这只是一项。两者所选择和构成的形象及事件符号又有不同。单就小说论，有人读了注意的是苏州，问作者是不是苏州人；有人注意的是吃；有人注意的是社会变化及政治因素；有人评论故事和人；有人追问作者用意；有人问作品效果；有人用政策标准衡量；有人就艺术手法考察。注意点不同，读者“心态”又不同，问的问题和得的答案也不同。这就是“挖根”的方向不同。不管作者挖的是什么方向，在读者心中挖的往往是作者。他为什么要写这篇小说？于是冯骥才就出来答复。可是他的答复仍是符号，又会引出读者由此向他再追问下去，关心下一篇怎么写，仿佛记者访问。作家挖的是文化根，而读者挖的是作家的根。这是常有的情形。

由此可见，符号的作用或功能不是简单的。X不一定正等于A或B，其中有个变量。“小脚”这个符号指示的是什么？从此向哪里挖？挖出来什么？作家和读者想的不会是一样。符号和意义不会是简单的能指和所指。小说是由语言符号构成，但普通语言学回答不了小说中的文学问题。小说都可以分析出结构。号称打破旧形式的所谓“新小说”也在内。但是结构还不足以说明小说。整体认识可以作一种说明。但是小说的种种符号（语言、人物、情节之类）全带有模糊性，不仅抗拒分析，同样不允许整体明确。小说符号其实也正是文化符号。我们很难又很容易作简单的判断。难，在于确切全面。易，在于定性，好或坏，喜欢不喜欢，等等。

将小说作为作者“心态”（思想、感情、意志）的符号去挖根，或则将小说作为脱离作者的文化符号去挖根，这些都是读者和评论者的事。作者的事还在另一方面。不管他怎么去挖根，问题是他挖到了什么，怎么表达出来。

这便引出第三个问题：小说和论文的问题。

仍以《金莲》小说为例。照我看，从一种观点说，从认为小说是写人的观点说，《金莲》是一篇论文。不管其中用了多少口语和人物及事件，加了多少图表，还是小说体的论文。同一作者的说自己“为什么写”的文章倒可以算是一篇小说。《金莲》小说中写了集体的人，追究“集体无意识”的意识，却缺少活人，人物是“代表”。《为什么写》文章中明显突出了一个作者，一个人；而这“一个”又可以是多数，却不是“代表”。总之，可以看作一篇第一人称的小说。这是个胸怀大志的小说家。他的大志出发于一个问题。这个问题不是他一个人的，是集体的，大家的。

现在不谈《为什么写》文章，谈小说。从结构论，这是论文结构。点题，展开，铺排，转折，作结。这还是严密的八股文结构。头一句是：

“今儿，天津卫犯邪。”

这是“破题”，一句话笼括全局。用八股文作法评点《水浒》的金圣叹会立即加批：“先点出‘邪’字，是一篇主旨。”这个“邪”字是天津口语吧？未必是传统“正、邪”的“邪”。

这一句用逻辑课本的语言说，是个命题，是判断。一句中成分若分析开来，时间、地点、性质都有了。作为哲学命题，这是判明本质及属性，由时地区别出对象的轮廓。语言学分析：“儿”、“卫”、“犯邪”带有方言性质。在天津人或则到过天津的人的耳中，这几个不发音的文字符号可以化成天津口音的一句话。说这话的是谁？作者。这是他的议论，一个命题，八股的“破题”。

照八股作法，“破题”以下是“小讲”，要“起、承、转、合”铺排一番。然后正文开始，一股一股对偶下去，十六回，共八大股。最末，上一代裹脚，下一代放脚，“牛俊英……小鸡儿”，结束。牛俊英是女的，“小鸡儿”指示男的。总结是：女的事情关键在男的。这算明白作了结论。论文告一段落。

八股文讲究铺排，无话找话，话中套话。一连串的同类词句，仿佛赋体，而又是议论。作论文，除逻辑关系外还讲究证明，要有引证。往往引证别人的话比自己的还多，这才有学术气氛。《金莲》小说正是这样。大量铺排的词有时好像分类词典。读起来气势浩瀚，仿佛念《幼学琼林》或《两都赋》《子虚赋》。小说和文章都有这气派，也许这就是作者的风格吧？

若不分小说和论文，只看文学的社会活动流程，那就是：作者→作品→读者。

然后是：评论者→评论文→作者。

于是作者自己动笔又写出了论文。回答问题，或则说一声“无可奉告”，要说的话都在作品里了。

这又回到文化符号问题。作者由外界的“实”（符号）到内心酝酿成为“虚”的“理”（符号关系），然后发酵喷发出来又成为“实”（符号）。读者由这后一个“实”推出其中之“虚”“理”，更进一步悟出前一个“实”。但这个“实”不会和作者原有的一样，有时是南辕北辙。原因是：文学的“实”是符号。流程是：实→虚→实→虚→实……这便是文学语言符号的妙用。否则文学成为数学公式或则语法习题及答案了。

论文和小说的异同是文体问题，是另一种符号问题，和文学及文化的符号问题不同。

清朝男人剃发留辮是个政治符号。开国时为此杀了不少汉人。亡国时剪辮子又是政治符号。在满族人，那本是民族符号，有一定的规格。四面剃去，以头顶为中心留出辫子。人死了，后脑勺不剃了，为的是“留后”。《努尔哈赤》电视剧中人不剃后脑勺，熟习本族规矩的满人看到银幕上全是活动的死人，直叹气，看不下去。好在懂得这类符号的人不多。古装电视剧没有几部免得了大批错误符号，还可照样流行。这些实际演的是现代。

“缠放缠放缠放缠。”

《金莲》的这一句回目标明了全文符号的线索。作者又在文章中表明了他探索包含在文化符号中的“集体无意识”，要挖出这个“根”，使它从“无”变有。这也表现出了当前许多小说家的心意吧？不论各人挖出的结果怎样，总之，我对他们衷心佩服。我感到这样挖才能继承鲁迅和茅盾。他们人虽故而事业未绝。不免引古书掉一句文：“先生之志则大矣！”

下一句应当是什么？原文不能用又无书可引，我也不知道。对那一大堆“围观”、“示众”等文化符号，说不清楚指示什么。这里只好引七十年前欧洲哲学家维特根斯坦的《逻辑哲学论》的最后一句话作结：

“一个人对于不能谈的事情就应当沉默。”

读《声无哀乐论》

嵇康是古代名流“竹林七贤”之一。鲁迅曾手校他的诗文集，可见很推重这位“非汤武而薄周孔”的名士。他好作奇谈怪论，终于被司马昭杀了。近偶翻看他的薄薄一本集子，不免又想啰嗦几句。只是闲谈，不值识者一笑，但或可供闲人悦耳快心，也不妨在“群言堂”中披露吧？

这位叔夜先生会弹琴，作了一篇《琴赋》。临刑前还弹了他拿手的名曲，弹完说：“广陵散于今绝矣。”从此，“广陵散”便成为“绝响”的代语。也许是因为他弹完此曲就被杀，不吉利，所以后人不肯弹了，但曲谱并未失传，过了大约一千年又出现，从民间入内府。据说这就是古时的《聂政刺韩王曲》。嵇君临死还要弹这种曲子，可见他的抑郁不平的牢骚。由此参照他的《幽愤》诗以及《养生论》和那些讲老庄“自然”的论调，也许可以有助于理解中国古文人。有的人貌为恬淡，实则脾气很大，如陶潜；有的人不拘礼法，实则为人谨慎，如阮籍。若以言取人，不免难得全面真解。嵇康的名作《与山巨源绝交书》，把“竹林”好友推荐他做官的好意拒绝了，怒气冲冲，哪里像他自己所说的那样学“养生”之道的高人雅士？

嵇公的另一高论是《声无哀乐论》。到了现代，这篇论文大大提高了身价。先是讲哲学史的介绍一番，后是讲美学史的又评论一通。这里面有什么奥妙？文章很长，是对话体，来回辩论很多，并不像表面上那么容易懂。看来现在哲学史和美学史书中的评述也未必能尽揭出其中思想，说不定还有些是“误解”，即评介者出发于自己的理论框子而加上去的解说。这且不谈，谈几点难懂的奥妙吧。

奥妙之一是：唐太宗完全拥护嵇康，和他唱一个调子。这个调子又来源于更早的“雍门琴”的传说。唐太宗的话见于《贞观政要》。《旧唐书·乐志》里也有而词句不同。举一段为例：“夫声音岂能感人？欢者闻之则悦，哀者闻之则悲。悲悦在于人心，非由乐也。”《旧唐书》中这段的第一句是：“夫音声能感人，自然之道也。”两者不同，但结论是一样的。不是《玉树后庭花》曲子使陈亡，而是陈要亡了，“其民必苦，苦心所感，故闻之而悲耳。”唐初朝廷上的这一次关于音乐理论的辩论和嵇康的原来的理论有什么关系？制礼作乐是古代开国第一件大事。谈的是乐理，但着眼不在美学而在政治。这里面大有文章可作。音乐的社会地位在这前后大不一样了。以前在上层，以后在下层了。

奥妙之二是：日本学者今道友信在他的《东洋美学》（1980初版）中讲到六朝时，指出从音乐美学到绘画论的“移行”（转变）。开头便是嵇康的《声无哀乐论》，接下去说到王羲之、宗炳、谢赫等人的书画理论。这个大转换是怎么发生的？今道友信提出了佛教影响。从他的存在主义美学观点说，这样讲一下“超越意向”就够了。可是这不能解释：为什么嵇康成为中国古代音乐理论的“殿军”？汉代已经发达而缺理论的书画，为什么到嵇康以后理论越来越多，竟成为美学思想的主流？这和玄学的兴起及转化有关系。嵇康是尊崇老庄的。那时的佛教还主要是民间宗教，谈不到哲学影响。那时离鸠摩罗什到长安大讲“般若”，还有将近两百年。以哲学思想论，不见得佛学影响了玄学，倒明明是佛学由玄学而大变原样才传得进来，发展成为中国式的而非印度式的哲学。也正因此，法显、玄奘、义净等无数高僧才要发愿西行求法，去考察印度原样，求真经。实际结果是个个失望而归或不归，不过大家不肯明白讲出来罢了。美学之变和玄学、佛学之变是同步的，应当另有解说。

另有一个奥妙是嵇康的美学理论的现代意义。当前接受美学正在我国引起注意。这可以和嵇叔夜、李世民的立论通气。音乐本身是中立的，但又有“躁、静”，“各有一和；和之所感，莫不自发”。嵇公的文中有许多妙论，若加以现代解说，未必不能和当代世界思潮有可以挂钩之处。不过这种“多维”研究牵涉到的方面太多，这篇小文万万负担不起，只好就此打住了。

1988年

百无一用是书生

——《洗澡》书后

一看《洗澡》，立刻想起《围城》。作者在《前言》中说要写到“洗澡”即“思想改造”以前的面貌。这也就是《围城》中所写的。一写解放之前，一写解放之初，正好接上。说《洗澡》是《围城》的续篇似无不可。还不仅此也，作为小说也是两本相通的，有彼不可无此。所以两书并读始见其妙。不用说，这只是我的想法。

《洗澡》的《前言》中作者自云，写的人物和情节是“据实”的，当即真人真事；但又是拼凑的，大概就是这人的头安在那人的身上之类。这是不是说书中个个人都是“活动变人形”，即可以移动肢体改拼的小儿玩具呢？也未必如此之实。所以不但不必去对证真人真事，也不可去找寻这是谁的头，那是谁的脚，谁的眉毛搬家长在谁的眼睛上方，更不用考证尾巴的所有者了。不过看小说的人总难免要干点“索隐”勾当，至少是在心里。《阿Q正传》当年署名“巴人”在报上刊登还未终篇，据说教育部办公室中就有人谈论这是讽刺什么人，还问坐在一旁的周树人的意见。他只吸烟而未作答。想来他也不会微笑，顶多摸摸小胡子。到后来，“巴人”以“鲁迅”之名出现，又有人在报刊上公然点出“鲁迅即周树人先生”，这位教育部的周佥事便丢了官。可见对古代小说作点索隐考据或许对现代旅游会产生什么效益，对现代小说，即使能成为古典的，也以不索隐为宜。小说一词在欧洲语言中似乎和虚构的词义相仿。中国古时说是出于“稗官”，虽与官府字面牵连，实则“街谈巷语”，无人认真对待。“满街争唱蔡中郎”也未引起打官司。这当然是古人法制观念不及今人之处，无须多说。不过我仍然以为找出阿Q就是阿贵没什么意思。小说中人物并不个个都是白骨精变的，何苦“奋起千钧棒”，一定要打出原形来呢？

人物不便，也不必，也不能核实，但由书联想书却不妨事。《洗澡》中人物都是知识分子。我读小说不多，想得起来的写这种人的小说，《孔乙己》、《沉沦》等短篇不算，古代的《儒林外史》也不算，近代的，忘了署名什么实为饮冰室主人梁启超的《新中国未来记》是早先的一部。可惜只写了开头，又议论太多，人物是知识分子中的政治家。若知识分子排队以留学生排头，这一部可算开始，引拜伦诗慷慨激昂。接下去就是不肖生即向恺然的《留东外史》了。随后是陈春随（即陈登恪）的《留西外史》。还有时绍钧

（即叶圣陶）的《倪焕之》。《围城》也许是殿后之作。这书恰在新中国成立之前，理应告一段落。新中国成立之后，这些类似前代遗老遗少的人怎么样了？“下回分解”的要算这部《洗澡》了吧？在《新中国未来记》里的大辩论中一点也没有进入“围城”和参加“洗澡”的影子。想起当时不过三十岁的梁任公（启超）在小说及批语中的得意口气，不觉失笑，又不免叹息。“未来”究竟是难以预测的。可是过去也不容易写，那么写现在吧。上山下乡，改革开放，又好写吗？从“围城”经一次次“洗澡”到“干校”，这一段经历中的知识分子（即以知识谋生的人），毕竟只有钱鍾书、杨绛贤伉俪动笔，而且自有特色，与众不同。凭这一点，看了《围城》和《干校六记》便不可不看《洗澡》了。

小说到底不是历史。《洗澡》写的不是“三反”、“五反”、“思想改造”的运动史，写的只是经历这过程的一些人，而且只是当事人中的一小部分。若要“全方位”写从“洗澡”一直到“干校”的全过程，加上未能进干校的，那恐怕不是《人间喜剧》也是《神曲》的《地狱篇》和《净罪界篇》了。（《天堂篇》因为诗人魏琪尔未曾受洗礼，上不去，所以只好等但丁下凡再说了。）

说了半天还没有说到书里去，尚未涉及“文本”。既不是介绍，也不是书评，又不是读后感。若说是要“诠释”、“洗澡”、“现象”，那会成为哲学论文，当然也不是。老实说，分析时代背景，我无此识力；讨论作者的艺术构思，我无此才力；表现读者的“审美”、“接受”，我无此学力；作者的写作意图，我不便妄加忖度；所以只有讲题外的话了。

书外谈书，仍不免又想到知识分子。这好像是有中国特色的一种说法。据说这词起源于俄国，但随着“到民间去”的“民粹派”被判为“倒霉的英雄”销声匿迹以后，苏联的新知识分子被定为和工农血肉相连，也就失去特殊性了。在中国，也许是出于历史原因，这个词儿具有不可磨灭的含义。“知识分子头脑就是复杂。”“说不过你们知识分子。”这类话在电视剧中还出现过，不过“翘尾巴”和“夹起尾巴作人”的话近来不说了。《洗澡》重提“脱裤子”、“割尾巴”，不失为存历史语汇。那时还有种种新词没有载入。所列检讨格式也陈旧简单，只见一斑。小说究竟不是词典或百科全书，也不能“有闻必录”。

知识分子大约相当于古代说的“读书人”，也就是“士”吧？至少那是“前身”吧？从春秋战国以后，这个本兼文武的“士”（“二桃杀三士”还是武士）变成只文不武了。才兼文武也不过当“军师”，任兵部尚书，领兵挂帅，官而非兵，不能一刀一枪上阵。文武双全多半是理想。对这种人若无所了解，读中国古书怕不容易体会，因为绝大部分是他们写的。欧洲的事我不大懂，好像是若对中世纪的骑士和无赖不大了解也不妨碍欣赏《堂吉诃德》、《吉尔布拉斯》、《小癞子》。日本的事我同样不大懂，但觉得若对幕府时代的武士及和尚一无所知，只怕看日本的许多小说和电视剧难于想到其所以然。至于中国的事，我也不敢说懂，只想到《史记》和《水浒》两书中人物。前者在帝王将相之外包括的文士不多，后者更少，多的是江湖好汉。这些可能是读中国书需要知道的人物吧？这两书中，古来文士，或说读书人，或说古代知识分子的原型差不多都有了。司马迁本人就算一例。他在《报任安书》中说自己的史官地位是“主上所戏弄”的。这使我联想到古代印度戏剧中一个常见典型。角色是丑，地位是“弄臣”，出身是号称高贵的婆罗门，所以和国王能平等互认为“朋友”，而且会讲“雅语”（梵文）而不讲下等人的“俗语”；可是又馋又懒，以半真半假的傻话逗王爷开心解闷，插科打诨中冒犯了也不致杀头。不过看来有个条件。戏中的这类人物都不干预政治。司马迁不是演印度古戏，忘了自己的“倡优”身份，冒昧对皇帝保李陵，所以受刑。明白了，已经迟了。但让他继续著书，可见汉武帝还是爱才的。《三国演义》中的蔡伯喈便没有这样好运而送命了。那个劝司马迁的任安不知进退，也不得好死。张良不知算不算知识分子。他学范蠡，功成身退，可是仍被吕后揪了出来，只好荐“商山四皓”去当替身。还有个更出名的诸葛亮，仿佛运气好些，但也不见得。遥想当年他在隆中高卧时忽然来了个刘备。躲开了两“顾”，第三“顾”再也不能逃避了。刘使君虽然十分客气，可是这一边有青龙偃月刀，那一边有丈八蛇矛。卧龙先生“卧”不成了，想不出山也不行。谁叫他自比管仲出了名？遇上的不是能“一匡天下”的齐桓公也不得不认命了。无法再睡懒觉，只得“鞠躬尽瘁”了。再想那到老考不取的蒲松龄日夜幻梦狐鬼。大学者戴震不过是举人，在四库全书馆当一名编纂。《四库全书》的总纂官纪昀又何尝得意？不也是充军乌鲁木齐，写《阅微草堂笔记》谈鬼怪和《聊斋》对抗吗？在乾隆皇帝面前他地位比司马迁高得了多少？还有那“天子呼来不上船”的“酒中仙”李白，不是被揪去作“名花倾国两相欢，博得君王带笑看”，奉承皇帝和贵妃吗？维护“道统”的大儒乾愈还不是在《应科目时与人书》中“摇尾乞怜”，“仰首呼号”，以求有力者“哀之”加以援手吗？当然知识分子不是一个个都这样。“谔谔”者大有人在。这是不言而喻的。

再回到书上来。这本小说不是写知识分子这一类人或一阶层的，尽管书中人物都是知识分子。也不是专写“三反”即“思想改造”即“洗澡”的，尽管书中以这场运动为结穴。这书是古典式的书。其中幽默、机智、笔调都是古典式的。和时下小说不同，没有大片议论和大量辞藻，没有“披麻皴”和“泼墨山水”。不是“纪实”，也不是“报告”，只是小说。于是下面就小说谈小说，不问作者，只讲读者。这读者并非别人，不过是我，没有代表性。

我最佩服太虚幻境的门联：“假作真时真亦假，无为有处有还无。”以为这不仅是小说，也是世情。对小说，有人要揭“内幕”，有人只看“现象”。有人“核实”，有人

“务虚”。记得小时候看木刻本《红楼梦》总是在出太虚幻境以后过不多久就看不下去了。忽然在乱书堆中见到蔡元培的《石头记索隐》。看完了，对清初文人及政治略有所知，倒像是看了一部小说。再回头看《红楼梦》，当作《石头记》，看下去了。可是没等看完，蔡先生指教的清初政治（其实是清末政治）已经忘得一干二净了。自己总结：《红楼梦》从头到尾只读过一遍。《石头记》可说是读了三次。第一次是读太虚幻境。第二次是读清初及清末历史。第三次是读大观园。三次我都进了书中几乎出不来。那时我只十三四岁吧？老实说，许多话都不懂，可是看得飞快，自以为全懂。认为宝玉挨打是活该，程伟元在“序”中并未撒谎。这大概就是所谓艺术魅力吧？能使不懂觉得懂。有句俗话说：“说书的是活见鬼。听书的是迷瞪鬼。”我看不错。小说家以及评论书中人物及作者的当然不是“鬼”。

再说《洗澡》。究竟这是太虚幻境还是大观园呢？不论是哪一样，我都以为是有趣的虚构。有趣正在其“虚”，不在其“实”。照我看，这书的主体是那一场徒劳的恋爱，其他不过是陪衬。这场恋爱也是古典式的。一个是解除了婚约的年轻女郎。一个是已经结婚并有了孩子将入中年的大人。两人同闹“初恋”，同演“人之初”。眉目传情中断，书中传柬漏泄，在慧眼老夫人和贤惠而不缺妒意的夫人面前玩毫无遮掩的捉迷藏。这是书的中间一部。前一部是介绍登场人物。后一部好像是待割而未割去的尾巴。唯有这第二部是新薄命司中的正册，是小说。这大概是我所独有的偏见。我自从少年时看屠格涅夫的小说《初恋》而莫名其妙以后，一直到看这本小说才仿佛有点明白“初恋”的奥妙。原来我不懂初恋，是把小说当了真事，又把真事当了小说，糊里糊涂不知道在读书和生活中自己是演戏还是看戏。现在可算得了一条妙解：太虚幻境和大观园本无分别。那是我们的生活，也就是我们生活于其中的世界，同时又是书。由此我对那副论真假有无的对联更为神往而赞叹了。

既认为这本小说不是论政而是言情，其中人物自然以那位姚宓小姐最为迷人。作者以温柔敦厚之笔写幽娴贞静之人，玉洁冰清，蕙心纨质，使须眉浊物蒙羞，更何况其余巧言令色之徒？新文学中，自冰心、庐隐而后，丁玲出世以来，少见或竟未见这样的淑女。若作者和读者不嫌唐突或滑稽，我想赠以“第一青衣”美名。这是台湾评论者送给香港金庸的小说中一个人物的雅号，指的是毒手药王的关门弟子程灵素姑娘。那位穿朴素青衫的村姑确是生得清，死得烈，使我向往之至，但我总是记得她手捧的那盆七心海棠是世间最毒之物。姚小姐虽手无奇花，但心有明镜，是藐姑射仙人之伴，乍逢即逝，令人怅惘。两位“青衣”相比，我得的印象还是那位有毒的较深。由此可见我的识见太低，品格不高。也许这是我从未见过“正宗青衣”又不懂“初恋”之故吧？正如入幻境而未遇警幻，只好自认不幸了。

书中妙语迭出。我记得的是说交友多出于误解而恋爱亦然。我读书也是这样。自以为了解的，作者和其他读者往往以为误解。自从识字读书至今，为此常与朋辈争吵。这成为我的无法洗去的大毛病。以上的胡言乱语即其一例。索性再多误解一点，权当画蛇添足。

《洗澡》本是以一次政治运动的代码为名，而我竟把它读作言情之作。实在对不起蔡孑民（元培）老前辈的“索隐”教导，竟反其道而行之，不把言情当政治，反把政治当言情。小说虽写的是将近四十年前的“初恋”，其情根实种于七十年前的“五四”。实际还不止七十年。那“兰因”仍是“絮果”。其芽实萌发于更前，正如宝黛之情缘早定于浇水之时。大约九十年前废科举改学校是浇第一次水。将近八十年前教育部长蔡元培下令取消学校的“读经”课程是浇第二次水。将近七十年前全国小学课程改“国文”为“国语”，文言下降，白话上升，《新潮》扬眉，《国故》泄气，这是浇第三次水。第一次一浇便透，读书人无计奈何。第二次水浇得不透，到30年代还闹“读经”问题。第三次猛浇一气，不料仍旧是不深不透。“桐城谬种”、“选学妖孽”敛迹，读懂古文及古书的越来越少，能作文言及骈语的青年恐已寥若晨星。然而，“孔家店”似倒非倒。旧戏曲忽衰忽兴。“鸳鸯蝴蝶派”亦存亦亡。“德、赛两先生”半隐半现。尤可异者：“非孝”之说不闻，而家庭更趋瓦解。恋爱自由大盛，而买卖婚姻未绝。“娜拉”走出家门，生路有限。“子君”去而复返，仍傍锅台。一方面妇女解放直接进入世界新潮，另一方面怨女、旷夫、打妻、骂子种种遗风未泯。秋瑾烈士之血不过是杨枝一滴。以后屡次浇水，甚至大雨滂沱，而“半边天”仍阴晴不定。此何故欤？浇水神瑛应当自责。还泪仙草岂可无言？爱“药不瞑眩”。情“债台高筑”。“后来其苏”。云霓是望。“情结”难解。“月老”失灵。九十载，七十载，四十载，春光弹指，何以“洗澡”频频，“断尾”次次，而“木石前盟”徒托空言，“金玉良缘”翻成话柄？对于这些，我眢然无知，连误解也做不到了。岂“百无一用是书生”竟非妄语？世间不乏解人，何妨索隐探幽，揭出谜底！

《心经》现代一解

《心经》无疑是佛教经典中最广泛流传的一部，也在最难懂的古书之列。古往今来不知有多少人，中国人和外国人，出家人和在家人，信佛的人和不信佛的人，阅读、背诵、解说过这部经。原有八个汉译本，包括一部音译原文的（《大正藏》中此敦煌本讹误甚多），彼此没有很大差别。梵文原本也已发现并刊行。原文及音译原文本和译本，特别是玄奘译本，内容互相符合，可见各种传本的差别不是主要的。中国流行的，出家人作为早晚功课并用以超度亡灵的就是玄奘译本。我现在以此本为据，作现代直解，不参照引证古今人的纷纭解说，只是作为一解。这不是使古文现代化，而是想试一试现代人是否可以用现代思想和知识及语言理解这部古书。主要只说两点：一是释题及主旨，二是试解说“五蕴皆空”及修行。

先提出作为出发点的问题：这部经是答复什么问题的？这不是指原作意图，而是寻找其核心思想，发现其功能和作用。

从经题就可以作出初步回答。

书名中心就是玄奘译的《般若波罗蜜多心经》。各译本只有繁简不同。若照署名鸠摩罗什译的经名则是《摩诃般若波罗蜜大明咒经》，可简称《般若神咒》（为减少校印麻烦，均不附列原文）。

文体很清楚，是一种咒语。经中自说“是大神咒”。咒语就是供记诵的扼要语言，以语言表达不能，或不完全能，用语言表达的意思，暗示有神秘特殊意义。换句话说就是以世俗的形式表达非世俗的内容。经内用的“咒”字不是一般用的“陀罗尼”，是印度人对《吠陀》神圣经典诗句的文体的名字。（施护译作“明”即《吠陀》）这种“咒”不是全不可解，而是不能解，不必解，不应当解，因为主要是给信奉者诵读以达到信仰和修行的目的，意在言外。寻言不能尽意。因此，“般若”不能译成“智慧”。这两词不但不相等，而且易生歧义。“波罗蜜多”不能照意义译成“到彼岸”。鸠摩罗什在译出《般若经》的讲义时，把书名译作《大智度论》。“大”是“摩诃”。“智度”就是“般若（智）波罗蜜多（度，到彼岸）”。译意不比译音容易懂，反而出歧义。

怎么说从题名就可以看出经所回答的问题？

题名“心”标明这是核心。原文不是心意之心，是心脏、核心、中心。这指出要说明的是，怎么由“般若”智慧能“波罗蜜多”到达彼岸。也就是得到度脱，超越苦海。

题名表示，这是讲宗教教理和修行法门的书。凡宗教都是以信仰为体，修行为用。哪怕是不打着宗教旗帜，甚至口头反对宗教的另一类宗教的教会组织，往往也是出发于一种信仰而归结于行动纲领，即修行法门。信仰的特点是不讲道理，不能讲道理，认为真理不需要逻辑证明，千言万语只是说明信仰。重要的不是理论，而是实践行动，即修行。般若智慧不论怎么说，说多，说少，说深，说浅，都离不开讲道理。坐禅修行就不能说话，讲不出道理。《大般若经》玄奘译本有六百卷。原文从八千颂本到两万五千颂本，还有更多的，语言重复繁琐。这样的般若智慧怎么又是修行法门？智慧怎么能代替修行？理论怎么能代替实践？凭信仰修行可以得到解脱。凭智慧怎么修行能得到超度到达彼岸？“波罗蜜多”到彼岸得度脱的修行法门共有六种：布施、持戒、忍辱、精进、禅定、智慧。前五种是修行，显而易见。智慧怎么修炼？用现代话说：理论怎么与实践相结合？理论怎么又是实践，能产生最大效果？信仰岂可凭理论？理论岂能等于实际？这就是问题。有的译本中有问答，问的就是“云何修行？”“云何修学？”也就是，“般若”（智慧）如何能“波罗蜜多”（到彼岸，度脱）？

《心经》正是这个问题的答案的核心，是“般若”，讲道理，又是“波罗蜜多”，度到彼岸，修行。

这答案可以说是很深奥，也可以说是很巧妙。道理难懂，又容易实行。

说了题目，看出问题，找出答案的方向，现在要读本文。玄奘译文照现代习惯分段标点如下：

般若（智慧）波罗蜜多（到彼岸）心（核心）经（咒）

序篇（总纲）

观自在菩萨行深般若波罗蜜多时，照见五蕴皆空，度一切苦厄。

上篇

舍利子！色不异空，空不异色。色即是空，空即是色。受、想、行、识，亦复如是。（一）

舍利子！是诸法空相，不生，不灭，不垢，不净，不增，不减。（二）

是故空中无色，无受、想、行、识，无眼、耳、鼻、舌、身、意，无色、声、香、味、触、法，无眼界，乃至（即“中略”，六识、十二处、十八界不全列举）无意识界，无无明，亦无无明尽，乃至（即“中略”，十二缘生不全列举）无老死，亦无老死尽，无苦、集、灭、道（四谛），无智，亦无得，以无所得故。（三）

下篇

菩提萨埵依般若波罗蜜多故，心无挂碍，无挂碍故，无有恐怖，远离颠倒梦想，究竟涅槃。（一）

三世诸佛依般若波罗蜜多故，得阿耨多罗三藐三菩提。（二）

故知般若波罗蜜多是大神咒，是大明咒，是无上咒，是无等等咒，能除一切苦，真实不虚。（三）

终篇

故说般若波罗蜜多咒，即说咒曰（怛只多）：

揭谛！揭谛！波罗揭谛！波罗僧揭谛！菩提！莎婆诃！

现在试作文本解说，重点说“五蕴”和“空”，其他从略，但有关文体的仍点出来。

《序篇》是总纲，笼括全文，与《终篇》结语遥遥相对。

“观自在菩萨”。这里的“菩萨”就是下文的“菩提萨埵”。此处是称呼，专指，所以用通行简化译名，五字合为一名。下文是泛指，不是称呼，所以音译完全，以示区别。

玄奘译经字字有考究。

“行深般若波罗蜜多时”。原文没有“时”字，着重在“行”，是在进行中。有的译本就明说是修行。“六度”即“六波罗蜜”都要行，修行。单讲说“般若”，智慧，不是修行，是空谈。“行”有深有浅，由浅入深，“行”到“深”时才能“照见”。

“照见五蕴皆空。”这是修行“智慧到彼岸”的内容，是般若智慧的核心。什么是“五蕴”？什么是“空”？下文再说。

“度一切苦厄。”这是说“到彼岸”的内容。音译本原文无此句，那也无碍。有了便全面，见效果。

这三小句合成一大句总纲，提出一位菩萨的修行“智慧到彼岸”，也就是以修行智慧脱离苦海而得解脱。很明显，这是示范，是答复这样一个问题：凭智慧，讲理论，怎么又能是实践，是修行？怎么能有实际效用？有什么实际效益？是不是单纯讲理论？建立哲学体系？

《上篇》三段逐步说明什么是般若智慧，着重解说总纲的“照见五蕴皆空”。

“舍利子！”

舍利（女子名）的儿子。这是听经发问的修行者的名字。古代口传对话体经典，“如是我闻”，往往用叫对话者的名字让听者知道是另一段开头或重点。佛经中常见。至于舍利子即舍利弗，观自在即观世音，以及由此产生的问题，此处不必纠缠。

后文直到《终篇》和上文总纲一样都有过无数的解说。我在这里仅试依原文用词和我的理解提出两个问题试作回答，其他不论。《上篇》的问题是：什么是“蕴”？什么是“空”？和“般若”有什么关系？《下篇》的问题是：那不可说的不讲道理的语言怎么读解？

总纲之后全文第二段，即《上篇》第一段，讲的是色、受、想、行、识这“五蕴”和“空”的关系。

什么是“蕴”？这词旧译为“阴”，后来（由玄奘起？）改译为“蕴”，是佛家专用术语。它的常用义只是肩，部分，堆积。佛教徒用此词指包括人的心理在内的世间一切的类名。照佛陀的根本教义，“无我”，任何事物都不可能是单一的，都是集合体，可以分解的，所以用这个词作术语。译作蕴含的蕴很恰当。说“五蕴”等于说世间一切，精神物质都在内。

“色”原文指形，包括颜色，等等，指形象，不是只指颜色或美色。一切可以感觉到的都必有形态，都称为“色”。任何外物，我们所能够接触而知道的只是种种形，也就是“色”。作为“五蕴”之一的术语，和下文的“色、声、香”等的“色”仅指视觉对象字同义异。

“受”原文字源出于认知，也是佛家专用术语，指一切感受，不仅是感觉，而且有感情。世间事物有形色为人所知。接触外物诸“色”的内心感受是“受”。译得恰当。

有“色”就有“受”。有刺激就有反应，包括了认知的两方面。

“想”原文本义是符号，在晚期文法中是“名词”。作为佛家专用术语指由“色”和“受”而构成的观念。“色”是外来刺激，“受”是内心反应，“想”是关于对象的概念。一个人的身体行为种种活动都是“色”，形象。我们认识这个人，得到的和生出的反应是“受”。人不在眼前，心中的反应也消失了，但是对于这个人形成了一个概念。可以有名称，如张三，作为代表符号，也可以没有，只留下印象，或是想象，或是一个特征符号。旧译有时作“相”。《金刚经》所谓“破相”，破的就是这个“想”。鸠摩罗什译为“相”，可能为避开与“想”蕴混淆。玄奘改译为“想”，可能为避开与别的“相”字混淆。《金刚经》中原文是同一个字，指不是实物实感而由此形成的概念。“想”不实，所以是虚妄，但不是不存在。在那部经里不是指“蕴”。

“行”又是佛家专用术语。原文本义是加工制作，装饰。为婴儿成长举行仪式等都是“行”。佛教用作术语指“色、受、想”都消失以后仍然存在的，潜于意识中仍然继续存在的，自己不觉得而存于记忆中的，仿佛是原有的而可能已有了加工的“色、受、想”。它是潜在的，所以仿佛不存在了，却仍然继续运行，随时可以出现，所以译作“行”，是意译，很恰当。佛教根本教义是“诸行无常”，用的就是这个“行”字，不过在那里不是指“蕴”。这实际是指暂时存在的外界的形“色”和内心的感“受”以及“色”、“受”全消失以后仍旧潜在的“想”，以至连“想”也消失了而仍在记忆心（潜意识）中潜在运行的“行”。“行”中包含着原有的“色、受、想”而又不是一回事，所以另算一“蕴”。

“识”原文只是认识的识，是常用字。作为术语则是从感觉得来的认识一直在潜在的不自觉的潜意识无所不包。“识”有种种说法，可以成为系统理论，但在“五蕴”中只是作为世界分类之一，指“色、受、想、行”为人觉知或不自觉时所依靠的一般意识（“意识”本来是佛教术语）。佛典中用“识”字原文不止一个字。所指意义有广狭层次，用一个字也不是处处用意相同，常有争论。

“五蕴”概括世间一切。

“五蕴皆空”。什么是“空”？是无所有，不是不存在。“空”是原有物失去了留下的空。这句话是从根本教义“诸行无常”来的，是一种阐释。没有永恒的事物，那就是一无所有了。全是“暂有还无”。然而作为佛教思想、理论，没有这么简单。

佛教和其他有宗教名义和无宗教名义的宗教相比有一个不同点，或说是特点，那就是，佛陀释迦牟尼的觉悟和说教不是从“天启”、“神谕”开始，而是从明白道理开始的。佛教的宇宙没有主宰，没有本体，根本教义是“无常”，没有永恒，一切皆变，生、老、病、死，成、住、坏、空，一直推论到“刹那生灭”，“念念灭”，一时一刻也不停地转动变化。超脱这个“无常”的是“涅槃”，寂灭。“涅槃”是佛家专用词，但耆那教也说“涅槃”，婆罗门后期经典《薄伽梵歌》（神歌）也说“梵涅槃”。但是从“无常”推到极端是佛教徒以外谁也不能接受的。佛教徒和佛典著作中也不是时时刻刻处处坚持的。以“涅槃”寂灭为目标的无主宰、无本体的宗教大概世上只有佛教一家。佛陀创教时除宣传教理以外，主要是建立“僧伽”，即成立组织，制定戒律，即纪律，还定期集会检查。于是有了佛（领袖）、法（理论）、僧（组织）“三宝”。这种“无常”理论如何指导修行实践本来不发生问题。大发展以后，教徒集会口诵“如是我闻”的经典越来越多。戒律细节的派别分歧越来越大。有思想、有知识的教徒从事理论研究，分析整个世界以及人生，剖析排比种种的“法”越来越繁越细，称为“阿毗达磨”（对法）。寺庙越多，教内教外的理论辩论的风气越发展。千年之内陆续出现了龙树——圣天（提婆）、无著——世亲、陈那——法称为首的一代又一代大法师、思想家、理论家，照欧洲说法就是哲学家，不仅是神学家。无数经典著作传进发展翻译和印刷的中国，有了大量的汉文、藏文等译本留下来，为其他古代宗教所不及。然而这样庞大、繁杂、高深而又互相争辩的理论对于一般信徒有什么意义？宗教是信仰——修行——解脱，怎么和这种种理论相结合？

由“无常”，没有永恒，发展到“无我”，没有本性或本质、本体，以“缘”作解说，不是已经指出“涅槃”寂灭的方向了吗？怎么还要无穷解说，重复辩论？问题是如何修行成罗汉，成菩萨？还能不能成佛？或者是“往生佛国”？无论讲了多少道理，没有信仰和修行不成为宗教。理论和实践怎么结合？这问题必须答复。

《心经》也是回答这个问题，和《金刚经》是一类。不过我们还得先考察一下理论已经发展到了什么地方，还得说明“五蕴皆空”的“空”。

从“无常”推演很容易达到“刹那生灭”、“念念灭”。一切分析到最后成为“极微”或“邻虚”（这不是佛一家之言）。它们不停变动、生灭、集散，成为种种宇宙形态（这才是佛一家之言）。这很像20世纪初期物理学所达到的境界。物理学可以从原子、电子一路下去找寻基本粒子。哲学思想却不必如此，可以用数学式的语言符号以“极微”或“邻虚”为代表。佛教思想家开始就是这样做的，分析种种“法”和“缘”。他们的著作成为“阿毗达磨”（对法），是“三藏”经典之一的“论藏”，和“经藏”、“律藏”并列。1936年苏联史彻巴茨基教授出版两卷本《佛教逻辑》，译注法称的《正理一滴》并作了成系统的整整一卷解说。很明显，他企图将相对论、量子论的物理学和讲物理及数学的马赫、罗素等人的哲学以及佛教徒陈那、法称的思想贯串起来解说。他取得了很大的成功，但是在这样现代化的解说里他有意无意忽略了极重要的一条，即，佛教毕竟是宗教。陈那、法称的著作和龙树、圣天、无着、世亲的一样，仍然不离求解脱。他们不是为认识而认识世界和人。史彻巴茨基把这部分略去了，结果是他自己建立了一套哲学体系。这不能算是佛教哲学的本来体系。他用变动不停的时空点说明“量”和“识”，但不能说明“空”，以致对这三者的说明还不够充分。他讲的不是《心经》，只是“论”。他说了哲学，没说宗教。我们还得探讨。

“空”是直译原文词义，一点不错。这不是“虚空”，梵文中那是另一个词。“空”也不是“无”，那另有词。又不是徒劳无功，那也另有词。“空”的本义是去掉了“所有”即内容，“空空如也”。解说“空”，千言万语说不尽。可是“空”这个词在原文中另有一项专用意义，也许我们可以从这方面说明，更合常识，也更现代化，也许更容易懂些。

印度古人有一项极大贡献常为人忽略。他们发明了记数法中的“零”。印度人的数字传给阿拉伯人，叫作“印度数码”，再传给欧洲人，称为阿拉伯数字。这个“零”的符号本来只是一个点，指明这里没有数，但有一个数位，后来才改为一个圈。这个“零”字的印度原文就是“空”字。“空”就是“零”。什么也没有，但确实存在，不可缺少。“零”表示一个去掉了内容的“空”位。古地中海文明中毕达哥拉斯学派说：一切皆数。数下都是零。古中国人说：万物生于有，有生于无。无就是零。他们的思想是通气的，都看到了这一点，但只有佛教徒发展了这种思想。“数”和“有”不停变化，即生即灭，都占有一个“零”位，“空”位。所以“空”不出现，但不断表示自己的存在。

“空”或“零”在原文中有两个词形。一个是形容词形，即“五蕴皆空”的“空”。一个是加了表示抽象词尾的。读音译本可知下文“色不异空”等的“空”是抽象词，即零位。这样读下文“色不异空，空不异色。色即是空，空即是色”等也就比较容易明白了吧？

还有需要注意的是：就音译本读原文，“五蕴皆空”是“五蕴自性皆空”。其他译本也有这样译的。“自性”表示了“空”的抽象词义，与下文“空”的抽象词形义相符。“是诸法空相”的“相”不是《金刚经》鸠摩罗什译的“相”，那里的“相”是“想”，这里的“相”是另一个字。还有，“不异”等照梵文习惯思路读原文和照汉文习惯思路读译文，虽准确相符而得来意味有所不同。这是语言文体特性，不必多说。（我在印度抄的刊行本原文于劫中失去，凭记忆不能核实，所以只引敦煌音译本。）

打一个比方：电视荧屏上不停闪现，即生即灭的光点组合成一些活动图像。没有空的荧屏，便没有这些光点。光点灭便是“空”。光点生也因为有“空”。“空”不出现而存在。“空”和“有”可说是“不异，不一”，也就是“不生不灭”等了。屏幕是零，由数码光点闪现而有，本身仍是空的。“有”和“空”都是“无常”理论的发展。

这样读下去，《上篇》三段就只剩术语问题了。其中的“缘生”是和“空”有关的佛教根本教义。这里没有说由解析“因缘”而知“自性”是“空”。

《下篇》答复“行”的问题。

第一段说菩萨。用全译“菩提萨埵”表示指一般菩萨，不是称号，前面已说过。“菩提”是觉悟。“萨埵”是生物，人。两字合成“有觉悟的人”。佛自称经历无数“劫”当菩萨，最后才成佛。“依”指的是“行”。菩萨的最后境界是“涅槃”。

第二段说“三世诸佛”。“三世”是过去、未来、现在。过去佛如阿弥陀佛，未来佛如弥勒佛，过去未来都有很多佛。现在佛只有一位是释迦牟尼佛。现在是释迦佛时代，一切教导从他来。佛出世为教化众生。他的“阿耨多罗三藐三菩提”即“无上正等正觉”也是“依般若波罗蜜多”法门。前文说“无得”，这里又说“得”，两者的原文不是一个字。这里的“得”是“证得”，“亲证”，不是得到。佛和菩萨的性质不同。佛的“般涅槃”只是“示寂”。

第三段确实这个法门“是大神咒，是大明咒”等。这里的“咒”是“满怛罗”，不是“陀罗尼”，前面已说过了。

《终篇》是“咒”，仍是“满怛罗”。表面的字义是：“去了！去了！到那边去了！完完全全到那边去了！觉悟啊！娑婆诃！”最后一词是婆罗门诵《吠陀》经咒呼神献祭时用的祷词，无意义。佛教徒沿用这习惯语。

全篇中《序篇》总纲之后，《上篇》说“空”，讲理论，只是断语。《下篇》说“行”是“依”，没说怎么“行”，怎么“依”。《终篇》是咒语，又不能“望文生义”。如何由智慧而修行得解脱？还是没有说。也可以说是，能说出的都已说过了，说不出的，脱离语言的“行”，说出也只能是密码。语言密码破解出来仍旧是语言，仍旧是密码。修行只能口传，甚至是不能口传的。可传的只是形式，如持戒、参禅、念咒、结印、设坛之类。智慧修行更加不能用语言传授，最多只能用符号或象征暗示。宗教的出发点是信仰，归宿点是修行。不说修行不算全面。佛经末尾照例是说“信受奉行”。下面我对这不可说的“说”或者说智慧修行提一点浅见。

凡语言都可以说是符号，但语言符号有种种不同。古人、外国人的习惯思路和表达方式和我们现在的有同有不同。有的话今人不直说而古人直话直说。例如孔子说：“吾未见好德如好色者也。”今天谁这样说老实话？有的话今天直说，古人用曲说，例如庄子说：“寓言十九，卮言日出。”什么意思？另有符号语言是“行话”，非同行同时人不懂。例如说“形而上学猖獗”。形而上学从亚里士多德的书以来就是很难的学问，古今中外没有多少人能懂，怎么会“猖獗”？这是符号语言，不是谜语。说的话明白，懂的人懂，是同行，不用破译。不懂的，破译出来也还是不懂。还有的是将说不出来的用种种方式和符号语言表达出来。宗教、艺术、文学中很多这样的情况。宗教经典中有可说的部分是理论，也常用符号语言。还有不可说的部分是修行，更重要。“行”的是什么？怎么“行”？怎么传授和修炼这种“行”？更需要用符号语言暗示。现在能不能比古时说得稍微明白些？试试看。

各种宗教，有招牌的和没有招牌的，都有一部分不讲道理的理论和行为，被笼统称为神秘主义。这是全球性的。其中最发达而且文献最繁多的是雪山（喜马拉雅）南北的许多教派。在佛教名义下的传进了好翻译又善印刷的中国，在汉译和藏译的文献中保存得最多。有些梵文文献不用佛教名义称为“怛多罗”，也刊印出了一小部分。在印度，这类修行称为“苦行”或“瑜伽行”。这类文献和修行者多数被认为是秘密教派。“秘密”的含义是，这种修行只能是个人单独进行的，不能有求于外（名、利、权、欲等），也不可能为人所知。因此炫耀、宣扬、传播的都应当另属于江湖法术，不是宗教修行。那么，这种不可言说而又有符号语言作暗示的文献的修行究竟是怎么回事？

用20世纪发展的新知识可以说，这些所谓神秘主义修行实际是一种试验，千方百计想打通并支配统一的显意识和隐意识。人类早就发现了自己除有理性和能用意志支配的意识以外，还有一种自己不能控制的隐意识。佛教徒很注意这一方面，文献中时常论到。一百多年来由医生诊断病人发现的病态或变态心理其实也隐伏于常态之中，由此发展出以潜意识活动为对象的研究，有不少发展，而且立即影响了文学艺术，但还远未达到其他科学那样的明白确切程度，因为除了诊病治病以外无法做实验。其实全世界古往今来无数真正的修行者都做过这种试验。他们是正常人，但这种试验很危险，往往导致变态心理发作而“走火入魔”。实际是潜意识失去控制，而与显意识混淆起来，指导行为和语言。没有“入魔”而竟能达到一种境界的，旁人只见外表。本人也说不出来。这样的修行者总是孤独者。宗教脱离不了修行。全面研究宗教（不是教派）思想及行为的科学还是尚待发展而且很难发展。不过，对于人类的显意识加隐意识或潜意识，或者说第一意识和第二意识的研究发展到将来，可能对于人类从过去直到现在的许多无意识非理性的行为多少作出一点较为确切的解说。眼下对许多古文献还只能作对符号语言的试探译解，正如同对当前人类的许多莫名其妙的行为一样。

依我看，《心经》说“五蕴”等之下都是“空”，凡数码之下都是零，“照见”了这个“空”，修行到了这个零位，从显意识通到了相交错的隐意识或潜意识，而能全面自觉认识并支配统一双重意识的人，就达到最高的心理境界，而是另一个具备高超行为的“超人”了。“转识成智”了。

以上由解说《心经》而提出的说法不过是试作探索，不是“悟道”，也不是“野狐禅”吧。

1995年11月—1996年1月

《春秋》符号

《春秋》是一部什么书？

公元前2世纪汉景帝时朝廷立《诗》、《春秋》“博士”。从这时起《春秋》便成为官学的专业课本。解释《春秋》的《公羊传》在先，《穀梁传》在后，成为官定讲义。所谓《春秋》经文实际上是在两部《传》里的，没有留下独立的《经》。西汉末年传出古文字的《左传》由刘歆校订出来。西晋杜预编订《春秋·左传》分列《经》、《传》。三《传》的《经》并不完全一致。《汉书·艺文志》所记《春秋古经》下注“公羊、穀梁二家”。东汉熹平时刻的石经只余残石。晚唐、北宋才有人直求本经，还是抛弃不了《传》。直到今天，约两千年，没有人能说出在公羊高所传本文之前，鲁国史书《春秋》（不论孔子修订过没有）是什么样子。现在讲《春秋》只能是西汉初由口传写定的《传》

中的《经》。除非从战国时代的古墓中发现竹简，谁也见不到《春秋》的完整本来面目。春秋时政府有史官记朝廷大事，周王及各国都有。独有鲁国的一条一条竹简归了孔子一派的儒生（知书识字的人），又一代一代传了下来。秦始皇焚书，各国史书都烧了，偏偏他所最不喜欢的“颂古非今”的鲁国儒生没绝后。人坑了，书没全焚掉，真是奇事。论述《春秋》最早的除《传》外只有《孟子》和《史记》。《孟子》传自战国，后汉才有赵岐注，写定大约在前汉时。司马迁作《史记》时用《春秋》经传资料及其他书编了《十二诸侯年表》，好像是《春秋》的提要。一《经》一《表》现在就是《春秋》的文本，都是分年序列。大概《经》是简书，一条一条。《表》是帛书，一卷一卷。

从《春秋》文本和两千多年的种种解说看来，我们可以说，《春秋》本是新闻纪事档案，成书后便已成为中国人的一部符号手册，和《易经》的卦爻辞同类。两千多年来中国人的思想“传统”（从古至今传下未断的统）来源在文献中有很大一部分在这两个文本及其解说之中。另有一部分见于《诗》、《书》。此外大都是比这些较晚的文献遗留，当然甲骨金文不在其内。不论原本原义，对这些文本的符号解说的历史表示了中国人思想史的一个重要部分。《易》乾卦开头是“乾、元、亨、利、贞”。五个字都有可供各种解说的意义，以后许多卦中也屡次出现。《春秋》开头是“元年、春、王正月”。六个字也都有可供索取的意义。《易》

是卜卦之书。《春秋》是经世之书。一通宇宙，一通天下，又俱可为立身之用。历代贤豪的解说都挂原书牌号发挥自己当时当世的思想意见。对原来文本说，都“伪”。对解说者的时世说，都“真”。以古说今，千篇一律，符号之妙就在于此。

现存最早的对《春秋》符号的总解说见于《公羊传》和《孟子》，两家几乎一样。

《孟子·滕文公》总结为一句话：

> 《春秋》，天子之事也。

《孟子·离娄》之说《春秋》和晋国及楚国的史书是“一也”。又说：

> 其事则齐桓、晋文，其文则史。孔子曰：其义则丘窃取之矣。

《公羊传》在昭公十二年下说：

> 子曰：春秋之信史也，其序则齐桓、晋文，其会则主会者为之也，其辞则丘有罪焉耳。

两书未必互相抄袭，有共同传说来源的可能性更大些。

值得注意的是第一次分析出了书中内容分几项。史、序、会、辞和事、史、文、义。这是把辞和义、史和事分析开了。这恰恰是一种对符号的看法，由此指彼。把辞和义加在孔夫子名下也是取一种符号意义，挂上一块金字招牌。从此《春秋》和《易经》一样成为取之不尽、用之不竭，可作种种解说的符号大全了。论述诸侯本是史官在天子符号下做的。所以是“天子之事”。孔子没有天子招牌而行天子之事，没有名义符号，所以是“有罪”、“窃取”了。因此，孟子又用孔子的嘴说：“知我者其惟《春秋》乎？罪我者其惟《春秋》乎？”（《滕文公》）大有含义。

不仅内容和文辞，便是年数也可以有符号意义。《春秋》记二百四十二年。《史记·十二诸侯年表》加了年数。从封侯前后算起，是“共和元年”庚申（前841），在平王东迁（前770）以前七十年，在《春秋》开始的鲁隐公元年（前722）以前一百二十年，而终于周敬王四十三年（前477）甲子，即孔子卒后两年，总共恰恰是三百六十五年，合于一年四季的天数，也就是《书·尧典》说的“期（太阳年）三百有六旬有六日，以闰月定四时成岁（阴阳合历年）”。《史记》表列年数就是与一年（四时年，太阳年）的日数（三百六十五日多）相合，表示这是“天数”。这是秦汉方士与儒生相结合时所熟悉而惯用的手法，以后也有传承，看古书时常会见到。

再看《孟子》第一篇《梁惠王》，其中说到齐宣王问：

“齐桓、晋文之事可得闻乎？”孟子说：“仲尼（孔子）之徒无道桓文之事者，是以后世无传焉。臣未之闻也。”这不明明是和他自己不止一次讲《春秋》桓、文的话不合吗？紧接着第二篇《公孙丑》一开篇就讲管仲。这不是齐桓公的宰相吗？这一篇中又讲齐桓相管仲“不劳而霸”。到《告子》篇又大论五霸，说“五霸，桓公为盛”，还具体说到葵丘之会的盟约五条。《论语》中也有孔子赞管仲，赞齐桓“九合诸侯”，“一匡天下”的话（《宪问》）。孟子不知道吗？当然可以解释说，这是不同弟子所记，传了几代，有增减，而且答齐宣王时为了要讲“王道”，所以不谈“霸道”，以及齐鲁所传有别，等等。可是为什么“五霸”只讲桓、文，而说的事中又有桓无文？以桓为“霸”的代表也就是以桓为符号。所以孟子是以人（齐桓公）和事（桓文之事）为符号说明《春秋》是“天子之事”，由此发挥自己尊“王”道抑“霸”道的政见的。孟子是把《春秋》作为符号书的。庄子以“寓言”作符号而暗示。孟子以真人真事为符号而明言。两位大师的思想路数一样，都属于中国人以符号推演的非数学的特殊数学思维的传统。

不妨再看看公羊的《传》和司马的《表》怎么阐释《春秋》。《穀梁》可算齐国公羊的鲁国分支。《左传》晚出，内容须经过层次分析。

现在不考古代经解，何妨作今天的符号解说？先试提几个问题：秦汉之际史官怎样看当时的天下大势？桓、文有什么大事？现在可以从里面看出什么古人没说明而现代可解说的意义？为什么晋文流亡十九年，在位只九年，竟能和在位四十三年的齐桓并列？他有什么伟大业绩？其中有什么现代可看出的意义？五霸中还有三霸，而且吴、越也是霸，实为七霸，何以不提？“霸”是不是开国际结盟大会当主席，而且动不动就发兵打别国、干涉内政？这几个问题能不能有相连贯的解答？

区区小文只当闲谈，不能也不必旁征博引、劳神伤力去回答问题。不过近来想到这些，不免觉得多少年多少人费力去演算论证的大多是真、伪，正、误，是、非，善、恶之类解经说史问题，是古人为古人而作。现代人可不可以提出现代的问题，问一问现代人才会注意的问题？这样，既不是跟着古人跑为古人服务，也不是要古人跟我们跑为现代服务，也不是显功力，露才华，只是对某一点或方面提问题，试作少许现代的探索和认识，也就是对古代符号作一番现代解说。前面提出的问题不过是继续中国人的传统思路，以《春秋》为符号书，再探索一次所记符号的意义。自己回答是办不到的。问题依然太大，太麻烦，还得分析、引证，若是作新《东莱博议》似乎不必。以下谈点闲话，起个话头，只算是“入话”而已。土里土气，更说不上引什么etic、emic、ethos、eidos等已不算新鲜的洋玩意儿来壮胆了。

话说周平王为西戎所逼东迁洛阳之时（前8世纪），现在中国版图内已经明显形成几大文化“场”，也就是说，同种族以及不同种族的人有共同生活思想习惯及生产与文化知识技能而聚居的大片小片地区。首先是中原或黄河流域文化，或说殷周文化，有通行语言（雅言）及文字和较高的生产生活水平。周围其他族文化比不上中原，因而不能不时常来抢劫，还利用各种机会移进来定居，也不能不学习中原的优越的文化通行语和文字，同时也把自己的风俗习惯和骑射等特长带进来。东边山东半岛的沿海地区本有夷人，现已在殷商占领下化为齐国领域。东夷此时只是指徐、淮以至东南的吴、越。至于南蛮、西戎、北狄各是统称。他们不止是一族，各自有文化，但缺少统一语言和文字，这只有向中原学习。物质文化可以边学习边发展。精神文化必然是随语言文字渗入。因此，见于文字的文化记录便不能不以中原为主。实际上人早已混杂了。从周武王伐殷纣起就不纯了。秦本是周的挡箭牌，在霸西戎以后成了大敌人。晋与北狄交往频繁，晋文公重耳的母亲就不是同族。他一逃难就去狄人处。周游列国时还到处结婚又抛弃（名言是："待我二十五年而后嫁。"），也不合中原文化习惯，楚更是将长江流域的人及文化联合起来而大发展。开头是周封楚以镇南蛮，结果是楚强大后成为大患，"问鼎"中原。吴、越起于东南。吴季札到中原来聘问时吴已有相当高的文化，引泰伯当祖先。齐人孙武和楚人伍子胥都曾帮助吴胜楚又胜越。随后楚人文种、范蠡又助越灭吴。终于吴、越都并入楚国。战国末期楚国都城从原在长江中游的郢一直向东搬到淮河边上的寿春。

中国成为西北秦与东南楚争霸的局面。“合纵”、“连横”即两大阵营对抗的表演。《史记》列年表是从三代、十二诸侯、六国到秦楚之际，然后是汉兴以来的新诸侯和功臣年表。《三代世表》序中特别提到“孔子因史文次《春秋》纪元年正时日月”。这一种着重纪年月四时次序排列人事的线性思路不仅贯串中原文化，而且通于楚文化。如《离骚》一开头便说祖先谱系和自己生年。在这样的时间线中每一人一事都可以当作符号而含有意义。当时的大势在《春秋》本经及三《传》和《论语》《孟子》《史记》中都有认识而各有不同，尽管这些书都是以鲁国为坐标，以孔子为招牌而排定其他作出解说，而且都是在前汉写成定本的。

只以齐桓、晋文作为两个符号一看，这几家就各有不同。把三《传》中引的《春秋》本经中有关记录一看，不见有什么对这两位特别看重。《孟子》举这两个符号来概括全书主要是伸张自己的王、霸理论，宣传仁政（非暴力）胜过甲兵（武力）。这和《论语》中孔子称赞齐桓的攘夷狄抵御外患不一样。《论语》中感谢管仲使大家免于“披发左衽”，大有明末遗老怕剃长发留辮子，而清末遗老怕剪辮子留短发的风味。齐桓之盛在于葵丘之会（僖公九年）。《孟子》还特别提出会上盟约五条（《告子》）。然而《公羊》并未称赞此会。《穀梁》记了盟约五条，和《孟子》不同。《左氏》只说盟会后要“言归于好”。《年表》中记的是开会时周天子赐肉命齐桓“无拜”，好比赏个勋章。还有件重要的事是齐率诸侯与楚盟（僖公四年），算是南北议和。楚人毫不屈服。著名的齐楚“风马牛不相及”的话由此传下来。《左氏》描写生动，但没有站在齐一边。《公羊》不叙事而论定齐桓“救中国而攘夷狄”。《穀梁》只简要论述会盟。《年表》只记事。《春秋》经文中没显出重点。在这几部书中齐桓公小白并不能代表《春秋》，没有赫赫功勋，不过是召开国际大会自任主席。西戎的秦和蛮夷的楚日益壮大。混杂狄人的晋即将伐齐。齐桓除表面尊王外也不能代表中原文化，实在是声名超过实际，不过是个“霸”的符号。他初即位就攻鲁报仇，长勺一战反被鲁国曹沬打败了（《齐世家》未说）。他的大业乃在于不记仇而用了管仲治国达到富强，有了相当高的国际地位，比天子还神气，却没有称王篡位。若没有这位能干的相爷替他办事，弥缝纰漏，他早就被许多“内宠”和三个小人易牙、竖刁、开方谋害了。说他“尊王，攘夷”，“兴灭，继绝”，不过是画成符号，树为大旗，转眼便烟消火灭，只剩名字。

《年表》中“僖十六年”有一条是三《传》所无：“重耳（晋文）闻管仲死，去翟（狄），之齐。”管仲一死，他离开狄人跑到齐国想干什么？为什么管仲不死他不去？大有文章。（看《晋世家》）由此再看晋文。这是个复杂环境中的复杂人物，一生是一部长篇小说（《东周列国志》写的远远不够）。他在外流亡十九年，在狄人处住了很久。齐、楚、秦都到过。在楚几乎被害。最后是秦国派兵送他回国即位。中原小国对他不礼遇，可见他不仅出身不纯正而且相当异族化，所以在齐国一享受就不想走了。他在位九年的最大业绩是城濮之战打败了楚国（僖二十八年）。《经》直述其事。《公》、《穀》都简略。只有《左》大书特书写成著名大战之一。《孟子》吹捧他而一句实事没有，可见他也是个符号。人和事是重要的，桓、文也了不起，但并不像符号所指那么单纯而高大。晋文的重要意义恐怕是在齐将衰而秦楚强盛时以一个并非纯正中原文化的人来作为捍卫中原文化的旗帜。所以他一直和齐桓并列而说不出或不便说出其中缘故。他助过周天子，但并不真尊王。

《左氏》在“僖二十二年”下记了可能是事后的预言，说辛有见披发于伊川，知百年而为戎，“其礼先亡矣”。中原文化（礼）的异族化和异族文化的中原化是东周时期令有识者焦心的大事。自从武王在孟津聚诸侯各族人（《书·牧誓》列了八个，称为“西方之人”）征服殷商以来，就是这个边境和移民问题越闹越大。知书识字，记各国史事，因而对文化感受特深的史官之所以“尊王”，是主张以周为首联合防止异化，即“攘夷”。无奈中原文化的代表者，周的后代鲁国仅有一群书呆子，武士曹沫很少。殷的后人宋襄公更加迂腐守旧，勉强算做五霸之一，代表中原当大会主席，实在不称其位。司马迁在《年表》序中只说了四个强国，齐、晋、秦、楚。说在周初封时都“微甚”，后来“晋阻三河，齐负东海，楚介江淮，秦因雍州之固，四国迭兴，更为伯

（霸）主”。这仿佛是地缘政治学观点，四国刚好在东西南北四方。齐、晋多少还属中原文化。秦、楚就说不得。后来吴、越并入楚，田齐衰而晋分裂，从此一直是秦和楚，西北和东南，争霸之局。南北对峙，华夷互相渗透。从汉朝（混合文化）经过“五胡乱华”及“五代十国”，直到元、明、清三朝才由蒙族、汉族、满族轮流坐庄达成一统。但问题并未解决，最后反而加上了海外来的史无前例的更大的文化冲突。汉兴时司马迁在《六国表》序中说：“或曰：东方，物所始生（东配春）。西方，物之成熟（西配秋）。夫作事者必于东南，收功实者常于西北。”他又在《秦楚之际月表》序中说，秦始皇废裂土封侯制度，又“堕坏名城，销锋镝，锄豪杰，维万世之安。然王迹之兴起于闾巷，合从（纵）讨伐轶于三代，乡（以前）秦之禁适足以资贤者为驱除难耳”。这就是说，秦始皇搬起石头砸了自己的脚，适与愿望相反，老百姓造反时一切防范措施不过是为他们扫除障碍罢了。所以有见识的前汉徐乐上书说：“天下之患在于土崩，不在瓦解，古今一也。”（《汉书》本传）从刘、项兴兵到洪秀全挖空清朝廷都是历史的无数次表面重复。外国也不免。拜占庭帝国和奥斯曼帝国遗留下的问题至今仍在。不仅古今，而且中外，“一也”。所以桓、文虽很快就失去符号效应，而《春秋》作为符号书一直应用到清末康有为，以至辜鸿铭，甚至日本明治维新时还提出“尊王攘幕”（幕府即诸侯），这难道是偶然的吗？

世纪末读《书》

20世纪已到尾声了。回想世纪初年，几大科学理论不声不响打开了人类窥探世界和自身的新窗口，那时谁能想得到以后的变化呢？当上一世纪中叶，1859年，同时出现达尔文的《物种起源》和马克思的《政治经济学批判》时，科学、进化论如太阳上升，几乎无坚不摧。“超人”尼采叫喊“上帝死了！”那时对资本、技术、市场、劳动力（总之是利润）的追求大潮弥漫全世界。一个东印度公司吞下了印度次大陆。一个英国代表团来中国探路，认为大炮加军舰就可以毫不费力吞下这个自命不可一世的天朝大国。世上一切仿佛都照科学的预见进行。但是科学本身走向何方？就只会供资本利用，杀人，吃人，然后毁掉人类吗？

本世纪初出现了爱因斯坦的相对论、普朗克的量子论，对世界的认识不受牛顿管辖了。又出现了索绪尔的语言学，弗洛伊德的心理学，对人类自身的认识也变化了。人类学调查了世界上的偏僻角落的人并有新解说。现在是要从只追求新的转向注意解说旧的了。懂得了才有用，不懂就无用，再多也白搭，自己反会成为俘虏。尤其是要懂得人，征服者和被征服者都需要懂得对方。两次世界大战以后，地球变得非常狭小了。19世纪的疯狂追寻此时要指向天上了。地上的浪潮仍在汹涌，但已经是后起的向前追赶。原来19世纪的前锋浪头在思想上要停下来探索自己了。追赶的人还在和19世纪竞走，被追的人已觉得20世纪到了尽头，上天也无路可走，只有原地踏步疯狂跳舞了。然而科学是冷酷的，不声不响的，孤独的，本身就是哲学的。研究的对象是“形而下”，研究本身却是“形而上”。科学不得不由向外转向内而“反思”。

古希腊哲人喊出“认识你自己”。但是两千多年来人类认识自身远远没有认识外界多。科学、哲学、宗教、艺术无不如此。有人苦思冥想，被称为神秘主义。这在个人可能有所得，而人作为一个类，不能靠冥想认识自己。由索绪尔开始的发现是，人区别于动物在思想，而思想的活动不离语言。语言的声音符号用上文字符号就可以保存而流传，破空间和时间限制。遗传信息不专靠内在基因而有外在符号，这是动物做不到的。语言发展了人，又限制了人。人只能用语言思考。要懂得人必须懂得语言。不是只作外在形式的语音、语法结构的测算，而要深入内层。语言和思想同样是有语音学的（phonetic，etic）和音位学的（phonemic，emic）两条研究道路。一个只管客观存在，可以建构符号系统，没有条件限制。一个探索有限范围内的本身内在建构，有条件限制。例如“马家军”跑马拉松，时间和速度是语音学的，什么人在什么时候、什么地方加速和怎么样加速是音位学的。两者的变化不同，研究也不同。由索绪尔开头的这种思路发展到了和语言及思想有关的其他方面。有人建构符号本身系统。有人探讨符号的意义的解说。由意义发现符号，认识了符号王国，但若不再由符号追索深层意义，依然是“形而下”。符号由于有意义而存在，离开意义，符号就不成其为符号。这又是语音学的和音位学的两种思路。由弗洛伊德开始的心理学发现了人的潜在意识，将对人的考察引向人自己意识不到的深层。但他过早地建立体系，难以成立。尽管印度古人，特别是佛教徒，早已注意到了人的潜在意识，但是由医学和心理学从人的行为来发现，是从弗洛伊德开始的。这样，语言学和心理学对人的内在思想意识的探索使我们对于行为如何接受自觉的和不自觉的内在的和外在的指导，形象和语言如何由外而内又由内而外，出自内心又影响内心，模模糊糊认出了一条道路。社会集团的共同心理同样指导行为，可以由行为追溯，但不等于个人心理相加的总和。社会心理学对集团行为的心理研究不同于以个人为对象，因此受到有利害关系的多方面的极大限制，又不能做实验室的封闭测验，至今还难说已经发展起来。个人心理中有很大成分受社会心理制约，两者密切有关。这一条由外而内的认识人自身的道路在20世纪不过是开端，到21世纪将历尽坎坷而成长。人是不愿意认识自己的，尤其不愿意别人认识自己。人必须穿衣，必须有所遮掩。揭底绝不是容易的事，在揭者和被揭者双方都一样。

调查活人有种种障碍，何妨调查死人、古人？以文字符号组成的，表达语言而暗藏思想的，和产生时的内外背景息息相关的，是文献。20世纪对远古文献有重大发现。考古发掘差不多在同一时期在三处获得最古文献。一是在印度河流域出现的两处古城遗址。有许多印章式的带有文字的古物。虽有不少人试图辨认，但因为主观客观障碍太多，至今恐怕还没真正认出来。二是西亚两河流域发掘出来的苏美尔人的泥版文书，有几万枚之多。上面的文字已经辨认出来，对于了解其他处古文献可以大有帮助，可惜至今中国还没有人注意。第三便是河南安阳的殷墟发掘。大量甲骨文献的出现使我们对于中国古史有了确凿无疑的依据。可惜《甲骨文合集》近年才出来，而研究虽比印度河区文字少了一些现代麻烦，但也有先天结论的障碍，不过到21世纪必有新进展。

世界古国中，印度的古文献至今还有极大数量的写本藏在公私书库里，另有不少仍在口传中，刊印本已有现代解说的痕迹。中国古文献保存最多，各种形式都有。可惜《金石萃编》式的资料整理及刊行远远不够。写本也不少，从汉代帛书、唐宋人手迹到明清抄本都有，可惜历来只讲版本不讲写本，情况不明。这样，对于寻觅并摘取文献来证明已有的或借来的结论式假说就非常方便了。真要达到欧洲人对于古希腊罗马文献研究在19世纪到20世纪的成就，我们还得努力。

文献必出于识字人之手，而古来的识字人的注意方向各国并不都一样。例如印度的识字人，无论婆罗门或出家的沙门多少年都靠“施主”养活，而且到老了便进入森林或移居恒河边上修道，或在庙宇内著书立说，所以他们不关心政治变化。他们与宗教密切有关，但并非依赖政府式的教会。欧洲的基督教教会和政府平行。识字人多年都是在修道院依傍教会。这和古希腊罗马城邦的情况大不相同，产生不出“智者”之群。18世纪反教会的便依靠帝王。19世纪的改依靠资本。至于政教合一的元首，如伊斯兰教的“哈里发”（奥斯曼帝国元首），其治下的识字人又有另一种情况。和以上这些人相比，中国古代识字人的显著特点便是依傍政权。从卜筮者和观测天文、定四时历法的星历推算者起便直接、间接和政治首领结下不解之缘。中国古文献的作者和读者都不能和政治绝缘。为学和为政，山林和廊庙，是同一件事的两面。探索古文献的内涵不能脱离这些文献的著述者、传播者、应用者。《易经》爻辞一开头就从“潜龙”说到“飞龙”、“亢龙”。识字人自比是“卧龙”。都是“龙”（乾），不是“牝马”（坤）。

《尚书》或《书经》，这部最古的政治文献集，是我的一位生疏的老友。我十来岁时曾蒙塾师陈先生教过，像念咒一样背诵过一遍。从此一别不再见面。直到1939年我在湖南大学滥竽充数教课时才在曾星笠（运乾）先生处见到他的《尚书正读》讲义，上面满是朱笔墨笔的批注。这是第二次见面，但重逢老友也没有话旧，交臂错过。到我八十岁时有人将《尚书正读》的中华书局1964年印本拿给我看，这才回到了童年、青年，如在梦中。这部书连韩愈老前辈都说是“佶屈聱牙”的，曾先生告诉我，他能讲得“文从字顺”，只因看通了古文文法。现在我翻阅他的书，想起他所说的几句话，发现他读通了的一是词序，二是省略，三是通假。照他的读法果然是古文如同白话。可惜他对先秦文献语言没有作比较分析，留给了后人。《马氏文通》到现在已经一百年了吧？曾先生莫寿今年也是一百一十岁了。

闭户闭目遐想，是否可以有一种钻探读书法，找几个点深钻一下，由点及面，由表及里，又由内而外，仿佛想绘出潜在的地质图。文献的表层是语言文字，是“文体”，可否由此深入其中潜在思想，再从功能或效用方面结合其作者、读者、传播者、有意无意应用者，由此可能窥见其共识和异识，测出变化。这种读书思路和接受现成结论去求证及推演不同，是发现疑问去探索解说，也许少费工夫抄写而多用心思考问题。

何妨试看《尚书》的语言文体？无论典、谟、诰、誓全是对话体。有的表面不是，如《禹贡》，实际也是在作者心中有个预定读者，即听话者的范围的。《禹贡》、《洪范》甚至全《书》都不是写下来给足不出村的不识字的农民看的。从对话人到对话的话题，即所提问题及答案和怎么提出问和答的方式，都是这样。这里有明有暗，而答案常有趋向，指向其预定的效果，也提示其功能，并且透露其背景及用意。因为是古代的书，所以还可以检查以后的实际效果。"今文"《尚书》二十八篇，据说是先由秦代"博士"伏生（伏胜）在汉初背诵出来，后由大小夏侯二人传授写定，这是下限。著作为历史资料引用自然必须分析，如同对待《论语》（不等于孔子）、《孟子》（不等于孟子）、《左传》（不等于《春秋》）那样。《书》中的尧、舜和《论》、《孟》中的尧、舜若都当作人，文本就必须分别层次。对人和文本定性就不必这样。"六亿神州尽舜尧"和两千多年前"言必称尧舜"用的是同一符号，有同一意义。

《尚书》中的对话人可以作为实体，也可以作为符号。一个个人可以作为一种身份的符号。不难看出，书中从尧到秦穆公（照文献传统说法）都是帝王，从舜、禹、皋陶到周公姬旦都是大臣。（舜、禹是先为臣，后为君。）从发言人可以看出这部文献集是什么书。不论本来有多少篇，或者照孟子说法一篇只能"取二三策"，也不论作者是哪些人，这都是一部政治书，是"经世文编"，类似上古拟作的"策论"，准备给帝王将相阅读采纳应用的。帝王常是有决定权而不自己办事，办事的宰相常是身兼文武（如曹操、诸葛亮、文天祥、史可法和未当上宰相的王守仁阳明先生），所以此书可称为宰相读本。《尚书》中最大部分是《周书》，其中主要人物是周公。他正是宰相还兼摄政王。周朝开国元勋是“太公望”姜尚，姜子牙，是助周武王打仗夺天下的，所以后代兵书战策托名于他。周公则是“制礼”定天下的。梁襄王问孟子：“天下乌乎定？”孟子对曰：“定于一。”这个“一”当然是帝王，但办实事的是将相。刘邦定了汉朝天下，靠的是张良、韩信、萧何。张出谋划策，韩打仗，萧办后勤。最后萧当了宰相，韩被杀，张躲了起来。这三个人才是定天下的，尤其是萧何。他的继任者曹参是“萧规曹随”，按既定方针办，照前任定下的老规矩办事。将《尚书》定为宰相读本可以概括内容及功能。不用说，这只是定性的一种，若当作史料或文章又当别论。

再看对话中所提问题及问答方式及内容。这就多了，只说开篇的《尧典》。前半叙述帝尧派定观天授时的官。这说明农业是经济本体。不定四时不能定种植收获。收不上贡税，财政受影响。老百姓没饭吃，天下不能定。忆苦顶不住挨饿。随即是御前会议。帝尧和大臣们对话。中心议题是政权接班人问题。这是中国古代所有王朝中的头等大事。从娃娃周成王到娃娃清宣统皇帝，从少年秦始皇、汉惠帝到明建文帝，还有明末三大疑案，清初三大疑案，全是围绕着这个中心的。《春秋》从鲁隐公开始，也是这个问题。霸主齐桓公、晋文公也有继位问题。武则天皇帝、慈禧太后也是这个问题。还不仅中国，英国的玫瑰战争，印度莫卧儿帝国的王位继承，全是同一问题。《尚书》第一篇在论天时以后便揭出这一问题，仿佛有预见。定天下，首先是定天时（还派鲧治水），经济第一，老百姓先要吃饱，政府得有贡税。（不是抢夺、没收、铸币，那是一次性的。）孟子说的“不违农时”就是此意。工业社会也不能饿肚子，不管农产品。现在世界上还闹农产品出入口关税问题。其次便是定传位。传位不妥当，天下也定不下来，还会乱。

如何传天下？孟子说：“天子不能以天下与人。”是说不能个人私相授受。《尧典》里讲了个戏剧性故事，写出皇帝和大臣的生动对话，讨论传位问题。不说思想，只论文章，也是构思下笔极其巧妙。因为这不是讲道理、摆条条能答复的问题，所以不能像文章前半论述定天时那样四平八稳、排列整齐，而要采用文学创作形式了。我曾有一小文《上古御前的会议》谈这一段，这里不重复，只想再谈一个问题。这出戏中，尧将传位，挑选接班人，为什么那么彬彬有礼？为什么大臣个个“谦让为怀”，终于找了个老百姓来做皇帝的女婿，接受几次考验，才定下来？不必引后来的历史事实，便在《尚书》中，商王汤的《汤誓》是伐夏王桀的。周武王的《牧誓》是讨殷纣王的，全不是客客气气的“禅让”，更谈不到尧对舜那样培养接班人。为什么偏偏在《尧典》中要写下禅让传位故事？如是记传说，为什么要选择这一个？《孟子》里不是有种种说法吗？

《尧典》明显是一篇拟作，不会是甲骨文以前的实录。说是对往古公社的回忆也不像。酋长传位各有传统方式，并不那么文雅。何况回忆而记下来也必有原因，不会无缘无故。拟作《尧典》发表政见时期，不论在东周何时，甚至在西周幽王亡国以前，传位都是传子而众子中不能选贤以致出问题。着重描绘禅让的一个可能是由此见反差，树理想，有讽谕之意。另有可能是提出另一种传位方式。从后来多次禅让史事来看，后者更显示其功能，不一定是其意图。传位即授权，对方即得权者。《尚书》中的权位传递方式有三种。一是以武力打仗夺取，如商汤的《汤誓》，周武王的《牧誓》。二是尧舜禅让，见于《尧典》。三是周公，不居其位，无虚名而掌实权，也还要让来让去如《洛诰》中的对话。在周秦以后两千多年政治史中，将后二者合并而成功的有王莽、曹丕、司马炎。暗害篡位的出了《尚书》设计模式以外，那是《春秋》开篇记录的鲁隐公、桓公的事。到《通鉴》开篇，三家分晋，已不是传位了。

这部周代文献集，宰相治天下读本，有许多可供探索之处。性质和功能类似其他民族的口传史诗。中国早有文字，不仅靠口传，文字统一，语音分歧，而且没有职业歌人如荷马。后来才有“变文”说唱。各民族并非都先有史诗形式（看《旧约》）。《孟子·万章》上篇中有不少尧舜故事，尚未定型。孟子说这是“齐东野人之语”。大约当时齐鲁一带有人创作并流传史诗型而用散文讲故事的政治总结。（楚语另有一套。）中国古识字人善于总结历史。例如西汉徐乐据战国及秦末历史结合汉初形势，总结出“土崩、瓦解”论，比贾谊高明。“土崩”指老百姓造反。“瓦解”指诸侯分裂。这就是在公元前约100年概括了前后三千年政治形势变化的基本模式。《尚书》中的总结性报告有《禹贡》九州（经济地理），《洪范》九畴（治国大纲），《吕刑》五刑（法律要旨）。这些文中以数排列，以事归数，展示了有条理的数字式丰富思想，也便于记诵。背后应当有故事供口头解说，文中只留引子。从文学角度说，《尚书》中有极为生动的古代口语和故事。这要从古文中得其神气，白话只能译解或改作，不能代替。照字句译便索然无味，好像古人都是傻瓜。我尝试写过《读西伯戡黎》和《兵马俑作战》两小文，此处不重复，只想再略谈一点：《尚书》写定时的东周形势和在书中反映出来的对形势的认识及心态。

战国时，也就是《孟子》和《尚书》等作者由认识当代而总结古史时，分崩的列国已趋向统一。齐、楚、秦三强鼎立，好像后来的魏、吴、蜀三国，又像南北朝时的齐、周、南朝。统一局面必然到来已经为关心政治的有知识的识字人（士，文士，辩士）所觉察到。他们（包括老、庄、墨、苏、张）纷纷以种种形式出谋划策，为帝王将相设计一统江山的方案。《禹贡》、《洪范》、《吕刑》以及《周书》中主要由周公出面作的不少总结性发言都指向这一点。这是乐观心态。另一方面，悲观心态也出现了。《无逸》中周公指出了“代沟”，描画了青年造反派的形象和言论。“厥（他们的）父母勤劳稼穑。厥子乃不知稼穑之艰难，乃逸，乃谚，既诞，否则（不仅如此，而且）侮厥父母，曰：昔之人无闻知（老家伙知道什么）。”不知稼穑即不懂经济。不追字义、句义只凭语气也可读出其愤慨和忧虑。更严重的是，等不到下一代，老百姓已站起身来讲话了。《汤誓》中说：“汝曰：我后（王）不恤我众，舍我穑事而割正夏（干涉夏国）。”“今汝其曰：夏罪其如台（yí我，如台，奈何）。”农民抱怨王爷不顾庄稼而出兵打仗，即不管国内经济而出兵到外国去干涉内政。“外国王爷有罪又怎么样？与我们有什么相干？”大有当年美国人民反对出兵越南的口气。最后还是只有用恩威两种手段，胡萝卜加大棒。“予（我）其大赉（赏赐）汝。尔（你们）无（勿）不信。朕（我）不食言。尔不从誓言，予则孥戮汝，罔有攸赦。（杀你全家，一个也不饶恕。）”《盘庚》中更严重。老百姓不愿迁移，聚众请愿。盘庚只好再三发表讲话，甚至说：“今予（我）其敷心腹肾肠，历告尔百姓于朕（我的）志（意思）。罔（不）罪尔众。尔无（勿）共怒，协比谗言予一人。”他对“共怒”的舆论有点担心了，觉出了“土崩”趋向。《皋陶谟》中说：“天聪明，自我民聪明。天明畏，自我民明威。”对照《论语》末篇《尧曰》中帝尧的话：“四海困穷，天禄永终。”“朕躬有罪，无以万方。万方有罪，罪在朕躬。”这不是《尧典》中口气了。《孟子》末尾说圣人“然则无有乎尔，则亦无有乎尔。”读来如闻叹息之声。一方面见到一统江山的必然出现，一方面又预感到江山一统后会有新的不幸。是不是“百姓”起而“圣人”亡？是不是政治一统后思想也必趋一统，历家游说从此绝响？这些圣贤预感的是“焚书坑儒”吗？未见得。但“一则以喜，一则以惧”的心情是有的。古卜筮书《周易》的《系辞》中说：“易之兴也其于中古乎？作易者其有忧患乎？”同样的话可以用于《尚书》。其他同时同类书中也有同样悲观论调。至于乐观与自信，请看《尚书》最后一篇《秦誓》。秦穆公打了败仗，提出“责人斯无难，惟受责俾如流，是惟艰哉”。批评别人不难，接受批评，“从善如流”，可不容易啊！他认为这就是“群言之首”，第一条原则。只有具备充分自信，毫不心虚，才能接受责备。他提出选大臣的标准是：“人之有技，若己有之。人之彦圣，其心好之。”能够容人。坏的便是：“人之有技，冒疾以恶之。人之彦圣，而违之俾不达。”妒贤嫉能。只有具备充分自信，才能容下别人长处，不怕胜过自己。秦穆公提倡“休休”、“有容”，又以身作则，打败仗不怪手下将领，怪自己用人不当。所以他能用五张羊皮换来奴隶百里奚作宰相。这便是秦国必兴之道。《尚书》编定时以此文结束。

20世纪不是白白过去的。19世纪提出的许多问题和答案，不少已经如同欧洲中世纪的神学一样逐渐退隐。圣经圣训锁不住人的思想。特别是在两次世界大战后，新问题如潮水一般涌来。人类还在互相残杀，而且加速毁坏环境而自杀，对于现在并不容易乐观。但对过去，包括对古文献，好像比以前看得明白一些了。那么对未来呢？正如古印度诗人迦梨陀娑的诗句："光明又黑暗，仿佛明暗山。"（印度神话：环绕可见世界的大山，一边光明，另一边黑暗，故名"明暗山"）。

1993年12月

读徐译《五十奥义书》

世界上古文化中头等重要的典籍之一的《奥义书》译成汉文出版，而且有五十种之多，这是一件值得注意的事。尤其重要的意义是，它在当前亚洲的一个大国——印度的文化哲学思想中还占有无可比拟的崇高位置，而且对世界仍有影响；由此又可以改变我们一般习惯以为印度是佛教国家的很大误解。这些经典会使我们联想到中国的道家，惊异“何其相似乃尔”。

译者徐梵澄同志早年研究德国哲学，由德回国后又在40年代去印度研究印度哲学，在印曾翻译印度古典。70年代末回到祖国后，出版了《五十奥义书》和现代印度最有影响的宗教哲学家阿罗频多的《神圣人生论》两部巨著译本。两书的印数不多，读者大概也很少，但可能产生的能量却未必是可以轻易低估的。两书一古一今，相隔两千多年，但是一脉相通，其中奥妙总是关心世界文化思想史的人所不应忽略的吧？

算来我读《奥义书》原本已是四十三年以前的事了。当时印度仅有的几位佛教比丘之一，迦叶波法师，为斯里兰卡的来印度鹿野苑的几位比丘讲主要的《奥义书》。他们的共同语言只有巴利语和梵语。两者都是印度古语，一俗一雅，可以互通。他便用雅语梵文讲雅语梵文经典。因为他们都是佛教徒，读这“外道”经典只为见识见识，而讲解者也只是幼年“读经”学古文时念过，改信佛教后不再钻研，所以讲得飞快。承他们好意，让我这个俗家人旁听，给我留下了难忘的深刻印象。

使我非常惊异的第一点便是我好像忽然回到了幼年，听兄长和老师给我讲《诗经》、《书经》。书上的是本文的第一文言，嘴上的是注疏的第二文言。这样一讲，全成了“语体”，却又不是日常用的口头土话，而是一种通行语。古典是变不成土话的，只怕在著作当时也是用的“普通话”（即通行语），才能传播开来，流传下来。我没想到中国和印度的文化传统中有这样大的相似之处。当时又想起读拉丁文《高卢战纪》时对恺撒的文体和语言的惊叹佩服。欧洲的罗马时期的用语大概也是中国和印度这样，拉丁文也是这样。现在的天主教神父不是照旧用拉丁文作通行语也就是“普通话”吗？

我惊异的第二点是翻译的不同途径。我先已看过一点欧洲语言译的《奥义书》，这时猛然感觉到那些全是一种“改作”，全得不由自主地照欧洲各种语言的各自文化背景理解，所以全是“解说”（诠释、阐释、释义）的产物。这一次听到了用“通俗”雅语解说书面雅语，也就是用本国语解说本国语，才觉得这也是翻译，是另一种形式的翻译，和外国语翻译全不一样。那时我又想到佛经的翻译。那又是另外一种翻译，是不翻译的翻译。例如佛、菩萨、涅槃、觉、空、色、识、眼识、意识、缘、界、法等都是原来的词，不是翻译语言的词，其实也类似照原样用本国语解说本国语。仿佛说“仁者，人也。义者，宜也”。[①]迦叶波法师偶然也用巴利语和梵语中字同义异的词或则相等、相似的词点一下。一点就明，就不需要再多解说了。于是我想当年印度和尚与中国和尚合译佛经时很可能就是这种情况。假如我在旁边用汉文一字一字记下他的话，那不就像《大智度论》一类的书吗？他讲书时常自问自答。这种体裁，古代印度注疏用得多，古代中国用得也不少，例如《公羊传》。

我听讲时想到中国和印度讲古书的相似和不同，想到翻译的通气和不通气，当时只是直觉感受。迦叶波法师讲得太快，一点思索的空隙都不给人。初听时简直茫然，只靠有书本和先知道内容才勉强能跟着跑。等到这种直接感受一来，很快就像儿时听讲中国经书一样了。老习惯回来了，这便容

① 印度也这样解词，徐译注多说是“文字游戏”，实未必然。

易了，走上熟路了。于是结果也一样：说是不懂吧，讲的句句都懂得；说是懂了吧，并没有全懂。只能重复老师的话，不能说出自己的话。自己不会解说，那还是没有懂。

现在徐梵澄同志用汉语古文体从印度古雅语梵文译出《奥义书》，又不用佛经旧体，每篇还加《引言》和注，真是不容易。没有几十年的功力，没有对中国、德国、印度的古典语言和哲学切实钻研体会，那是办不到的。当年我不过是有点直觉感受，等到略微在大门口张望了一下之后，就以为理想的翻译，佛教经论似的翻译，现在不可能，至少是我办不到。稍稍尝试一下，也自认翻译失败。[①]因此我对于梵澄同志的功力和毅力只有佩服。

从原文看，翻译很难，几乎不可能；但从功能或作用看，翻译却又有意想不到的效力。若没有翻译，世界各民族各地区以至各时代的文化的交流以及矛盾冲突汇合缺了文献这个层次，都不可能完全了，作为整体的“世界文化”也没有高层次了。若是翻译等于原作，那便没有正解、曲解、误解、异解、新解，等等，“世界文化”情况又会和现在大不相同了。19世纪初期，德国哲学家叔本华读到了从波斯语译本转译的《奥义书》的拉丁文译本，欢喜赞叹，在自己的哲学体系里装进了他所理解并解说的《奥义书》思想，或则不如说是他用自己的哲学解说了《奥义书》。到19世纪末期，

① 《蛙氏奥义书的神秘主义试析》，见拙著《印度文化论集》，曾载《哲学研究》1981年第6期。《蛙氏奥义书》即徐译第19篇。

德国又一位研究哲学的多伊生（徐译为杜森）学习梵文，读了并译了《奥义书六十种》，又用康德的哲学思想加以解说。这对欧洲有影响，但还远不如对印度的影响之大。许多印度人由此知道了，原来印度古代哲学和欧洲近代哲学是可以通气的。于是又有人作进一步的解说，不仅康德，连黑格尔的哲学思想在印度古代哲学中也被发现出来了。很快，印度人的民族自卑感变成了民族自豪感。从此古代经典变成了现代经典，而且指导了行动，出现了宣扬《奥义书》的诗人兼哲学家泰戈尔，标榜古典又学习古圣人而进行现代群众运动的政治家甘地。从这里，我们可以看出翻译和解说的显著“效益”吧？

《奥义书》本是丛书之类，实是一种文体之名，多到一百几十部，甚至近代还有人照写；但最古的只十几部，后来的是各教派的著作。好比《孟子》、《荀子》、《公羊传》、《谷梁传》、《左传》、《春秋繁露》、《文中子》、《太极图说》等书都附于儒家经典那样，《奥义书》也分配到各《吠陀》经典的传授系统中去，其实内容并不单纯、同一。夸大来讲，好比把“老、庄、列”、《肇论》、《周易参同契》也附入儒家。所以既不能当作一家言，也不能当作诸子百家。若说是有统一体系的《奥义书》哲学，那只能算是现代人的一种解说。这一点我想应当先弄清楚，才不至于目迷五色。若把主要的十来部作为一部书，恐怕也和《论语》或《庄子》类似，内容虽可有一贯，但不是完全一致的。

这样一部千页大书怎么读？那当然因人而异。若是一般人只想“不求甚解”的略知一二，或则“买椟还珠”，不深究哲学而当成文学欣赏，那也未始不可。书的阅读是可以分层次的。若是最低层次的阅读，我想提供一点意见供非专家们参考。

我的建议实在“卑之无甚高论”，不过是几点，微不足道。一是把文言当白话读。二是可以跳着读。古书哪能处处懂？三是拣软性的读，莫先啃硬骨头。四是自己去解说，边读边解，别去找“标准答案”，那是不存在的。读书不是为应考。读书“为已，而为人乎哉”？深浅只能由自己，别人是帮不上忙的。译者的每篇《引言》及注虽有帮助，毕竟不能代替你自己读解。

不举例不明。例如全书是照分属各经排列的，不是必读的次序。头两篇属一部经。这经最“神圣”，所以列第一；但这两部书却不一定是最先要读的，可以跳过。不过第二篇中有很有趣味的片段可以看看。第42到43页的两段讲求宝和求爱，是很容易懂的。这有什么哲学意义呢？译者在注中作了解说，可以参考，也可以自作“解人”。第48到49页的两段：一段说人的生命中各要素互争优胜，这在其他篇中也有类似说法。一段说父病重时对儿子行的“父子遗嘱礼”。“遗嘱礼”行过了，“若其病愈已，则父当居子之治下，或游方而去”。这一下由“父为子纲”变成“子为父纲”了。

这和第544页的“遗嘱”类似而结果略有不同。从哲学思想说，可有一种解说。从人类学的角度说，这又不是印度独有的。是不是和日本的《楢山节考》中的抛弃老人故事也可以联系一下呢?

又例如最著名也最重要的几篇之一的长篇《唱赞奥义书》中（第156页起）讲几位著名仙人的得道。故事和语言都简单，但意义却可以有深浅各解。例如第161页的一句“唯愿老师教我！”徐译注引原文说诸家改字解释牵强，不改“则义皆变矣。存此以俟高明”。于是把那个主要的字略去未译。其实照不高明的平常读法，那个字不过是一个极平常的“欲”字。因为各家认为要以“离欲”为中心思想，所以聚讼纷纭。古今中外思想不同，忌讳有异，不能不影响到解说和翻译。这一篇的《引言》中说：“微有所删节，质朴而伤雅则阙焉。”第145页注说：“原文稍有过于朴率之处，译时略加文饰。”俗词改译成了雅词。第151页注说：“此章梵文殊晦，译时颇有增损。”第182页注说：“此节译之伤雅，故略。”第252页注说：“此章译时略去俗义。”在另一最著名最重要的长篇《大林间奥义书》的《引言》中说：“天竺古人有不讳言之处，于华文为颇伤大雅者，不得已而删之。明通博达之君子，知可相谅。”于是这一篇中最末部分的第四章的第五、七、八、九、十、十一、十二、二十、二十一、二十二诸节（第665至666页）全删，第四、六节“下略”，第656页有一处“中略”，如此等等。所以译者译时也是有的地方跳了过去，不过都以负责态度声明。读者若不是研究，若无耐性，当然可以跳读。首先可以摘读最流行的古本，即译本中第一、二、三、四、六、八、九、十四、十五、十七、十八、十九等篇。以上引的两长篇（第三、第十五）内容较杂，对一般读者说，可以由此开始。至于研究者又当别论。不过无论研究哪一方面，不能只靠译本，不能不查原文，这是显而易见的。例如，译本删去的恰好是中国道家同样有的，这从译者用雅言译而未删的许多地方还可以看出来，但仅凭译本难作确切比较研究。其他语译本也同样。

从孔子删《诗》的传说起，不雅之言似乎就不应见于书面。奇怪的是，《易经》、《诗经》、道藏、佛典以至于外国的《圣经·旧约》、《吠陀》、《奥义书》都仍有不雅之言。孔子说过“吾未见好德如好色者也”。孟子说到“逾东家墙而搂其处子”。唐代的古文家柳宗元还写出《河间妇传》。可见有删的就有补的。要求一切书一律纯洁是不切实际的。翻译外国书和古书往往由于彼此忌讳不同而不得不有所变动。不仅文学作品，神圣经典和神秘哲学也不能免。这部书又提供了证明。

书中尚有误排之字未能校正，这也属于难免之事。遗憾的是，译者在全书中都译《韦陀》，而《译者序》中改为现在通行的“吠陀”，不能一致。想来这不能由译者负责。古译“吠”字本有佛教徒鄙薄“外道”之意。译者尊重印度正统（即佛教之“外道”）经典，改用另一古译“韦陀”，也不致有误会，出书时不必在《序》中独改。现在通行译作“往世书”的，徐译为“古事记”，与日本同名古书相混，还是分别为好。还有些篇名、人名本无定译，译者在国外译时自立一套。这类异译对一般读者关系不大，而略知印度古典的人也容易辨认，不统一倒也无妨。至于各篇非一时所译，稍有参差，那更无关紧要了。

与诗对话：《咏怀》

游览名胜古迹时，若自始至终都有导游热心讲解，离去时，除剩下的眼见耳闻的模糊破碎印象以外，就只有导游的系统解说了。那仿佛是如来佛的手掌，齐天大圣孙悟空也跳不出去。

读书好比游览。所读的是本文，或说“文本”，这以外的都是导游的话。导游是必要的，但游览还得靠自己。读书也得靠自己亲自和对方打交道，也就是与书对话。对话不仅眼看耳听，还要用心思。

读的是诗就要与诗对话。何妨找一位古人的古诗试一试？找谁？三国魏的阮籍的《咏怀》诗第一首。离现在有一千七百多年了，古今仍可对话。

诗 夜中不能寐。

人 阮老前辈！您不是好喝酒，能一醉三个月不醒，借此推托了司马氏的求结亲吗？怎么会失眠？是传说错了，还是诗错了？

诗 夜中不能寐。

人 明白了。白天喝酒是给人看的，夜间不见人，就清醒了。在一片黑暗中，您是清醒者，不能沉沉入梦，诸事不关心。对不对？

诗 起坐弹鸣琴。

人 弹琴为寻知音。夜中起坐弹琴为的是惊醒别人，引来一位同样清醒的朋友谈心。可惜所有的人都大梦沉沉，鸣琴也不能唤醒。可是这就又不对了。阮老先生不是有一大家人吗？尊夫人呢？怎么能起坐弹琴，不怕惊醒夫人吗？

诗 起坐弹鸣琴。

人 明白了。原来诗里并没有主语，没有指定说的就是您阮老先生，只说有这么一个人，所以不怕惊醒您的全家。但又确实是您的心思。那就是您的心灵起床了，弹琴了。没有人响应，没有同心的“友声”。

诗 薄帷鉴明月。

人 抬起头来看见一轮明月正照在薄薄的帷幕上。那仿佛是现在的窗帘吧？可是，那应当是“见”明月，怎么是“鉴”呢？“鉴”是镜子，是照见。原来是薄帷上映着明月，好像镜子一样，照见您老人家。确实是“鉴”，而不见“见”。是明月听琴声来访您了。“薄”，不是厚，所以能透明而现出明月的影像，如同镜子照人。这一句好像是现代人的现代诗，却难译成现代话。

诗 清风吹我衿。

人 怎么清风不是吹上薄帷而吹上您的衣襟了？原来老先生已经走出房来见明月了。见月是视觉。觉到风吹是触觉。琴已鸣过了，还是没有应声。

诗 孤鸿号外野。

人 毕竟听到回音了。可不是人声，而是大雁的哀号。鸣雁南飞，是秋天吧？雁飞成行，排成“一”字、“人”字。现在不见“一”、“人”，只有一只雁落了单，“孤”飞鸣“号”，响应您的琴音的只有它了。它又在“外野”，在遥远的外面荒野里。

诗 朔鸟鸣北林。

人 原来孤鸿的号叫还有应声的。“朔鸟”是指北方之鸟吧？它在“北林”中鸣叫是回答“孤鸿”吗？大雁是不会和别的鸟做朋友排队的，正像您阮老先生只能有七个朋友作“竹林”之游一样。“孤鸿”要南下，“朔鸟”要留在“北林”，一个“号”、一个“鸣”，怎么能应和呢？听到回答琴音的是鸟声，又是这样不和谐。唉，孤单的鸿雁啊！失群无伴了。

诗 徘徊将何见？

人 出户外走来走去，还能见到什么呢？一个人清醒着，弹琴，没有知音回报，望见的只有明月来照，出门觉有风吹，只听得孤单的大雁在哀号找朋友。在北林的朔鸟叫了，不是雁的同伴。走过来，走过去，没有别的了。还能有什么？

诗 忧思独伤心。

人 鸿雁落单了，是孤独的。您的忧思也是孤独的。雁能哀号，您只能独自伤心。怎么办呢？只好将这怀抱咏成诗吧。这是不是八十几首《咏怀》诗的序？也许是您老先生随手写诗，咏出了这一首，昭明太子萧统在《文选》中将这一首放在最前面作为引言？全诗是不是只有“我”、“孤”、“独”三个字？仅仅是哀叹弹琴高手好友嵇康的被杀？还是屈原的“国无人，莫我知兮”，以“三闾大夫”投水自况？

《文选》的十七首《咏怀》中另一首说了这两句：

诗 多言焉所告？繁辞将诉谁？

人 “多言”、“繁辞”，“焉所告？”就是“何所告”、“何处告”、“将诉谁”，说了也是白说，何必说那么多？然而，阮老前辈！您既然开了这个头，以后接着来的就更繁更多了。《离骚》从此变成《咏怀》了。然而，现在城市中高楼林立，见不到明月，听不到大雁，“北林”、“朔鸟”都消失了，“上山下乡”已成过去了，环境变，人也变，不孤独又没有忧思的人怎么会和《咏怀》共鸣呢？《咏怀》永远是孤独的。

1995年